Der sonderbare Fall der Rosi Brucker

Tina Seel wurde 1965 in Landau/Pfalz geboren. Zwanzig Jahre war sie kreativer Kopf und Mitinhaberin einer Werbeagentur in Karlsruhe, bis sie 2007 nach Berlin kam. Dort bringt sie mit ihrem Laden »smilla – Dein kreatives Universum« Menschen zum Nähen und hat das Schreiben von Kriminalromanen als neue Leidenschaft entdeckt.

TINA SEEL

Der sonderbare Fall der Rosi Brucker

KRIMINALROMAN

emons:

Bibliografische Information der Deutschen Nationalbibliothek
Die Deutsche Nationalbibliothek verzeichnet diese Publikation
in der Deutschen Nationalbibliografie; detaillierte bibliografische
Daten sind im Internet über http://dnb.d-nb.de abrufbar.

© Emons Verlag GmbH
Alle Rechte vorbehalten
Umschlaggestaltung: Nina Schäfer, unter Verwendung
eines Motivs von arcangel.com/David Lichtneker
Gestaltung Innenteil: DÜDE Satz und Grafik, Odenthal
Lektorat: Uta Rupprecht
Druck und Bindung: CPI – Clausen & Bosse, Leck
Printed in Germany 2023
ISBN 978-3-7408-1896-8
Originalausgabe

Unser Newsletter informiert Sie
regelmäßig über Neues von emons:
Kostenlos bestellen unter
www.emons-verlag.de

Für
Mitch
Bernhard
Ottmar

Nicht jeder, der mit dir spricht, sagt etwas.
Nicht jeder, der etwas sagt, spricht mit dir.

Prolog

Er sah sie am Ortsrand. Sie stand da und starrte wie gebannt auf ihre Hand. Dann ging sie ein paar Schritte die Straße entlang. Er schaute sich um und fuhr ihr langsam hinterher.

»Rosi!« Er stieg aus und winkte ihr zu. »Rosi?«

Sie drehte sich um. Ihre Brille war verrutscht, das linke Glas zugeklebt.

»Ring«, sagte sie und lächelte.

»Ja, schön, aber jetzt komm, du musst heim!«

Rosi sah noch einmal auf ihre Hand, dann schlappte sie auf das Auto zu. Er stieg wieder ein und machte die Beifahrertür weit auf.

Rosi blieb stehen, schob sich die Brille hoch und sah ihn an. Ihre Miene verfinsterte sich. »Dajani ...«, sagte sie und hob ihren Rock hoch.

Er schluckte. Seine Hände klebten am Lenkrad, sie waren schweißnass.

»Dajani. Bumm-Bumm.«

Donnerstag, 11. September 1975

Die Kirchturmuhr schlug sechs, der Herbst war im Anmarsch. Die Sonne drängelte sich noch einmal zwischen den Wolken durch, aber Mutter Natur ließ bereits die Hosen runter, und der Wind musste die Drecksarbeit machen. Laub wirbelte durch die Gegend, Blätter fielen von den Bäumen und drehten noch ein paar Pirouetten, bevor sie zum Erliegen kamen.

In einem Waldstück unweit des Pfälzer Dorfes Allweiler stand Harald Hasenbach, hörte sich selbst atmen und starrte auf eine weiße Hand, die unter einem Berg von Holzstücken und Ästen herausschaute. Etwas funkelte, es war ein kleiner Ring mit einem blauen Steinchen. Er unterdrückte ein Husten und warf den Zigarettenstummel weg, den er noch immer in der Hand hielt. Sorgfältig trat er ihn aus, dann drehte er sich langsam um. Außer ihm und ein paar Vögeln in den Baumwipfeln war niemand da. Ihn fröstelte, er zog den langen Reißverschluss seines Parkas hoch und horchte in den Wald hinein. Er nahm lautes Gezwitscher wahr und das Rauschen des Windes. Etwas bewegte sich, er zuckte zusammen, aber es war nur ein Eichhörnchen, das einen Baum hinaufrannte. Dann sah er wieder auf die weiße Hand.

Harald Hasenbach, von allen abfällig Hasel gerufen, war fünfzehn Jahre alt und hatte einen Schaden. Der stand ihm mitten im Gesicht. Er war mit einer Hasenscharte auf die Welt gekommen, für die Ewigkeit gezeichnet und zum Sonderling verdammt. Ein gefundenes Fressen für Lästereien im Dorf und Demütigungen aller Art.

Die Schule war nie ein guter Ort für einen wie ihn gewesen, der zudem nicht richtig sprechen konnte. Nicht »nach der Schrift«. In einer Art stillem Übereinkommen hatten ihn seine Lehrer nie aufgerufen, und er hatte sich auch nie gemeldet.

Stumm und stoisch hatte er die Hänseleien erduldet und – allein schon, um zu vermeiden, dass er eine Ehrenrunde drehen musste – immer etwas mehr als nötig gelernt, um nicht aufzufallen, nicht sitzen zu bleiben und nicht unterzugehen. Im Sommer hatte er die Hauptschule beendet und vor wenigen Tagen seine Lehre in der Bäckerei Becker im Ort begonnen. Zu Hause war man froh, ja geradezu erleichtert, als klar war, dass der Becker Adalbert ihn unter seine Fittiche nehmen würde. Hasel hätte viel lieber in der Autowerkstatt an der Tankstelle im Nachbarort gelernt, aber die Stelle hatte sich ein anderer aus seiner Klasse unter den Nagel gerissen.

Um halb fünf in der Früh fing für ihn die Arbeit in der Backstube an, und weil Hasel zu dieser Uhrzeit nun immer allein frühstückte und zum Mittagessen schon Feierabend hatte, konnte er diesem Arbeitsrhythmus durchaus etwas abgewinnen. In der Backstube hatte er sich bislang sehr zurückhaltend gezeigt und lieber abgewartet, was sein Chef ihn zu tun hieß.

Bislang hatte Hasel mit ihm noch kaum einen Satz gewechselt. Bis auf diesen Morgen, als sich der Becker Adalbert in seiner Backstube mit einem lauten Stöhnen den Schweiß von der Stirn wischte und sich dabei mit Mehl verzierte. Da hatte ihm Hasel dann doch einmal eine Frage gestellt. Ob er Bäcker geworden wäre, weil er Becker heiße, wollte er wissen.

Der alte Adalbert hatte ihn daraufhin komisch angeglotzt und musste sich erst einmal setzen. Dann hatte er seine Bäckermütze nach vorne geschoben, den rechten Arm großkotzig auf dem Oberschenkel abgestellt und den Kopf geschüttelt. Ob er ihm mal erklären könne, warum er eigentlich »Hasel« gerufen werde, gab er dann zurück. Und ob nicht vielleicht die reine Tatsache, dass er Hasenbach hieß, der Grund dafür sein könnte, dass er mit einer Hasenscharte auf die Welt gekommen sei. Nur mal rein von der Theorie her, sagte er und schüttelte erneut den Kopf.

Hasel hatte daraufhin die Backstube verlassen und beschlossen, vorerst keinen persönlichen Satz mehr mit dem Bäcker

Becker zu wechseln. Adalbert, A wie Arschloch, hatte er noch gedacht.

Die Kirchturmuhr schlug jetzt viertel sieben. Hasel hatte die Hände tief in den Taschen seines Parkas vergraben und schaute abwechselnd auf die weiße Hand vor ihm und zu seinem Bonanzarad hinter ihm. Der Rotz lief ihm langsam und träge aus der Nase, er wischte ihn mit dem Ärmel ab. Als sich, durch eine heftige Windböe, plötzlich ein paar Äste vom Stapel lösten, machte er einen Satz nach hinten, zog sich die Kapuze über den Kopf und fing an zu zittern. Und während er innerlich betete, dass er keine Antwort bekäme, rief er heiser: »Hallo?«

Stille. Wieder sah er sich panisch um. Es war weit und breit niemand da. Hasel strich um den Stapel herum und fixierte erneut die Hand. Die Finger dicklich und weiß. Die Nägel bis zum Anschlag abgefressen. Am kleinen Finger der Ring. Vorsichtig kickte er mit dem Fuß einen Ast zur Seite, zum Vorschein kam eine rosafarbene Blusenmanschette mit einer vergilbten Spitze dran.

Langsam schlug sich die Neugier eine Schneise durch das Angstgestrüpp, und Hasel trat noch näher. Er streckte und duckte sich, um durch die Äste zu schauen, es war nichts zu erkennen. Dann fing er vorsichtig an, am oberen Ende, wo er den Kopf vermutete, Zweige und Holzstücke abzutragen. Der Stapel geriet aus der Balance, rutschte zur Seite und gab die Sicht frei. Hasel riss die Augen auf und schlug sich erschrocken die Hand vor den Mund. Vor ihm lag »die dappich Rosi«, die Tochter vom Weinbauern Brucker. Dorfbekannt. Sie starrte mit gebrochenen Augen ins Leere, es war kein Leben mehr in ihr. Hasel schluckte und schaute sie an.

Rosi sah eigentlich aus wie immer. Blass und bekloppt. Selbst in diesem Zustand hatte sie noch einen Silberblick, das eine Auge schaute trotzig in die verkehrte Richtung. Von ihrer Brille mit den dicken Backsteingläsern war nichts zu sehen. Hasel war seltsam fasziniert. An ihrem Hals sah er dunkle

Flecken, ihr Mund stand weit offen, als wollte sie noch etwas sagen. Er fasste sich an die Kehle. Ihm war plötzlich, als würde auch er immer weniger Luft bekommen. Dann wurde er wieder panisch, denn ihm wurde langsam klar, dass die Brucker Rosi sich ja nicht selbst tot unter den Holzhaufen gelegt hatte. Er beschloss, sich nun doch lieber vom Acker zu machen, und fing hektisch an, die Leiche wieder mit dem Holz zuzudecken. Dann rannte er zu dem kleinen Bach, um sich die Hände zu waschen, warum, wusste er gar nicht, und rutschte mit der Sandale ins Wasser.

Leise fluchend lief er zurück, um sein Bonanzarad zu holen, als er plötzlich auf etwas trat, das knirschte. Es war die Brille von Rosi. Das eine Glas war zugeklebt und das andere jetzt kaputt. Er hob sie auf und steckte sie ein. Dann schwang er sich auf den langen Sattel und raste in Richtung Dorf. Der Fuchsschwanz wedelte im Fahrtwind.

***

Alwine Brucker war beim Friseur gewesen. Waschen, Schneiden, Legen, Tratschen. Es hatte heute länger gedauert. Ihre grauen Haare waren mächtig auftoupiert, ein dünnes Kopftuch und Drei Wetter Taft hielten die Pracht zusammen. Nicht mal der starke Wind konnte der Frisur etwas anhaben. Abgehetzt kam sie in den Hof des Weingutes gelaufen und knöpfte sich den Mantel auf. »Ist die Rosi bei dir?«, rief sie ihrem Mann zu.

Otto Brucker, der gerade über den Hof lief, winkte schroff ab und marschierte weiter. Alwine verschwand im Haus und warf die Haustür hinter sich ins Schloss.

Auf der gegenüberliegenden Straßenseite stand Hasel mit seinem Bonanzarad und beobachtete aus der Distanz den Vater der behinderten Rosi, der sich am Kopf kratzte und seine Weinkisten zählte. Vor ein paar Wochen hatte Otto Brucker beim Ochsenwirt seinen Sechzigsten gefeiert, mit viel Tamtam,

Schlachtplatte und Blaskapelle. Das halbe Dorf war auf den Beinen gewesen, denn der Brucker Otto war eine Instanz. Auch optisch. Er war von gedrungener Statur, trug aber seinen fetten Ranzen so stolz vor sich her, als wäre er mit Goldklumpen gefüllt. Seine wenigen, ewig verschwitzten Haare, die sich wie ein Kranz um die kahle Stelle auf seinem Kopf legten, versteckte er unter einer Schirmmütze, die er, so munkelte man, wahrscheinlich noch nicht mal im Bett ablegte.

Otto Brucker und sein Bruder Georg wussten, wie man aus Trauben Geld machte, da war man sich im Dorf einig. Die Gebrüder Brucker & Brucker waren Weinbauern durch und durch, wie schon ihr Vater und Urgroßvater. Unzählige Hektar Land bewirtschafteten sie, große Weinfelder, über Generationen vererbt. Sie hatten ein Händchen für guten Wein, das musste man ihnen lassen, und sie waren bis weit über die Grenzen der Pfalz hinaus bekannt.

Ein Großkotz vor dem Herrn, sagte Hasels Mutter Elvira immer. Einen »abgewichsten Hund« nannte ihn sein Vater Edmund, der auf dem Finanzamt arbeitete und schon seit zwanzig Jahren vergeblich versuchte, in den Steuererklärungen des Weingutes auf etwas zu stoßen. Etwas, was zumindest so viel Deutungssubstanz bot, dass man den Laden entweder dichtmachen konnte oder sich daraus eine angemessene steuerliche Hinzuschätzung konstruieren ließe. »Es kommt der Tag, da krieg ich ihn …«, drohte Edmund Hasenbach mit gerecktem Zeigefinger und hochgezogenen Augenbrauen, wenn vom Weingut Brucker die Rede war. »Dann hab ich ihn am Wickel. Lang kann's nicht mehr gehen.«

Otto Brucker fing an, die Weinkisten zu verladen. Hasel schaute ihm aufmerksam zu. Bruckers speckige dunkelblaue Hose hing unter dem Wanst und wurde mehr schlecht als recht von einem Gürtel und zwei Hosenträgern gehalten. Wenn er sich bückte, guckte für einen Moment der halbe Hintern heraus. Kein schöner Anblick, Hasel jedoch war wie gebannt. Hier wusste offensichtlich noch niemand, dass die dappich Rosi heute gar nicht nach Hause kommen würde. Das wunderte ihn, denn es war ja schon drei viertel sieben. Selbst die Mutter von Rosi war unaufgeregt aus dem Haus gekommen und hatte etwas in die Mülltonne geworfen, um gleich darauf wieder zu verschwinden.

Plötzlich löste sich die silberne Schnalle eines der Hosenträger und schnallte mit voller Wucht in Bruckers Genick. Der schrie zornig auf, rieb sich den roten Stiernacken und versuchte umständlich, das Ding wieder zu befestigen. Da entdeckte er Hasel auf der anderen Straßenseite.

»Hä?«, brüllte er ihn an.

Hasel erschrak, riss sein Fahrrad herum und machte, dass er davonkam.

»Dreckiger Streuner, dreckiger!«, rief ihm Brucker noch hinterher.

Mit Karacho bog Hasel in die Hauptstraße ein, da kam ihm die alte Funzel entgegen. Leicht vornübergebeugt stolzierte sie mit ihrem Stock die Straße entlang und winkte ihm zu. Hasel verdrehte die Augen und überlegte noch, ob er irgendwohin verschwinden oder sich in Luft auflösen konnte, aber es war schon zu spät.

An Margarete Funzinger kam so leicht keiner vorbei. Siebenundachtzig Lenze zählte sie mittlerweile und musste, so hieß es im Dorf, mit dem Leibhaftigen im Bunde sein. Die alte Funzel, wie man sie heimlich nannte, wusste alles. Sie wusste, wie das früher einmal war und was morgen daraus werden würde. Sie kannte jeden im Umkreis von vier Kilometern und bediente sich aus dem umfangreichen Archiv ihres Gedächtnisses, welches sämtliche Geschichten beherbergte, die sich jemals hier zugetragen hatten. Dabei unterschied sie nicht, ob sie tatsächlich passiert oder seinerzeit nur gerüchtehalber zu ihr durchgedrungen waren.

Tatsache war jedoch, dass Margarete Funzinger eine Meisterin im Heilen von vielen Wehwehchen und altersbedingten Leiden war. Sie war die Hildegard von Bingen-Allweiler, ihre Kräutermixturen und Medikationen waren bis knapp über die Dorfgrenzen bekannt. Wen auch immer es irgendwo zwickte, der stattete lieber zuerst einmal der alten Funzel einen Besuch ab, bevor er zum Dorfarzt oder gar in ein Krankenhaus ging. Das wiederum war insofern verwunderlich, als bis zum heutigen Tage nicht geklärt war, ob sie ihren Alten, den Funzinger Jean, auf dem Gewissen hatte oder ob er von allein gestorben war. Der Jean hatte sich vor über zwanzig Jahren beim Abendessen mit dem Gesicht auf sein Hausmacher-Leberwurst-Brot gelegt und keinen Mucks mehr gemacht.

»Herzschlag«, hatte der Dorfarzt damals gesagt.

»Pech g'habt«, hatte die alte Funzel geantwortet.

Zugetraut hätte es ihr jeder. Denn wenn eine wusste, wie man jemanden ohne Umwege ins Jenseits befördern konnte, dann sie.

Und so munkelte man bis zum heutigen Tage, dass der Funzinger Jean möglicherweise lebendig begraben worden war. »Weil«, so sagte damals die Maurer Margot gleich nach der Beerdigung, »so schnell, wie der unter der Erd war, kann ja kein normaler Mensch wieder zu Bewusstsein kommen.«

Margarete Funzinger hatte Hasel schon von Weitem entdeckt. Geschickt bremste sie ihn aus und steckte vorsichtshalber den Gehstock in die Speichen seines Vorderrades. »Wohin so schnell, mein lieber Hasenbach?«

»N' Hause«, näselte Hasel, etwas außer Atem.

»Sieht aus, als hätt er was ausgefressen.« Die alte Funzel sah ihn durchdringend an.

Für Hasel wurde es ungemütlich. »Bin mit 'm Schuh in Wasser g'stand'n, das darf die Mudder nit sehn«, sagte er, um sie abzulenken.

Die alte Funzel schaute auf seine wasserdurchtränkte Sandale und nickte. »Dacht ich's mir doch, dass da was ist, so wie er guckt«, knurrte sie zufrieden, zog den Stock aus den Speichen und scheuchte ihn mit einer Handbewegung von dannen.

***

»Jetzt hock dich endlich her, Sakrament noch mal!«, fuhr Edmund Hasenbach seinen Sohn an, als dieser zur Tür hereinkam. Es war mittlerweile nach sieben. Edmund saß mit gewohnt mürrischem Blick am Tisch und wartete, dass es endlich etwas zu essen gab.

»Wo treibt sich jetzt der andere Bankert wieder rum?«

Elvira, Hasels Mutter, reagierte nicht. Sie stellte einen Topf Suppe, Brot, Wurst, Senf und Gurken auf den Tisch. Dann ließ sie sich laut seufzend nieder, wischte sich die Hände an der Kittelschürze ab, bekreuzigte sich und faltete in Erwartung eines Tischgebetes andächtig die Hände. Hasel traf ein strenger Blick. Er entschied sich für die Kurzversion und nuschelte leise: »Härr, lass de Seg'n über unse Deller feg'n, am'n. Fertich.«

Elvira Hasenbach bekreuzigte sich wieder und kippte Edmund zwei Schöpflöffel Suppe in den Teller. Dann schmierte sie ihm ein Brot, legte es auf sein Vesperbrettchen und warf noch ein paar Essiggurken aus dem Glas hinterher. Edmund wischte sich ärgerlich die Spritzer aus dem Gesicht. Draußen fiel laut die Haustür ins Schloss, und Albert Hasenbach, Hasels Bruder, enterte die Küche. Er schmiss seine Lederjacke in die Ecke und haute Hasel auf den Hinterkopf. »Heut schon genickt, Arschloch?«

Albert, genannt Atze, schnappte sich einen Küchenstuhl, drehte ihn um hundertachtzig Grad und setzte sich rittlings an den Tisch. Sein Vater warf ihm einen missbilligenden Blick zu und schlotzte an seiner Gurke. Atze lachte laut auf und strich sich mit zehn Fingern durch die dünnen roten Haare, die ihm bis auf die Schultern hingen.

Elvira wedelte mit der Hand vor dem Gesicht herum, um die Alkoholfahne ihres Sohnes zu vertreiben. »Wo kommst du jetzt wieder her?«, fragte sie, ohne eine Antwort zu erwarten. »Das geht nicht mehr lang gut«, murmelte sie vergrämt vor sich hin. Atze hielt ihr den Teller hin. »Das geht länger gut, als dir lieb ist, geht das.«

Gegen eins hatte er einen kurzen Abstecher in den Schrebergarten seines Kumpels Heinzer gemacht. Dort wurden zur Feier des Tages Schweinenackensteaks gegrillt. Heinzer hatte am Morgen von seinem Chef die fristlose Kündigung erhalten, mit den denkwürdigen Worten, dass bei ihm Hopfen und Malz verloren wären. Was Heinzer so gar nicht einleuchtete, da er sich ja quasi von nichts anderem ernährte. Und auch wenn er für den akuten Moment noch keinen blassen Schimmer hatte, wie es für ihn weitergehen sollte, beschloss er, die neu errungene Freiheit zu feiern.

»Darauf einen Dujardin!«, hatte Atze gebrüllt und nach dem Weinbrand noch drei Flaschen Hefeweizen reingeschüttet. Dann versprach er seinem Freund, gegen vier noch einmal anzudocken, pinkelte ins Salatbeet und stieg in seinen Behindertenbus, um zur Einrichtung zu fahren. Er hatte ja seinen Job noch.

»Wann kommen endlich die roten Zotteln ab?«, jammerte Elvira Hasenbach vor sich hin, auch das war längst keine Frage mehr. »Schämen muss man sich!«

»Ist doch deine Lieblingsbeschäftigung, mäh-äh-äh!« Atze hielt ihr noch immer seinen Teller hin, damit sie ihm die Suppe servieren konnte. Elvira kippte missmutig zwei Kellen rein, er schüttete noch eine große Ladung Maggi dazu. *Mäh-äh-äh!* Wenn Atze lachte, hörte es sich an, als stünde ein Ziegenbock neben einem. Meistens roch es auch so.

Hasel löffelte seine Suppe und beobachtete ihn neugierig aus den Augenwinkeln. »Un'? Alle Waldons an Bord gewest?«, fragte er ihn und schmierte sich ein Brot.

Atze hörte auf zu essen, rülpste laut und schaute ihn irritiert an.

Hätte man Albert Hasenbach, nachdem er mit siebzehn endlich die Hauptschule hinter sich gebracht hatte, gefragt, dann hätte er gesagt, dass er Lkw-Fahrer werden wolle. König der Landstraße und so. Das wollte aber damals keiner wissen, und so wurde er Maurerlehrling bei einer Firma, deren Inhaber ein Spezi von Edmund Hasenbach war. Einer, der ihm noch etwas schuldete. Edmund hatte über eine gewisse Sache in seiner Steuererklärung großzügig hinweggesehen beziehungsweise gar nicht erst hingeschaut. Der Wenzel Heinrich hatte daraufhin ein ganzes Jahr lang versucht, auch nicht hinzuschauen, wenn er Atzes Mauern sah, die immer ein bisschen aus dem Lot waren.

Als er dann doch einmal die Nerven verlor und ihm sagte, dass es sich bei ihm nicht nur um einen Knick in der Optik, sondern einen Totalschaden handeln müsse, hatte ihm Atze sauber erklärt, dass bei der Wasserwaage etwas mit der grünen Flüssigkeit nicht stimmen würde. Woraufhin ihm der Wenzel Heinrich sagte, dass er glaube, dass eher mit der Flüssigkeit im Gleichgewichtssinn seiner Ohren was nicht in Ordnung sein müsse. Es wäre, so seine Vermutung, wahrscheints zu viel Hefeweizen drin.

Atze, der seinen Gleichgewichtssinn bislang in seinen Beinen verortet hatte, gab daraufhin der Mauer einen Tritt und ging vom Platz. Damit war seine Lehre beendet.

Und weil er zu diesem Zeitpunkt schon achtzehn war, ließ der Musterungsbescheid für die Wehrpflicht auch nicht lange auf sich warten. Atze war eigentlich davon ausgegangen, dass er für den Bundeswehreinsatz nicht in Frage käme und als wehrdienstunfähig eingestuft würde. Das war aber leider nicht der Fall, und so musste er, auch mit Blick auf die Erhaltung seiner Frisur, dafür sorgen, dass er stattdessen als Zivildienstleistender anerkannt wurde.

Heinzer hatte noch versucht, ihm den Wehrdienst schmackhaft zu machen, da er ja selbst damit rechnen musste, eingezogen zu werden. In seinen Phantasien, an denen er Atze gerne teilhaben ließ, waren sie beide bei der Panzertruppe. Denjenigen, die auch während der Gefechte niemals den Panzer verließen und stattdessen von drinnen aus alles niederbombten, was ihnen vor das Zielfernrohr kam.

Für einige kurze zugekiffte Momente und mit ausreichend Alkohol im Blut konnte auch Atze dieser abenteuerlichen Vorstellung einiges abgewinnen. Sobald er allerdings wieder einigermaßen klar denken konnte, überlegte er sich dann doch lieber, wie er noch rechtzeitig die Biege machen könnte. Eine Abschrift der Begründung zur Kriegsdienstverweigerung hatte er für zwanzig Mark dem Schomber Karle abgekauft. Das moralische Plädoyer enthielt nach Atzes Abschrift so viele Rechtschreibfehler, dass nie jemand darauf gekommen wäre, es könnte sich um eine Kopie handeln. Für weitere zehn Mark versuchte Karle ihn auf die Befragung vor dem Prüfungsausschuss vorzubereiten, was sich jedoch als äußerst schwierig erwies.

Am Tag der Anhörung hatte sich Atze immerhin die Haare gewaschen, ein frisches Hemd angezogen und sich mit Rasierwasser einparfümiert. Seine Antworten gingen damals konsequent an den eigentlichen Fragen vorbei, sodass die Kammer seinen Zivildienst ohne große Diskussion bewilligte. Denn mit einem IQ weit unter fünfzig, da war man sich einig, stellte man im Dienst an der Waffe nicht nur eine Gefahr für den Gegner, sondern für die gesamte Menschheit dar. Und so wurde der Zivildienstleistende Albert Hasenbach für vierundzwanzig Monate Busfahrer der Behindertenwerkstatt in Ebersbach.

Einige im Dorf meinten, dass er den Job nur bekommen habe, weil keiner in dem Bus jemals so geisteskrank sein könne wie der Fahrer. Atze jedoch war für diese Aufgabe wie geschaffen. Von Montag bis Donnerstag sammelte er frühmorgens geistig Behinderte aus den nahen Ortschaften ein und fuhr sie in die Behindertenwerkstatt, wo er sie gegen zwei wieder abholte und nach Hause brachte. Dazwischen, so stand es in seinem Vertrag, sollte er der Werkstatt für allerlei anfallende Arbeiten zur Verfügung stehen. Das tat er auch, aber instinktiv hatte bislang nie jemand Gebrauch davon gemacht. Seine Fahrgäste nannte Atze »Die Waltons«. »Nacht, John-Boy. Nacht, Jim-Bob. Nacht, Elissebeth ...« Die Schlussszene der Sonntagabendserie, in der sich eine Großfamilie gegenseitig Gute Nacht sagte und im gleichen Rhythmus in den Zimmern die Lichter ausgingen, kam ihm mindestens so behindert vor wie die Leute in seinem Bus.

»Wo soll'n die dann sssonst gewesen sein außer ›an Bord‹?«, wollte Atze wissen. Er war betrunken und lallte ein bisschen.

Hasel biss in das Brot und löffelte seine Suppe.

Wider Erwarten hörte sein Bruder aber nicht auf. »Meinst du, da hupft einer während der Fahrt aus dem Fffenster, odder was?«

Hasel antwortete nicht.

»Die sin ja so bekloppt, sin die. Die wissen ja nicht mal, wie eins aufgeht!«

Hasel löffelte und löffelte.

Da griff ihn Atze fest am Arm und zwang ihn, ihm ins Gesicht zu schauen. »Wenn du die aus Versehen vor dem falschen Loch absetzt, dann sssind die praktisch ...«

»Albert!«, schimpfte seine Mutter und haute auf den Tisch.

»... erledigt sin die. Mäh-äh-äh!« Atze lachte diesmal ganz besonders laut.

*　*　*

Alwine Brucker lief über den Hof und rief in den Weinkeller hinunter: »Otto? Rosi? Essen!«

Sie hörte es poltern, dann kam Otto Brucker die Treppe hoch und ging wortlos an ihr vorbei.

»Und die Rosi?«, fragte Alwine.

Otto drehte sich um. »Die wird halt drin sein.«

Alwine starrte ihn an. »Im Haus ist sie nicht. Ich hab gemeint, die ist bei dir! Um Gottes willen, wo hockt die dann?«, stammelte sie und lief laut rufend über den Hof, in den Keller, in die Scheune, zu den Schweinen, in den Kelterraum, ins Lager und wieder ins Haus. Da saß Otto schon am Tisch, er hatte Hunger.

Alwine wurde vor Aufregung rot im Gesicht. »Jetzt Otto, die Rosi, ist die nicht gekommen? War die gar nicht da? Ist die wieder weg? Jetzt sag doch was!«

Otto zuckte mit den Schultern und goss sich einen Weißwein ein. »Was weiß denn ich, wo die dumm Orschel hockt!«

»Dann muss die bei meiner Mutter sein. Das war zwar nicht ausgemacht, aber dort muss die ja dann sein.« Alwine ging zum Telefon und fing an zu wählen. Die Wählscheibe klickerte leise, da riss ihr Otto plötzlich den Hörer aus der Hand und unterbrach die Aktion.

»Bist du verrückt? Nachher heißt es noch, wir wüssten nicht, wo die Dings sich rumtreibt.«

»Aber es wird doch schon dunkel, ich muss doch wissen, ob die …«

»Halt den Rand, ich muss überlegen, wo die sein kann!«

»Ha, vielleicht bei meiner Mutter halt …«, stammelte Alwine und griff erneut zum Telefon.

»Nix!« Brucker riss ihr wieder den Hörer aus der Hand und legte auf. »Wenn die Rosi dort nicht ist, dann verzählt die blöde Kuh im ganzen Dorf rum, dass wir nicht wissen, wo die Rosi sich rumtreibt.«

»Aber …«

»Verschwind und rühr dich nicht vom Fleck, im Fall die Rosi kommt. Ich fahr zur Berta und guck ins Wohnzimmerfenster, da wer'n sie ja rumhocken. Du rührst das Telefon nicht an, hast du mich verstanden?«

Alwine schaute ihn fassungslos an. Otto Brucker griff nach dem Autoschlüssel und fuhr mit Vollgas aus dem Hof.

Alwine überlegte noch kurz, dann suchte sie die Nummer der

Hasenbachs heraus und nahm den Telefonhörer in die Hand. Gleich würde man ihr sagen, dass Albert Hasenbach, der Fahrer, der Rosi jeden Tag abholte und wieder heimbrachte, sie am Dorfrand abgesetzt hatte. Dann wäre klar, dass sie bei der Oma war. Es war zwar nicht abgemacht, aber so musste es sein. Gleich würde sich alles zum Guten wenden und in Luft auflösen. Es musste nur jemand den Telefonhörer abnehmen.

Das allerdings geschah nicht. Denn an jenem Tag, als auch die Hasenbachs endlich ein Telefon bekamen, hatte Edmund sofort verkündigt und damit auch gedroht, dass keiner in seinem Haus auch nur dran denken solle, ans Telefon zu gehen, wenn gegessen werde. Und danach auch nicht. Es solle eigentlich überhaupt nicht telefoniert werden, wenn er da sei.

Edmund Hasenbach hatte panische Angst, es könnte irgendjemand etwas von ihm wollen. »In dem Moment, wo man den Hörer abnimmt«, erklärte er, »ist man ja praktisch schon erledigt.«

»Wozu haben wir dann ein Telefon?«, hatte Atze ihn damals gefragt.

»Weil, wenn mal der Krankenwagen kommen muss«, hatte ihm Edmund erklärt.

***

Hasel war nach dem Abendessen in seinem Zimmer verschwunden und befand sich mitten in einer Versuchsanordnung. Er lag auf seinem Bett, neben sich eine große Schachtel mit zwanzig Mon Chéri und eine weitere mit ebenso vielen Weinbrandbohnen. Er hatte sie vor zwei Tagen in der untersten Schublade vom Wohnzimmerbüfett entdeckt. Nachdem er heute im Wald endlich mit dem Rauchen anfangen wollte und wieder einmal vergeblich versucht hatte, einen Lungenzug ohne Hustenanfall hinzubekommen, wollte er nun herausfinden, ob man sich mit den gefüllten Pralinen besaufen konnte.

Ein Mon Chéri nach dem anderen verschwand in seinem

Mund und glitt wie auf einer Kinderrutsche die Kehle hinab. In Intervallen horchte er in sich hinein und blätterte dabei in einem Prospekt, der gestern in der Zeitung gewesen war. Die Seiten hatten es in sich. Mofas und Mopeds, wohin das Auge reichte. Marken, Farben, Preise. Ein Feuerwerk an Begehrenswertem auf acht Seiten.

Hasel wurde es leicht schwindelig. Er legte den Prospekt zur Seite, wickelte das letzte Mon Chéri aus der knisternden rosafarbenen Folie und dachte an das grüne Hercules-Mofa, das an der Tankstelle im Nachbarort stand, neben der Autowerkstatt von Willie Boos. Es war gebraucht, aber in sehr gutem Zustand, wie Willie ihm vor Wochen versichert hatte. Und außerdem sei es auch schon einwandfrei frisiert. Da wär praktisch nichts mehr dran zu machen. Das Gerät würd abgehen wie ein Chinaböller auf Mondfahrt, versuchte Willie, ihm die Dimension begreifbar zu machen, er war aus dem Schwärmen gar nicht mehr herausgekommen.

Hasel hatte ihn schüchtern nach dem Preis gefragt und damit der Angelegenheit den sofortigen Todesstoß verabreicht. Sechshundert Mark wollte der Boose Willie dafür haben, bar auf die Kralle. Dabei tippte er sich mehrmals mit dem Finger auf die ölverschmierte Handfläche, damit Hasel wusste, wo genau er das Geld beim Kauf hinlegen solle. Es gebe da, so fügte er noch mit Nachdruck hinzu, auch nix groß zu verhandeln, weil das ein spitzenmäßiger Freundschaftspreis wär. Hasel wollte gar nicht verhandeln, denn er hatte wenig bis gar kein Geld, da war es egal, was das Ding kostete.

Missmutig fegte er die leere Mon-Chéri-Schachtel vom Bett und öffnete die Weinbrandbohnen, als sich ein Gedanke, der schon seit einer Stunde in seinem Hirn herumgeisterte, in die erste Reihe stellte. Mit jeder Schnapspraline nahm er konkretere Formen an. Hasel schwankte leicht, und es war ihm auch ein bisschen schlecht, als er sich vom Bett erhob und seinen Schreibtisch ansteuerte.

»Hau ab, jez!«, zischte er und fegte Kater Wutz vom Tisch.

Der hieb ihm die Krallen in den Arm und fauchte, bevor er sich in die Ecke verzog.

»Dummsssau!«, fluchte Hasel und knipste die Schreibtischlampe an.

**

Gegen acht war Otto Brucker wieder zurück und feuerte den Schlüssel auf die Kommode im Flur. Alwine kam aus der Küche gerannt.

»Nix!« Otto winkte ab. Er hatte heimlich bei seiner Schwiegermutter ins Wohnzimmer geschaut, aber die saß dort allein, von Rosi war nichts zu sehen. Er hatte sich zu Tode erschrocken, als die Alte plötzlich am Fenster stand und den Rollladen runterratschen ließ. Danach musste er sich erst einmal wieder beruhigen. Aber sie konnte ihn ja nicht gesehen haben, es war schon zu dunkel.

Hinterher war er mit Aufblendlicht durch die Straßen gefahren, jederzeit bereit, aus seinem Auto zu springen, seine Tochter am Kragen zu packen und sie alles zu heißen, was sein Repertoire so zu bieten hatte. Aber von Rosi fehlte jede Spur.

Jetzt war Alwine drauf und dran, hysterisch zu werden, das konnte er nicht vertragen. »Reiß dich zusammen, verflucht! Die Rosi geistert da draußen irgendwo rum. Ich find die schon noch!«

Alwine Brucker wimmerte verzweifelt vor sich hin und knetete ihr Taschentuch. »Aber es ist doch schon dunkel ... jetzt hol doch die Polizei!«

»Wen?«, schrie Brucker und war völlig außer sich. »Ja, willst du uns jetzt vorm ganzen Dorf blamieren? Nur weil die Dings da draußen rumrennt und das Loch nicht findet?« Bei dieser Vorstellung schwoll die Ader an seiner Schläfe bedrohlich an. »Schleich dich!«, herrschte er Alwine an. »So blöd wie du kann noch nicht mal die Rosi sein. Eine solche Blamage! Die werden sich doch das Maul zerreißen über dich. Guck sie dir an, die alte

Brucker-Wachtel, wer'n sie sagen. Die dappich Tochter haut ab, und die wissen nicht, wo se rumrennt. Wird schon einen Grund g'habt hab'n, die Rosi, dass sie abgehaut ist. Das wer'n die sagen!«

Alwine hörte auf zu schniefen. »Aber wenn die jetzt jemand anders findet?«, fragte sie leise.

Otto Brucker sah sie entgeistert an. In seiner Wut packte er sie an den Schultern, schüttelte sie und schrie: »Wenn das passiert, dann bist du schuld! Stundenlang hockt die Madame beim Friseur und ... für was überhaupt?« Er riss ihr das Seidenkopftuch, das sie noch immer aufhatte, vom Kopf und warf es auf den Boden. »Du bleibst jetzt da sitzen und rührst dich nicht vom Fleck, kapiert? Ich fahr noch mal los.«

Alwine wischte sich die Spucke aus dem Gesicht, richtete sich wieder auf und strich ihre Kleidung glatt. Otto Brucker stampfte aus dem Zimmer, rannte die Treppe hoch und verschwand im Badezimmer. Während er in die moosgrüne Kloschüssel pinkelte, überlegte er fieberhaft, wo er die Rosi jetzt eigentlich noch suchen sollte und wie er, ohne irgendjemanden zu fragen, rausfinden könnte, wo sie steckte. Das würde nicht einfach werden. Zumal das noch nie vorgekommen war.

Ohne die Spülung zu betätigen, verließ er das Bad, rannte nach unten, nahm erneut den Autoschlüssel und brauste davon. Gegen neun kam er zurück und schloss sich ohne ein Wort an Alwine wieder im Bad ein. Da hörte er plötzlich, wie unten Glas zu Bruch ging. Wütend stolperte er die Treppe hinunter, weil er dachte, Alwine würde jetzt endgültig durchdrehen. Die aber stand mit offenem Mund an der Tür zur Speisekammer und schaute auf das kleine Fenster, das in Scherben auf dem Boden lagen. Brucker schob sie energisch zur Seite und starrte seinerseits auf die kaputte Scheibe.

»Da ... liegt was«, stammelte Alwine und deutete auf einen großen Stein in der Ecke. Brucker drehte sich um und riss die Haustür auf.

»Häää?«, schrie er in die Dunkelheit und horchte. Nichts war zu hören. Dann lief er kreuz und quer über den Hof und nach draußen auf die Straße. Keuchend kam er wieder ins Haus zurück, wo Alwine im Flur stand und den Stein in der Hand hielt. Er war mit einem Papier umwickelt. Sie löste es, und Brucker entriss ihr das Blatt. Er hielt es eine Armlänge vor seine Augen und starrte auf die krakeligen Buchstaben. So auf Anhieb und ohne Brille konnte er gar nichts lesen.

Alwine nahm ihm das Papier mit spitzen Fingern aus der Hand, fing an, die Schrift zu entziffern, und las laut:

»Rosi fort
1000 DM Löhsegeld
Abwurf FR 1 Uhr midag in Kalbergraben-Wingert
Mit Tragdor faren
Nit absteigen
Keine Facksen.
Sons Rosi dot.«

Alwine sah ihren Mann verzweifelt an. »Das ist doch nicht ernst gemeint. Ein Scherz, da hat sich jemand mit uns einen Scherz erlaubt, oder?«

Otto Brucker sagte vorerst einmal nichts. Er hatte das Ausmaß noch nicht hundertprozentig erfasst. »Halt 's Maul jetzt, ich muss überlegen.« Er nahm ihr das Schreiben weg, holte seine Brille aus der Jackentasche und las selbst. Dann machte er das Licht aus, ließ Alwine im Dunkeln stehen und stampfte nach oben. Sie lief ihm hinterher.

»Wir müssen die Polizei holen.«

»Einen Scheißdreck müssen wir!« Otto Brucker fuhr herum. »Ist dir dein bisschen Verstand in den Hals gerutscht?«

Alwine wich zurück. Otto schaute zum Fenster hinaus und schwieg. Der Mond grinste ihn hämisch an. Nach einer Weile drehte er sich um.

»Ich hol das Geld und schmeiß das ordnungsgemäß ab. Viel ist es ja nicht. Dann ist die Rosi wieder da, und niemand erfährt was.« Bruckers Verstand arbeitete jetzt fieberhaft. »Wir sind doch erledigt mit der G'schicht. Wenn das rauskommt, fängt drei Tag später der nächste Hallodri die Orschel ab. Kapierst du das nicht?«

»Aber ...«

»Ich sag's dir jetzt zum letzten Mal: Halt dein saudummes Maul! Das wird bezahlt, die Sach wird geregelt und dann: kurzer Prozess. Ich find schon raus, wer das war, verlass dich drauf. Und dem gnade Gott!«

Alwine sank auf das Bett.

»Und die Rosi«, Brucker hob bedrohlich die Faust, »die wird in Zukunft kontrolliert. Auf Schritt und Tritt wird die kontrolliert. Die macht nicht einen unkontrollierten Schritt mehr. Nicht einen! Die rennt mir nicht mehr dumm in der Gegend herum!«

»Aber ...«

»Nix aber!«

Alwine verstummte. Brucker warf die Tür hinter sich ins Schloss, der Schlüssel fiel klimpernd auf den Boden. Alwine hob ihn auf und steckte ihn mit zittrigen Fingern wieder hinein.

***

Hasel lag im Bett und konnte nicht einschlafen. Er dachte an Rosi und die abgekauten Fingernägel. Wutz, sein Kater, hing quer über seinem Bauch und schnurrte. Gedankenverloren fing Hasel an, sein Fell zu kraulen, als es unten an der Haustür schellte. Er zuckte zusammen, stand auf, öffnete leise die Zimmertür und lauschte. Seine Mutter sprach mit der alten Funzel. Sie hatte auf die Schnelle am Abend noch eine Salbe angesetzt, gegen die Rückenschmerzen von Edmund, welche akut aufgetaucht waren.

Edmund Hasenbach war Dauergast bei Margarete Funzinger. Es gab keinen, der mit einer ähnlich hohen Schlagzahl an

Beschwerden aufwarten konnte. Er war ein Hypochonder in Reinform und litt quasi fortwährend. Zwar war das meiste nur eingebildet, aber Edmund konnte es tatsächlich spüren. Das wiederum bescherte Margarete Funzinger eine nahezu hundertprozentige Heilungsquote. Und obwohl man im Dorf wusste, dass Edmund Hasenbach einfach nur eine latente Abneigung gegen Arbeit hatte, glaubte jeder an die überirdischen Heilkräfte der alten Funzel. Nur Oma Agnes, die Mutter von Elvira Hasenbach, hatte seinerzeit einmal auf dem Kirchplatz gestanden und so laut, dass es jeder hören konnte, prophezeit, wenn den Edmund tatsächlich mal der Schlag treffe, werde das leider keiner ernst nehmen. Vielleicht nach drei Tagen, wenn er anfängt zu stinken, hatte sie noch hinzugefügt.

»Sind die Schlappen vom kleinen Hasenbach wieder trocken, hä?«, krächzte die alte Funzel und sah Elvira Hasenbach fragend an. Die verstand nicht und nickte trotzdem. Hasel seufzte, schloss leise die Zimmertür und legte sich wieder ins Bett.

Früher, als er noch klein war, war er oft draußen bei der alten Funzel gewesen. In ihrem kleinen, schiefen Haus am Ortsrand. Obwohl er sich immer ein bisschen vor ihr fürchtete, fühlte er sich magisch von ihr und ihren Geschichten angezogen. Die alte Funzel konnte ihre Augenfarbe wechseln, so schien es zumindest. Er hatte auch nicht das Gefühl, dass sie alterte, denn sie war ja praktisch schon immer alt gewesen. Seit er denken konnte, hatte sie diese knotigen, langen Finger mit den blauen Adern. Ihre grauen Haare trug sie offen. In Strähnen hingen sie ihr bis über die Schultern und hätten, so erzählte sie ihm, damals im Juni vor genau dreiunddreißig Jahren aufgehört zu wachsen. Weil sie es ihnen bei Vollmond befohlen habe. Hasel, fasziniert von diesem Gedanken, hatte sich genau erkundigt, was zu tun sei. Die Zeremonie, die sie ihm dann beschrieb, war ihm aber doch etwas zu kompliziert gewesen.

Einmal, an einem Tag im August, hatte er wieder bei ihr am Küchentisch gesessen. Draußen goss es wie aus Eimern, ab und zu blitzte und donnerte es. Da zündete die alte Funzel eine Kerze vor ihm an und bekreuzigte sich geheimnisvoll. Sie beugte sich zu ihm hinüber, nahm sein Kinn in die Hand und beäugte sein Gesicht.

»Hasenbach, du bist alt genug, ich kann dir das jetzt sagen.«

»Was sag'n?« Hasel sah sie ängstlich an und hatte die Hosen bereits gestrichen voll.

»Das da«, raunte die alte Funzel und berührte ihn über seinem Mund. Hasel erschrak. Er war nicht darauf vorbereitet gewesen, dass ihm die Alte ins Gesicht langen würde, und wischte sich mit dem Ärmel über die Nase.

Die alte Funzel lachte in sich hinein. »Weiß er nicht, woher das kommt?«

Hasel starrte sie mit großen Augen an. »Was konnt?«

»Schau her!« Sie zeigte auf den kleinen, faltigen Graben, der von ihrer Nase zum Mund verlief. »Wenn die Kinder ins Bett gehen, steht jeden Abend ein Engel daneben und legt ihnen den Finger auf den Mund. Auf dass sie ruhig sind und friedlich einschlafen.« Sie legte zur Untermalung den Zeigefinger auf ihren Mund und machte: »Schschsch. Daher, mein lieber Hasenbach, kommt die Delle, die ein jeder Mensch unter seiner Nase hat. Aber bei dir, da war das anders.« Sie verzog ihren Mund zu einem düsteren Lächeln.

Hasel rutschte nervös auf seinem Stuhl hin und her, er ahnte nichts Gutes.

»Dich, mein lieber Hasenbach, hat der Leibhaftige geküsst.«

»Wer?«, fiepte er.

Die alte Funzel lachte wieder leise in sich hinein, der Regen prasselte ans Fenster.

»Du hast mich genau verstanden, Harald Hasenbach. Der Teufel hat dich geküsst, und das soll halt jeder sehen.«

Hasel schluckte.

»Die Hasenscharte«, wisperte sie und zeigte auf sein Gesicht, um sicherzugehen, dass er verstand, worum es hier ging. »So viele gibt es nicht von deiner Sorte, das weißt du ja.«

Hasel nickte verzweifelt, er kannte auch nur einen, und das war er selbst. Außerdem wollte er jetzt sehr gern nach Hause gehen. Langsam rutschte er vom Stuhl. Die alte Funzel packte ihn am Arm und zog ihn zu sich. Er konnte ihren Atem riechen, eine Mischung aus Knoblauch, Thymian und alter Frau. »Nicht so schnell, Hasenbach, nicht so schnell.« Ihre Augen erschienen ihm jetzt giftgrün. »Es ist ein großes Glück, wenn einen der Teufel ins Herz geschlossen hat, verstehst du nicht?« Dabei sah sie ihn durchdringend an. »Weil, so einem, dem kann an sich nichts passieren.« Dann ließ sie ihn los, und Hasel verlor das Gleichgewicht.

»Abber …«, stotterte er verzweifelt, »wie konn ich denn dann in den Hinnel?«

Die alte Funzel brach in kreischendes Gelächter aus.

»In den Himmel? Ha, schneller, als dir lieb ist, du Simpel! Der Allmächtige freut sich doch, wenn einer, den wo der Teufel ins Herz geschlossen hat, lieber in den Himmel möcht.« Sie langte ihm unters Kinn, sodass er sie anschauen musste. »Und nur um den Teufel, den Drecksack, zu ärgern, macht er dir, mein lieber Hasenbach, das Tor besonders weit auf.« Dann riss sie mit einer ausholenden Geste und einer kleinen Verbeugung die Haustür auf und komplimentierte den verstörten Hasel hinaus ins Gewitter. Er rannte über den Hof und verschwand binnen kürzester Zeit aus ihrem Blickfeld. Damals war er acht Jahre alt gewesen.

※※※

Otto und Alwine Brucker machten in der Nacht kein Auge zu. Dennoch tat jeder so, als würde er schlafen. Otto gab vereinzelt ein paar vertraute Schnarchlaute von sich, um sicherzugehen, dass ihn seine Alte nicht doch noch ansprach. Es gab nichts zu reden, es musste gehandelt werden. Da draußen in der Dunkelheit saß irgendwo die Rosi, gefangen in einem Keller oder einem Bretterverschlag, der Teufel wusste, wo sie war. Wahrscheinlich hatte sie Angst, so dappich war sie ja nicht, dass sie nicht wusste, dass hier was schiefgelaufen war. Das wird ihr eine Lehre sein, dachte er wütend. Er würde ihr heimleuchten, wenn sie erst wieder hier wäre. Seit heute wusste er es ganz genau, so etwas konnte nie und nimmer seine Tochter sein.

Alwine war ebenfalls bemüht, sich nicht allzu sehr herumzuwälzen und auch nicht zu schniefen. Ihr Herz klopfte laut, sie hatte kein gutes Gefühl. Es war alles so unwirklich. Die Rosi entführt. Wer um alles in der Welt …? Sie war doch noch ein Kind, mit ihren zweiunddreißig Jahren.

Otto gab wieder ein paar obligatorische Schnarchlaute von sich, Alwine drehte sich auf die Seite. Dass er überhaupt schlafen konnte, dachte sie, liegt da und schläft, als wär die Rosi mit den Pfadfindern im Ferienlager.

Freitag, 12. September 1975

Am nächsten Morgen saßen Alwine und Otto Brucker schweigend am Küchentisch. Alwine hatte Kaffee gekocht und ihm eine Tasse hingestellt. Otto kippte eine Ladung Dosenmilch und zwei Löffel Zucker hinein, tunkte den Butterzopf in die hellbraune Brühe und ließ ihn sich laut schlürfend in den Mund fallen. Und wie immer besudelte er die Wachstuchtischdecke vor sich. Alwine beobachtete ihn heimlich aus rot verweinten Augenwinkeln. Wie er da saß. Großkotzig und stur. Kein Wort sagte er. Nichts merkte man ihm an. Gar nichts. Er las die Zeitung und ignorierte einfach, dass ihm heute Morgen nicht die Rosi gegenübersaß, Dosenmilch und zwei Löffel Zucker in ihren Kaffee kippte, den Butterzopf reintunkte, ihn sich schlürfend in den Mund fallen ließ und dabei die Tischdecke vor sich besudelte.

***

Zur gleichen Zeit saß Georg Brucker, der Bruder von Otto, im Hinterzimmer des Restaurants Der goldene Schwan und sah dem Besitzer Ernst Scharfenberger zu, wie er die Weine probierte, die er vor ihm aufgebaut hatte. Wie er seinen großen Zinken in das Weinglas tauchte und nach jedem Schluck das Gesicht verzog.

Zunehmend irritiert reichte Georg ihm das nunmehr letzte Glas, beschrieb auch diesen Tropfen in poetischen Worten und verhalf so dem Scharfenberger Ernst dazu, das zu schmecken, was er schmecken sollte. Georg drehte das Etikett der Flasche zu ihm hin und sah ihn erwartungsvoll an.

Ernst Scharfenberger starrte in sein Glas. Er hatte die Weine immer hinuntergeschluckt, statt sie in das Gefäß zu spucken, das ihm Georg hingestellt hatte. So früh am Morgen und mit lediglich einem Marmeladenbrot im Magen war sein Kreislauf auf den Alkohol nicht vorbereitet. »Ich meld mich«, sagte er und hoffte, dass sein Gegenüber verstand, dass die Sitzung jetzt beendet war. Er wollte auf keinen Fall aufstehen, weil er befürchtete, dass ihm schwindlig wurde. »Jetzt, wo wir den Stern haben, brauchen wir Weine auf Niveau«, fügte er noch hinzu. »Mit Niveau«, verbesserte ihn Georg, erhob sich und schüttelte ihm die Hand. »Bleiben Sie ruhig sitzen, ich find den Weg. Ich lass Ihnen die Weine selbstverständlich da. Vielleicht will Ihr Meisterkoch auch probieren. Er muss ja eine begnadete Zunge haben.«

»Ja, genau wie ich«, sagte der Scharfenberger Ernst und grinste, als Georg Brucker das Zimmer verließ.

Georg stieg fluchend in sein Auto und gleich danach wieder aus, weil er vergessen hatte, die Jacke auszuziehen. Dann löste er die Krawatte, die ihm seine Frau Gisela am Morgen herausgelegt hatte, weil sie der festen Überzeugung war, dass, wenn der alte Scharfenberger jetzt einen Stern hatte, er niemanden mehr ernst nahm, der wo keine Krawatte um den Hals trug. Georg war für einen Moment, als bekäme er keine Luft mehr. Er strich sich durch die vollen Haare, drehte den Schlüssel um und brauste davon. Als er wenig später auf den Hof des Weingutes Brucker fuhr, würgte er das Auto ab.

**

Jemand riss plötzlich die Küchentür auf, Alwine und Otto zuckten zusammen. Tatjana Dudek stand da und strich sich verlegen eine Strähne aus dem Gesicht. »Ich«, stammelte sie, »dann drauße, in Hoff.«

»Ich komm gleich«, sagte Otto und verschwand wieder hinter der Zeitung. Tatjana zögerte noch einen Moment. »Rosi?«, fragte sie und lächelte unbeholfen, »nix da?«

Alwine fuhr herum. »Die ist bei der Oma, ist die. Die kommt erst noch.«

»Ja … dann grusse von mir«, sagte Tatjana. »Dann ich seh spätter.« Sie schloss die Tür hinter sich.

Alwine schluckte und sah ihr durch das Küchenfenster hinterher. Wie sie über den Hof lief, Georg kurz zuwinkte, der gerade auf den Hof gefahren war, und dann aus ihrem Blickfeld verschwand.

Tatjana, dachte sie, mit den schönen blauen Augen und dem speziellen Lachen. Die junge Polin kam schon seit drei Jahren zu ihnen, um bei der Weinlese zu helfen. Ohne Tatjana lief nichts. Das wusste sogar Otto, obwohl er das nie zugegeben hätte. In Kürze würde es losgehen. Jeder Tag zählte, alles musste laufen wie am Schnürchen. Die Scheren waren gewetzt, die Kübel gerichtet, sogar das Wetter musste sich unterordnen, wenn geherbstet wurde. Alles im Weingut Brucker & Brucker vibrierte, wenn das letzte und wichtigste Viertel im Jahr anbrach.

Alwine mochte den Herbst. Die Ernte wurde endlich eingefahren, der Arbeit Müh und Lohn. Der Wein würde wieder ein ganz besonderer werden, wie jedes Jahr. Weil Otto ihn formte und Georg ihn verkaufte. In die besten Restaurants und Häuser, über die Region hinaus. Brucker & Brucker – Ruhm und Ehre, Jahr für Jahr.

Alwine räumte das Geschirr in die Spülmaschine. Alles fühlte sich so normal an, aber das war es nicht. Sie dachte an Rosi und wie sehr sie an der Polin hing. Wie sie sich jedes Jahr auf sie freute und so traurig war, wenn sie wieder ging. Wie sie ihr auf Schritt und Tritt folgte und alles nachmachte, was Tatjana tat. Wäre Rosi am Küchentisch gesessen, so wie jeden Freitag um diese Uhrzeit, wäre sie ihr sofort in den Hof nachgelaufen. Aber sie saß ja nicht in der Küche. Ach, Rosi, Alwine schossen die Tränen in die Augen. Sie drehte sich zu Otto um, der noch immer in der Zeitung blätterte. Dafür hasste sie ihn in diesem Moment.

»Hoffentlich steht demnächst nix über uns da drin«, sagte sie und warf den Lappen ins Becken. Da feuerte Otto die Zeitung ins Eck, schnappte sich den Eimer mit den Essensresten von gestern und stiefelte nach draußen, um die drei Schweine im Stall zu füttern. Draußen traf er auf Georg, er hatte etwas in der Hand. Otto hielt abrupt inne und schaute ihn nervös an.

»Der Franciszek hat sich heute in der Früh krankgemeldet«, sagte Georg, »der wird auch immer unzuverlässiger.«

Otto horchte auf. »Was hat er gesagt, was er hat?«

»Was er hat? Keine Ahnung. Der kann doch kaum Deutsch, das weißt du doch. ›Ich krank‹, hat er gesagt, ›nix komme.‹«

Otto zog seine Hosen hoch und schaute mit zugekniffenen Augen über den Hof.

»Suchst du was?«

Otto reagierte nicht.

»Ich war bei unserem neuen Sternerestaurant«, sagte Georg.

»Und? Ist er jetzt so weit?«

»Er überlegt noch, der Vollidiot. Ich glaub, der schmeckt höchstens den Unterschied zwischen einem Weingummi und einer Gewürzgurke. Der kann einen Riesling nicht von einem Eiswein unterscheiden.«

Otto schwieg und machte Anstalten zu gehen.

»Ja, also«, Georg kratzte sich am Kopf, »jedenfalls, hier ist noch Kuchen von der Gisela. Für die Rosi. Ist die drin?«

»Ja.« Otto schreckte hoch. »Äh, nein, die … ist bei der … Dings!« Dann ließ er den Eimer mit den Essensresten fallen und nahm Georg hektisch den Kuchen aus der Hand. »Gib her. Fahr jetzt lieber die Weinkisten aus. Und sag dem Banditen, ich will genau wissen, was er hat. Von mir aus auf Polnisch.«

Georg zögerte noch kurz, murmelte etwas vor sich hin und stieg dann in sein Auto. Otto nahm den Eimer wieder auf, ging in den Stall und kippte ihn mitsamt dem Kuchen in den Schweinetrog.

Pünktlich um zehn öffnete Otto Brucker die Tür zur Volks- und Raiffeisenbank. Hinter dem Schalter saß, wie gewohnt, Erich Wadlinger.

»Ah, der Otto. Und, wie?«

»Ich brauch Geld.« Otto Brucker schob seine Mütze zurecht.

»Ich guck mal, ob ich welches dahab«, erwiderte Wadlinger und fing an zu lachen. Als er merkte, dass Brucker nicht richtig mitzog, brachte er seine Krawatte in Position und schaute ihn mit hochgezogener Augenbraue an.

»Wie viel?«

Otto schob ihm das bereits ausgefüllte Formular durch die Klappe.

Wadlinger setzte seine Brille auf, machte routiniert sein Kürzel darunter und holte die Scheine aus der Schublade. »Zweihundert, vierhundert, fünf-, sechs-, sieben-, acht-, neunhundert, fünfzig, siebzig, neunzig, tausend. Recht so?«

Otto schaute ihm angestrengt auf die Finger, die wild durch die Scheine flogen.

»Ja, ja. Schon recht.«

Wadlinger schob die Scheine zusammen, klopfte sie zu einem korrekten Stapel und reichte ihm das Geld durch.

»Danke«, sagte Brucker und versuchte umständlich, die Scheine in sein Portemonnaie zu stecken. Wadlinger sah das und schob ihm einen Briefumschlag hinterher. Brucker nickte dankbar und wollte gerade gehen, da fiel ihm ein, dass er ja heute sowieso Geld abheben wollte. Alwine hatte ihm gestern schon signalisiert, dass nichts mehr da war. Das Geld, das er jetzt hatte, war ja nicht für sie.

»Ist noch was, Otto?«

»Ja, ähm, ich überleg grad, vielleicht gibst du mir noch mal fünfhundert, ich muss ja heut noch ...«

»Recht is', immer raus damit!«, rief Erich Wadlinger und fing wieder an zu lachen. Diesmal machte Otto lauthals keuchend mit. Er war dankbar für jede Ablenkung und dafür, dass außer ihm keiner in der Filiale war.

Gegen halb eins bestieg er schwerfällig den großen Traktor. Noch nie hatte ihn seine Wampe so gestört wie jetzt gerade.

»Cheffe? Wohin mit Tragdor?«, rief Ignaz, sein langjähriger Arbeiter, und bewegte sich auf ihn zu.

»Geh fort!«, schrie Brucker und verscheuchte ihn. Ignaz war von der Reaktion verwundert, schlich sich dann aber davon. Brucker überprüfte noch einmal das Paket, in das er die Scheine gepackt hatte, und legte es auf seinen Schoß. Er hatte ein paar Steine dazugepackt, damit es Gewicht bekam und besser flog. Es ist ja nicht wirklich viel Geld drin, dachte er. Der Entführer hatte ganz offensichtlich Skrupel, für eine, die nicht ganz dicht war, eine große Summe Lösegeld zu verlangen. Er muss ja auch damit rechnen, dass jemand gar nichts bezahlt, weil er vielleicht froh ist, dass die Dings endlich ... hatte er vorhin noch zu Alwine gesagt und ihr damit endgültig den Rest gegeben.

Brucker schüttelte sich kurz, dann startete er den Motor. Der Traktor knatterte laut und ging gleich wieder aus. Brucker erstarrte. Nicht jetzt, dachte er und fing sofort an zu schwitzen. Ignaz kam schon wieder auf ihn zugerannt.

»Tragdor versoffe, Cheffe, langsam!«

»Geh fort jetzt!«, brüllte Brucker und startete erneut. Dreimal versuchte er zu zünden, der Traktor jaulte auf, dann sprang er endlich an. Brucker atmete aus und haute mit Gewalt den Gang rein. Ignaz stand hinten in der Ecke und beobachtete das Geschehen. Dann ging er kopfschüttelnd in Richtung des Weinkellers.

Alwine stand am Fenster hinter dem Vorhang und hielt sich krampfhaft an ihrem Taschentuch fest. Als sie den Motor hörte, ließ auch sie stoßweise die angestaute Luft ausströmen. Flehend schaute sie gen Himmel. Wenn nur die Rosi erst wieder da wäre! Sie zog die Gardine vor und ging in die Küche. Sie wollte einen Rahmkuchen backen, Rosis Lieblingskuchen. So schlecht war das ja im Grund genommen nicht, dass sie nicht ganz richtig war, beruhigte sich Alwine, während sie die Zutaten zusammensuchte. Sie würde das Ganze schnell vergessen, und es war außerdem nicht zu befürchten, dass sie hinterher etwas herumerzählte. Und falls doch, die Rosi redete so viel, wenn der Tag lang war, es würde sie eh niemand ernst nehmen. Das wusste der Entführer ja sicher auch.

Kurze Zeit später kam Georg Brucker wieder auf den Hof gefahren, stieg aus und nahm Kurs auf das Haus.

»Alwine?«

Alwine kam aus der Küche gerannt und simulierte eine Niesattacke, damit die rot verweinten Augen einen Sinn ergaben.

»Bist du krank?«

»Ich? Ich weiß nicht, ich muss dauernd niesen.« Sie ging wieder zurück, drehte ihm an der Küchenanrichte den Rücken zu, schob den Rahmkuchen in den Ofen und fing an, die Teigschüssel abzuwaschen.

»Der Franciszek hat eine Darmgrippe.«

»Aha«, sagte Alwine geistesabwesend.

»Das kannst du dem Otto ausrichten.«

»Aha.«

»Hat er dir den Kuchen für die Rosi gegeben?«

»Was?«

»Den Kirschstreusel für die Rosi.«

»Ach so, ja, ja. Da freut sie sich, wenn sie wieder da ist«, log Alwine und wischte sich heimlich die Tränen aus den Augenwinkeln.

»Wo steckt sie denn? Ist sie nicht oben?«, fragte Georg und drehte sich zur Treppe. Alwine war am Ende ihrer Kräfte und kurz davor, heulend zusammenzubrechen. Stattdessen nieste sie wieder in ihr Taschentuch.

»Sie ist bei meiner Mutter«, sagte sie und wünschte sich nichts sehnlicher, als dass Georg endlich verschwand.

»Ah so. Tja, dann ...« Georg verließ die Küche.

»Ja, und danke für den Kuchen«, rief ihm Alwine noch nach.

***

Als Georg wenig später zu Hause die Tür aufschloss, kam seine Frau Gisela aus dem Badezimmer. »Und, kommt sie?«

»Was?« Georg zuckte zusammen und ging den Stapel Post durch, der auf der Anrichte lag.

»Ob die Rosi am Sonntag zum Essen kommt, will ich wissen! Hast du's wieder vergessen? Man kann dich einfach nichts heißen!« Sie griff zum Telefon und steckte den Zeigefinger in die Wählscheibe.

Georg unterbrach die Verbindung. »Die Rosi ist nicht da gewesen.«

»Ich will auch nicht die Rosi fragen, sondern die Alwine!«

»Die war auch nicht da«, sagte Georg und ging schnell wieder nach draußen.

***

Alwine saß wie auf glühenden Kohlen. Die Küchenuhr tickte unaufhörlich, und aus dem Wohnzimmer ertönte der laute Gong der Standuhr. Es war ein Uhr, der Zeitpunkt der Geldübergabe. Sie zitterte und war kaum in der Lage, sich zu bewegen. Beinahe hätte sie den Rahmkuchen im Backofen verbrennen lassen. Eine gefühlte Ewigkeit später hörte sie dann endlich, wie der Traktor auf den Hof fuhr. Sie stürzte nach draußen.

»Und?«

»Was, und?« Brucker scheuchte sie ins Haus zurück.

»Hast du das Geld abgegeben?«

»Abgegeben?« Otto war kurz davor, die Beherrschung zu verlieren. »Was red'st denn du schon wieder für einen Scheißdreck daher? Bei wem denn abgegeben? Beim Herrn Erpresser höchstpersönlich?« Er warf die Haustür hinter sich ins Schloss und zog seine Jacke aus. »Wir war'n noch zusammen ein Bier saufen, wenn du's genau wissen willst!« Otto ging die Treppe hoch, um seine Arbeitsklamotten anzuziehen. Draußen auf dem Hof stand die Welt ja nicht still. Das war nur hier im Haus so.

Alwine schlich in die Küche. Der Kuchen war fertig, und sie wussten noch immer nichts. Kraftlos sank sie auf den Küchenstuhl, die Tränen liefen in Strömen über ihr Gesicht. Sie wollte Rosi wiederhaben. Sie wollte, dass ihr endlich jemand sagte, dass alles gut werden würde.

※※※

Ein paar Straßen weiter lag Harald Hasenbach, genannt Hasel, auf seinem Bett und zählte Geld. Immer und immer wieder. Mit glasigen Augen legte er Schein für Schein auf seiner Brust ab und beobachtete, wie sich das Geld mit seinem Atem leicht hob und wieder senkte. Es war ein Fest. Seine Mutter, die wissen wollte, wo er die ganze Zeit steckte und warum er nicht zum Essen kam, lief mit voller Wucht gegen die Tür, weil sie nicht damit gerechnet hatte, dass abgeschlossen war. Hasel katapultierte es vor Schreck vom Bett.

Elvira Hasenbach schrie Zeter und Mordio. Wieso die Tür verrammelt wär, was genau er da machen würd, wenn sie ihn erwischen würd, wie er ... dann gnade ihm Gott! und so weiter. Hasel sammelte in Windeseile die Geldscheine auf, schob sie unter die Matratze, öffnete die Zimmertür und sah seine Mutter betont harmlos an. Dabei gähnte er laut, blinzelte ein wenig und tat so, als hätte er gerade ein Nickerchen gemacht.

Elvira Hasenbach verstummte augenblicklich. Da sie in der Aufregung vergessen hatte, was sie eigentlich wollte, drehte sie sich auf dem Absatz um und stieg fluchend die Treppe hinunter.

Hasel schloss die Tür hinter sich und lächelte vor sich hin. Dann schaute er wieder unter seine Matratze.

※※※

Otto Brucker hatte sich mittlerweile in einen seiner Weinkeller verzogen und stützte sich an einem Barriquefass ab. Der gestrige Abend und auch die Geldübergabe vor einer Stunde liefen noch einmal vor seinem geistigen Auge ab. Es kam ihm alles unwirklich vor.

Er blickte auf das Erpresserschreiben in seiner Hand, den Beweis, dass er im Hier und Jetzt stand. Immer wieder las er den Text, fuchtelte an seiner Brille herum, versuchte, zwischen den Zeilen zu lesen, und blieb doch nur bei den Rechtschreibfehlern hängen. »Keine Facksen.« Otto presste die Lippen zusammen. Dann kramte er in seiner Hosentasche nach dem Feuerzeug. Umständlich setzte er den Zettel in Brand und ließ ihn fallen. Beweismittelvernichtung, nicht dass noch einer aus Versehen merkte, was da im Hintergrund ablief. Es reichte ihm schon, dass er Alwine nicht einfach verschwinden lassen konnte. Jetzt hieß es nur noch abwarten. Die Information musste ja kommen, irgendwann musste sie kommen, dachte er. Vermutlich erst in der Dunkelheit. Kein Verbrecher war so hohl und würde die Nachricht bei Tageslicht überbringen.

Die Rosi, Otto schüttelte den Kopf und vergrub die Hände in seinem graublauen Kittel, jetzt sitzt sie schon bald die zweite Nacht irgendwo und weiß nicht, wo sie ist und wie sie heißt. Wieder stieg ihm die Zornesröte am Hals hoch. Sobald die wieder … Er würde ganz neue Saiten aufziehen. Ganz neue. Gedankenverloren strich er sich über die Wampe. »Die Polen warn's«, murmelte er vor sich hin, »das Zigeunerpack. Die Blattwichser.« Bei zweien wusste er auf Anhieb noch nicht einmal genau, woher sie kamen, geschweige denn, wo sie jetzt gerade waren. Sie waren ihnen um fünf Ecken vermittelt worden, und bislang war ihm das auch scheißegal gewesen, denn die waren ja noch billiger als der Rest. Da in Kürze die Weinlese begann, musste die restliche Bagage ja schon unterwegs zu ihm sein. Beziehungsweise schon vor Ort sein.

Für den Moment bedauerte er es, dass er die ganze Organisation seit jeher seinem Bruder Georg überließ. Er selbst hatte sich nie drum gekümmert, wer da was und wo und wie. Er war für das große Ganze zuständig, nicht für das Gänseklein, erklärte er Alwine immer.

Je mehr Otto darüber nachdachte, desto sicherer wurde er sich. »Die staubigen Kameraden, die dreckigen Halunken«, schnaubte er. Es musste einer von ihnen gewesen sein, allein wegen den Schreibfehlern. Tausend Mark, dachte er, das ist doch nur in Polen viel Geld.

Brucker trat auf der Asche des verbrannten Briefs herum und hinterließ einen Rußfleck auf dem Kellerboden. Schwerfällig und müde ging er die Kellertreppe hoch. Er wollte sein Jagdgewehr laden und sich auf die Lauer legen, sobald es dunkel wurde. Vielleicht konnte er ihn ja direkt am Grutzen packen. Er musste nur aufpassen, dass er vorher noch erfuhr, wo Rosi steckte. Irgendwann heute Nacht würde etwas passieren, da war er sich sicher. Und wenn die dumme Orschel erst wieder da war, dann gnade dem Gott.

Als er wieder im Tageslicht stand, blinzelte er und rieb sich die Augen. Die grelle Herbstsonne blendete ihn. Da kamen Piotre und Antonie über den Hof gelaufen, er hatte sie vollkommen vergessen.

»Meister, wir gekomme, issich später, was mache?«, rief Piotre und sah Brucker erwartungsvoll an. Der antwortete nicht und betrachtete die beiden aufmerksam.

»Was?«, fragte Antonie und zog den Träger seiner blauen Latzhose zurecht. Brucker kniff die Augen zusammen. »Später, hä? Wo habt ihr euch rumgetrieben?«

Piotre und Antonie schauten ihn komisch an.

»Ich brauch euch heut nicht, schleicht euch!« Otto scheuchte sie mit einer eindeutigen Handbewegung davon. »Hornochsen«, brummte er vor sich hin, »so saudumm, dass sie nicht einmal lesen können, was sie schreiben. Geschweige denn andersrum.« Den beiden traute er wirklich gar nichts zu. Es musste sich um ein anderes Kaliber handeln.

Brucker ging wieder zurück über den Hof und ließ sich im Schweinestall auf einem Hackklotz nieder. Es war der einzige Ort, wo er in Ruhe nachdenken konnte. Die Sauen grunzten, weil sie meinten, es gäbe wieder was zu fressen. Otto starrte vor sich hin. Zweifel krochen wie Efeu langsam in ihm hoch. Er war sich nicht mehr sicher, ob alles richtig war so, wie er es gemacht hatte. Auch stellte er fest, dass er nun keinem mehr trauen konnte. Und es fiel ihm außerdem ein, dass er, wie die Dinge lagen, nicht einmal seinen Bruder Georg nach den Polen aushorchen konnte. Der würde sofort riechen, dass was im Busch war.

Otto wischte sich den Schweiß vom Kopf und zog seine Kappe wieder auf. Er musste das allein regeln. Er würde sich mit dem Gewehr auf die Lauer legen. Aber wie wahrscheinlich war es, überlegte er, dass sich der Drecksack noch einmal nachts auf seinen Hof traute? So abgebrüht konnte doch keiner sein. Er rieb sich das unrasierte Kinn und wurde von Minute zu Minute nervöser. Wie also sollte die Nachricht überhaupt kommen?

Brucker erhob sich langsam und betrachtete die Schweine. Wie sie da standen, ihn erwartungsvoll anglotzten und dumm rumgrunzten. Da hörte er drüben im Haus das Telefon klingeln. Er machte einen Satz, rannte über den Hof, riss den Hörer von der Gabel und brüllte: »Bruckäär?«

Am anderen Ende legte jemand sofort wieder auf. Alles, was dann kam, war ein monotones Tuten. Er ließ den Hörer sinken. »Alwinääh!«, schrie er wie von Sinnen, »Alwinääh!«

Oben öffnete sich knarrend die Tür zum Schlafzimmer, Alwines Kopf lugte heraus, ihre Haare waren noch aufgeplusterter als sonst, die geschwollenen Augen standen weit hervor.

»Bist du von allen guten Geistern verlassen? Warum gehst du nicht ans Telefon, verfluchte Scheiße noch mal?«

»Ich soll doch mit niemandem sprechen«, stammelte Alwine.

Otto rang sichtlich um Fassung und lachte hysterisch auf. »Ja, spinnst denn du?« Er fegte vor Zorn den Stapel mit den Telefonbüchern, die Blumenvase mit dem Trockenblumenstrauß und das Register mit den Telefonnummern vom Schuhschrank. Alwine fuhr zusammen.

Dann stieg er zu ihr hoch, packte sie brutal an den Schultern und schüttelte sie. »Hast du dir vielleicht mal überlegt, dass da jemand angerufen hat, der uns sagt, wo deine dappiche Tochter derzeit hockt?«

Alwine brach heulend zusammen.

***

Hasel hatte den Hörer noch in der Hand, als seine Mutter ihm von hinten mit dem Besen auf die Schulter klopfte. Ob er mit dem Papst telefoniere, wollte sie wissen, denn sie hatte ihn noch nie am Telefon gesehen. Er solle das Gräbele vor dem Haus kehren, es wär Freitag. Man müsse sich ja schämen, wie es da aussah. Hasel schnaubte leise, sie hatte ihm alles verdorben. Er wollte nur einmal horchen, wie sich ein Brucker anhört, dem der Kittel brennt. Nicht einmal das war in diesem Hause möglich.

Eine Stunde später saß er am Schreibtisch und arbeitete fieberhaft. Er hatte erneut seine Tür verriegelt und ein paar der aktuellen miniMAL-Supermarkt-Werbebeilagen ausgebreitet, die er jede Woche austrug, um sein mickriges Taschengeld aufzubessern. Von dem Geld, dass er neuerdings als Lehrling verdiente, sah er nichts. Sein Vater hatte gleich zu Beginn jegliche Hoffnung im Keim erstickt. Solange er die Füße unter seinen Tisch strecke, bleibe das Geld in der Familie. Er wüsste sowieso nicht, wofür er überhaupt Geld brauchen täte. Es wär ja alles da. Warum dann Atze sein Geld behalten dürfe, wollte Hasel wissen.

»Weil … der tanken muss«, sagte Edmund und war schnell aus dem Zimmer gegangen.

»Benzin oder Bier?«, hatte ihm Hasel noch zornig hinterhergeschrien.

Hasels Wellensittich flog im Zimmer herum, kackte auf eine der Werbebeilagen und zwitscherte laut vor sich hin. Hasel verscheuchte ihn, heute regte er ihn wirklich auf. Seine Mutter hatte ihm den Vogel zu seinem dreizehnten Geburtstag überreicht mit den Worten: »Das ist der Hansi.« Nicht dass sich Hasel einen Wellensittich gewünscht hätte, aber er war ihr ein paar Tage zuvor preiswerterweise zugeflogen, und den passenden Käfig hatte sie auf dem Speicher ausgegraben. Hasel fand kurze Zeit später anhand einschlägiger Literatur in der Dorfbücherei heraus, dass der Hansi mit seinem rosafarbenen Schnabel ein Weibchen war. Trotzdem hatte er den Vogel feierlich – und nicht ohne ihm eine Ladung Wasser über die Rübe zu gießen – auf den Namen Dr. Stephan Frank getauft. In Ermangelung einer Zeitung hatte seine Mutter den Boden des Käfigs mit den Seiten eines ihrer Heftchenromane ausgelegt und etwas Sand draufgestreut. Der Titel des Romanes war: »Dr. Stephan Frank – Der Arzt, der die Frauen liebte«.

Hasel schnitt einzelne Buchstaben aus den Beilagen aus. Er hatte beschlossen, die Botschaft – statt handschriftlich und mit Schreibfehlern – nun noch anonymer zu gestalten. Seit heute war das alles kein Spaß mehr und äußerste Vorsicht geboten. Allerdings entwickelte sich die Suche nach den richtigen Buchstaben, wie auch das ganze Geschnippel, recht aufwendig. R wie Rindfleisch, O wie OMO-Waschpulver, S wie Sonderangebot, I wie … Der Text musste weiter gekürzt werden, sonst saß er Maria Himmelfahrt noch dran. Sein Pritt-Klebestift war fast ausgetrocknet und hielt nicht richtig, Hasel stöhnte auf.

Der Wellensittich landete gerade noch rechtzeitig auf seinem Kopf, als er das Zimmer verließ und ohne Vorwarnung die Tür zu Atzes Zimmer aufriss. Der lag auf seinem Bett und war mit sich beschäftigt. »Du dumme Sau!«, schrie er Hasel an. »Hat dir wer ins Hirn geschissen?«

Hasel ignorierte die Frage und ging zielstrebig zu Atzes Schreibtisch. Dort zog er die Schublade auf, schnappte sich die gelbe Uhu-Tube, nahm das alte Briefmarkenalbum aus dem Regal und verließ das Zimmer. Nicht ohne die Tür ins Schloss zu schmeißen. Atze ließ sich irritiert in sein Kissen fallen. Seit gestern kam sein Bruder seltsam großkotzig daher. Er konnte sich das nicht erklären, aber es beunruhigte ihn irgendwie.

Dr. Stephan Frank hatte die ganze Zeit souverän auf Hasels Kopf gesessen und versucht, das Gleichgewicht zu halten. Von der Möglichkeit, in Atzes Zimmer eine Runde zu drehen, sah er aus guten Gründen ab. Als Hasel die Tür zu seinem Zimmer öffnete, lag Kater Wutz quer über den Bastelarbeiten. Er fuhr ihn zornig an, und zeitgleich startete Dr. Stephan Frank eine seiner üblichen Attacken. Hasel bewunderte die schweißtreibende Kriegsführung des Vogels, der es sich zum Ziel gemacht hatte, wenigstens einmal, für einen kurzen Moment, zwischen den Ohren des Feindes zu landen.

Für Hasel war der Wellensittich ein Psycho und somit aller Ehren wert. Aber er brauchte jetzt absolute Ruhe, deshalb steckte er ihn in den Käfig und ging erneut ans Werk. Als er endlich fertig war, war es schon fast sechs Uhr. Von unten rief seine Mutter zum Abendessen.

Hasel brachte die Tube Uhu und das Briefmarkenalbum unbemerkt wieder in Atzes Zimmer, als er zurückkam, lag Kater Wutz schon wieder auf der Bastelei. Hasel schimpfte mit ihm und öffnete das Fenster. Als er ihn packte und nach draußen bugsierte, fauchte ihn das Tier beleidigt an, sprang aufs Garagendach und verschwand.

Kater Wutz war vor drei Jahren in einem Schweinestall in der Nachbarschaft auf die Welt gekommen, und es war Hasel gewesen, der davon Wind bekommen hatte und ihn rettete, bevor der Besitzer ihn wie seine Geschwister im Schweinetrog ertränken konnte. Er hatte ihn mit einer Puppenmilchflasche aufgepäppelt, die er seiner damals fünfjährigen Cousine geklaut hatte. Erst sah es nicht gut aus, aber Hasel hatte den kleinen Kater so hingebungsvoll umsorgt, dass er es sich doch anders überlegte. Seitdem benahm sich Kater Wutz, als würde das ganze Haus ihm gehören, und alle, die hier wohnten, wären bloß das Personal.

Schnell räumte Hasel die Sachen weg und warf wenig später noch einmal einen Blick aus dem Fenster. Draußen sah er die alte Funzel vor dem Haus stehen und auf den Kater einreden. Plötzlich hob sie ihn hoch, woraufhin er fauchte und sich derart wehrte, dass sie ihn freiwillig wieder fallen ließ und laut fluchend wegscheuchte. Er hatte ihr offensichtlich die Hände zerkratzt.

Hasel grinste vor sich hin.

∗∗∗

Otto Brucker hatte Puls. Gerade musste er wieder seinen Bruder Georg bremsen, der ihm erzählen wollte, dass er es nun doch endlich geschafft hatte. Der goldene Schwan würde drei Brucker-Weine in die Karte aufnehmen.

»Jetzt, wo sie einen Stern hätten«, zitierte Georg den Scharfenberger Ernst, »nähmen sie nur noch die besten Weine aus der Region. Und da wäre Brucker & Brucker Pflicht.«

»Dass er da jetzt auch mal drauf gekommen ist, der Idiot. Das hätt ich dem schon früher sagen können«, frohlockte Otto und fühlte sich für einen Moment ganz großartig.

»Ja«, sagte Georg mit leicht belegtem Unterton zu seinem Bruder, der Erfolge immer restlos auf seinem Konto verbuchte. »Wahrscheinlich wär's besser gewesen, *du* hättest mit ihm geredet. Früher.« Er drehte sich um und ging auf das Haus zu.

»Wo willst du hin?«, fragte Otto.

»Ich muss pinkeln.«

»Die Alwine putzt grad.«

»Und?«, fragte Alwine, als Otto ins Haus kam.

»Was, und?«

»Der Georg? Hat der was gesagt?«

»Was soll er denn gesagt haben?«, zischte Otto und riss sich gleich wieder zusammen. Er musste jetzt auf den letzten fünf Metern die Nerven bewahren und Alwine ruhig halten. »Der

Schwanen nimmt unseren Wein auf die Karte«, erklärte er mit ruhiger Stimme.

»Ach so.« Alwine sank in sich zusammen.

»Wie, ach so? Der hat jetzt einen Stern, und wir sind mit dabei, kapiert?«

»Wir haben grad andere Probleme, oder?«

Brucker war sofort wieder auf hundertachtzig. »Wenn die wieder da ist, zeig ich der, wo der Barthel den Most holt. Der dreh ich den Schlüssel rum und die Sicherung raus«, fing er wieder an.

⁂

Als es dunkel wurde, holte Brucker das Jagdgewehr aus dem Schrank, lud es durch und legte sich am Wohnzimmerfenster auf die Lauer. Alwine hatte ihm eine Krakauer aufgeschnitten und Brot dazugestellt. Ob er ein Bier wolle, erkundigte sie sich. Ob sie jetzt saudumme Fragen stellen würd, nur um was Saudummes zu fragen, hatte er geantwortet. Sie richtete ihm eine Flasche Müller-Thurgau hin und verschwand. Gegen zehn hatte Otto einen sitzen und schlief auf dem Stuhl ein. Er wachte erst wieder auf, als der Morgen dämmerte.

Samstag, 13. September 1975

Es war früh am Morgen. Hasel hatte bereits eine Runde gedreht, um die Lage am Brucker'schen Weingut zu sichten. Die Vorhänge waren allesamt zugezogen. So weit schien alles ruhig. Wieder zu Hause, öffnete er gegen zehn Uhr das Tor zur Scheune und ging die Treppe hoch zum Speicher. Zufrieden inspizierte er den Stapel mit den Werbeblättern des Supermarktes, welche er wie jeden Freitag in die Briefkästen stecken sollte. Heute war allerdings schon Samstag, er hatte sie hier versteckt, damit keiner merkte, dass er sie noch gar nicht verteilt hatte. Hasel schnaufte ein wenig, als er die schweren Stapel die Treppe hinunterschleppte und in die Tasche auf Rädern packte. Dann postierte er sich hinter dem Scheunentor und wartete geduldig auf Briefträger Karl-Heinz, der zwar zuverlässig kam, nach dem man aber wirklich nicht die Uhr stellen konnte. Vor allem nicht samstags. Alles hing von seiner Tagesform ab und davon, wen er auf seiner Route angetroffen hatte. Ein Riesling hier, ein Obstler dort. Es wurde einiges besprochen, auch politisch. Das konnte dauern.

Heute hatte er ganz offensichtlich bei vielen die Post persönlich abgegeben, denn er hatte schon mächtig Schieflage. Mehr schlecht als recht hielt er sich an seinem gelben Fahrrad fest, das er gemächlich vor sich herschob. So fiel es ihm auch nicht auf, dass ihm Hasel in gebührendem Abstand folgte. Ganz im Rhythmus des Briefträgers steckte er die Werbeblätter in die Briefkästen.

Nach einer Weile und ein paar Straßen weiter näherten sie sich dem Hof des Weingutes Brucker. Hasels Puls beschleunigte sich. Umständlich kramte er in seiner Tasche und beobachtete aus den Augenwinkeln den Briefträger, wie er die Post, statt sie in den Brucker'schen Briefkasten zu stecken, selig in den Händen hielt und ein erwartungsvolles »Brucker? Un', wie?« in den Hof hineingrölte. Hasel wurde zunehmend nervös, sein Plan kam ins Rutschen, er fing an zu schwitzen. Karl-Heinz pfiff durch die Zähne. Ein Gläschen in Ehren konnte keiner ... Leider war vom Brucker Otto weit und breit nichts zu sehen, und so stopfte er die Post frustriert in den Briefkasten und trollte sich.

Hasel atmete erleichtert auf und steuerte das Hoftor an. Er zog eine Werbebeilage hervor und versuchte, sie zusammen mit seinem Briefumschlag in den Briefkasten zu stopfen, was schwierig war, denn da steckten ja, außer der Post, auch noch die Rheinpfalz und der Pfälzer Kurier drin. Plötzlich stand Otto Brucker an der Haustür und brüllte ihn an: »Behalt deine Scheiß-Werbeblätter für dich, Hasenbach! Ich hab dir schon hundertmal gesagt, dass ich den Dreck nicht brauch!« Hasel erschrak und klemmte hektisch das Kuvert und die Beilage zwischen die Post in den Kasten. »Schön' Dag noch, Herr Brugger«, rief er ihm zu und wollte sich schnell aus dem Staub machen.

»Hasenbach!« Vor ihm stand die alte Funzel. Er hatte sie gar nicht kommen hören und starrte sie verdattert an. Sie klopfte mit ihrem Stock an seine Tasche und musterte ihn aufmerksam. »Wie ist das werte Befinden? Siehst ein bisschen blass aus, hä?«

Hasel wischte sich mit einer Handbewegung den Rotz weg. »Nä, nix. Mir is' nur kurz lecht wor'n.«

»Hat er gesoffen gestern? Ihr sauft wie die Ochsen! Und der Verstand zieht von dannen.«

Hasel winkte hektisch ab.

Die Funzel ließ sich nicht aus dem Konzept bringen und schaute ihn streng an. »Oder will er mal so enden wie die Dappich dadrin?« Sie zeigte mit ihrem Stock in Richtung Weingut Brucker.

»Die war's awer schon inner«, rief Hasel. »Ich nuss jetzt weiter.« Schnell griff er nach seinem Trolley und machte, dass er davonkam. Die alte Funzel sah ihm nach und schüttelte den Kopf über so wenig Einsicht. »Was trägt er denn die Blätter heut erst aus, hä?«

Beim Anblick von Margarete Funzinger war Otto Brucker schnell zurück ins Haus geflüchtet und hatte die Tür hinter sich verrammelt. Dann aber fiel ihm ein, dass sie womöglich auf dem Weg zu Alwine war, um ihren Kuchen zu essen und ihr Getratsche loszuwerden. Alwine war imstande und erzählte ihr, was los war. Darum hechtete er wieder nach draußen, und tatsächlich, sie stand noch immer draußen am Hoftor.

»Margarete, wie geht's?«, säuselte er und marschierte wie ein Soldat geradewegs zum Briefkasten. Den leerte sonst immer Alwine, deshalb hatte er auch keinen Schlüssel dabei. Er fing an, die Post aus dem Schlitz zu ziehen, Margarete Funzinger sah ihm dabei aufmerksam zu.

»Warum so höflich heute, Brucker?«

Otto kramte weiter nach der Post und ignorierte ihre Frage.

»Die Alwine hat sich hingelegt, es geht ihr nicht so …«

»Aha, da komm ich ja gerade recht. Ich werd mal nach ihr schauen«, erwiderte Margarete und versuchte, an Brucker vorbeizukommen. Der ließ sie nicht durch.

»Die pennt«, sagte er mit scharfem Unterton, dabei fielen ihm die Zeitungen wie auch Teile der Post aus der Hand.

Margarete Funzinger bückte sich mit dem Elan einer Zwanzigjährigen, um den Stapel aufzulesen. Brucker riss ihr die Papiere aus der Hand und sammelte den Rest vom Boden auf. Einen Brief hielt sie noch in den Fingern, studierte ihn kurz und legte ihn obendrauf.

»Da! Post von der Verwandtschaft«, keifte sie und zog eingeschnappt davon. Brucker sah den Brief mit der krakeligen Schrift auf dem Umschlag, er klemmte sich den Stapel unter den Arm und riss, während er auf das Haus zulief, den Umschlag hektisch auf.

Alwine kam wie ein Nachtgespenst die Treppe herunter. Als sie ihn sah, stieg sie schnell wieder ein paar Stufen nach oben und beobachtete aus sicherer Entfernung, wie er erst rot und dann blass wurde. Wie er zu seinem Waffenschrank ging und das Großkaliber herausholte. Wie er das Gewehr lud und dann zu ihr nach oben sah.

»Wenn du auch nur einer Kellerassel die Tür aufmachst, bist du die Nächste.« Er nahm seinen alten Mantel von der Garderobe, schob das Gewehr drunter, ging nach draußen. Vorbei an Ignaz, der ihn gerade etwas fragen wollte und ihm verwirrt hinterherschaute. Dann fuhr er mit aufheulendem Motor davon.

Alwine schlug die Hände vors Gesicht, sie war endgültig am Ende ihrer Kräfte.

***

Berta Griesbacher war auf dem Weg zu ihrer Enkelin Rosi. Sie wollte nach dem Rechten schauen. Rosi war weder letzte noch diese Woche zu ihr gekommen. Auch von Alwine, ihrer Tochter, hatte sie nichts gehört. Das regte sie auf, denn wieder einmal war klar, dass man nur bei ihr vorstellig wurde, wenn man etwas brauchte. Sie klingelte Sturm, nichts rührte sich.

»Alwinää?« Sie ging um das Haus herum und konnte niemanden entdecken. Die Polen, die auf dem Hof ihre Arbeit verrichteten und sie grüßten, ignorierte sie wie immer.

»Rosiii?« Berta humpelte zum Weinkeller hinüber. »Ottoooh!« Ihre Stimme brach, wie jedes Mal wenn sie schrie.

»Brugger nix da! Brugger fort«, rief Ignaz ihr zu. Berta Griesbacher schaute ihn missmutig an und zog fluchend ab.

Hinter dem Vorhang stand Alwine und versuchte vergeblich, sich zu beruhigen.

***

Georg saß in seinem Büro und legte gerade den Telefonhörer auf, als seine Frau Gisela hereinschaute.

»Kommt jetzt die Rosi am Sonntag zum Essen?«

Georg zögerte kurz. »Die kann nicht am Sonntag.«

»Wieso?«

»Was, wieso?«

»Was macht die dann am Sonntag?«, fragte Gisela irritiert.

»Was weiß denn ich. Warum ist das denn so wichtig, was die am Sonntag macht? Die kann nicht, fertig. Die isst auswärts, was weiß ich.«

»Die gehen doch nicht essen, wenn jetzt die Weinlese anfängt. Hast du überhaupt gefragt?«

»Mir reicht es jetzt!«, schrie Georg sie an.

»Gut«, sagte Gisela beleidigt. »Dann schmeiß ich die aufgetauten Hähnchen halt in die Mülltonne statt in die Fritteuse.«

**

Es war halb zwölf. Die Kirchturmuhr schlug zweimal. Im nahe gelegenen Waldstück stand Otto Brucker vor einem Haufen Holz und seiner Tochter Rosi. Der Wind pfiff ein trauriges Lied, die Blätter wehten ihm um den Kopf, und die Wolken zogen dicht an dicht über die Bäume hinweg. Seine Arme hingen kraftlos herunter, das Gewehr lag neben ihm auf dem Boden. Er hatte verloren. Verstört blickte er auf den Leichnam, den er von Ästen befreit hatte. Er beobachtete angeekelt einen schwarzen Käfer, der Rosi im Gesicht herumlief, es war das einzig Lebendige an ihr. Rosemarie Brucker glotzte ihn mit leeren, schielenden Augen an.

Jemand hatte sie brutal erwürgt und unter einem Holzhaufen begraben. Dann hatte er ihn erpresst und ihm als Dankeschön die Leiche seiner Tochter präsentiert. Otto hielt sich an einem Baum fest und schaute auf das Schreiben des Erpressers. Auf die bunten, wild ausgeschnittenen Buchstaben, die sich zu wenigen Worten fügten und etwas Fröhliches hatten.

Polisei:

Das Wort war durchgestrichen.

Rosi dot!

Das war die Konsequenz bei Zuwiderhandlung.

Ein Pfeil ging zu einer gekrakelten Skizze, der er gefolgt war und die zu dem Holzhaufen führte, vor dem er jetzt stand. Er war ohne Polizei hier, und Rosemarie war trotzdem tot. Das alles war nur ein schrecklicher Alptraum, er würde gleich aufwachen, dachte er verzweifelt. Alwine, Rosi und er würden gleich in der Küche sitzen und Rollbraten mit Nudeln essen. So würde es sein, wenn er nur endlich aufwachen würde.

Stattdessen wurde ihm speiübel, er ging zum Bach und übergab sich. Alwine, wie sollte er ihr das jetzt beibringen?

Erschöpft ließ er sich auf einem Stein nieder und starrte auf das plätschernde Wasser. Warum hatte er nicht gleich die Polizei eingeschaltet. Jetzt würde er sich endgültig zum Affen machen. Er schaute wieder zu Rosi hinüber. Wenn herauskäme, dass er dafür auch noch Geld bezahlt hatte, das wäre die Blamage seines Lebens.

Otto kaute auf seiner Unterlippe herum. Mit einem Stofftaschentuch wischte er sich den Schweiß unter der Kappe weg. Um ihn herum war jetzt alles ruhig. Als hätte auch der Wind kapiert, dass er die Luft anhalten musste. Aus der Ferne hörte er Krähen, ab und an fielen braune Blätter von den Bäumen. Brucker stand auf und schaute sich um. Er ging zu seinem Gewehr und lief das Gebiet um Rosi ab. Er musste sicher sein, dass wirklich niemand in der Nähe war. Dann ging er langsam zurück zu den Ästen und warf sie auf seine Tochter, bis nur noch ein Fuß herausschaute.

***

Wenn Atze nicht da war und Hasel sicher sein konnte, dass er in der nächsten Stunde auch garantiert nicht auftauchen würde, hielt er sich gerne in dessen Zimmer auf, um zu schnüffeln. Es gab hier immer etwas zu entdecken, man musste nur wissen, wo. Da für Elvira Hasenbach Privatsphäre ein Fremdwort war, dessen Bedeutung sie nicht kannte, brachte Atze die besonders wichtigen Dinge von vornherein in Sicherheit. In der Regel packte er sie in einen kleinen Schrank, dessen Türen er immer sorgfältig abschloss. Hasel hatte allerdings schon als Kind herausgefunden, dass der Schlüssel zu Atzes Schrank identisch war mit dem Schlüssel zu seinem eigenen Schrank. Die Möbelfirma hatte sich damals wohl nicht allzu sehr ins Zeug gelegt, halb Deutschland hätte Atzes Schrank öffnen können. Für Hasel war es jedes Mal wie eine Reise in eine andere Welt. Und natürlich war es genau diesem Schrank zu verdanken, dass er schon frühzeitig wusste, was es im Allgemeinen und im Speziellen mit dem sechsten Gebot so auf sich hatte, er konnte sogar ein paar Exemplare der BRAVO lesen. Daher wusste er auch sehr genau, was sein Erzfeind Stefan Oberhäuser in der Schule immer meinte, wenn er sagte, dass der Hasendepp jetzt ganz dringend mal dem Dr. Sommer schreiben muss, wie ein Zungenkuss geht, wenn man so ein Hasenmaul hat.

An jenem Samstag gegen ein Uhr versuchte Hasel, auf andere Gedanken zu kommen. Die Überbringung des Kuverts hatte ihn aufgewühlt, er musste sich dringend ablenken. Sein Bruder war unterwegs, die Lage entspannt. Hasel zog den Schlüssel aus seinem Schrank und schlich in Atzes Zimmer. Ein Adventskalender war ein Scheißdreck dagegen, dachte Hasel jedes Mal, wenn er vor Atzes Wunderschrank stand und wieder mal heimlich das »Türchen« öffnete. Heute war in der Tat sein Glückstag. Er fand ein großes, zusammengefaltetes Poster, das er in sein Zimmer mitnahm, um es dort in aller Ruhe zu betrachten. Bevor er die Schranktür wieder abschloss, legte er noch Rosis kaputte Brille rein und erfreute sich an der Vorstellung, wie sein Bruder irgendwann einmal das Ding in der Hand hielt und nicht wusste, *was* und *wer* und *wie*. Vielleicht wusste er *wem*, aber auch da war sich Hasel nicht sicher.

Nun saß er an seinem Schreibtisch, zog den Rotz durch die Nase und strich das Papier glatt. Vor ihm lag ein Plakat mit einem roten Rand und neunzehn Schwarz-Weiß-Fotos. »Anarchistische Gewalttäter«, stand da. Meinhof, Ulrike; Baader, Andreas; Ensslin, Gudrun; Meins, Holger Klaus; Raspe, Jan-Carl; Braun, Bernhard ... Hasel starrte fasziniert auf die Bilder. »Steckbrieflich gesucht ... Morde, Sprengstoffverbrechen, Banküberfälle ... 100.000 DM Belohnung«. So langsam dämmerte es ihm. Das kam ja immer im Fernsehen. RAF. Immer wenn Karl-Heinz Köpcke in den Nachrichten »RAF« sagte, seufzte seine Mutter, schüttelte sein Vater den Kopf, langte Atze sich begeistert in den Schritt und lachte. *Mäh-äh-äh.*

Hasel jagte Kater Wutz vom Tisch, der schon im Begriff war, sich auf das Plakat zu legen, und überlegte, woher sein Bruder es wohl hatte. Wieder beugte er sich über die Porträts, von denen er sich magisch angezogen fühlte. Noch drei Tage, dann würde er seinen sechzehnten Geburtstag feiern und einen Personalausweis bekommen. Dafür musste ein Passfoto erstellt werden. Hasel holte den Handspiegel aus dem Bad und setzte sich wieder an seinen Schreibtisch. Abwechselnd schaute er auf das Plakat und in den Spiegel. Er schob seine Haare in alle erdenklichen Richtungen und probierte unterschiedliche Gesichtsausdrücke. Er musste sich bald entscheiden, ob er auf dem Foto eher wie Andreas Baader oder wie Bernhard Braun aussehen wollte. Auf jeden Fall, beschloss er, würde er ein schwarzes Hemd tragen. Da er keines hatte, würde er wohl oder übel eines klauen müssen. Jetzt, wo auch er anarchistisch unterwegs war.

Von unten hörte er seine Mutter nach ihm brüllen. Er solle das Auto vom Vater waschen, man müsse sich ja schämen, wie das aussah.

***

Als Otto Brucker wieder auf den Hof fuhr, kam Alwine aus dem Haus gestürzt. Ihr Gesicht glühte vor Aufregung. Er wedelte ihr hektisch zu, sie solle verschwinden, aber Alwine ließ sich nicht abwimmeln.

»Was? Wo ist sie?«, fragte sie mit bebender Stimme. Brucker packte sie am Arm und schob sie ins Haus. Zum Glück war gerade niemand auf dem Hof.

»Jetzt red doch endlich!«

Er nahm ein Schnapsglas aus dem Schrank, goss es bis oben hin voll und hielt es ihr vor den Mund.

»Sauf!«

»Aber ...«

»Das wird jetzt gesoffen, verflucht!«

Alwine kippte den Schnaps hinunter und sah ihn mit flackernden Augen an.

»Die Rosi liegt tot im Wald. Es hat sie einer abgemurkst.«

Alwine fiel in sich zusammen und fing an, laut aufzuheulen. Er packte sie an den Schultern und schüttelte sie, bis er sicher sein konnte, dass sie ihm zuhörte.

»Pass jetzt genau auf, was ich dir sag! Ich geh jetzt zur Polizei und meld die Rosi als vermisst. Es hat keine Erpressung gegeben, ja? Uns hat keiner erpresst, verstehst du das?«

Alwine verstand nichts.

»Wenn rauskommt, dass wir die Polizei nicht informiert haben und du dich hast erpressen lassen für eine Rosi, die sowieso nicht mehr am Leben war, da wirst du zum Gespött im ganzen Landkreis. Da nimmt dich keiner mehr ernst, keiner!«

»Aber die Rosi, die is' doch ...«, wimmerte Alwine.

»Tot ist die. Und sie wird durch nichts wieder lebendig. Die hat ihre selige Ruh, die Rosi, das dappiche Luder. Was weiß denn ich, welchem Stromer die hinterhergelaufen ist. Hab ich der nicht oft genug gesagt, die soll sich ... Das ist jetzt die Quittung!«

Alwine sah ihn verstört an und brach wieder zusammen.

»Die Polizei wird sie heute noch finden, dafür sorg ich. Und die werden den Drecksack erwischen, der wo das gemacht hat. Oder halt ich. Und wenn dich einer fragt, bei uns hat kein Pole illegal gearbeitet, hast du das verstanden?«

»Was?«

Otto winkte ab. »Hopfen und Malz verloren«, knurrte er zornig und nahm die Autoschlüssel. »Ich warn dich, wenn du einem die Tür aufmachst, mach ich kurzen Prozess!«

∗∗∗

Wenig später läutete Brucker Sturm bei Berta Griesbacher, seiner Schwiegermutter.

Die öffnete ihm mit beleidigter Miene die Tür. »Aha, der Herr Brucker gibt sich die Ehre«, bemerkte sie bissig und humpelte ins Wohnzimmer.

Brucker ging ihr hinterher. »Die Rosi soll kommen«, sagte er im Befehlston.

»Woher kommen?«, blaffte sie ihn an und ging in die Küche.

Brucker ihr nach. »Was fragst du so saublöd? Wo steckt die Rosi? Ich hab nicht ewig Zeit.«

Berta drehte sich langsam um und sah ihn an. Ihre Augen wurden immer kleiner und gefährlicher.

»Ich bin vielleicht alt, aber verkalkt bin ich nicht, mein Lieber. Die Rosi ist nicht bei mir. Ich weiß von nix, du kannst gleich wieder fahren.«

»Was heißt das, die ist nicht bei dir? Die ist doch vorgestern Abend bei dir ausgestiegen, das war doch ausgemacht. Hast du jetzt den Verstand verloren?«

»Den Verstand? Ja, den kannst du ja nicht verlieren, du hast ja keinen.« Berta feuerte schnaubend den Spüllappen ins Eck. »Die Rosi war nicht bei mir und ist nicht bei mir, basta. Mir hat keiner was gesagt. Mir sagt ja nie einer was. Es macht ja jeder, was er will. Aber ohne mich, mein Lieber, ohne mich!«

Brucker drehte sich auf dem Absatz um, legte einen bühnenreifen Abgang hin und warf die Tür hinter sich zu.

Berta riss das Fenster auf und rief ihm hinterher: »Heißt das, die Rosi ist verschwunden? Seit wann denn?«

Otto antwortete nicht, sprang in seinen Opel Kadett und

fuhr mit durchdrehenden Rädern davon. Der Film lief exakt nach seinem Drehbuch.

***

»Otto!« Bertwin Reinemuth sah erfreut von seinem Schreibtisch auf. »Was treibt dich zu uns? Bist du geblitzt worden?«
Otto Brucker war auf direktem Wege zur Polizeidienststelle im Nachbarort gefahren. Dort hatte Bertwin Reinemuth Dienst und zwinkerte ihm kameradschaftlich zu. »Ah, oder wieder ein Weinpanscher?« Als Bertwin Bruckers versteinerte Miene sah, verstummte er und fing an, seinen Bleistift zu spitzen.
»Die Rosi ist weg.«
»Weg? Was heißt jetzt weg?«
»Weg heißt fort!«, fuhr ihn Brucker ungeduldig an.
Bertwin erschrak, so hatte er ihn noch nie erlebt. Er steckte den Bleistift hinter sein Ohr und sah ihn mit großen Augen an. »Verschwunden halt. Was weiß denn ich!«
»Ah wa, Otto«, sagte Bertwin beschwichtigend, »die taucht doch schneller wieder auf als … Seit wann ist die …?«
»Seit gestern. Oder vorgestern halt.«
»Seit gestern oder vorgestern halt?« Bertwin blies Luft durch die Lippen und kratzte sich am Kopf. »Und da kommst du erst jetzt?«
»Ja.« Otto räusperte sich und strich mit dem Zeigefinger hinter seinen Kragen. »Die Alwine hat gemeint, die wär bei der Oma. So war das ausgemacht. Die hätt nach der Arbeit direkt dorthin sollen. Am Donnerstag praktisch. Und heut erfahr ich, dass die dort nicht ist. Und nicht war. Und bei uns ist sie halt auch nicht. Ich weiß ja nicht, was die Weiber da ausgemacht haben. Aber jetzt ist die Scheiße halt am Dampfen. Und ich muss mich wieder um alles kümmern.«
»Ja, hast du denn schon überall nachgefragt? Hat die gar keiner gesehen?«
»Wer soll denn die gesehen haben?«, antwortete Otto gereizt.

»Ja, aber wo kann die dann sein?«

»Ha, das frag ich doch dich!«, schrie Otto den Beamten an und winkte sogleich wieder versöhnlich ab. Bertwin runzelte die Stirn und spannte ein Blatt Papier in seine Schreibmaschine. Auf die Frage, seit wann genau die Rosi verschwunden sei und was genau sie angehabt habe, wusste Brucker wenig zu sagen.

***

Im Dorf hatte es sich rumgesprochen wie ein Lauffeuer. Bertwin Reinemuth hatte ja praktisch nicht nur innerhalb der Reviere die Fahndung herausgegeben, sondern auch seinen Freund, den Maurer Ullrich, angerufen, der es seiner Frau Margot gesteckt hatte. Einen großflächigeren Fahndungsaufruf in so kurzer Zeit hatte es bis dato noch nicht gegeben.

Deshalb war auch schnell klar, dass die Rosi Brucker nicht bei irgendwem steckte und plötzlich wieder auftauchen würde.

Bereits gegen drei Uhr stand ein Trupp von fünf Männern aus der Nachbarschaft bereit, die lieber schon einmal auf eigene Faust suchen wollten. Otto Brucker übernahm das Kommando. Zuvor hatte er Alwine ins Schlafzimmer gescheucht und dort eingesperrt.

***

Hasel lag derweil in der Badewanne, nahm einen Schluck Weihwasser und sprach sich heilig. Draußen donnerte sein Bruder Atze an die Tür und schrie ihn alles zusammen, was sein Repertoire zu bieten hatte. Von A wie Arschloch bis W wie Wichser, viel mehr war nicht drin.

Samstag war Badetag, nicht nur im Hause Hasenbach. Elvira hatte gegen halb zwei den Boiler angeworfen und eine halbe Stunde später die erste Wanne eingelassen. Sie war für Atze, Hasel und sich selbst. Für Edmund wurde danach eine neue angesetzt, da er sich vehement weigerte, in eine Brühe zu steigen, die, wie er sagte, komplett mit Bazillen verseucht war. Er hatte Angst, dass er davon krank werden könnte. Hasel hatte ein ähnliches Problem, er wollte nicht nach Atze baden. Immer schaffte er es nicht, aber heute hatte er Oberwasser. Atze hatte einen Holzbalken unter den Türgriff von Hasels Zimmer gestellt, aber der Einzige, den er eingesperrt hatte, war Kater Wutz. Der musste groß und fing an durchzudrehen, weil er nicht rauskam. Er sprang mehrmals zum Türgriff hoch. Was sonst immer klappte, funktionierte heute nicht. Daraufhin attackierte er den Vogelkäfig und warf ihn mitsamt dem Wellensittich auf den Boden. Das war auch Dr. Stephan Frank zu viel, der zum ersten Mal in seinem Leben froh war, in einem Käfig zu hocken. Kater Wutz gab auf und setzte einen Haufen auf das Deckbett. Von alldem bekamen aber weder Atze noch Hasel etwas mit, denn der eine hatte die Schlacht verloren, und der andere probierte, wie lange er unter Wasser die Luft anhalten konnte.

***

Wenige Stunden später, noch vor Einbruch der Dunkelheit, wurde Rosemarie Brucker gefunden. Otto hatte es zu diesem Zeitpunkt schon innerlich satt, durch Wald und Wiese zu geistern, und es war ihm irgendwie peinlich, dass andauernd jemand »Rosiiiiie« brüllte, in der absurden Hoffnung, sie würde plötzlich hinter einem Baum hervorkommen und schauen, wer da nach ihr gerufen hat. Als auch noch André Kutscher, der selbst ernannte Feldschütz des Dorfes, zu ihnen stieß und anfing, in die Luft zu ballern, mit welchem Ziel auch immer, wurde es Brucker dann doch zu viel, und er manövrierte die Truppe langsam, aber gezielt in Richtung Fundstelle, um dort eine angemessene Show abzuziehen.

***

Hauptkommissar Rudolf Melchinger, Leiter der Kripo Pirmasens, lag an diesem Samstagabend zu Hause auf dem Sofa und wartete auf die Zwanzig-Uhr-Nachrichten. Dabei wusste er genau, dass er schon bei der Wettervorhersage eingeschlafen sein würde, um am Ende der Fernsehshow »Am laufenden Band« wieder aufzuwachen und die restliche Nacht nicht mehr richtig schlafen zu können. Als das Telefon klingelte, stöhnte seine Frau Hanne in leiser Vorahnung und schob sich gelangweilt ein paar Paprikachips in den Mund. Schwerfällig erhob er sich und nahm den Hörer ab.

»Hm, hm, hm«, hörte Hanne ihren Mann sagen. Als er auflegte, nahm er, wie erwartet, den Schlüssel vom Brett und die Jacke von der Garderobe und verließ mit einem laut gähnenden »Schönen Abend noch« das Haus.

Als er eine halbe Stunde später am Fundort der Leiche eintraf, war alles bereits großflächig abgesichert und hell ausgeleuchtet. Die Spurensicherung hatte schon mit ihrer Arbeit begonnen. Melchinger schlüpfte unter der Absperrung durch und stapfte zu seinem Kollegen Hauptkommissar Udo Wachtel hinüber. Er klopfte ihm zur Begrüßung leicht auf die Schulter und warf einen ersten Blick auf die Leiche. Wachtel zog an seiner Zigarette.

»Rosemarie Brucker, Weingut Brucker.«

»*Der* Brucker in Allweiler?«

Wachtel nickte. »So ist es. Sie wurde gegen Mittag vermisst gemeldet, von ihrem Vater Otto Brucker.«

»Der Grauburgunder vom Brucker, ein Gedicht«, schwärmte Melchinger und beugte sich über die Leiche.

»Die liegt da vorneweg seit zwei Tagen«, sagte der Gerichtsmediziner Bruno Weininger, der das Opfer bereits grob in Augenschein genommen hatte.

»Und man hat sie erst heute als vermisst gemeldet?« Melchinger sah Wachtel fragend an. Der zuckte mit den Schultern.

»Die Eltern haben gemeint, sie wär bei der Oma, und die

Oma hat gemeint, sie wär bei den Eltern. So hab ich das in der Kürze mitbekommen.«

»Ist sie …«

»… geistig behindert? Ja. Der Täter hat sie mit bloßen Händen erwürgt. Mehr kann man im Moment nicht sagen. Der Vater hat sie bereits identifiziert. Er war dabei, als man sie gefunden hat. Ich hab ihn nach Hause geschickt. Hier ist die Adresse. Nicht so weit von hier.« Wachtel hielt Melchinger das Notizbuch hin und zündete sich erneut eine Zigarette an.

Melchinger zog sich die Strickjacke zu und den Reißverschluss seiner Jacke hoch. Er fror ein bisschen, es fing an zu regnen. Er beugte sich wieder über die Leiche, schaute sich um und deutete auf die vielen herumliegenden Äste.

»Hat die unter einem Holzhaufen gelegen, oder was ist das?«

»Ja. Die war komplett mit Holz zugedeckt, aber es hat wohl etwas rausgeguckt, hat der Brucker gesagt. Also eigentlich nur notdürftig abgedeckt. Da hat der Täter nicht allzu viel Zeit drauf verwendet.«

»Hm.« Melchinger nickte. »Wenn die hier umgebracht worden ist, dann gibt es ja auch nicht so viele Möglichkeiten, die Leiche verschwinden zu lassen. Wenn er keine Schaufel dabeihatte. Sonst irgendwelche Spuren auf die Schnelle?«

»Nichts«, antwortete Wachtel. »Es ist windig gewesen die Tage. Hier sind überall Blätter, Wald halt. Ich glaub nicht, dass wir da groß fündig werden.«

»Hier ist ein Zigarettenstummel gelegen, eine Marlboro.« Polizeihauptmeister Arnold Obermann hielt ihnen eine Klarsichthülle hin.

»Ein Raucher also«, sagte Wachtel, »die Kippe sieht zumindest noch relativ frisch aus.«

»Muss ein Anfänger gewesen sein, wenn der eine Kippe in der Nähe des Opfers hinterlässt«, sagte Melchinger und deutete in Richtung Auto. »Gut, dann fahren wir jetzt als Erstes zu den Eltern.«

Wachtel ging ihm hinterher.

»Ach so, wer hat sie noch mal gefunden?«

»Der Brucker selbst«, antwortete Udo Wachtel. »Dem war die Polizei zu langsam, der hat anscheinend sofort einen eigenen Suchtrupp mobilisiert. Die sind über das Feld und durch den kleinen Wald marschiert. Ein Zufall wahrscheinlich.«

Melchinger drehte sich zu ihm um. »Die marschieren zufällig in die richtige Richtung?«

Wachtel zuckte mit den Schultern. »Nicht sofort, die waren schon seit drei unterwegs und haben erst mal das Dorf durchkämmt, bevor sie auf die Felder sind.«

»Ich will jeden wissen, der wo da mitgelaufen ist.«

***

Mittlerweile war es halb zehn. Hasel lag mit seinem Vater Edmund, seinem Bruder Atze und Rudi Carrell im Wohnzimmer und schaute das Finale von »Am laufenden Band«. Draußen klingelte das Telefon, weil aber Edmund zu Hause war, ging auch Elvira nicht ran. Sie saß mit Lockenwicklern in den Haaren unter ihrer aufblasbaren Trockenhaube in der Küche, löste ein Kreuzworträtsel und fragte sich lediglich, wer so spät und noch dazu an einem Samstag bei ihnen anrief.

Hasel war auch erschrocken, als es klingelte. Er war noch unter Dauerstrom, weil er nicht wusste, was in der Zwischenzeit in Sachen Rosi Brucker passiert war. Er wäre gerne ans Telefon gegangen, traute sich aber ebenfalls nicht, weil es ja strengstens verboten war. Außerdem hätte das jeden in diesem Haus gewundert, denn er ging nie ans Telefon. Also wandte er sich wieder dem Fernseher zu. Der Gewinner der Quizsendung hatte bereits im Korbstuhl Platz genommen und versuchte, sich zu konzentrieren. Vor seinen Augen fuhren auf einem Förderband viele schöne Sachen vorbei. Anschließend hatte er dreißig Sekunden Zeit, möglichst viele davon aufzuzählen, um sie mit nach Hause zu nehmen. Edmund Hasenbach schnarchte, Hasel und Atze traten, wie jedes Mal, gegeneinander an. Als das Laufband zu Ende war, drehten sie den Ton ab. Während Hasel sich stets an sehr viele Gegenstände erinnern konnte, fielen Atze immer nur die letzten drei ein. Den Rest dichtete er einfach dazu, weshalb er sich immer als klarer Sieger fühlte und einen Grund hatte, dies anschließend in der Dorfkneipe Binokel gebührend zu feiern. Hasel war das heute alles egal. Er war der Sieger des Tages, des Monats, des Jahres. Goldmedaille, Europapokal, Siegertreppchen ganz oben. So breitbeinig hatte er noch nie im Sessel gelegen.

***

Otto Brucker öffnete die Tür und bat die Kommissare Rudolf Melchinger und Udo Wachtel wortlos ins Wohnzimmer. Dort saß Alwine mit verquollenem Gesicht und knetete ihr Taschentuch. Neben ihr hockte Gisela, ihre Schwägerin, und tätschelte ihr unablässig den Arm. Aus der Küche kam Georg Brucker und hatte zwei Flaschen Wasser in der Hand.

»Frau Brucker, Herr Brucker, unser herzliches Beileid«, sagte Melchinger, und Wachtel nickte den anderen höflich zu.

»Mein Bruder und seine Frau«, erklärte Otto Brucker mit ungewohnt leiser, belegter Stimme.

»Wir wissen um den Zeitpunkt, aber wäre es wohl möglich, Ihnen ein paar Fragen zu stellen?«

»Selbstverständlich«, sagte Brucker und setzte sich dicht neben Alwine auf die Couch, ohne den anderen einen Platz anzubieten. Melchinger nahm sich einen Stuhl, Wachtel lehnte sich an die Wand.

»Wann genau haben Sie Ihre Tochter denn zum letzten Mal gesehen?«

Alwine schniefte leise vor sich hin, Otto Brucker antwortete aufgeregt: »Am Donnerstagmorgen ist die aus dem Haus, wie immer. Sie arbeitet in der Behindertenwerkstatt von Montag bis Donnerstag. Das ist … sie ist … nämlich … nicht so …«

»Sie ist geistig behindert, das wissen wir. Wie alt ist sie denn?«

»Zweiunddreißig«, antwortete Alwine mit heiserer Stimme. Brucker zuckte innerlich zusammen. Es passte ihm nicht, dass Alwine etwas sagte, er stupste sie sanft mit dem Knie an, um ihr zu signalisieren, dass sie den Mund halten solle.

»Wie kommt sie in die Behindertenwerkstatt?«

»Mit dem Bus. Die werden immer alle abgeholt. Und wieder gebracht«, erklärte Brucker.

»Haben Sie gesehen, wie sie am Donnerstag in das Fahrzeug eingestiegen ist?«

»Ja, also … nicht direkt. Der Fahrer, der Hasenbach, der hupt immer, wenn er da ist und sie noch nicht draußen steht. Dann weiß sie Bescheid, da muss man sich nicht groß drum …«

»Und? Hat es gehupt am Donnerstagmorgen?«

»Nein, sie war ja schon nach draußen …«, stammelte Alwine.

»Aber wie sie eingestiegen ist, das haben Sie nicht gesehen?«

»Ähm, nein. Das … wir sehen das nicht, der Bus steht dann vorne am Eck, unweit vom Haus«, antwortete Otto.

»Und nach der Arbeit?«

»Da wird sie halt dort wieder abgesetzt.«

Melchinger machte sich Notizen.

»Ja«, Brucker räusperte sich, »oder wenn sie zur Oma geht, dann setzt er sie schon am Ortseingang ab.«

»Woher weiß der Fahrer, dass er das machen soll?«, wollte Udo Wachtel wissen.

»Das sagt ihm die Rosi dann schon«, antwortete Alwine.

»Aha.«

»Die Rosi war nicht ganz so, wie Sie jetzt denken.« Brucker fuhr sich mit der flachen Hand vor der Stirn herum.

»Wir denken gar nichts«, winkte Melchinger ab, »erzählen Sie uns, wie die Rosi war.«

»Sie war …« Brucker überlegte.

»Sie kann sehr gut sagen, was und wohin sie will, so ist das nicht«, ereiferte sich Alwine.

»Gut«, sagte Melchinger in beruhigendem Ton und wechselte das Thema. »Wenn ich das richtig verstanden habe, sollte sie am

Donnerstagabend zu ihrer Oma und dort übernachten. Dort ist sie aber nicht angekommen. Stimmt das?«

Alwine schnäuzte in ihr Taschentuch, Otto Brucker nickte.

»Wie kann das sein? Hat die Oma nicht angerufen, als die Rosi nicht gekommen ist?«

»Pff, die alte Griesbacher. Die wird immer vergesslicher. Auf die ist kein Verlass mehr. Mir sagt sie, sie hätt gar nicht gewusst, dass die Rosi zu ihr kommen soll. Also wenn Sie mich fragen …« Brucker ließ den Rest des Satzes zur Interpretation offen.

»Meine Mutter …«, ging Alwine dazwischen, »die ist aber sonst wirklich zuverlässig. Und die Rosi, die ist kein Idiot, sie ist nicht so … Man muss sie nicht behandeln wie ein Kind, sie kann sehr gut alleine …«

Otto saß auf glühenden Kohlen und wackelte mit dem Oberschenkel.

Wachtel betrachtete das Bild, das an der Wand hing.

»Hat sie eine Brille getragen, die Rosi?«

»Freilich«, antwortete Alwine. »Sie hätt ja sonst nichts gesehen. Fünf Dioptrien, dem Kind ist nichts geschenkt worden.« Sie fing wieder an zu weinen.

Melchinger stand auf. »Wir werden jetzt erst einmal selbst mit der Oma sprechen, bitte geben Sie uns Name und Adresse.«

»Und der Fahrer, Hasenbach heißt der?« Wachtel zückte sein Notizbuch.

»Albert Hasenbach, der wohnt ein paar Straßen weiter, ich schreib's Ihnen auf.« Alwine wischte sich über die Augen. Ihre Schwägerin Gisela holte einen Notizblock und notierte die Adressen.

»Wann können wir sie denn beerdigen, die Rosi?«, fragte Georg Brucker, der an der Tür lehnte und den das Ganze sichtlich mitnahm.

»Das kann ich Ihnen leider noch nicht sagen«, antwortete Udo Wachtel. »Sie … ist jetzt erst mal in der Gerichtsmedizin, verstehen Sie?«

Alwine heulte wieder auf, ihre Schwägerin versuchte sie zu trösten.

»Diese elendige Drecksau«, Otto Brucker strich sich über den Wanst, »den kriegen Sie doch, oder muss ich da aktiv werden?«

Melchinger antwortete nicht. »Können wir vielleicht noch einen Blick in ihr Zimmer werfen?«

»Ja«, schluchzte Alwine und stand auf, um die Polizisten nach oben zu begleiten. Brucker stampfte nervös hinterher. Auch Gisela folgte ihnen.

Das Zimmer von Rosi war sehr aufgeräumt. Fast machte es einen unbewohnten Eindruck. Auf dem Schreibtisch standen ein paar Buntstifte in einem Glas, ein weißer Block lag davor. Darauf war wildes Gekritzel, abstrakte Kunst. An der Wand hing ein großes hölzernes Kreuz, auf das eine gekrümmte Jesusfigur aus Metall genagelt war. Daneben hing ein kleiner Weihwasserkelch, der aber leer war. Auf Rosis Nachttisch standen ein kleiner Trockenblumenstrauß in einer braunen Vase, ein Wecker, der aber mittlerweile stehen geblieben war, und ein weißer Porzellanelefant. Das Bett war akkurat gemacht. Alwine sah Melchingers Blicke wandern und lieferte ihm entsprechende Erklärungen, ohne dass er danach gefragt hatte.

»Die Rosi malt gern. Nichts Richtiges, aber eben halt mit Farben und so … Das ist ja das Einzige, was sie hier macht. Der Elefant ist von ihrer Tante, die war mal mit ihr im Zoo, gell, Gisela?«

»Ja«, sagte die verlegen, »das ist aber schon zwanzig Jahre her.«

»Das Bett, das macht die Rosi immer selbst. Da muss alles korrekt sein, wissen Sie, sonst findet die sich nicht zurecht. Es stört sie, wenn sich hier irgendetwas verändert. Das will sie überhaupt nicht. Zumindest nicht in ihrem Zimmer.«

Melchinger nahm zwei Plastikröhrchen in die Hand, die auf dem Fensterbrett lagen.

»Capri-Sonne«, sagte Alwine. »Sie trinkt immer Capri-Sonne … in den Beuteln, das ist so …«

»Kennen wir«, unterbrach sie Wachtel.

Hinten an der Tür stand Otto Brucker und schwitzte. Alwine redete wie ein Wasserfall, und er konnte nichts dagegen machen.

»Die Brille«, fragte Melchinger, der nun ein Brillenputztuch in der Hand hatte, »eine Idee, wo die sein könnte?«

»Nein«, antwortete Alwine, noch bevor Otto überhaupt Luft holen konnte. »Die hat sie ja immer auf. Die sieht ja, wie gesagt, sonst nichts. Das linke Glas war zugeklebt, weil das rechte Auge grad wieder schielt und …«

»Als wenn das jetzt wichtig wär!«, fuhr Brucker dazwischen.

»Es ist wichtig, weil, die Brille war halt nicht am Tatort«, erklärte ihm Wachtel und nahm neugierig ein dickes Buch in die Hand. »Grimms Märchen«, das komplette Programm.

»Die hab ich ihr immer vorgelesen, wie sie noch klein war. Immer rauf und runter«, sagte Otto, und Alwine starrte ihn für einen Moment verwundert an.

Wachtel nickte. Als er es wieder zurückstellen wollte, fielen ein paar getrocknete Blüten aus den Seiten. Im Zimmer wurde es augenblicklich still, alle starrten auf die rosafarbenen Blumen, die noch eine Runde drehten, bevor sie sanft zu Boden gingen. Melchinger nahm Wachtel das Buch aus der Hand, legte es vorsichtig auf den Tisch und ging durch die Seiten. Abgesehen von jenen, die runtergefallen waren, steckte zwischen vielen Seiten eine platt gepresste Blüte. Mal rosafarben, mal weiß.

»Oleander«, sagte Gisela leise.

Melchinger sah sie fragend an.

»Ich weiß nicht, das sind halt Oleanderblüten.«

Auf Seite zweiundfünfzig lag die letzte, beim Rumpelstilzchen war Feierabend.

»Woher stammen die?«, fragte Melchinger.

Alle zuckten mit den Schultern.

»Vielleicht aus der Gärtnerei, wo sie …«

Melchinger klappte das Buch zu, Alwine fuhr zusammen, und Brucker fuchtelte mit den Händen.

»Das ist alles Quatsch hier drin, das bringt nichts. Zeitverschwendung. Wenn wir noch lange hier rumstehen, hat der Dings die Nächste an der Gurgel!« Melchinger gab Wachtel ein Zeichen zum Aufbruch.

»Erzählt die Rosi was, wenn sie nach Hause kommt?« Wachtel wollte nichts unversucht lassen.

»Die redet ohne Punkt und Komma. Lauter wirres Zeug«, entgegnete Brucker schnell und ging zur Tür.

»Hat sie in letzter Zeit mal jemanden erwähnt, der Ihnen unbekannt ist?«

»Man kann da unmöglich ... immer zuhören«, stammelte Alwine. »Also nicht dass ich nicht höre, was sie sagt, aber ich kann mir das nicht merken, das ist ... da ist kein Zusammenhang, oft. Das geht über was sie so macht den ganzen Tag. Das ist ja nicht wirklich von Interesse. Also nicht dass es mich nicht interessiert ... Sie war so ein liebenswerter, fröhlicher Mensch.«

Brucker haute ihr heimlich den Ellbogen in die Rippen. Alwine verstummte. Wachtel nickte verständnisvoll. »Vielleicht fällt Ihnen ja doch etwas ein, wenn Sie drüber nachdenken. Vielleicht ein Name, der öfters auftauchte, oder sonst irgendwas. Es muss ja nicht jetzt gleich sein, wir melden uns die Tage noch mal.«

»Herr Brucker, Frau Brucker, wir werden alles tun, was in unserer Macht steht«, sagte Rudolf Melchinger mit zuversichtlichem Kopfnicken. »Wir werden sicherlich noch weitere Fragen haben, halten Sie sich bitte zu unserer Verfügung.«

Unten stand Georg Brucker und hielt ihnen die Tür auf.

Otto lief den Beamten bis zum Auto nach.

»Wie sind Sie denn eigentlich auf den Fundort gestoßen, Herr Brucker?«, fragte Rudolf Melchinger.

Brucker runzelte die Stirn. »Ich? Das war ... reiner Zufall. Wir haben die ganze Gegend abgesucht, immer rauf und runter, und dann durch das Waldstück, was ja direkt am Ortseingang liegt, und da war … Die Polizei hat ja zu dem Zeitpunkt noch gar nicht richtig angefangen zu suchen«, rechtfertigte er sich. »Die haben ja erst noch die Leute abklappern wollen. Die hätten die ja bis jetzt noch nicht gefunden gehabt, die Sesselfurzer.« »Ist denn die Rosemarie oft in dem kleinen Waldstück gewesen?«, wollte Wachtel wissen.

»Nein. Oder ja, doch, da war sie schon ganz gerne. Und auch in der Gegend da am Bach. Da hab ich sie schon mal aufgegabelt«, log Otto. »Deswegen haben wir ja auch dort gesucht, dann.«

»Aha«, sagte Wachtel. »Ja also, Sie hören von uns, sobald wir etwas wissen. Und wenn was ist, rufen Sie uns jederzeit an.« Sie stiegen ein und fuhren los.

Brucker winkte ihnen kurz hinterher und verschwand im Haus. Dort waren ja noch sein Bruder und seine Schwägerin. Er musste Alwine wieder unter Kontrolle kriegen.

»Das ist denen aber arg wichtig, dass ihre Tochter nur ein bisschen behindert ist.«

»Udo!«, brummte Melchinger und fuhr durch die leeren Dorfstraßen.

»Nein, mal ehrlich. Das war doch eben das Wichtigste, als wenn das jetzt noch eine Rolle spielen würde.«

»Ein Weinbauer halt, den jeder kennt«, erklärte Melchinger. »Der hat seinen Stolz. Guck ihn dir doch an, den Brucker, der hält sich doch für den Allergrößten. So einer, der will einen Stammhalter, verstehst du. Jetzt steht er im Mittelpunkt, aber mit so einem undankbaren Thema. Schlimmer geht's doch für den gar nicht. Wir fahren jetzt noch zu dieser Oma, die ist bestimmt noch wach. Und morgen als Erstes zu dem Busfahrer.«

»Morgen ist Sonntag«, stöhnte Wachtel.

»Zeig mir einen Mörder, den das interessiert.« Melchinger bog in die Straße ein, wo Berta Griesbacher wohnte.

***

»Ich hab ja extra noch die Hähnchen aufgetaut für die Rosi. Ich hab ja nicht gewusst, dass die nicht kommen kann, am Sonntag.« Gisela schniefte in ihr Taschentuch. Es war nicht klar, ob sie wegen Rosi weinte oder wegen der Hähnchen.

Alwine reagierte nicht, und Georg hielt seiner Frau den Mantel hin.

»Komm, Gisela, wir gehen jetzt. Die Alwine braucht Ruhe«, sagte er, nahm Alwine in den Arm und drückte sie. Die brach sofort wieder in Tränen aus. Er strich ihr tröstend über den Rücken. »Wir schauen dann morgen wieder vorbei.«

Gisela zog ihn am Ärmel und ging in den Flur. Otto hielt ihnen bereits die Haustür auf.

»Was ist denn jetzt mit der Weinlese?«, fragte Gisela und schaute abwechselnd zu Otto und ihrem Mann.

»Was soll mit der sein?«, fragte Otto sie gereizt. »Soll ich den Trauben sagen, sie sollen sich nicht so hängen lassen, wir kommen dann schon noch irgendwann mal vorbei, oder was?«

Georg schob seine Frau zur Tür hinaus und nickte seinem Bruder zu.

⁕⁕⁕

»Die dappich Rosi!« Atze hupfte wie ein Affe um den Billardtisch herum. »Ein Idioten-Brucker weniger!« Er hatte es eben erst erfahren, aber so getan, als wüsste er es schon lange. Da keiner am Abend ans Telefon gegangen war, hatten Atze, Elvira und Edmund Hasenbach zu den Letzten im Dorf gehört, die erfuhren, dass die Tochter vom Weinbauer Brucker tot im Wald gelegen hatte.

Hasel wusste es zwar, aber nicht, ob sie schon gefunden worden war. So ging er ins Bett und wurde alsbald von Alpträumen heimgesucht. Die alte Funzel sprang um einen brennenden Scheiterhaufen herum, unter dem die schreiende Rosi lag, und warf sein ganzes Geld in die Flammen.

Die Truppe um Atze brach in lautes Gekreische aus und haute die Bierflaschen aneinander. Sie waren im Binokel und ließen den Samstag in den Sonntag gleiten. Roland, genannt Rolo, Berti und Heinzer mit seinem Hund Ludde. Ein Mischling, von dem man nicht genau sagen konnte, aus was er anteilig bestand. Statt auf »Sitz« und »Platz« hörte er auf Ansagen wie: »Ludde, ins Kreuz!« Woraufhin er dem jeweiligen Opfer wie ein Wurfgeschoss in den Rücken sprang.

Heinzer fixierte die blaue Kugel und schmatzte leise vor sich hin. Sein Kinn war, ähnlich wie sein dunkelroter Ford Capri, tiefergelegt. Ein klassischer Unterbiss, den er jedoch mit Würde trug. Er habe so etwas »Verbissenes«, hatte einmal jemand zu ihm auf offener Straße gesagt, woraufhin Heinzer ihm direkt eine aufs Maul gegeben und mit einem »Gruß daheim!« das Weite gesucht hatte. »Versenkt!«, schrie er jetzt und klatschte sich Beifall.

»Wie die Rosi!«, brüllte Atze und erhob erneut sein Glas. Es war für ihn schon jetzt die Sensation des Jahres, kaum mehr zu toppen. Berti vergrub seine Hände in den speckigen Hosentaschen und lachte als Einziger nicht. »Jetzt aber mal im Ernst, da rennt doch ein Verrückter draußen rum.«

»Es rennt ein Bi-Ba-Butzemann in unserm Kreis herum, fidibumm!«, sang Heinzer und ging um den Billardtisch.

»Genau, Berti!« Rolo klopfte ihm anerkennend auf die Schulter. »Deswegen hat der sich auch eine Verrückte ausgesucht. Da bleibt alles in der Familie, verstehst du?«

Berti biss sich auf der Unterlippe herum.

»Jetzt, Berti!« Heinzer legte den Arm um ihn. »Hast du Angst, oder was? Der tut dir nix, der Herr Mörder. Der beschränkt sich auf Beschränkte, verstehst du? Obwohl, du bist ja auch irgendwie ... Nix für ungut.« Heinzer gab Berti den Stock in die Hand und schob ihn zu den Kugeln. Atze riss erneut die Arme hoch, klatschte in die Hände und schäumte vor Begeisterung. *Mäh-äh-äh!* Da kicherte Berti vorsichtshalber mit.

Heinzer gesellte sich zu Atze.

»Mein lieber Mann, zum Glück hat einer die Brucker gestern abgemurkst und nicht am Donnerstag.«

»Ist die am Freitag abgemurkst worden?«, fragte Atze beiläufig und zündete sich eine Zigarette an.

»Ha, was weiß denn ich. Die war noch frisch, wo die die vorhin ausgebuddelt haben. Mein Alter war ja mit von der Partie.«

Atze stieß mit seinem Bier an. *Mäh-äh-äh.*

»Weil«, fuhr Heinzer fort, »wenn einer am Donnerstag die Bruckern abgemurkst hätt, dann wärst ja du das gewesen.« Er kriegte sich vor Lachen kaum mehr ein.

Atze starrte ihn an. »Ich? Wieso?«

»Wieso? Ha, rein von der Logik her«, erklärte ihm Heinzer. Er freute sich über das verstörte Gesicht seines besten Kumpels und setzte noch einen obendrauf. »Schon allein, weil du ja nicht um vier, sondern erst um fünf bei mir im Schrebergarten aufgeschlagen bist.«

»Um fünf? Ich bin doch direkt …«

»Und du hast einen dermaßen Hals auf die Bruckern gehabt, das war nicht mehr feierlich. Die hat wegen irgendwas Remmidemmi im Bus gemacht. Und da hast du gemeint, der Bruckern, der dreh ich demnächst mal den Ton ab.« Heinzer lachte Tränen und klopfte sich auf die Schenkel. »Mein Alter daheim hat gesagt, die hätt einer erwürgt. Ton abdrehen … verstehst du?«

Atze trank sein Bier aus und kratzte sich am Kopf.

»Aber«, sagte Heinzer und legte ihm zur Beruhigung den Arm um die Schulter, »so voll, wie du am Donnerstag warst, kein Wunder, dass dein Hirn noch nicht auf Sendung ist. Aber dafür hast du ja mich, den lieben Heinzer. Der, wo das alles weiß.«

Atze lachte gekünstelt mit. Es war aber nur noch ein »Mämämääh«.

Draußen in der Wirtsstube öffnete sich die Tür, Manfred von Ottenfeld kam herein und nahm Kurs auf den Billardraum. Atze stöhnte laut auf und machte sich auf den Weg zur Toilette. Als er an Manfred vorbeiging, rempelte er ihn an. »Hoppla!«

»Schau«, sagte Heinzer leise zu Berti und freute sich, »da kommt jetzt noch so einer. Aber der sieht noch ganz lebendig aus.« Dann drehte er sich zu Manfred um. »Und, Manni? Alles klar auf der ›Andrea Doria‹?«

Manfreds Miene erhellte sich. »Fotzendreck!«, brüllte er in die Runde, holte seine Steinschleuder aus der Hosentasche und legte an.

»Bist du wahnsinnig?«, rief Rolo und nahm ihm das Ding aus der Hand.

»Fragst du den das jetzt im Ernst?« Heinzer lachte laut auf und gab Manfred die Steinschleuder zurück. Der steckte sie sofort in die Hosentasche und kicherte.

Da kam Atze um die Ecke. Er hatte auf der Toilette in sein Bierglas gepinkelt und reichte es nun an Manfred weiter. Dann bückte er sich über den Billardtisch, peilte eine Kugel an und beobachtete ihn aus den Augenwinkeln.

»Mensch, Atze«, sagte Rolo und zwinkerte mit den Augen, »wenn ich mir den so anguck, hast du die eigentlich alle im Griff in deinem Deppenbus?«

Atze grinste ihn an und hatte wieder zu alter Form gefunden. »Du hast da nicht die Ahnung, Rolo. Die parieren alle, wenn ich denen das sag.« Dann schlappte er zu Manfred hinüber und prostete ihm zu. »Gell, Manfred, jetzt nimm doch mal einen Schluck! Einen für die Rosi, hopp jetzt!«

Manfred schaute ihn lächelnd an und stellte das Glas, zu Atzes großer Enttäuschung, neben sich auf das Fensterbrett.

»Jedenfalls«, fing Atze wieder an, »du fandst doch die Brucker Rosi auch nicht so besonders, oder?« Er deutete eine überdimensionale Oberweite an, damit der Manfred verstand, was er meinte. Der setzte sich daraufhin auf einen Stuhl, nahm das Bierglas wieder in die Hand und sagte: »Rosi doof.«

»Saudoof!«, grölte Heinzer. »So was von doof, Allmächtiger! Aber das wissen wir doch, Manni.«

Manfred rieb mit der Hand auf seinen verblichenen Breitcordhosen herum.

»Hast ihr schon mal unter den Rock geguckt, beim Gärtnern, hä?« Atze machte zur Untermalung einen Handstand an der Wand, kippte aber direkt wieder um.

»Jetzt trink dein Bier, Manni, hoch die Tassen! Auf die Rosi, und zwar auf ex!«

Manfred lächelte ihn an und stellte das Bier wieder ab. Dann stand er auf und drehte sich wortlos um. Das karierte Hemd hing ihm hinten aus der Hose. Ludde verstand das auch ohne Schießbefehl und sprang ihm direkt ins Kreuz, woraufhin ihm Manfred eine zimmerte, bevor er die Kneipe verließ. Ludde zog winselnd den Schwanz ein.

»In den guckst du nicht rein«, sagte Berti nachdenklich.

»Jetzt, Berti«, Heinzer legte ihm wieder den Arm um die Schulter, »wer will denn in den Manfred von Ottendoof reingucken? Der ist doch innen komplett hohl.«

**

»Entschuldigen Sie bitte, dass wir noch so spät bei Ihnen klingeln, aber es hat noch Licht gebrannt, und da haben wir …« Melchinger reichte Berta Griesbacher die Hand, Wachtel nickte ihr zu.

»Kommen Sie rein, mein Schwiegersohn hat mir schon Bescheid gegeben.« Berta Griesbacher war bereits in Schwarz gekleidet und hatte verheulte Augen. Sie ging voraus ins Wohnzimmer und ließ sich schwerfällig in den großen Ohrensessel fallen.

Melchinger und Wachtel nahmen auf dem Sofa Platz.

»Da, wo Sie sitzen, da hat sie immer gelegen. Die Schuhe aus, die Knie angezogen, das Kissen im Rücken und *Fernsehgucken*. Das war ihr das Liebste.«

Melchinger wollte etwas sagen, aber sie ließ ihn nicht zu Wort kommen.

»Ich kann ja nichts dafür. Ich hab ja gar nicht gewusst, dass die Rosi zu mir kommen sollt. Ich hab's ja nicht gewusst. Es war ja auch nicht wichtig, weil, ich bin ja immer da. Die kann ja kommen, wie und wann sie will. Aber hätt ich's gewusst, dann hätt ich ja nachgefragt, im Fall sie nicht gekommen wär. Ich hab's ja nicht gewusst. Hat er gesagt, dass ich's gewusst hätt, der alte Fettsack?«

Wieder wollte Melchinger etwas sagen.

»Dem dürfen Sie nix glauben. Der dreht sich immer alles so, wie er will. Wie es ihm passt. Jetzt braucht er einen, der schuld ist. Ganz dringend braucht er den. Schon wegen der Leut. Sonst heißt es ja, er hat auf seine Tochter nicht achtgegeben. Was ja auch stimmt. Ich hab's ja immer gesagt, die gucken nicht richtig nach dem Kind. Das ist ja noch ein Kind, die Rosi. Die bleiben ja immer Kinder. Dem wär's doch lieber gewesen, der wär schon bei der Geburt die Luft weggeblieben. Und jetzt ist sie tot. Jetzt hat er, was er immer wollte.«

Berta bekam einen Heulanfall. »Wissen Sie«, schniefte sie in ihr Taschentuch, »was da passiert ist, das gibt's doch nicht. Die marschiert doch nicht einfach mit einem in den Wald, die Rosi, so blöd ist die doch jetzt auch wieder nicht.« Berta wischte sich trotzig die Tränen aus dem Gesicht. »Da rennt einer draußen rum, wahrscheints hat er schon die Nächste am Wickel, und wir sitzen hier.«

»Frau Griesbacher«, unterbrach Wachtel den Redeschwall, »erzählen Sie uns doch erst einmal etwas über Ihre Enkelin. Was war das denn für ein Mensch? Sie sagen, sie wäre nicht mit jemand Fremdem mitgegangen?«

»Ha ja, so genau kann das ja niemand wissen, was in so einem Kopf vor sich geht. Also, mit einem Fremden wohl nicht. Glaub ich jedenfalls. Obwohl, die Rosi war schon ein fröhlicher Mensch, unbeschwert halt und neugierig. Die kriegen ja nicht mit, was in der Welt vor sich geht, versteh'n Sie? Hauptsache, die

Familie ist um sie rum, sie haben ihren geregelten Tagesablauf und was zum Essen auf dem Tisch. Das reicht denen, glauben Sie mir. Und geredet hat sie, wie ein Wasserfall. Die hat Geschichten erzählt, da haben Sie nicht gewusst, wo hinten und vorne ist. Was da real, erfunden und so ...«

»Hat sie denn in letzter Zeit was Konkretes erzählt?«

»Was Konkretes?«

»Hat sie jemand Spezielles erwähnt?«

»Ah wa! Da hören Sie doch gar nicht mehr hin. Also nicht falsch verstehen, aber wenn man da auf was reagiert, dann ist die schon längst beim nächsten Thema.«

»Aber trotzdem noch mal, hat sie in letzter Zeit von jemand Speziellem erzählt?«

»Was weiß ich. Vom Martin erzählt sie. Aber das ist, glaub ich, der Betreuer in dem Zentrum. Oder ein Manuel? Was weiß ich. Ein Alfred? Oder Albrecht? Jessus, was die immer erzählt, da kann's einem schon schwindelig werden. Und von der Tatjana hat sie erzählt. Von der erzählt sie immer im Herbst. Auf die ist sie ganz arg. Die Polin mit den blonden Haaren. Die hilft immer wochenlang bei der Weinlese, und dann geht sie wieder. Ich weiß nicht, was die mit der immer will. Für mich ist das ein Flittchen. Aber scheint's ist sie fleißig, wenn man die Alwine fragt.«

»Und zu den anderen Arbeitern auf dem Hof? Hat sie zu denen auch Kontakt?«

»Zu den Polen oder wem jetzt? Was weiß ich. Die Rosi, die hat zu jedem Kontakt. Die verzählt mit jedem dort, der wo ihr begegnet. Die wissen das auf dem Hof und lachen halt mit ihr. Und schenken ihr mal was.«

»Was schenken sie ihr?«, wollte Wachtel wissen.

»Schokolade oder was. Irgendwas halt.«

»Oleanderblüten vielleicht?«

Berta Griesbacher sah ihn komisch an.

»Ist da einer von den Arbeitern besonders mit ihr bekannt?«, ging Melchinger dazwischen.

»Sie verdächtigen die Polen auf dem Hof?«, fragte sie neugierig.

»Nein«, antwortete Melchinger, »wir verschaffen uns nur einen Überblick.«

»Also, die Polen, die sind ja … eigentlich kennt man die ja nicht genau. Obwohl manche ja schon Jahre kommen. Also, ich kenn die nur vom Guten Tag und Auf Wiedersehen. Aber denen würd ich als Allererstes auf den Zahn fühlen, die sind nicht ganz koscher, mein ich. Jessus!«, stöhnte sie auf. »Wenn ich mir vorstell, dass da von denen einer … und dann steht der im Wingert und schneidet Trauben, wie wenn nix wär.«

»Und ist sie denn auch draußen gewesen? Ich meine, war sie auch mal alleine auf der Straße, oder ist so jemand immer im Haus und unter Beobachtung?«, bohrte Wachtel weiter.

»Die ist schon auch rausgegangen. Mal die Straße runter, oft ist sie auf der Treppe beim Krämerladen Heiner gesessen. Der Kaugummiautomat am Ortsrand dort, das war ihr Allerheiligstes. Die hätt jeden Hundertmarkschein gegen ein Zehnpfennigstück getauscht, nur damit sie da was reinschmeißen kann. Die Rosi. So ein argloser Mensch, das arme Wurm.« Berta fing wieder an zu heulen.

»Und die Mutter von der Rosi, die hat nicht angerufen und gefragt, ob sie da ist, am Freitag?«

»Nä. Aber das ist nix Besonderes. Mal fragt sie, oft auch nicht. Aber normalerweise sagt sie mir Bescheid, dass sie kommt. Das macht sie schon, ja.«

»Und am Donnerstag, da hat sie ihnen nichts gesagt?«

»Nä. Vielleicht hat sie's vergessen. Ich war ja auch ein paar Stunden weg am Vormittag. Auf dem Friedhof war ich. Vielleicht hat sie angerufen, und ich war nicht da. Bestimmt war's so. Ich hab ja noch gar nicht mit ihr reden können. Heute Morgen jedenfalls, da ist er dann gekommen, der Brucker. Wollt seine Tochter abholen, mal ganz was Neues. Erst wollt er mir nicht glauben, dass die Rosi gar nicht da ist. Verkalkt wär ich, hat er gesagt. Also, was ich mir da bieten lassen muss, das ist schon allerhand!«

»Warum wollte er sie abholen?« Melchinger klappte sein Notizbuch zu.

»Was weiß ich! Wie er es endlich kapiert hat, dass sie nicht da ist, ist er zu seinem Auto gerannt und mit quietschenden Reifen weggefahren. Da ist ihm mal der Allmächtige erschienen, dem alten Großkotz.«

»Alles ein großes Missverständnis. Fehlende Kommunikation«, sagte Wachtel zu Melchinger, als er sich wenig später in den Autositz fallen ließ.

»Aber fatal«, fügte Melchinger gähnend hinzu. »Wenn's überhaupt so war.«

Sonntag, 14. September 1975

»Und, *Mutti*, ist die dappich Rosi schon auferstanden?« Atze Hasenbach war nach durchzechter Nacht endlich aufgewacht und hatte nicht nur den heiligen Sonntagmorgen, sondern auch die gefüllten Rinderrouladen verpasst. Er setzte sich an den Küchentisch, schaukelte mit dem Stuhl, lachte wie ein Ziegenbock und freute sich, weil er sehen konnte, wie seine Mutter rote Flecken im Gesicht und am Hals bekam. »Achtung, gleich pfeift der Kessel.« Atze zündete sich eine Zigarette an und pfiff durch die Zunge.

»Da musst du noch drüber lachen.« Seine Mutter wischte sich mit dem Handrücken symbolisch die nicht vorhandenen Tränen aus den Augenwinkeln. An ihrem Ohr blieb Spülmittelschaum hängen.

»Die war doch so hohl, die wär doch mit jedem mit. Ich weiß doch, wie die war. Eine *Brucker* und dappich dazu. Eine Idioten-Brucker, schlümmer geht's nümmer.«

Elvira Hasenbach drehte sich um, schmierte ihm eine mit dem Geschirrhandtuch und wischte sich die Hände an ihrer Kittelschürze ab. Atze war vor lauter Schreck vom Stuhl gefallen, rappelte sich langsam wieder hoch und hob die brennende Zigarette auf.

»Stell den Stuhl wieder hin und reparier endlich den Schubkarren, sonst vergess ich mich noch.«

»Es ist Sonntag, der Tag des Herrn, Mutti, da reparier ich gar nix, reparier ich.« Atze fuhr sich durch die Haare, wischte sich über den Mund und ging nach draußen. In seinem rechten Ohr hörte er einen hässlich pfeifenden Ton.

Elvira beobachtete ihn argwöhnisch durchs Fenster, wie er mit seinen Stiefeln über den Hof zur Werkstatt schlenderte. Die verdreckte Jeanshose auf halbmast. Durch seine Beine hätte man eine Discokugel schießen können.

In der Werkstatt traf Atze auf seinen Bruder, der mit Hingabe seine Fahrradkette ölte.

»Und, Hasenscharte, immer noch keine Kohle für ein Mofa zusammen?« *Mäh-äh-äh.*

Hasel grinste ihn komisch an und ölte weiter.

Atze blieb stehen und kniff die Augen zusammen. »Hat dir jetzt auch wer ins Hirn geschissen? Was grinst du so saudumm?« Weil sein Bruder nicht reagierte, gab Atze dem Fahrrad einen Tritt.

Hasel fing es gerade noch auf und schrie ihn an. »Un' wer had bei dir die eins eins tschwei 'wählt? Dein Maul is' so rod wie d' Allweiler Feuerwehr!«

Atze zuckte irritiert zusammen. Dann langte er sich in einer Art Übersprungshandlung zwischen die Beine, spuckte vor Hasel auf den Boden und schlenderte laut singend davon: »Zehn kleine Depperten, die schlachteten ein Schwein. Einer stach sich selber tot, da waren's nur noch neun.« *Mäh-äh-äh.*

Wenig später saß Atze in seinem Zimmer, aß kalte Nudeln mit Rinderrouladen und hörte seine Lieblingsplatte »Am Tag, als Conny Kramer starb«. Leise summte er mit. Er war heimlich in Juliane Werding verliebt und hätte auch gerne mit ihr was eingeworfen. *Wir lagen träumend im Gras, die Köpfe voll verrückter Ideen, da sagte er nur zum Spaß: Komm, lass uns auf die Reise gehen. Doch der Rauch schmeckte bitter, aber Conny sagte mir, was er sah, ein Meer von Licht und Farben, wir ahnten nicht, was bald darauf geschah ...*

In seiner Phantasie sah er Juliane, wie sie heulend an seinem Grab stand, und wie er, Atze, dann direkt wieder auferstand und wie überhaupt alles irgendwie stand, und ...

»Die Polizei steht drunten, wegen der Brucker Rosi!« Elvira Hasenbach hatte die Tür auf- und Atze aus seinen Träumen gerissen. »Steck dir mal das Hemd in die Hose, sonst meinen die noch, du warst das!«

Atze hatte vor Schreck die Gabel fallen gelassen und wischte sich die Soße vom Gesicht.

»Wer war jetzt was?«, machte er sie an und stand auf. Elvira marschierte demonstrativ zum Schallplattenspieler, haute den Deckel runter, sodass der Tonträger quer über die Platte hüpfte, und wischte mit ihrem Lappen drüber.

Atze lief vor Zorn knallrot an. »Bist du noch ganz sauber?«

»Mach deinen Hosenstall zu!«, keifte sie und warf die Zimmertür hinter sich zu.

Atze schüttelte sich kurz, er hatte für einen Moment die Orientierung verloren. Dann zündete er sich eine Marlboro an, nahm einen tiefen Zug, knöpfte sein Hemd falsch zu und stopfte es in die Hose. Vorsichtig öffnete er die Zimmertür. In der Ecke stand seine Mutter und trommelte mit den Fingern auf dem Treppengeländer herum. Sie nickte nach links, um sicherzugehen, dass er in die richtige Richtung marschierte.

»Kommando Bimberle«, frotzelte Atze und ging betont langsam, Stufe für Stufe, die Treppe hinunter. Seine Alkoholfahne folgte ihm wie ein räudiger Hund. Unten angekommen gab er den Kommissaren Melchinger und Wachtel die Hand und vergrub sie danach tief in der Hosentasche. Mit der anderen hielt er sich an seiner Zigarettenkippe fest.

»Können wir irgendwo ungestört reden?«, fragte Melchinger und musterte ihn.

»Ach so, ja«, stammelte Atze und steuerte zuerst das Wohnzimmer an. Aber als er die Tür öffnete, fiel ihm sein Vater Edmund ein, der zu dieser Zeit immer schnarchend auf dem Sofa lag. Also bugsierte er sie in die Küche, wo aber mittlerweile seine Mutter wieder war und so tat, als würde sie Geschirr wegräumen. Schlussendlich landeten sie dann im Hof, wo sich Atze eine Zigarette an der vorherigen anzündete. Wachtel betrachtete angewidert seine von Nikotin verfärbten Finger.

»Herr Hasenbach …« Melchinger räusperte sich und schrieb etwas in sein Notizbuch. Atze beobachtete ihn und wurde leicht nervös.

»Sie sind der Fahrer des Behindertenbusses, der jeden Tag die …«

»Ja, warum?«

Melchinger sah von seinem Notizbuch auf. »Und die Rosi Brucker ist Ihnen bestens bekannt?«

»Ja, bestens. Natürlich, die Rosi … Toll! Also schlimm, mein ich.« Atze zog so stark an seiner Zigarette, dass der Filter anfing zu kokeln. Erschrocken ließ er sie fallen und stellte den Fuß drauf.

»Ist sie denn am Donnerstagmorgen in den Bus eingestiegen?«

»Die Ding jetzt oder wer genau?«

»Ja, die Rosemarie Brucker.«

»Ach die … ja, ich mein, ja … Also, vom logischen Standpunkt aus muss die drin gewesen sein.«

»Das heißt, Sie haben sie am Donnerstagmorgen abgeholt und am Nachmittag wieder abgesetzt, richtig?«

»Ähm … Ja.«

Atze Hasenbach war an jenem Donnerstag, nach dem Stelldichein im Schrebergarten von seinem Freund Heinzer, so voll gewesen, dass er Mühe gehabt hatte, den Autoschlüssel und den Weg zur Behindertenwerkstatt zu finden. Er konnte sich eigentlich an rein gar nichts erinnern. Weder davor noch danach. Deshalb wusste er auch nicht, ob die Brucker Rosi nun mit von der Partie gewesen war oder nicht. Seines Wissens hatte er sie unweit des Weingutes Brucker abgesetzt. Das konnte aber genauso gut am Mittwoch oder Wochen davor gewesen sein. Für den Moment ärgerte er sich, dass er nicht selber drauf gekommen war, dass die Bullen bei ihm klingeln würden, wo er doch der Chauffeur von der Rosi war. Er hätte sich natürlich eine souveräne Geschichte gezimmert. Jetzt konnte er nur noch eine aus dem Stegreif erfinden.

»Wo haben Sie sie rausgelassen?«

Atze tat so, als überlegte er angestrengt.

»In der Nähe vom Weingut Brucker.«

»Sind Sie sicher? Also nicht bei ihrer Oma?«

»Wieso?«

»Hat sie nicht gesagt, dass sie zu ihrer Oma will?«

»Was weiß ich? Aber bestimmt nicht, sonst hätte ich die ja woanders hingesetzt. Also ab ... abgesetzt.«

»Und was ist dann passiert?«

»Passiert?« Um Zeit zu gewinnen, zündete sich Atze die nächste Zigarette an. »Also, bei mir nix. Ich bin ja dann weitergefahren. Ich hab ja noch ein paar andere rumkutschiert. Das geht ja bei mir alles aus dem Effeff.«

»Was heißt eigentlich ›in der Nähe‹? Geben Sie Ihre Schützlinge nicht an der Haustür ab?«

»Schützlinge? Ja. Ähm. Die meisten schon, aber die Rosi nicht, die hab ich immer in der Nähe abgeliefert. In der Nähe vom Weingut Brucker und in der Nähe von der Oma, versteh'n Sie?«

»Nicht direkt.«

»Der Brucker Otto hat seinerzeit zu mir gesagt, ich brauch die Ding nicht an die Tür bringen, die find ihren Weg schon. Und so war's ja auch immer.«

»Warum wollte er das nicht?«

»Also, darüber hab ich mir nie Gedanken gemacht. Wenn der das so will, dann mach ich das. Mit dem Brucker legt sich hier keiner an. Und die Rosi, das hat doch immer einwandfrei geklappt, hat das doch.« Atze zuckte mit den Schultern und kickte ein Steinchen über den Hof.

»Ja, bis letzten Donnerstag, da ist dann etwas schiefgegangen«, mischte sich Wachtel ein. Atze sah ihn mit unschuldigen Augen an.

»Ja, ja, aber da kann ich ja nix dazu.«

»Und am Freitagmorgen, da haben Sie schon gemerkt, dass sie nicht da war, als Sie sie abholen wollten, oder?«

»Ja. Wohl. Muss ja.« Atze sah Kater Wutz über den Hof laufen und pfiff ein paarmal durch die Zunge nach ihm. Wutz behandelte ihn wie Luft und hob den Schwanz, damit Atze wusste, was er ihn mal könne.

»Erkundigen Sie sich dann nicht bei den Eltern, wenn die Rosi nicht da steht?«

»Die Rosi steht ja immer da.«

»Am Freitagmorgen hat sie aber tot im Wald gelegen. Es würde uns sehr wundern, wenn sie da gestanden hätte. Sie haben sich also nicht erkundigt, was mit ihr ist?«

Atze schluckte und zog an seiner Zigarette. In seinem Hirn herrschte akuter Sauerstoffmangel.

»Ich hab wahrscheints gedacht, die ist krank. Fertig.«

»Hätte man sie dann nicht informiert?«

»Informiert? Ja. Also nein. Also, nicht zwingend.«

»Man sagt Ihnen nicht Bescheid, wenn einer Ihrer Fahrgäste krank ist?«

Um Zeit zu gewinnen, blies Atze Kringel in die Luft. »Es ist ja so, dass ich die alle, bis auf die Brucker Rosi, direkt am Hoftor abhole. Da ist das automatisch, dass die mir dann dort sagen, der Ding kommt heut nicht, der liegt im Bett und hat die Pest. Klarer Fall, dann.«

»Verstehe«, murmelte Melchinger und machte sich Notizen.

Atze schabte nervös mit den Schuhen im Sand.

»Die Rosi jedenfalls, die steht ja praktisch immer an der Eck und wartet vor sich hin. Und wenn die da nicht steht, dann steht die an der anderen Eck. An irgendeiner Eck steht sie halt immer. Also, wenn sie da steht, mein ich jetzt.«

»Gut. Aber am Freitag hat sie nirgendwo gestanden, haben Sie das nicht bemerkt und gemeldet?«, bohrte Wachtel weiter. Bei Atze brannte mittlerweile die vorerst letzte Sicherung durch.

»Am Freitag wird doch gar niemand abgeholt«, ging Elvira Hasenbach von hinten dazwischen. Sie hatte gleich zu Beginn das Küchenfenster geöffnet und mitgehört. Jetzt stand sie an der Eingangstür und hatte die Hände in die Hüften gestemmt. »Die sind doch überhaupt nur von Montag bis Donnerstag in der Werkstatt.«

»Eben!« Atze wachte endlich auf. Es war das erste Mal in

seinem Leben, dass seine Mutter etwas wirklich Gehaltvolles von sich gab.

»Sie machen mich noch ganz meschugge. Freitag ist Freutag, da läuft nix. Da kann sie gar nicht da gestanden haben. Selbst wenn sie noch gelebt *hätte*. So sieht's aus, nämlich.« Atze zog noch mal an seiner Kippe, ließ sie fallen und trat sie aus. Dann grinste er die Beamten an. »Ich kann Ihnen da nicht helfen, das sehen Sie ja selbst. Das ist alles hoch kompliziert. Sie müssen da mit ganz anderen Menschen sprechen, mein ich.«

Im oberen Stockwerk hatte Hasel halb aus dem Dachfenster gehangen und ebenfalls mitgehört. Als er merkte, dass das Gespräch dem Ende zuging, hüpfte er wie ein Dopsball die Treppe herunter und marschierte an den Polizisten vorbei zur Scheune. Melchinger und Wachtel verabschiedeten sich und stiegen in das Auto ein.

»Das hat uns doch irgendwer gesagt, dass die nur von Montag bis Donnerstag in der Werkstatt arbeitet.« Wachtel kämpfte mit dem Sicherheitsgurt. Er war völlig verdreht.

»Stimmt. War mir auch entfallen. Aber dass das dem Hasenbach nicht eingefallen ist?«

»Zwei Komma acht Promille Restalkohol wahrscheinlich. Da fällt dir so einiges nicht ein.«

Als sie auf der Dienststelle der Kriminalinspektion in Pirmasens ankamen, war der harte Kern bereits versammelt. Kommissarin Ingrid Huber fischte ein Haargummi aus ihrer roten Cordhose, holte ihre blonden, schulterlangen Haare aus dem Gesicht und band sie zu einem Pferdeschwanz zusammen. Dann stellte sie sich vorne hin und fasste im Detail zusammen, was sie bislang herausgefunden und zusammengetragen und was die ersten Befragungen der Nachbarn ergeben hatten. Als sie ihre Ausführungen beendet hatte, berichteten Melchinger und Wachtel vom Gespräch mit den Eltern, der Oma und Albert Hasenbach, dem Fahrer des Behindertenbusses, der, wie Wachtel sagte, so hell wär wie ein Glühwurm bei Sonnenschein. Vorsichtig ausgedrückt.

Arnold Obermann hatte dem Ganzen schweigend zugehört. Er strich sich gedankenverloren über den Schnurrbart und zog das vorläufige Resümee: »Also, frei nach Nietzsche: Wir wissen bislang, dass wir bislang nichts wissen.«

»Das war Sokrates«, sagte Ingrid Huber, räumte ihre Sachen zusammen und verabschiedete sich. Ein bisschen Sonntag war ja noch übrig.

※※※

Mittlerweile war es zehn nach sechs. Im zweiten Programm lief »Bonanza«. Als Hasel ins Wohnzimmer kam, lag Edmund Hasenbach in einer Art Wachkoma auf der Couch, und Atze hing wippend im Schaukelstuhl. Ben Cartwright stand auf der Veranda, kniff die Augen zusammen und schob mit dem Zeigefinger seinen Cowboyhut nach hinten. Neben ihm stand Little Joe mit ähnlich besorgter Miene und einer Hand auf dem Colt. In der Ferne kündigten Staubwolken unangemeldeten Besuch an.

»Wer kommt da angeritten?«, fragte Hasel, um seinen Bruder zu ärgern.

»Andreas Baader und Gudrun Ensslin«, antwortete Atze. Hasel grinste. »Wer sin das?«, fragte er ihn und strich die Haare zur Seite wie Bernhard Braun, der Terrorist auf dem Plakat, der ihm am besten gefiel.

»Das sind Terrorverbrecher. Wenn die am nächsten Mittwoch nach Allweiler kommen, dann setzt du dich am besten in deiner Backstub hinter den Ofen. Weil, auf Hasenscharten sind die spezialisiert. Da schießen die sofort.«

»Die sin doch abber Anachistis«, versuchte Hasel, mit seinem neuen Wissen zu brillieren.

»Anna was?« Atze drehte sich zu ihm um. »Kannst du jetzt vielleicht mal deine dumme Gosch halten, ich kann mich sonst nicht konzentrieren. Reicht schon, wenn der Alte schnarcht.« Atze warf ein Kissen nach Edmund Hasenbach. Der schmatzte laut und schob es sich dankbar ins Kreuz.

Bei »Bonanza« wurde jetzt geschossen. Hasel setzte sich in den Sessel und beobachtete seinen Bruder eine Weile aus den Augenwinkeln. Er mochte ihn nicht. Atze war dumm wie eine Scheibe Mischbrot, wie Hasel neuerdings zu sagen pflegte. Trotzdem hatte er es drauf. Er kannte Gott und die Dorfwelt und wurde geachtet, von seinen Kumpels. Sie hatten Respekt vor ihm, weil er ein großes Maul hatte und sich was traute. Zumindest tat er immer so.

Die alte Funzel hatte Hasel einmal erzählt, dass seine Mutter Atze nur ein einziges Mal gebeten hatte, auf ihn aufzupassen, als er noch ein kleines Kind war. Atze hatte ihn daraufhin mit dem Kinderwagen quer durchs Dorf gekarrt. Für zehn Pfennig, verkündete er, dürfe man sich mal eine Hasenscharte in echt anschauen. Der Maurer Ullrich hatte daraufhin einen kurzen, mitleidigen Blick in den Kinderwagen geworfen und zu Atze gesagt, dass er sich so etwas noch nicht einmal anschauen würde, wenn er *ihm* zehn Pfennig dafür zahlen würde. Und weil seine Frau Margot danebenstand, wurde die Geschichte zum Leidwesen von Elvira Hasenbach auch einwandfrei überliefert.

»Un'?« Hasel tippte seinem Bruder auf die Schulter. »War die Brugger Rosi jez in deim Bus g'hockt am Donn'stag?«

Atze richtete sich auf und sah ihn verdutzt an. Hasel stand auf und gab dem Schaukelstuhl einen Stoß. »Heud schun g'nickt?« Dann verließ er das Wohnzimmer.

Montag, 15. September 1975

Dr. Albrecht Dürer stakste mit großen Storchenschritten durch das Behindertenzentrum. Der Leiter der Einrichtung war von seiner Sekretärin in den Eingangsbereich gerufen worden, wo ein gewisser Kommissar Melchinger und sein Kollege warteten, es sei dringend. Albrecht hatte Schweiß auf der Stirn, riss sein kariertes Einstecktuch aus der Seitentasche, wischte und tupfte, um einigermaßen aufgeräumt dort anzukommen.

»Meine Herren, es tut mir leid, aber ...«

»Nichts für ungut«, unterbrach ihn Melchinger, »Sie haben viel um die Ohren und wir wenig Zeit. Wir haben nur ein paar Fragen an Sie.«

Albrecht nestelte an seiner Krawatte, der Knoten schien ihm zu eng. Dann schaute er Melchinger erwartungsvoll an. Der warf irritiert einen Blick über seine linke Schulter, aber hinter ihm war niemand.

»Worum geht's?«, fragte Albrecht und schnäuzte sich die Nase.

»Es geht um einen Ihrer Zöglinge. Rosemarie Brucker, sie wurde am Samstagnachmittag in einem Waldstück in Allweiler tot aufgefunden.«

Albrecht riss die Augen weit auf. »Was? Ähm, also tot, sagen Sie?«

»Ja, ermordet, um genauer zu sein. Hat Ihnen das noch keiner hier gesagt?«

»Ich, ähm, bin gerade erst ... ich hab noch gar nicht in die Akten ...«

Melchinger fiel auf, dass Albrecht Dürer, aufgrund einer leicht derangierten Stellung seiner Augen, immer knapp an ihm vorbeischaute. Daran musste er sich erst einmal gewöhnen.

»Ermordet, sagen Sie?«

»Korrekt. Sie ist letzten Donnerstagnachmittag nicht zu

Hause angekommen. Jetzt interessiert uns natürlich, ob sie den Tag über hier war«, erklärte ihm Melchinger.

»Also das ... es ist mir nichts anderes ... das wäre mir ja gemeldet worden.«

»Ist Ihnen denn an der Rosemarie Brucker in letzter Zeit etwas aufgefallen?«

»Aufgefallen, mir? Nun ja. Diese Menschen, Sie wissen schon, die sind ja mal so und mal so, da weiß man ja eigentlich nie, was da ...«

»Hat sie sich denn mal so und mal so verhalten?«

»Die Brucker Rosemarie? Nein. Die war eigentlich immer gleich.«

Wachtel warf Melchinger einen genervten Blick zu.

»Wie war sie denn?«, fragte er und knackte mit seinen Fingerknochen.

»Ach, eigentlich ein argloses Mädchen, wenn man so will.«

»Mädchen, sagen Sie? Sie war ja schon über dreißig.«

»Ja, aber die bleiben ja immer irgendwie Kinder, die sind ja nicht *von hier*, Sie wissen schon ...«

»Von wo sind die denn?«

»Wie?« Albrecht nestelte wieder an seiner Krawatte und lächelte milde. »Also, ich glaub ja nicht, dass ich Ihnen helfen kann, ich habe ja mit denen nicht so viel zu tun. Da müssen Sie mit den Betreuern reden. Die können Ihnen mehr ... Tja, die Rosemarie, was eine Tragödie. Die war wohl zur falschen Zeit am falschen Ort, wenn man so will. Die hat sich nichts dabei gedacht.«

»Wobei?«, wollte Wachtel wissen.

»Na, irgendwie muss sie ihrem Mörder doch in die Hände ... ich mein, die Arme ... in die Arme gelaufen sein, oder? Denen fehlt ja die Antenne für Gut und Böse, wenn man so will, da machen die keinen Unterschied. Das bringen Sie denen auch nicht bei, glauben Sie mir.«

»Hat denn die Rosi hier Freunde gehabt? Bezugspersonen? Mit wem hat sie sich abgegeben?«

»Also, das müssen wir noch mal mit dem Betreuer bereden, der kann Ihnen das genauer …«, sagte Albrecht Dürer und schaute auf seine Uhr. »Wissen Sie, geistig Behinderte leben ja in ihrer eigenen Welt, die brauchen da keinen. Und der Normale, wenn man so will«, er lachte verlegen auf, »der Normale kommt da nicht rein. Nicht im Entferntesten. Aber auf der anderen Seite suchen sie ja förmlich nach sozialen Kontakten. Alleine sein, das wollen sie ja auch nicht.«

Dürer schaute Melchinger und Wachtel ungeduldig an. Wieder nestelte er an seiner Krawatte herum. Seine Frau hatte ihm beim Frühstück eröffnet, dass sie sich scheiden lassen wollte. Seine Gedanken liefen im Moment noch etwas unkoordiniert durch die Gegend. »Die Rosi«, sagte er nachdenklich, während er Melchinger und Wachtel in Richtung Werkstatt komplimentierte, »das war ein ganz normaler Behinderter. Wie wir alle.« Dann drehte er sich schwungvoll um seine Achse und stakste mit großen Schritten davon.

»Bei dem glotzen nicht nur die Augen in die falsche Richtung, der läuft auch sonst neben der Spur.« Wachtel zündete sich eine Zigarette an. Sie hatten in einem Wirtshaus zu Mittag gegessen und warteten nun, bis sie mit dem Betreuer Martin Müller sprechen konnten. Er sollte heute erst gegen dreizehn Uhr in die Werkstatt kommen.

Melchinger bestellte noch zwei Kaffee. »Ich glaub, der kennt die Brucker Rosi gar nicht. Der hat einfach was zusammenphantasiert.«

»Es phantasiert überhaupt jeder was zusammen. Wenn das so weitergeht …«

Melchinger und Wachtel hatten zuvor mit einigen in der Behindertenwerkstatt erste kurze Gespräche geführt, die aber wenig brauchbare Erkenntnisse brachten. Alle vertrösteten sie auf »den Martin«, welcher einen besonders guten Draht zur Rosemarie Brucker gehabt haben sollte. Sie beschlossen daraufhin, Ingrid Huber und zwei weitere Kollegen zu rufen, die im Zentrum nochmals den Versuch starten sollten, etwas in Erfahrung zu bringen.

Gegen eins fanden Melchinger und Wachtel dann Martin Müller in der kleinen Kantine der Behindertenwerkstatt. Es roch streng nach Sauerkraut, Kartoffelstampf und Bratwürsten, und es waren kaum mehr Menschen da. Martin Müller saß allein am Fenster und aß. Er schaute die Kommissare etwas misstrauisch an und bat sie dann höflich, Platz zu nehmen.

»Der schielende Albrecht«, zischte er abfällig und schob sich ein Stück Bratwurst in den Mund, »der hat doch überhaupt keine Ahnung.«

»Was meinen Sie damit?«

»Glauben Sie im Ernst, der weiß, wer die Brucker Rosemarie ist? Für den sind das doch alles hier …« Er wischte sich kauend mit der flachen Hand vor der Stirn herum. »Der ist so ignorant, bei dem glotzen ja die Augen schon von alleine an einem vorbei.«

»Umso besser, dass wir jetzt mit Ihnen sprechen können.« Wachtel nickte ihm zu.

»Was ist überhaupt passiert mit der Rosemarie?«

Melchinger ging über die Frage hinweg. »War sie denn da, letzten Donnerstag?«

Martin Müller hörte auf zu kauen und überlegte angestrengt. »Die war da. Die hat in der Gärtnerei Astern eingetopft. Ganz normal alles.«

»Und dann ist sie beim Hasenbach in den Bus gestiegen?«

»Jawohl. Obwohl, das weiß ich nicht so genau, aber muss ja. Das muss der doch wissen.«

»Wir wollten es von Ihnen hören.«

»Hat der was ausgefressen, der Hasenbach?« Martin hörte auf zu essen.

»Wieso?«

»Ein falscher Fuffziger, der Typ. Der macht sich doch den

ganzen Tag nur lustig über die. So was macht bei uns Zivildienst, der Vollpfosten. Dem sollten Sie mal auf den Zahn fühlen und der ganzen Combo um den herum. Die sind doch froh, wenn sie einen treffen, der noch weniger in der Birne hat wie sie.« Martin Müller hatte sich in Rage geredet und kratzte die letzten Reste von seinem Teller.

»Können Sie sich vorstellen, dass Rosemarie Brucker mit jemand Fremdem gegangen ist?«

»Nein. Ja. Also eigentlich nicht. Aber die war schon sehr vertrauensselig irgendwie. Wenn das einer richtig anstellt ... Die war immer neugierig. Ist die jetzt wirklich tot?«

»Mit wem hat sie sich denn hier so abgegeben?«

»Abgegeben? Also, höchstens mit der Herta Diehlmann und dem Manfred Ottenfeld. Das waren ihre Spezis, gell, Manfred?« Martin drehte sich um und deutete zur Theke.

»Rosi doof!«, brüllte Manfred von Ottenfeld, der Besteck in Servietten einwickelte und seinen Namen gehört hatte. Aus der gleichen Richtung, hinten aus der Küche, ertönte ein lautes Hupensignal. Manfred klatschte in die Hände und schrie: »Bumm-Bumm!«

Wachtel runzelte die Stirn und stand auf, um sich einen Kaffee zu holen. Hinter der Theke hantierte eine Frau mit weißer Haube über dem Haar und sah ihn misstrauisch an. Auf ihrem Namensschild am Kittel stand: »Annemarie Herrmann«.

»Zucker?«

»Danke, Frau Herrmann.«

»Milch?«

»Jawohl.«

»Sonst noch was?«

»Kaffeelöffel.«

»Den Kaffee rühr ich hier rum, da brauchen Sie sich nicht drum kümmern. Sie sind hier in einem Behindertenzentrum.«

Wachtel sah ihr zu, wie sie in seiner Kaffeetasse rührte.

»Ich glaub, die Umdrehungen reichen«, meinte er dann und streckte ihr seine Hand entgegen.

»Der Dings da drüben …« Annemarie Herrmann zeigte mit dem Kaffeelöffel in Richtung Martin Müller.

Wachtel drehte sich um.

»Der tut manchmal ein bisschen sehr betreuen, für meine Begriffe. Wenn Sie verstehen, was ich mein.« Sie reichte ihm die Kaffeetasse. »Der guckt schon gern mal etwas tiefer in einen Ausschnitt. Auch wenn er behindert ist.«

»Wer?«

»Ha, der Ausschnitt.« Sie zog die Augenbrauen hoch.

»Gibt es denn hier einen, in den man gucken kann?«

»Normal nicht. Aber die Brucker Rosi, die hat schon gern mal ihre Bluse einen Knopf weiter aufgemacht.«

Wachtel nahm einen Schluck Kaffee.

»Und abends halt wieder zu, wenn's nach Hause ging.« Sie lachte leise in sich hinein. »Ich glaub ja nicht, dass der alte Brucker weiß, was das für ein kleines Flittchen war.« Annemarie erfreute sich am Gesicht ihres Gegenübers.

Wachtel nahm sich einen der Kekse, die da standen. »Ein Flittchen, sagen Sie?«

Sie winkte hektisch ab. »Ja, das ist vielleicht übertrieben.« Als plötzlich Dr. Albrecht Dürer die Kantine betrat, verdrehte sie die Augen und räumte die leeren Behältnisse aus der Theke. »Von mir wissen Sie das nicht. Das ist auch nur, was ich beobachte. Ich hab da ja nie …«, murmelte sie leise und nahm Manfred das Besteck aus den Händen.

Albrecht Dürer sah den Betreuer und den Kommissar am Tisch sitzen und stolzierte mit einem Kopfnicken an ihnen vorbei, hin zur Theke mit den belegten Wurstbrötchen. Er nahm sich eines, nickte auch Wachtel zu und ging zur anderen Tür wieder hinaus.

»Der frisst sonst nie einen Wurstweck. Auch hochgradig verdächtig«, sagte Annemarie Herrmann und brachte die schmutzigen Teller nach hinten.

Als Wachtel an den Tisch zurückkehrte, standen Melchinger und Martin Müller auf. Man wollte einen Blick in den Spind von Rosi werfen, und es gab auch noch eine Schublade unter dem Tisch, an dem sie manchmal saß. Sie gingen durch die Einrichtung, bis sie vor dem Schrank von Rosi Brucker standen. »Bitte. Der ist nicht abgeschlossen«, sagte Müller und öffnete die Tür. Da hing ein einsamer beigefarbener Strickschal von einem Kleiderbügel. Sonst nichts. Für Irritation sorgte dann allerdings ein Bild einer halb nackten Frau mit enorm großer Oberweite, das mit Tesafilm an die Innenseite des Spinds geklebt war. Martin Müller räusperte sich verlegen und kratzte sich am Kopf.

»Was, ähm …«, Melchinger deutete auf das Foto, »hat es damit auf sich?«

Martin Müller hob die Schultern. »Woher soll ich das wissen? Ich seh das jetzt auch zum ersten Mal.«

»Ich hab gehört, dass die Rosemarie Brucker gern mal einen Knopf zu viel an ihrer Bluse aufgemacht hat?«, sagte Wachtel und erntete einen verwirrten Blick von Melchinger.

»Blödsinn!« Martin Müller vergrub seine Hände in den Hosentaschen. »Die Rosi, die hat halt manchmal … Anwandlungen gehabt.«

»Anwandlungen?«

»Ja, die hat auf ihre Art … Signale …«

»Was für Signale?«

Martin schaute sich kurz um. »Das mit dem Dings. Wir denken halt immer, das interessiert die nicht. Das ist aber in denen drin. Das interessiert die schon, die setzen das auf ihre Weise um.«

»Aha. Und wie hat die Rosi das umgesetzt?«, wollte Melchinger wissen.

»Nix. Die knöpft sich halt mal zwischendurch die Bluse ein bisschen auf und hängt ihre … also. So halt. In der Gärtnerei hat sie auch schon mal dann und wann ihren Rock hochgezogen und sich über die Alpenveilchen gebeugt. Aber halt nur kurz mal.«

Wachtel traute seinen Ohren nicht und entdeckte dann ein

kleines Röhrchen im Spind. »Capri-Sonne«, sagte er zu Martin Müller.

»Ach so, ja.« Der Betreuer lächelte unbeholfen. »Damit hat sie immer so gemacht, als würd sie eine rauchen. Lächerlich irgendwie. Aber, die hat halt immer was nachgemacht, was sie gesehen hat, wovon sie aber nix versteht. Harmlos alles. Ich bin da gar nicht weiter drauf …«

»Und mit Ihnen hat sie auch geflirtet?«

»Geflö…? Quatsch! Das war der doch scheißegal, wer oder was. Das hätt die auch beim schielenden Albrecht gemacht, wenn der … Obwohl. Bei dem vielleicht doch nicht … Herrgott, das hat doch alles gar keine Bedeutung. Vergessen Sie's einfach.« Martin machte die Schranktür wieder zu, als wollte er so das Gespräch beenden. Melchinger zog sie wieder auf.

»Ob das Bedeutung hat, entscheiden immer noch wir. An den Schrank geht jetzt keiner mehr ran. Da muss die Spurensicherung kommen und Fingerabdrücke nehmen. Wir beschlagnahmen das Foto hier, und Sie überlegen bitte, wer das hingeklebt haben könnte und ob jemand besonders begeistert auf Rosis Anzüglichkeiten angesprungen ist. Das interessiert uns nämlich brennend.«

Als sie wenig später an Rosi Bruckers Tisch kamen, fanden sie in der Schublade wieder ein paar Plastikröhrchen und viele Zettel mit bunten Kritzeleien. Auf einem war ein schiefer Kreis mit einem M in der Mitte.

»Wer ist damit gemeint?«, fragte Melchinger.

Martin Müller zuckte mit den Schultern. »Was weiß ich.«

»Wie wär's mit Martin?«, fragte Wachtel.

»Ich? Wieso ich?«

»Weil das nicht das erste Mal wäre, dass sich eine Schutzbefohlene in ihren Lehrer oder Betreuer verguckt. Sie schließen das aus?«

»Ich? Also, so ein Blödsinn. Das kann ja auch genauso gut ein W sein.«

Von hinten hörte man ein Poltern, alle drehten sich um. Jemand nahm Kurs auf die Männer am Tisch von Rosi, und Martin Müller stöhnte leise auf.

»Auf geht's, Wilfried, schieß ein Tooor, schieß ein Tooor, schieß ein Toohoohor!«, sang jemand lauthals. Gemeint war Wilfried Höcker, genannt Kicker. Wilfrieds Religion war der Fußball. Er verbrachte seine Zeit am liebsten am Rande des nahe gelegenen Fußballplatzes zwischen Allweiler und Lemberg, kommentierte dort das Spiel und feuerte aus voller Inbrunst die Mannschaft an. Mal die eine, mal die andere. Auch hatte er bislang noch keine Sportschau verpasst. Sein Vorbild war »Mister Sportschau« Ernst Huberty, Moderator der samstäglichen Sendung. Wilfrieds Onkel hatte einmal auf Umwegen eine Autogrammkarte von Huberty organisiert und sie Wilfried vor zwei Jahren zu seinem Geburtstag geschenkt. »Für Kicker, Dein Ernst Huberty«, stand da. Es war der vorläufige Höhepunkt in Wilfrieds Leben, die Karte stand seitdem eingerahmt auf dem Nachttisch. Ab und an zündete er heimlich ein Kerzchen für Huberty an, auch wenn ihm das von zu Hause aus strikt untersagt war.

Wilfried Höcker schob Melchinger und Wachtel energisch beiseite, setzte sich an den Tisch und erklärte ihnen, das sei sein Platz. Martin versuchte, ihn zu beschwichtigen. »Kicker, kannst du uns mal für einen Moment … du musst ja da jetzt nicht sitzen, du kannst ja auch genauso gut …« Wilfried rührte sich nicht vom Fleck und machte ihm noch einmal unmissverständlich klar, dass er jetzt da sitze und niemand anderes. Martin schien genervt von der Situation. »Wenn die Rosi kommt und sieht, dass du hier sitzt, dreht die durch, das sag ich dir.«

»Die Rosi isch dot, isch die Rosi. Kaputt«, sagte Wilfried, und Martin sah ihn erstaunt an.

»Der wurde wahrscheinlich vorhin von einem unserer Kollegen befragt«, erklärte Melchinger dem Betreuer.

»Ach so«, sagte Martin und legte Wilfried die Hand auf die Schulter. »Tja, Kicker, dann ist das tatsächlich jetzt dein Platz.«

Wilfried nickte zufrieden und wischte mit der Hand über den Tisch.

Wachtel drehte das Blatt mit dem gekritzelten M um und hielt es ihm vor die Nase. »Hat die Rosi das für dich gemalt?«, wollte er von Wilfried wissen. Der schaute auf das Papier und lächelte.

»Die Rosi tut gern malen«, sagte er und nickte.

»Wo wohnt er denn?«, fragte Wachtel den Betreuer.

»Den Kicker können Sie selbst fragen, der ist fit«, sagte Martin und klopfte Wilfried kameradschaftlich auf die Schulter. Der wies ihn schroff ab.

»Wo wohnst du denn, Kicker?«, fragte ihn Wachtel daraufhin.

»In Lemberg«, antwortete Wilfried.

»Soso. Und bist du auch manchmal in Allweiler?«

»Warum?« Wilfried drehte sich zu Wachtel und sah ihn misstrauisch an.

»Weil dort die Rosi wohnt«, erklärte ihm Wachtel.

»Die Rosi wohnt da nicht. Die isch dot«, sagte er, »kaputt.«

»Ja, aber wo sie noch ganz war und dort gewohnt hat, warst du da auch mal in Allweiler?«

Melchinger signalisierte Wachtel, dass er das jetzt beenden solle, und wandte sich wieder Martin Müller zu.

»Noch mal zu Ihnen, Herr Müller. Wie würden Sie Ihr Verhältnis zu Rosemarie Brucker beschreiben?«

»Wieso jetzt Verhältnis? Was für ein Verhältnis? Sind Sie verrückt geworden? Was wollen Sie mir denn jetzt anhängen?« Martin Müller war plötzlich sehr laut geworden, im Raum sah ihn jetzt jeder an.

Wachtel verschränkte die Arme. »Das war eigentlich eine ganz normale Frage. Bellt jetzt ein getroffener Hund, oder warum regen Sie sich so auf?«

»Was für ein Hund? Ich hab mit der Brucker Rosi nix am Hut. Ich betreu die Arbeit hier, also die, wo hier was arbeiten. Sonst nichts. Und da bin ich auch nicht allein.«

»Rosi doof!«, schrie Manfred von Ottenfeld von hinten. Und wieder ertönte aus anderer Richtung ein lautes Hupensignal. »Halt endlich den Rand!«, brüllte Martin und winkte direkt entschuldigend ab. »Ich werd hier noch plemplem, irgendwann.«

✳✳✳

Gegen halb drei standen Melchinger, Wachtel, Arnold Obermann und zwei Kollegen von der Spurensicherung vor der Behindertenwerkstatt zusammen und rauchten eine Zigarette. Melchinger nahm eine Prise Schnupftabak und musste niesen. Arnold Obermann starrte ungläubig auf die Klarsichthülle mit dem Bild aus Rosis Spind. Ob das aus dem Playboy wäre, wollte er wissen.

»Woher soll 'n ich das wissen?«, fragte ihn Udo Wachtel und musste grinsen. Da sahen sie, wie Albert Hasenbach mit dem Bus angebrettert kam. Er hatte Verspätung und war sichtlich unter Strom. Nach und nach kamen alle aus dem Gebäude und liefen über die Straße zu ihm. Melchinger, der ihn aus den Augenwinkeln beobachtete, konnte nicht erkennen, was da genau ablief, aber die Abfahrt verzögerte sich.

Atze hatte überlegt, dass er sich ab sofort von jedem Einzelnen die Fahrt quittieren ließ. Er konnte seines Erachtens nicht verhindern, dass er ab und an im benebelten Zustand seine Runde fahren würde, aber dann wollte er zukünftig wenigstens handfeste Beweise aus der Tasche ziehen können. So etwas wie gestern, und damit meinte er das Gespräch mit den Bullen, sollte ihm nie wieder passieren. Über die Tatsache, dass seine Passagiere jedes Mal ein anderes Gekritzel hinterließen und er zudem vergaß, den jeweiligen Klarnamen dazuzuschreiben, sah er großzügig hinweg.

✳✳✳

Hasel war an diesem Montag durchweg bestens gelaunt gewesen. Den ganzen Vormittag über hatte er in der Backstube »Riders on the Storm« vor sich hingepfiffen, bis Adalbert Becker ihn anschnauzte, dass er sein verschissenes Hasenscharten-Gepfeife nicht mehr ertragen könne und ob er noch ganz bei Trost wär. Hasel hatte ihn nur angegrinst und in aller Seelenruhe weiter an seinen Zimtschnecken gebaut. Heute konnte ihm niemand was und morgen erst recht nicht, denn da war sein Geburtstag, und er hatte frei. Es war alles organisiert. Nach dem Frühstück würde er sein Mofa abholen, das beste Geschenk aller Zeiten. Und dann: grenzenlose Freiheit. »Reiders on se stom, intu sis haus wi bon ...«

**

»Cheffe!«, rief Miłosz Nowak über den Hof, als er Otto Brucker aus dem Haus kommen sah. »Beileidig, Cheffe! Mit Rosimeri nix gut!«

Die anderen beiden Helfer, die bei ihm standen, nickten ebenfalls mit betroffener Miene. »Geh fort!«, ranzte Brucker ihn an und signalisierte der Truppe, dass ihn das alles null Komma null interessierte. Für den Fall, dass einer von ihnen oder alle drei etwas mit der Sache zu tun hatten, sollte keiner denken, dass ihm das auch nur irgendetwas ausmachte. Weder das mit der Rosi noch das mit dem Geld.

Er beobachtete die drei kurze Zeit später im Kelterraum durch das offene Fenster, verstand aber kein Wort von dem, was sie sagten. Sie kamen ihm allesamt hochgradig verdächtig vor, wie sie da standen, rauchten und dazu noch lachten. Und so stürzte Brucker wieder nach draußen und marschierte zielstrebig auf sie zu.

Augenblicklich herrschte Ruhe.

»Wie heißt du?«

»Ma... Mateusz«, stotterte der eine.

»Aha. Und du?«

»Miłosz. Immer Miłosz Nowak noch, Cheffe.«

»Ähem. Und er?«

»Wacław.«

Brucker nickte und blickte noch einmal drohend in die Runde, bevor er sich umdrehte. Er war noch nicht in seinem Auto, da hatte er alle drei Namen schon wieder vergessen. Wie bei den Russen, dachte er, alles dreckige Stromer.

✳✳✳

Alwine saß derweil allein in der Küche und riss gedankenverloren Beileidsbekundungen auf. Der Briefkasten war voll von Kuverts mit schwarzem Rahmen.

In stiller Trauer
Aufrichtige Anteilnahme
Herzliches Beileid

… und wieder von vorne. Ab und an fiel ein Zehn- oder Zwanzig-, manchmal sogar ein Fünfzig-Mark-Schein heraus. Dann notierte Alwine die Summe zusammen mit dem Namen auf einem großen Zettel.

Familie Sauer – 10 Mark
Kleemann Bertholda – 20 Mark
Kreutzer Aloisius – 20 Mark
Hagemann Cornelia – 10 Mark
…

Wandergeld, dachte Alwine verbittert und vergrub ihr Gesicht in den Händen. Der ganze Irrsinn auf einem Zettel. Wenn beim anderen einer starb, ging der Schein direkt wieder zurück, in einem Kuvert mit schwarzem Rand. Aufrichtige Anteilnahme. Gleichfalls. Bitte schön, Ihr Geld zurück. Quitt.

Vor einer Stunde hatte Dr. Albrecht Dürer von der Behindertenwerkstatt angerufen und ihr sein Beileid ausgesprochen. Da er nicht wusste, was er weiter sagen sollte, fragte er sie, wann sie Rosemaries Sachen abholen würden oder ob er sie vielleicht dem Fahrer mitgeben solle. Als wenn dort Berge von Sachen lägen, die jetzt schleunigst wegmüssten, dachte Alwine und vertröstete ihn auf später. Sie war nicht fähig, auch nur irgendeine Entscheidung zu treffen.

Seit Samstag kreiste sie allein in ihrer Umlaufbahn. Manchmal hatte es an der Tür geklingelt, aber sie hatte nicht aufgemacht, wollte keinen sehen, obwohl ihr ein bisschen tröstlicher Zuspruch, von wem auch immer, gutgetan hätte. Aber zu groß war die Angst, dass sie sich verplapperte. Darauf stand die Höchststrafe – »kurzer Prozess«. Otto war vorhin weggefahren, wohin, wusste sie nicht. Sie hatte nicht die Kraft gehabt zu fragen. Er hätte sowieso nur gebrüllt. Zweihundert Dezibel, seit Tagen. Sobald er aus dem Haus war, hörte sie nur ihren eigenen Atem und das Ticken der Küchenuhr. Sonst nichts.

Da saß sie nun, seufzte tief in sich hinein und knibbelte an einem Loch in der Wachstuchtischdecke. Es waren die letzten Hinterlassenschaften von Rosi. Sie hatte am Donnerstagmorgen beim Frühstück mit der Nagelschere Zacken reingeschnitten, bis Alwine sie anblaffte, ob sie noch alle Tassen im Schrank hätt. Otto hatte nur den Kopf geschüttelt und, ohne den Blick von seiner Zeitung zu heben, gemeint: »Als wenn jetzt in dem Schrank jemals auch nur irgendeine Tasse …«

Die Rosi. Jetzt wär sie bald heimgekommen, hätte den Kühlschrank aufgemacht, eine Capri-Sonne rausgeholt, das Röhrchen reingebohrt und dran gezogen, bis es nur noch gurgelte und nix mehr kam. Dann hätte sie den Beutel fein säuberlich zusammengerollt und in den Mülleimer geworfen. Das Röhrchen hätte sie in ihre Jackentasche gesteckt. Zu den anderen Röhrchen. Mülltrennung, praktisch.

Durch das Fenster sah Alwine Berta, ihre Mutter, über den Hof kommen und ließ sie herein. Berta Griesbacher hatte bislang nur mit ihr telefoniert und ihr gesagt, dass sie erst wissen wolle, wann der Otto weg sei. Vorher käme sie nicht. Sie folgte Alwine in die Küche und warf einen traurigen Blick auf die Kondolenzkarten. Neugierig ging sie den Stapel durch und betrachtete den Zettel mit den Notizen.

»Zehn Mark vom Heuberger? Dass der sich nicht schämt. Wahrscheinlich paniert er sein Geld mit Weckmehl und frisst es als ›Scheineschnitzel‹ zum Mittagessen.«

Alwine sah sie mit leeren Augen an. Berta legte ihr die Hand auf den Arm. »Wenn ich doch gewusst hätt, dass die Rosi zu mir sollt, ich wär ja da gewesen am Donnerstag«, stammelte sie.

»Du hast keine Schuld«, versuchte Alwine, sie zu beruhigen.

»Das sieht der Otto aber anders, der meint schon, dass ich daran schuld bin.«

»Der Otto«, sagte Alwine und legte ihre Hand auf die ihrer Mutter. »Der ist halt auch verzweifelt, der meint das nicht so«, log sie.

»Der meint immer, was er sagt. Das ist ein schlechter Mensch. Das war er schon immer«, keifte Berta. »Bis heut versteh ich nicht, warum du nicht seinen Bruder genommen hast. Der ist doch ein ganz anderes Kaliber.« Alwine sah sie erstaunt an und zog die Augenbrauen hoch.

»Das ist doch auch so eine arme Sau, mit seiner Alten. Alle sind falsch verheiratet. Alles verkehrt rum.«

»Mama, es langt jetzt!« Alwine war völlig überfordert von den Entgleisungen ihrer Mutter.

»Ist doch wahr«, sagte Berta trotzig und strich sich den Rock glatt.

***

Melchinger und Wachtel waren mittlerweile wieder auf dem Revier und tauschten die neuesten Erkenntnisse aus. Laut Ingrid Huber waren alle am letzten Donnerstag ordnungsgemäß abgeholt und bis auf Rosi auch zu Hause abgeliefert worden. Das hatten das Behindertenzentrum und die Eltern mittlerweile bestätigt. Dass Rosi im Bus gewesen war, stand außer Frage, wo sie ausgestiegen war, konnte offensichtlich keiner hundertprozentig sagen. Nicht mal der Hasenbach habe überzeugend geklungen, meinte Wachtel. Und das wär schon ein starkes Stück. Die Businsassen hätten es sicher sagen können, aber es erwies sich als schwierig, eigentlich unmöglich, verbindliche Aussagen von ihnen zu bekommen. Die meisten schwiegen. Sie waren es nicht gewohnt, dass Fremde mit ihnen redeten, ihnen Fragen stellten. Manche antworteten, sagten aber im nächsten Satz das genaue Gegenteil.

»Das weiß wieder mal nur der liebe Gott, wo die ausgestiegen ist«, bemerkte Melchinger frustriert.

»Ja, aber wie Sokrates schon sagte: Gott ist tot«, sagte Wachtel.

»Das war Nietzsche.« Ingrid Huber holte sich einen Kaffee.

∗∗∗

Atze hatte Feierabend, stand im Hof und spritzte mit einem Wasserschlauch seine alte Zündapp ab. Er hatte sie zuvor gründlich eingeseift und schaute nun dem grauen Schaum hinterher, der wie eine Ansammlung von Schlechtwetterwolken im Abfluss verschwand. Auf dem Tank seiner Zündapp klebte ein gelber Aufkleber mit einer grinsenden roten Sonne in der Mitte. »Atomkraft? Nein danke«, stand darauf. Atze wusste nicht genau, um was es da ging. Aber »Nein danke« war immer gut. Auf der anderen Seite entdeckte er plötzlich eine Prilblume. Erst konnte er es nicht glauben und knibbelte fluchend den albernen Spülmittel-Aufkleber weg, was sich als äußerst schwierig erwies. Es konnte nur einen geben, der das gemacht hatte, und das war sein Bruder. Seit ein paar Tagen provozierte er ihn, wo er nur konnte. Einmal mehr fragte sich Atze, was genau in den gefahren war, und beschloss, ihm demnächst mal zu zeigen, wo es blitzt. Nachdem ihn gestern die Polizisten überrumpelt hatten, war es mit Atzes innerer Gelassenheit vorbei. Heute waren sie auch vor dem Behindertenzentrum gestanden und hatten ihn komisch angeschaut. Da er sich leider, was den letzten Donnerstag anbelangte, noch immer an nichts erinnerte, musste er sich irgendwie und sehr dringend Klarheit verschaffen. Zumal ihm auch die Andeutungen seines Kumpels Heinzer in der Samstagnacht nachhaltig Kopfzerbrechen bereiteten. Denn wie die Bullen gesagt hatten, war Rosi Brucker ja am Donnerstag schon ermordet worden und nicht erst am Freitag oder Samstag, wie er gedacht hatte. Und das wiederum hieß, dass es passiert sein musste, nachdem sie seinen Bus verlassen hatte. Wo auch immer das gewesen war.

Er schaute auf seine Uhr, es wurde langsam Zeit. Er zog die Jacke zu, setzte den Helm auf und machte sich mit seinem Moped auf den Weg zum Sportplatz des Nachbardorfes. Als er in Lemberg ankam, sah er, wie vermutet, Wilfried Höcker am Rand stehen und das Fußballspiel kommentieren. Auf Kicker war Verlass.

»Schieß doch, Arschvolldepp!«, schrie er und trat gegen die Eingrenzung. »Schiri, du Ochsekopp!«

Atze stellte sich direkt neben ihn und begrüßte ihn mit einem Kopfnicken.

Wilfried hatte Puls. »Abspiel jetzt!«, brüllte er und trat erneut gegen den Pfosten. Dann schaute er irritiert zu Atze und wieder auf das Spielfeld. »Foul, Foul, der g'hört doch vom Feld, g'hört der doch!« Wilfried zog eine Trillerpfeife aus der Hosentasche und setzte einen lauten Pfiff ab. Einige aus der Mannschaft blieben ruckartig stehen und sahen verwirrt zum Schiedsrichter. Der pfiff seinerseits und fuchtelte mit den Armen, sie sollten weiterspielen. Atze kratzte sich verlegen am Ohr und zündete sich eine Zigarette an.

»Abseiiiits!«, schrie Wilfried wieder, und da reichte es dem Ansbacher Alfred, der ein paar Meter weiter stand und jetzt Kurs auf Wilfried nahm.

»Halt die saudumm Gosch jetzt, du Vollidiot!«, fuhr er ihn an, riss ihm die Trillerpfeife aus der Hand und warf sie auf den

Boden, bevor er wieder auf seinen Posten zurückging. Auch er war hochgradig aggressiv. Sein Jüngster kickte derart konzeptlos auf dem Feld herum, dass, wenn er aus Versehen heute noch ein Tor schießen würde, es garantiert ins eigene wär.

Atze scharrte derweil mit den Schuhen im Sand herum und wartete geduldig auf die Halbzeitpause. Als der Schiedsrichter endlich abpfiff und Wilfried zufrieden die Hände in die Jackentasche steckte, setzte Atze zum Angriff an. »Und, Kicker? Wie so?«

Wilfried glotzte ihn verdutzt an.

»Totalausfall. Also, der Ding dort, der Schiri«, posaunte Atze, um eine Gesprächsbasis zu schaffen. Er steckte sich erneut eine Fluppe an und hielt Wilfried die Schachtel hin. Der lachte und nahm sich eine Zigarette. Atze gab ihm Feuer. »Für wen bist du?«, fragte er ihn.

»Für Fußball«, antwortete Wilfried, nahm einen Zug und fing an zu husten.

»Super, genau wie ich«, sagte Atze, klopfte ihm auf den Rücken und hob die Trillerpfeife auf. Wilfried ließ die Zigarette fallen, nahm die Pfeife und starrte auf das leere Spielfeld. Da zog Atze eine Bierflasche aus seinem Anorak, biss mit den Zähnen die Krone ab und reichte sie ihm. Wilfried schaute ihn begeistert an, nahm die Flasche und leerte sie zur Hälfte. Dann machte er Anstalten zu gehen.

Atze hielt ihn am Arm fest. »Kicker, die Rosi, die Brucker Rosi, also unsere Rosi«, stammelte er, »hat die am Donnerstag im Bus gesessen?«

»Der Schiri kann nix«, antwortete Wilfried. »Der sieht nix. Gar nix sieht der. Das war Handspiel, und der sieht nix.«

»Genau«, pflichtete Atze ihm verzweifelt bei, »blind wie ein Ochsefrosch beim Tauchgang.«

Wilfried nahm noch einen Schluck Bier.

»Aber apropos ›sieht nix‹«, setzte Atze wieder an, »war die Rosi am Donnerstagmittag im Bus, auf der Heimfahrt? Hast du die gesehen, wie die da gehockt ist?«

»Die Rosi?«, fragte Wilfried und sah aus, als ob er angestrengt überlegte. »Die war im Bus, war die. Die hat hinter mir, war die. Die war einwandfrei im Bus.«

»So hab ich das auch in Erinnerung. Ich guck ja immer in den Rückspiegel, guck ich.« Atze kickte die Bierflaschenkrone durch die Luft. »Und die Rosi«, fuhr er dann fort, »die hat doch kein Terror gemacht wegen irgendwas, im Bus an dem Donnerstag, oder? Die spinnt doch immer gern rum, die Rosi, aber da war ja nix groß, oder?«

Wilfried nahm noch einen Schluck Bier und schaute auf das Spielfeld. Die Spieler kamen langsam wieder auf den Platz. Atze wusste nicht, ob er noch auf Empfang war, und sah ihn intensiv von der Seite an.

»Nä, nix«, sagte Wilfried irgendwann.

»Danke, Kicker«, sagte Atze erleichtert und haute ihm wieder auf den Rücken. »Mit dir kann man wenigstens normal sprechen. Und warst du noch im Bus, wo die raus ist? Da musst du doch noch drin gewesen sein. Weil, dich setz ich doch immer erst …«

»Die Rosi ist raus, und ich war drin«, sagte Wilfried im Brustton der Überzeugung.

»Und wo? Wo ist die Rosi raus? War das am Eck vom Brucker?«

»Das war am Eck vom Brucker.« Wilfried nickte.

»Ja, genau«, rief Atze und strahlte über das ganze Gesicht. »Genau so hab ich das in Erinnerung! Ich seh das direkt vor mir, wie die da aussteigt. Und dann hab ich dich heimkutschiert. So war's doch, gell, Kicker?«

»Die Rosi isch kaputt«, sagte Wilfried und schaute ihn komisch an.

»Ja, kaputt. Totalschaden praktisch. Aber das war ja alles hinterher, Kicker«, sagte Atze und erinnerte ihn an das Bier, das er noch in der Hand hielt. Wilfried setzte sofort an und leerte die Flasche.

»Kannst du das mal bei Gelegenheit der Polizei erzählen, dass

die im Bus war und wo die ausgestiegen ist und dass alles ...
ganz normal ... war?«

Wilfried nickte begeistert. »Kommt die Polizei?«, wollte er wissen.

»Wenn ich die schick, dann kommt die«, antwortete Atze großkotzig. »Aber wenn die dann kommt, Kicker, dann musst du das denen genau so erzählen, verstehst du?«

Dienstag, 16. September 1975

So ein Tag, so wunderschön wie heute, so ein Tag, der dürfte niiiiiie vergeeeeehn! Als Hasel am Dienstag in der Früh in die Küche kam und hörte, wie Freddy Quinn aus allen Rohren und zu seinen Ehren das Motto des Tages schmetterte, drehte er den Lautstärkeknopf am Radio auf Anschlag. Edmund Hasenbach schrie auf, weil er zu hören meinte, wie soeben sein Trommelfell geplatzt war, Elvira Hasenbach schrie auf, weil sie sich vor Schreck beim Filterkaffeeaufgießen die Hand verbrüht hatte, und Atze Hasenbach schrie von oben herunter, welcher dummen Sau er schon am frühen Morgen das Maul polieren solle. Alle schrien gleichzeitig, 5.-Symphonie-Schreikonzert, wie man es nur im Hause Hasenbach erleben konnte. Gerade noch rechtzeitig betrat Oma Agnes das Haus, trällerte textsicher mit und dirigierte noch dazu. Für Freddy Quinn hätte sie alles stehen und liegen lassen. Leider hatte er nie bei ihr angerufen.

Hasel drehte abrupt wieder leise. Oma Agnes sang ungebremst noch ein paar Zeilen weiter und verstummte dann peinlich berührt. Verlegen hockte sie sich auf die Küchenbank und rückte ihre Brille zurecht. Elvira Hasenbach trocknete sich die Hand an einem verfleckten Geschirrhandtuch ab, streckte sie Hasel über den Tisch entgegen und fand als Erste ins Programm zurück. »Tja. Also. Ich gratulier dir zum Geburtstag.«

Dann stellte sie Hasel einen Caro-Kaffee hin und legte ein Geschenk daneben. »Da sind ein Paar Socken drin und zwei Unterhemden vom Schiesser.« *Schisser*, sagte Elvira immer.

»Dankbare Qualität!«, lobte Oma Agnes.

Seit Hasel denken konnte, hatte seine Mutter immer gleich dazugesagt, was das Geschenk im Geschenk war. Auch damals, als sie ihm den Wellensittich überreichte – »Das ist der Hansi.«

Für Hasel hatte das den Vorteil, dass er das Geschenk nur auspacken musste, wenn es ihn wirklich interessierte. Wenn nicht, konnte er es auch einfach in den Schrank legen und warten, bis sie es selber auspackte.

Edmund zog die Nase hoch, nickte ihm kurz zu und blätterte die Zeitung um. »Ach Gott«, murmelte er, »schon wieder ein Jahr rum.«

Mittlerweile war auch Atze in der Küche angekommen und merkte, dass er mal wieder den Geburtstag seines Bruders vergessen hatte. Er überspielte es lässig, indem er ihm auf den Hinterkopf haute. »Heute schon genickt?« Er stellte eine Flasche Bier vor ihn hin und schaute ihn an, als wäre heute endlich der Tag gekommen, wo er in die Gruppe der Anonymen Alkoholiker aufgenommen wurde. Hasel grinste ihn abschätzig an und lehnte die Zimtschnecke ab, die ihm seine Mutter zur Feier des Tages hinhielt. Da er wusste, dass sie am Vortag in der Bäckerei Becker Zimtschnecken kaufen würde, die alle aßen, nur er nicht, hatte er bei der Zubereitung fünfmal in den Teig gerotzt. Ein wohliges Gefühl der Genugtuung flutete seinen Körper, als er den anderen beim Kauen zusah. Oma Agnes schob ihm, wie immer an diesem Tag, geheimnisvoll einen Umschlag rüber und nickte ihm aufmunternd zu. Hasel öffnete ihn nur, um zu sehen, ob sich der Fünf-Mark-Schein, den es seit Jahren gab, heute vielleicht aus Versehen in einen Zehn-Mark-Schein verwandelt hatte. Hatte er nicht. Er klappte die Karte mit dem verblichenen Ostermotiv auseinander und las die immer gleichen gekrakelten Zeilen: »Spare in der Zeit, dann hast du in der Not. Deine Oma Agnes«.

»'anke«, nuschelte er, nahm den Geldschein, klappte die Karte wieder zu und gab sie ihr samt Umschlag zurück. So konnte sie beides im nächsten Jahr wiederverwenden. Sein Geburtstag, das Festival der Rituale. Die fünf Mark gab es erst seit seinem zwölften Lebensjahr. Hätte er sie gespart, wären es nunmehr fünfundzwanzig Mark. Da musste die Not schon klein sein, dass man sich damit hätte retten können, dachte er, aber immerhin besser als all das, was sie ihm vorher geschenkt hatte. Es waren Sachen aus dem Nachlass seines Opas Herbert gewesen, die ihrer Meinung nach noch gut waren. Ein paar ausgeleierte Hosenträger, ein alter Ledergürtel, in den sie beim Schuhmacher noch ein paar Löcher hatte stanzen lassen, weil er sonst viel zu weit gewesen wäre, und ein Briefmarkenalbum, welches sich dann aber sein Bruder Atze unter den Nagel gerissen hatte.

Hasel war das an jenem Morgen alles so scheißegal wie noch nie in den sechzehn Jahren zuvor. Er hatte heute frei. Oben, unter der Matratze, lagen tausend Mark, von denen er sechshundert an Willie Boos übergeben würde, im Tausch für ein frisiertes grünes Hercules-Mofa. In der Scheune lag die fette Gliederkette mit einem Schloss dran, auch das hatte er schon besorgt. Das Versteck für sein Mofa war auserkoren, dort würde er es so lange heimlich parken, bis er seinen hundertfünfzehnten Geburtstag feierte und die jährlichen fünf Mark von Oma Agnes genau die Summe ergeben würden, mit der man sich »in der Not« ein gebrauchtes Hercules-Mofa kaufen konnte.

Edmund Hasenbach schlürfte seinen Kaffee und las den Zeitungsbericht zum Fall Brucker laut vor:

»… Nach bisherigen Erkenntnissen der Kriminalinspektion Pirmasens stehe zwar fest, dass die Frau gewaltsam zu Tode gekommen ist, zum Täter wie auch zum Tathergang gibt es aber derzeit noch keinerlei Hinweise. Auch habe bislang noch nicht rekonstruiert werden können, wo sich die Frau nach ihrem Verschwinden am Donnerstagnachmittag aufgehalten habe. Bestätigt hingegen sei, dass sie am Donnerstag ihrer Tätigkeit im Behindertenzentrum nachgekommen war. Suchtrupps der Polizei hatten die vermisste Person am Samstagnachmittag in einem nahe gelegenen Waldstück tot aufgefunden. Sachdienliche Hinweise, die auf Wunsch vertraulich behandelt werden, nehmen die Kriminalinspektion Pirmasens sowie jede andere Polizeidienststelle entgegen …«

»Suchtrupps der Polizei?« Edmund Hasenbach faltete die Zeitung zusammen. »Seit wann sind der Herberger Erwin, der Maurer Ullrich, der Garrechte Gustav und der Hoffmann Hannes Suchtrupps der Polizei?«

»Jedenfalls steht da, dass ich die Bruckern ordnungsgemäß abgeliefert hab. Darum geht's«, resümierte Atze zufrieden.

»Komich«, sagte Hasel und schob sich das letzte Stück Nutellabrot in den Mund, »wo du's selb'r gar nit mehr wiss'n tust.« Danach verließ er pfeifend die Küche und haute die Tür hinter sich in Schloss.

✳✳✳

Rudolf Melchinger und Udo Wachtel standen an der Tür zur Gerichtsmedizin. Dr. Bruno Weininger hatte Rosemarie Brucker eingehend untersucht und sich vehement geweigert, vorab Informationen preiszugeben. Er wollte erst einen Bericht schreiben. Das machte er immer, wenn er besondere Erkenntnisse gewonnen hatte und diese nicht gleich im luftleeren Raum verpuffen sollten. Er hatte einen leichten Hang zur Dramatik, und Melchinger sowie insbesondere Wachtel machten ihm mit ihrem Pragmatismus und ihrer Ungeduld regelmäßig alles kaputt. Gereizt schaute er hoch, als sie den Raum betraten, denn er hatte sie erst für den Nachmittag einbestellt.

Trotzig zog er das weiße Tuch vom Gesicht der Leiche Rosemarie Bruckers.

»Also hier ... erwürgt. Kann man ja sehen. Mit bloßen Händen. Muss Kraft gehabt haben in den Fingern.« Melchinger nickte, Wachtel gähnte gelangweilt.

»Andererseits hat die sich nicht wirklich gewehrt. Die haben diese Überlebensreflexe nicht. Realisieren nicht, wann es ernst wird. Bis die merkt, dass ihr jemand nicht vor Freude um den Hals gefallen ist, ist die schon tot.«

»Verstehe«, Melchinger nickte, »und sonst so?«

»An den Waden sieht man heftige blutige Kratzer, wahrscheinlich ist sie geschleift worden, davon könnten sie kommen. Und der Knöchel ist angebrochen und die Sehne gerissen. Das muss schmerzhaft gewesen sein.«

»Aha. Dann ist sie vor dem doch geflüchtet und hingefallen?«

»Möglich.«

»Gut, dann wissen wir das.«

Wachtel drehte sich zum Ausgang um. Wenn er in der Gerichtsmedizin stand, hatte er immer das dringende Bedürfnis, nicht in der Gerichtsmedizin zu stehen. Enttäuscht vom mageren Ergebnis zog Melchinger die Schultern hoch und ließ sie wieder fallen. »Und sonst so?«

»Keine Vergewaltigung, wobei die Betonung auf *Gewalt* liegt.«

»Hä?« Wachtel lief mit Weininger gedanklich um den heißen Brei herum.

»Ich mein, dass da keiner mit Gewalt … Jedenfalls, die war keine Jungfrau mehr.«

»Wie jetzt?«, drängelte Melchinger. »Hat der jetzt was gemacht oder nicht?«

»Der hat nur die Unterhose eingesackt, das war's. Trophäe wahrscheinlich. Wollte wohl ein Sexualdelikt vortäuschen oder was weiß ich. Der hat sie nur erwürgt. Sonst nichts.«

»Sonst nichts. Aha.« Melchinger schaute zu Wachtel. »Dann wissen wir, dass wir nichts …«

»Gar nichts wisst ihr«, sagte Bruno Weininger und riss das weiße Leintuch noch zwei Etagen tiefer. »Die Rosemarie Brucker hier, die war schwanger.«

»Schwanger?« Melchinger und Wachtel blickten fassungslos auf einen leicht gewölbten Bauch.

»Ende vierter Monat. Oder so.«

»Heilige Scheiße«, entfuhr es Wachtel, »das wird ja immer schlimmer. Wen suchen wir jetzt eigentlich?«

»Wir haben es jetzt mit sexuellem Missbrauch und mit Mord zu tun.« Melchinger rieb sich den Nacken und überlegte.

»Das wäre ja schon ein Motiv«, überlegte Wachtel. »Da hat einer eine geistig Behinderte geschwängert, die Tochter vom Brucker … das ist … ein starkes Stück.«

»Jo. Aber wie soll derjenige das erfahren haben?«, sagte Melchinger. »Das hat die doch selbst nicht gewusst.«

»Stimmt auch wieder.«

»Das hat wahrscheinlich keiner gewusst, schätz ich«, bemerkte Bruno Weininger.

»Das muss doch zumindest die Mutter mitbekommen haben.«

»Ganz ehrlich«, sagte Melchinger, »ich glaub, die weiß das auch nicht.«

**

Hasel war mittlerweile an der Tankstelle von Willie Boos im zwei Kilometer entfernten Nachbardorf angekommen und stand an der Werkstatt. Er war die Strecke gelaufen, denn für den Rückweg hatte er ja jetzt ein Mofa. Hinten in der Ecke stand es und wartete auf ihn. Das Hercules-Mofa mit Zweigang-Handschaltung in Grasgrün.

»Un’? Bimbes dabei?« Willie rieb Zeigefinger und Daumen aneinander.

Hasel fuhr herum. Er hatte ihn gar nicht kommen hören.

»Jo«, sagte er und kramte umständlich die Scheine aus seiner Hosentasche. Willie zählte sie zweimal durch und nickte. »Wie alt bisch dann du überhaupt?«

Hasel kickte einen Stein über den Hof. Er hatte keine Lust auf ein Gespräch.

»Eh wurscht.« Willie winkte ab und hielt ihm den Schlüssel hin. Hasel nahm ihn ehrfürchtig entgegen und zwängte ihn an den Ring mit dem Fuchsschwanz. Jetzt war alles komplett. Der Schlüsselbund und sein Leben.

»Tank isch halb voll«, sagte Willie noch und schob die Scheine in seine Jackeninnentasche. Hasel setzte sich auf den Sattel und ruckelte genussvoll ein bisschen hin und her. Dann steckte er den Schlüssel in das Schloss, drehte ihn um und startete. Das Knattern war Musik in seinen Ohren, er schraubte den Gang rein, gab ein wenig Gas und fuhr langsam los. Mehr Glück konnte ein Mensch nicht empfinden, ohne zu platzen.

***

»Schwanger? Wer?« Otto Brucker rannte aus der Küche und haute die Tür hinter sich zu, um gleich darauf wieder hereinzustürzen. »Schwanger? Die Rosi? Wer soll dann die …? Die Drecksau, wenn ich den erwisch, dem dreh ich den Schwanz rum, dem …«

»Otto!« Alwines Stimme brach. Es fiel ihr wie Schuppen von den Augen. »Jessusmariamuttergottes!« Sie ließ sich erschöpft auf die Küchenbank fallen. Jetzt hatte sie die Erklärung, warum ihre Tochter in letzter Zeit die Hose nicht mehr richtig zubekommen hatte und alles irgendwie zu eng war. Sie hatte ihr mehrmals den Kuchen weggenommen und ihr gesagt, sie solle nicht so viel süßes Zeug essen. Sogar die Capri-Sonne wollte sie ihr nicht mehr kaufen.

»Bleibt das in den Akten?« Brucker hatte wieder zur alten Form zurückgefunden. »Das braucht ja jetzt keiner … Das muss ja niemand …«

Melchinger zuckte mit den Schultern. »Mal sehen. Wir müssen jetzt natürlich den Vater … den Erzeuger … irgendwie finden. Vielleicht gibt es ja einen Zusammenhang, wenn Sie verstehen.«

»Ich versteh gar nix!«, brüllte Brucker und haute auf die Küchenanrichte. »Hat der die … und dann?« Er fuhr mit seiner flachen Hand am Hals entlang.

»Otto!« Alwine war einer Ohnmacht nahe, alles drehte sich um sie herum.

»Ähm, nein«, antwortete Wachtel. »So funktioniert das nicht. Die Rosi war schon im vierten Monat. Jetzt wäre für uns interessant, ob Ihnen jemand einfällt, der wo …«

»Hä?« Brucker starrte die beiden Kommissare entgeistert an. »Wissen Sie, was ich mit dem gemacht hätt? Hä? Kurzer Prozess. Aber ganz kurzer!«

»Gut, dann ... Wir finden raus!« Melchinger schob Wachtel zur Tür.

Brucker eilte ihnen nach. »Wann können wir die Rosi begraben? Die ist ja jetzt eindeutig genug untersucht worden.« Der Gedanke, Erde auf das Ganze zu schütten, hatte für ihn etwas über die Maßen Beruhigendes.

Vonseiten der Polizei wäre die Nachricht, dass Rosemarie Brucker in anderen Umständen war, erst einmal in den Akten geblieben, aber weil die Maurer Margot an diesem Dienstag Alwine ihr Beileid aussprechen wollte und genau in dem Moment unter dem Küchenfenster gestanden hatte, als Otto Brucker losbrüllte, hatte sich die Information doch wie ein Lauffeuer verbreitet. Margot Maurer war nämlich sofort wieder umgedreht und nach Hause gegangen, wo sie es ihrem Mann Ullrich berichtete, der die Information erst einmal sacken lassen musste, bevor er sie ein paar Minuten später seinem Nachbarn erzählte, den er, wie der Zufall es wollte, auf der Straße getroffen hatte. Gegen drei erschien Margot Maurer im Gemeindehaus, um beim Altennachmittag auszuhelfen. Dort erzählte sie es nicht vielen, aber die wenigen, die es dann wussten, servierten die Geschichte ihren Gästen zusammen mit dem Kaffee und dem Kuchen. So schwerhörig wie sonst war an dem Tag irgendwie niemand.

※※※

Das Mittagessen hatte Hasel längst verpasst, und er war etwas außer Atem, weil er von seinem Mofa-Versteck aus heimlaufen musste. Als er ins Haus kam, saß seine Mutter an der Nähmaschine. Im Radio trällerte Karel Gott: *Einmal um die ganze Welt und die Taschen voller Geld.*

Hasel schaute in die Kochtöpfe auf dem Herd und lauschte dem Text.

... Von den vielen Illusionen,
die in unserm Herzen wohnen,
bleiben nur ein paar.
Und die werden, wie ein Wunder,
eines Tages dann mitunter
wahr ...

Hasel hätte es nicht schöner singen können. Karel Gott, das war ihm bislang gar nicht aufgefallen, hatte ja auch einen Sprachfehler. Er brachte das »ch« nicht richtig heraus, es blieb verstümmelt in seinem Rachen liegen. Oma Agnes saß noch immer am Tisch und las in der Kirchenzeitung »Der Pilger«. Obwohl sie ja am Morgen gemeint hatte, dass es ihr heute nicht so ... und wer weiß, wie lange sie noch ... Mit Blick auf Schweineschnitzel mit Rotkraut hatte sie es sich offensichtlich dann aber doch anders überlegt. Hasel hatte sich das Essen warm gemacht und sich an den Tisch gesetzt.

Oma Agnes blätterte die Seiten um, dabei leckte sie jedes Mal ihren Zeigefinger ab. Hasel hasste das wie die Pest. Da die Nähmaschine laut ratterte und er, während er aß, kein Wort an sie richtete, klopfte sie mit ihrem Kaffeelöffel auf den Tisch und meinte: »Das geht nicht mehr lang gut. Das guckt der sich nicht mehr lang an.«

»Was jetz?«, fragte Hasel.

»Ha, alles halt«, erwiderte Oma Agnes.

»Und wer jetz?«

»Ha, der liebe Gott!«

»De Karel Gott oder wer jetz g'nau?«

»Herrgott noch mal!« Oma Agnes haute auf den Tisch.

»Ah so, der. Sag's doch 'leich«, antwortete Hasel und ging wieder nach draußen.

Es war mittlerweile halb vier, als Hasel zum Dorfplatz lief, um sich an seinem Ehrentag ein Eis zu gönnen. Auf dem Weg dorthin begegnete er seinem Erzfeind Stefan Oberhäuser, der sofort die Straßenseite wechselte und sich aus sicherer Entfernung aufführte wie ein Affe. Das machte er immer, wenn er Hasel sah. Stefan Oberhäuser war ein ehemaliger Klassenkamerad, der in der Schule bis zum letzten Tag kaum eine Gelegenheit ausgelassen hatte, sich über Hasel lustig zu machen. Dass der Oberhäuser vom Beginn bis zum Ende der Schulzeit in seiner Klasse war, war nicht Schicksal, sondern im Grunde genommen Hasels eigene Schuld.

Elvira Hasenbach war sich damals nicht sicher gewesen, ob ihr Sohn mit sechs oder erst mit sieben Jahren eingeschult werden sollte. Sie meinte zu Edmund, dass er ja nicht auf den Kopf gefallen sei, und verglich ihn insgeheim mit seinem Bruder, der zu diesem Zeitpunkt in der sechsten Klasse war und vorerst auch blieb, weil er eine Ehrenrunde drehen musste.

Edmund Hasenbach mahnte zur Ruhe. Seiner Logik zufolge war es ja so, dass, je später der Harald eingeschult wurde, desto später musste er anfangen zu arbeiten, und desto früher könnte er in Rente. Elvira sah das anders und meldete ihren Sohn zum Einschulungstest an. Hasel wusste damals nicht recht, worum es bei der Aktion eigentlich ging, und da er so gut wie nie Fragen stellte und auch sonst nicht viel von sich gab, war man sich dort eigentlich schon vor dem Test sicher, dass es für »den jungen Mann mit der Hasenscharte und dem Sprachfehler« mit Sicherheit noch zu früh sei mit der Schule. Aber um dem Ganzen zumindest den Anschein zu geben, dass sie es überprüft hätten, reichte ihm ein streng dreinblickender Mann mit Brille und grauen Haaren ein Blatt mit einem leeren Haus drauf und sagte, er solle ihm mal drei Fenster reinmalen. Hasel hatte ihn daraufhin mit gerunzelter Stirn etwas zu lange angeschaut. Der Mann stöhnte ein leises »Jesses Gott!« vor sich hin und fing an, seine Armbanduhr aufzuziehen. Als er wieder aufschaute, hatte ihm Hasel drei Fenster gemalt und aus reinem Trotz noch vier weitere dazu. Somit war der Beginn seiner schulischen Laufbahn auf später vertagt worden.

Hasel war das zu diesem Zeitpunkt ziemlich egal gewesen, er hatte sowieso keine Lust auf die Schule. Aus heutiger Sicht allerdings hätte er sich einiges ersparen können. Denn dann wäre er seinerzeit nicht mit seinem Erzfeind, dem Oberhäuser Stefan, eingeschult worden, der diesen Eignungstest ebenso in den Sand gesetzt hatte.

Oberhäuser hatte sich vom ersten Tag an auf Hasel eingeschossen. Sein Spitzname, den er ihm zu verdanken hatte, war noch vergleichsweise harmlos. Mit der Zeit und den Jahren wurde Oberhäuser immer kreativer. Am liebsten stand er auf dem Pausenhof und gab seinen original Hasel-Reim zum Besten. Dabei schrie er so laut, dass es wirklich alle hören konnten: »Wer liecht de ganze Daach im Bett, es isch der dumme Hasedepp.« Viel mehr hatte er nicht in seinem Repertoire. Außer dass, wie er meinte, der Hasenarsch eigentlich jeden Tag verdroschen werden müsste. Aber weil sein Gesicht ja sowieso schon aussähe als wie ein geschmolzener Gummihandschuh, würd das ja nix bringen. Zeitverschwendung quasi.

Hasels stärkste Waffe, das hatte er schon als kleines Kind erkannt, war Ignoranz. Stoisch ertrug er jegliche Hänseleien, egal, wann und von wem sie kamen. Sie prallten an ihm ab wie eine Schmeißfliege, die sich an einer Fensterscheibe abarbeitete, um nach draußen zu gelangen, und irgendwann mit einer Zeitung erschlagen wurde. Da er sich nicht wehrte, bot er auch absolut keine Angriffsfläche. Es hatte nie einer so richtig Lust gehabt, ihn zu verprügeln, weil man ja glatt davon ausgehen musste, dass er gar nicht zurückschlagen würde. Dann konnte man auch schlecht sagen, dass er angefangen habe, und man musste automatisch damit rechnen, dass er sich als Opfer inszenieren würde. Denn in solch einem Fall wäre ja nur einer verletzt, und das wäre dann der Hasendepp. Hasel erstickte jegliche verbale

Attacken im Keim. Er tat einfach so, als wäre er taub, und so verendeten die hämischen Sprüche der anderen wie Wunderkerzen, mit denen es nach der Zündung immer steil bergab ging, bis nur noch ein verkümmerter schwarzer Stängel übrig blieb. Und Hasel hatte noch etwas, was ihm immens half, und das war: Geduld. Er konnte warten. Warten auf den Moment. Auf seinen Moment.

Eines Tages, Hasel war in der dritten Klasse, entschied die Lehrerin Frau Blumenthal aus heiterem Himmel, dass sich Stefan Oberhäuser während der nun anstehenden Klassenarbeit, einem Diktat, neben Hasel setzen sollte. Damit mal Ruhe wäre in der Ecke dahinten und er sich besser konzentrieren könne, erklärte sie ihm. Stefan Oberhäuser wollte direkt seinen beliebten Hasel-Gassenhauer raushauen, als er allerdings das Gesicht von Frau Blumenthal sah, entschied er sich kurzerhand anders. Er packte seine Sachen und ließ sich auf den Stuhl neben Hasel fallen, nicht ohne ihm seinen Ellbogen in die Rippen zu rammen.

Hasel reagierte nicht. Er drehte stattdessen seinen Füllfederhalter auf und prüfte, ob noch genug Tinte in der Patrone war. Die Blätter lagen nun vor ihnen, die Lehrerin begann mit dem Diktat. Augenblicklich war Ruhe im Klassenzimmer. Aus dem Augenwinkel heraus nahm Hasel die leicht verkrampfte und ihm seitlich zugeneigte Kopfhaltung seines Nachbarn wahr. Sie gab Anlass zur Vermutung, dass er bei ihm abschrieb. Hasel ließ sich nichts anmerken. Er folgte konzentriert dem Diktat von Frau Blumenthal, schrieb überdeutlich und baute systematisch grobe Rechtschreibfehler ein.

Als Frau Blumenthal mit ihrem Diktat durch war, riet sie ihren Schülern, den Text noch einmal in Ruhe durchzulesen, um etwaige Flüchtigkeitsfehler auszumerzen. »Ein Sechser ist nur von hinten eine gute Note«, meinte sie und lächelte in die Runde.

Um nun nicht nur dem Hasendepp, sondern der ganzen Klasse, mitsamt der Blumenthal, zu zeigen, wo der Rechtschreibhammer hängt, stand der Oberhäuser Stefan auf und übergab der Lehrerin sein Diktat mit den Worten: »Ausmerzen macht Schmerzen. Das isch nur was für die, wo so dumm sin, dass sie den Griffel nicht halten können. Ich geh solang eine rauchen.« Danach verließ er breitbeinig das Klassenzimmer. Frau Blumenthal schaute ihm entsetzt hinterher. Oberhäuser war zu diesem Zeitpunkt zehn Jahre alt.

In der Zwischenzeit hatte Hasel mit seinem Tintenkiller, dessen Geruch er über alles liebte, die Schreibfehler sorgfältig ausgebessert und wartete zufrieden, bis Frau Blumenthal die Klassenarbeiten einsammelte. Dass er eine Sechs hatte, kam für Stefan Oberhäuser nicht sonderlich überraschend, wie er seinem Nachbarn, dem Berger Jürgen, erklärte. Weil, wer von einem Hasendepp abschreibt, darf nichts anderes erwarten. Das habe er nur mal beweisen wollen. Das wär's ihm wert gewesen. Wenn Dummheit pfeifen würd, so meinte er noch, wär die Arschnase da drüben ein Teekessel mit Ohren dran.

Dass Hasel wenig später mit einer Zwei minus nach Hause ging, war ihm dann zwar ein Rätsel, über dessen Lösung er aber nicht weiter nachdenken wollte.

✳ ✳ ✳

Vor dem Krämerladen traf Hasel auf Manfred von Ottenfeld. Er saß auf der Treppe und schlotzte ein Dolomiti-Eis. Weiß und Pink hatte er schon abgeräumt, jetzt lief ihm die grüne Soße runter. Er wischte sie mit dem Hemdsärmel weg und leckte dann seine Manschette ab. Als er Hasel kommen sah, winkte er ihm aufgeregt zu. Hasel wusste nicht, warum Manfred gerade ihn so sehr ins Herz geschlossen hatte, dass er immer schier ausflippte, wenn er ihn sah. Vielleicht, weil Hasel ihm zuhörte, ohne ihm ins Wort zu fallen. Vielleicht, weil er ihn noch nie verarscht oder sich über ihn lustig gemacht hatte. Vielleicht, weil auch er einen Schaden hatte.

Das Einzige, was Hasel an Manfred störte, war, dass er immer

Speichelfäden zog, wenn er redete. Aber zum Glück sagte er ja in der Regel nicht allzu viel. Hasel verstand auch so, worum es Manfred gerade ging.

»Rosi dot«, sagte Manfred, schob seine Hornbrille nach oben und fuhr das Eis in den Mund wie ein Auto in die Garage.

»Die Rosi, ja, die is' dot, mal leider.« Hasel setzte sich neben ihn und wickelte einen Wrigley's-Spearmint-Kaugummi aus dem silbernen Papier. Die gelben waren seine Lieblingssorte.

»Rosi doof«, sagte Manfred und leckte den hölzernen Eisstiel ab, bevor er ihn auf die Straße warf.

»Ja, Mamfed, die Rosi is' dot.«

»Rosi *doof*!«, schrie Manfred ärgerlich und spuckte Hasel dabei ins Gesicht. Der erschrak und wischte sich angeekelt über das Kinn.

»Ah so, *doof*«, korrigierte er sich schnell, »ja, doof. Du mein't, die Rosi war doof, weil sie m't jeman nitgegang'n is'?«

»Saudoof«, bekräftigte Manfred noch einmal seine Aussage.

»Ja, ja. Gann schön doof sogar.«

Manfred schaute Hasel an, dann brach er in ein irrsinniges Gelächter aus. Er freute sich offensichtlich, dass er wieder einmal recht hatte. Hasel hielt ihm die gelbe Packung hin. »Will du ein Friglies?«

Manfred nahm den Streifen, wickelte den Kaugummi aus, warf ihn weg und formte das Alupapierchen zu einer Kugel. Ein Mann lief vorbei, nickte ihnen freundlich zu und rief laut: »Grüß Gott!«

Manfred holte schnell seine Steinschleuder aus der Hosentasche, legte die Alukugel an und schoss sie ihm an den Kopf. Er hatte es wirklich drauf. Der Mann in den schwarzen Kleidern fasste sich erschrocken an die Schläfe, schaute die beiden komisch an und ging schnell weiter.

»Des war de Farrer Wiesel«, klärte Hasel Manfred auf.

»Saudoof!«, brüllte Manfred ihm hinterher und lächelte Hasel kameradschaftlich zu.

Pfarrer Richard Wiesel war auf dem Weg zum Weingut Brucker, um den Eltern der ermordeten Rosemarie Trost und göttliche Zuwendung zu spenden. Auch wollte er sich auf die bald anstehende Beerdigung vorbereiten. Er hatte die Rosemarie ja nur vom Sehen gekannt. Wer jetzt beim Krämerladen Heiner auf der Treppe gesessen und auf ihn geschossen hatte, entzog sich ebenfalls seiner Kenntnis.

**

Ingrid Huber wollte erst nicht, aber Rudolf Melchinger meinte, sie dürften im Fall Rosi Brucker nichts, aber auch gar nichts unversucht lassen. Sie ständen erst am Anfang, aber es sei jetzt schon klar, dass sich die Klärung des Falles schwierig und zäh gestalten würde. Und jetzt hätten sie wenigstens einen von den Behinderten, mit dem man offensichtlich kommunizieren könne. Albert Hasenbach hätte vorhin angerufen und drum gebeten, dass sie mit einem namens Wilfried Höcker sprechen sollten. Ihm scheint, der hat an dem Donnerstag was beobachtet, als die Rosi aus dem Bus gestiegen ist, erklärte ihr Melchinger, und er könnte wohl auch bezeugen, dass er die Rosi am Eck vom Weingut Brucker rausgelassen habe. So wie er, also der Hasenbach, es ja immer schon gesagt habe, zitierte er ihn.

»So konkret hat der das doch gar nicht gesagt«, warf Wachtel ein.

»Umso besser, wenn es wenigstens einer von seinen Fahrgästen gesehen hat. Dann hätten wir zumindest einen Anhaltspunkt. Der Hasenbach meinte, der Wilfried wär nicht auf den Kopp gefallen. Nur ein bisschen. Und er sei immer sehr gern neben der Brucker Rosi gesessen.«

»Aha.« Ingrid packte missmutig ihre Sachen zusammen und nahm den Autoschlüssel. »Hat den gestern in der Werkstatt keiner befragt?«

»Da haben die doch alle unter Schock gestanden und waren

völlig irritiert von dem ganzen Aufgalopp, den wir veranstaltet haben«, sagte Melchinger.

Wachtel stellte sich dazu. »War das nicht der Typ, der sich gestern an den Tisch von der Rosi gesetzt und gemeint hat, das wär jetzt seiner?«

Melchinger ging seine Notiz durch. »Stimmt genau. Wilfried Höcker, genannt Kicker. Das war der. Selbst der Betreuer meinte, der sei fit, mit dem könnte man reden. Na also«, sagte Melchinger zufrieden und klappte sein Notizbuch zu. »Jedenfalls hat der Hasenbach gemeint, dass dieser Wilfried irgendwas weiß, es ihm aber nicht sagen wolle. Aber wenn die Polizei vor ihm stünde, dann würde der schon auspacken, meint er.«

Ingrid verdrehte die Augen. »Dann schick doch den Wachtel hin, warum muss ich das denn immer …«

Udo Wachtel lächelte sie versöhnlich an. »Der Höcker Wilfried kennt uns doch schon, den Rudolf und mich. Aber du bist für den eine völlig neue Erscheinung. Am besten, du machst noch deine Haare auf, dann packt der Wilfried richtig aus.«

Melchinger kreiste mit dem Kopf, er hatte seit heute Morgen Nackenschmerzen. »Ich weiß ja, dass das wahrscheinlich nix … aber bitte mach das jetzt, Ingrid, und …«

»Und blickt der Wilfried, dass ich von der Polizei bin, wenn ich keine Uniform anhab?«, unterbrach ihn Ingrid.

»Schieb einfach kurz die Jacke zur Seite und zeig ihm deine Knarre. Dann blickt der das sofort.«

Als Ingrid Huber eine Stunde später Wilfried Höcker aufsuchte und ihn, im Beisein seiner Mutter, zum Sachverhalt befragte, erzählte der das genaue Gegenteil. Die Rosi wär am Kaugummiautomaten ausgestiegen. Und dazu servierte er ihr noch eine recht abenteuerliche Geschichte. Rosi im Bus, wilde Schlägerei, Hasenbach durchgedreht, Verletzte im Abseits, Foul, und zwar eindeutig, aber sonst wär nix groß gewesen.

Und seine Mutter meinte, dass, wenn ihr Wilfried sagt, dass das so gewesen ist, dann wär das die in Stein gemeißelte Realität.

Da gäbe es dann auch nichts mehr zu deuten. Weil der Wilfried der Einzige in dem Bus wär, der noch normal ist. Den Rest bräuchte man sowieso nicht fragen, mitsamt dem Busfahrer, dem Hund.

Ingrid hatte sich schnell verabschiedet und auf dem Weg zum Auto mit einer Bierdose auf eine schwarze Krähe geschossen, die auf der Straße herumtänzelte. Anstatt aufs Revier zu fahren, fuhr sie direkt zu den Hasenbachs und klärte Atze über den Verlauf des Gesprächs auf. Atze wusste nicht, was ihn mehr irritierte. Dass da eine blonde Frau vor ihm stand oder die Geschichte, die Wilfried ihr erzählt hatte. Er hatte schon wieder den Faden verloren. Um Zeit zu gewinnen, wollte er sich eine Zigarette anzünden, aber sein Feuerzeug schlug nur noch Funken. Ingrid sah ihm eine Weile zu, dann zückte sie ihres und hielt ihm die Flamme unter die Nase. Atze zuckte erschrocken zurück, zündete sich dann seine Marlboro an und nahm einen tiefen Zug. Der Wilfried, meinte er dann zu ihr, der wär so hohl wie ein Ofenrohr. Das wär eine Dimension, die sich keiner mehr vorstellen könnt und die das schwarze Loch im Weltall noch weit übertreffen würde.

Warum er sie dann gebeten hätte, den Wilfried zu befragen, wollte Ingrid Huber wissen.

Atze zog wieder an der Zigarette und blies Kringel in die Luft. »Wegen dem Alibi von mir«, sagte er dann.

»Alibi?«

»Ja. Dass Sie mir glauben, dass ich im Bus dabei war, halt!«

Als Ingrid Huber zurück ins Büro kam, schleuderte sie ihre Jeansjacke auf den Stuhl und warf Rudolf Melchinger einen zornigen Blick zu.

»Sag jetzt einfach nichts. Frag mich einfach nicht, was der Höcker Wilfried gesagt hat.«

»Was hat der Wilfried Höcker gesagt?«, fragte Melchinger.

Ingrid nahm einen Radiergummi und schmiss ihn vor lauter

Wut an die Wand. Dann beugte sie sich zu Melchinger über den Tisch. »Was ich nicht verstehe, wie kann einer, der noch beschränkter ist als alles, was wir bislang kennen auf der Welt, die Führerscheinprüfung bestehen?«

»Hat der Wilfried den Führerschein?«

»Nä, aber der Hasenbach.«

Atze Hasenbach hatte in der Hauptschule zwei Ehrenrunden gedreht und dadurch im Laufe der Zeit seinen Bekanntenkreis geradezu spielerisch erweitert. Er hatte für nahezu jedes Problem eine Lösung, weil er immer einen kannte, der einen kannte, der wusste, was zu tun war. In der achten Klasse stieß Heinz Garrecht, genannt Heinzer, zu ihm. Er war ebenfalls sitzen geblieben, wenn auch nur einmal, und wurde sein bester Freund. In der Schule konnten die beiden sich gegenseitig nicht helfen, da waren sie wie zwei, die nicht schwimmen konnten, sich aber ein Paar Schwimmflügel teilten.

Auf anderen Gebieten sah es schon viel besser aus. Durch Heinzer hatte Atze bereits mit zwölf angefangen, heimlich zu rauchen, und mit dreizehn seinen ersten Vollrausch hinter sich gebracht. Mit vierzehn fingen sie an zu kiffen, wann immer sie an Haschisch kamen, und mit sechzehn fuhren sie nachts mit dem Auto von Heinzers Vater durch die Gegend, ohne dass der das jemals mitbekam. So wurden Atze und Heinzer schon früh zu routinierten Autofahrern, die die Verkehrsregeln zwar eher intuitiv erahnten, sie aber dennoch streng befolgten, weil sie ja nicht erwischt werden wollten. Als Atze seinen achtzehnten Geburtstag feierte, erklärte Edmund Hasenbach zum Erstaunen aller, dass er seinem Sohn den Führerschein finanzieren werde. Es war das vorerst letzte Mal, dass Edmund sich Gedanken über ein Geburtstagsgeschenk machte und dafür auch noch Geld in die Hand nahm. Seine Motivation fußte einzig auf dem Hintergedanken, dass zukünftig, sobald die Sache mit dem Führerschein durch wäre, nicht mehr er, sondern sein Sohn die leidigen Fahrten mit Elvira zu den Supermärkten und Einkaufshallen der Region machen würde. Das allein schon war es ihm wert. Und für den Fall, dass seine Frau aus Versehen wieder auf die Idee käme, am Wochenende einen Ausflug an den Mummelsee zu machen, würde er ebenfalls seinen Sohn ans Steuer setzen und auf dem Beifahrersitz ein Nickerchen machen. Oma Agnes hatte damals gesagt, dass, wenn der Atze am Steuer säße, sie endlich begreifen würd, wofür der Anschnallgurt eigentlich wär. Und dass man dann die Anzahl der Schutzengel pro Person verdreifachen müsse. Beten allein würd da nicht mehr helfen.

Ob es so viele Schutzengel überhaupt gebe, wollte der damals zwölfjährige Hasel wissen, da laut seiner bisherigen Information jeder maximal nur einen hätte, wenn überhaupt.

»Ha, wenn nicht, müssen halt schnell noch ein paar sterben, in den Himmel fahren und zum Schutzengel umgemünzt werden«, hatte Oma Agnes ihm erklärt.

Die praktische Fahrprüfung, so viel war für Atze klar, würde er mit links meistern. Mit der Theorie sah es schon deutlich schlechter aus. Die Tatsache, dass einem zu jeder Frage schon drei mögliche Antworten vorgegeben waren, machte die Sache für ihn keinesfalls leichter. Im Gegenteil. Und die Vorstellung, für diese Prüfung das Buch mit den Verkehrsregeln durchzuackern, welches man ihm in der Fahrschule übergeben hatte, trieb ihm den Schweiß auf die Stirn. Da kam es ihm sehr entgegen, dass der Betreiber der Schule Heinzers Onkel Alfons war. Und dass Heinzer seinem Onkel sagte, dass, wenn er den Hasenbach Albert durch die Prüfung fallen lassen würde, er seiner Frau, was Heinzers Tante Irma war, stecken würde, dass er Onkel Alfons in den Landauer Puff hatte gehen sehen. Und zwar an Christi Himmelfahrt, am helllichten Tag. Onkel Alfons hatte das sofort verstanden.

»Es bringt nichts, Rudolf!«, sagte Ingrid. »Es ist vollkommen sinnlos. Wir müssen aufhören, die Patienten da zu befragen. Selbst wenn dieser Wilfried dem Hasenbach das so gesagt hat,

selbst wenn er Andeutungen gemacht hat, dass er was weiß ...
der hat jetzt das genaue Gegenteil erzählt. Die wär nicht zu
Hause ausgestiegen, sondern an einem Kaugummiautomaten.
Also am Ortsrand. Und dann hat er noch eine Geschichte zusammenphantasiert, die sich eher nach Dick und Doof im Bus
anhört als nach etwas, was tatsächlich passiert ist. Das war alles
wirres Zeug. Und die Mutti daneben hat ihm volle Rücken-
deckung gegeben. Wenn's der Wilfried so sagt, dann war's auch
genau so gewesen, sagt sie. Wenn ich den gefragt hätt, ob überhaupt ein Fahrer am Steuer vom Bus gesessen hat, dann hätt
der noch erzählt, dass er an dem Tag den Bus selbst gefahren
hat.«

＊

Mittlerweile war Pfarrer Richard Wiesel wieder auf dem Weg
in die Pfarrei. Er hatte lange bei Alwine Brucker gesessen, sie
getröstet, so gut es ging, und ihr zugehört, wenn sie von ihrer
Tochter Rosi erzählte. Ihre Schwägerin Gisela Brucker war zugegen gewesen und hatte mit am Tisch gesessen. Richard Wiesel
konnte spüren, wie sehr Alwine ihre Tochter fehlte und wie
verzweifelt sie war über das, was passiert war. Es tat ihr gut,
über die Rosi zu sprechen. Über das, was sie gemocht hatte,
und was für ein lieber Mensch sie gewesen war. Wiesel lauschte
mit Interesse und staunte insgeheim, wie viel Persönlichkeit
doch in *solch* jemandem steckte, wie viele Facetten und wie viel
Eigenheit. Diese aufgeweckte Neugierde und die geradezu lie-
bevolle Unvoreingenommenheit, mit der Rosi ihrer Umgebung
offensichtlich entgegengetreten und die ihr vielleicht auch zum
Verhängnis geworden war, rührte ihn irgendwie.

Bislang, so stellte er peinlich berührt fest, hatte er sich über
Menschen mit geistiger Behinderung nicht allzu viele Gedanken
gemacht. Sie liefen ja quasi am Rande so mit. Sie waren da, aber
eigentlich auch wieder nicht. »Was weiß denn ich, was in dem
Kopf vor sich geht.« Hieß es nicht immer so? Er beschloss,

sich in naher Zukunft einmal eingehender mit diesem Thema zu beschäftigen und mit einer Predigt den Blickwinkel der sogenannten »Normalen« zu schärfen für das, was da ist, obwohl wir denken, dass da nichts ist. Gisela Brucker hatte immer zu allem genickt. Rosi, so erfuhr er nach und nach, war offensichtlich nicht nur regelmäßig bei der Oma, sondern auch gerne bei ihrer Tante und ihrem Onkel gewesen. Das hörte sich für ihn nach einer intakten Familie und einem liebevollen Umfeld an. Allerdings hörte er auch heraus, dass Rosis Vater, Otto Brucker, eine gewisse Gefühlskälte an den Tag legte und auch jetzt mehr daran interessiert war, wer denn nun die Rosi auf dem Gewissen hatte. Das wäre typisch für ihn, ereiferte sich Gisela Brucker. »Ja keine Gefühle zeigen und dann schnell wieder zur Tagesordnung übergehen«, so beschrieb sie ihn.

Es wär ja aber auch Weinlese jetzt, verteidigte Alwine ihn vorsichtig, er könne ja die Trauben nicht einfach hängen und verrecken lassen.

Darauf ließ sich Gisela aber nicht ein. »Deswegen kann er doch trauern, oder nicht? Die einen gehen zum Lachen in den Keller, die anderen zum Heulen auf den Speicher, der Otto geht nirgendwohin«, bemerkte sie provozierend.

»Vielleicht trauert er ja«, sagte Alwine kleinlaut.

Da wären, sagte Gisela, dem Pfarrer zugewandt, die beiden Brüder grundverschieden. Ihr Georg könne bis jetzt noch nicht glauben, was da passiert sei. »Der wird gar nicht fertig damit«, sagte sie. »Das tut dem so weh, dass die Rosi nicht mehr da ist. Und mir ja auch«, fügte sie noch schnell hinzu. »Dem Otto geht es ja nur um die Vergeltung und seinen Ruf.«

Alwine seufzte vor sich hin. Was einem das denn jetzt noch nützen würde, wollte sie wissen. Darauf hatten dann weder Gisela noch Pfarrer Wiesel eine Antwort. Er machte ihr nur vorsichtig klar, dass es ja nicht sein könne, dass jemand, der so etwas macht, ungestraft durch die Gegend rennt und vielleicht noch einmal einem unschuldigen Menschen Leid zufügt.

Alwine sah ihn mit leeren Augen an, Gisela pflichtete ihm

bei. Die Nachricht von Rosis Schwangerschaft war auch zu ihr durchgedrungen. Als sie Alwine darauf ansprechen wollte, hatte die nur abgewinkt und signalisiert, dass sie darüber nicht reden wollte. Das war, kurz bevor der Pfarrer kam.

Als Richard Wiesel wieder in seinem Büro saß, machte er sich ein paar Notizen für die Predigt auf Rosis Beerdigung. Er war nun der Auffassung, dass er sich dazu mehr als einen Gedanken machen sollte, das hatte Rosi Brucker verdient. So richtig konzentrieren konnte er sich heute allerdings nicht.

Richard Wiesel war aus voller Überzeugung Pfarrer geworden. Sein Theologiestudium hatte er mit Bravour gemeistert, zum Priester war er vor nunmehr drei Jahren geweiht worden. Er war fünfunddreißig Jahre alt, mit sich im Reinen und fungierte nur zu gerne als Mittler zwischen seiner Gemeinde und dem lieben Gott. Wiesel hatte sich im Griff. Auch was das rein Menschliche betraf, behielt er die Zügel fest in der Hand. Wenn er sich, so seine Devise, stets auf Gott und nicht auf die Welt konzentrierte, dann würde das schon funktionieren.

Das tat es auch. So lange, bis er Magdalena Rübenbacher in der ersten Reihe knien sah. Sie war semmelblond, hatte ihre geflochtenen Zöpfe zu einer Art Heiligenschein um ihr Haupt gewickelt und betete seit geraumer Zeit mit einer Inbrunst vor sich hin, dass es von der Kanzel aus eine wahre Freude war, ihr dabei zuzusehen. Da saß er also, der Teufel in Engelsgestalt. Die härteste Prüfung, die der liebe Gott ihm jemals auferlegt hatte.

Seit Tagen schon peitschte sich Richard Wiesel in Gedanken den Rücken wund. Er betete sich schier um den Verstand, er wimmerte und flehte den heiligen Ingobertus an, er möge ihm helfen, auf dem doch bislang so kerzengeraden Weg keine Biegung zu machen. Er suchte nach Auswegen, Umwegen, Abwegen. Da alles nicht fruchtete, genehmigte er sich allabendlich eine Rieslingschorle und stieg vom Weinglas zum Schoppenglas um in der Hoffnung, so auf andere Gedanken zu kommen. Das Gegenteil geschah.

Hasel war es als Einzigem aufgefallen. Wochen zuvor war er, wie an jedem Sonntagmorgen, in der Kirche gesessen und hatte versucht, die heilige Messe unbeschadet hinter sich zu bringen, ohne vor Langeweile zu sterben.

Seine Mutter war in Sachen Kirche an Hasels Bruder von Anfang an vollumfänglich gescheitert. Atze hatte ihr schon im Kindesalter klargemacht, dass er das Kasperletheater nicht mitmachte. Keine fünf Minuten saß er neben ihr auf der Kirchenbank, ohne das Gesangbuch zu zerfleddern und nach unten durchzurutschen. Mit hochrotem Kopf hatte Elvira ihn damals wieder eingesammelt und die Kirche verlassen. Zu Hause hatte ihn Edmund dann ordentlich »gewickelt«, was Atze noch mehr dazu brachte, diesen Ort, an welcher Hand auch immer, nie mehr zu betreten. Er schrie wie ein Geisteskranker, wann immer seine Mutter mit ihm auch nur in die Richtung lief. Als er älter war, lungerte er während des Gottesdienstes immer auf der Straße herum, und zwar so, dass ihn wirklich jeder sehen konnte.

Einzig das Sakrament der heiligen Kommunion erregte kurzzeitig sein Interesse, weil er mitbekommen hatte, dass es haufenweise Geschenke regnete und irgendwas gefeiert wurde. Elvira wurde von Glück und Zuversicht geflutet. Als Atze dann aber, wie alle anderen auch, vorab zur Beichte gehen sollte, um sich in einem Aufwasch all seiner bisherigen Sünden zu entledigen, war es ihm dann doch zu dumm geworden. Er war in den Beichtstuhl gestiegen und hatte zuerst ganz ruhig dagesessen, bis der alte Pfarrer Grommes zu husten begann und ihm versicherte, dass der Herr mit ihm sei und er jetzt loslegen könne. Im Namen des Vaters, des Sohnes und des Heiligen Geistes. Atze hatte sich andächtig, wenn auch falsch herum bekreuzigt und danach ein schweinisches Wort nach dem anderen in das Ohr hinter dem Gitter filtriert. Er hatte praktisch sein gesamtes Repertoire zum

Besten gegeben, erst leise und dann immer lauter. So lange, bis Pfarrer Grommes seinerseits um Erlösung bat, die Sitzung beendete und ihm nahelegte, den Beichtstuhl augenblicklich zu verlassen.

Breitbeinig war Atze an seinen Leidensgenossen auf den Sünderbänken vorbeimarschiert und hatte ihnen zugewunken. Dann machte er eine Kniebeuge vor dem Altar, ließ für einen kurzen Moment die Hose runter und malte sich, bevor er das Kirchenschiff verließ, noch mit Weihwasser ein Kreuz auf die Brust. *Mäh-äh-äh*. Mit diesem Auftritt ging er endgültig in die Dorfgeschichte ein. Elvira Hasenbach war machtlos. Mehr als beten konnte sie nicht für ihn, genutzt hatte es nichts.

Bei Hasel hatte sie dann diesbezüglich von Beginn an die Weichen anders gestellt. Der lag schon als Säugling friedlich in ihren Armen und war derart von Weihrauch benebelt, dass er bei keiner Andacht auch nur irgendeinen Mucks machte. Was seine Mutter und auch Oma Agnes als unmissverständliches Zeichen göttlicher Gnade deuteten. Nach der Niederlage nun also das Trostgeschenk von ganz oben, gezeichnet mit einer Hasenscharte. Vergelt's Gott.

Für Hasel war die Kirche im Dorf sein zweites Zuhause, ohne dass er jemals verstanden hätte, worum es hier eigentlich genau ging. Er war es einfach nur gewohnt, hier zu sitzen, zu stehen oder zu knien. Sonntagsmesse, Marienandacht, Rosenkranzandacht, Kreuzwegandacht, bei so viel Andächtigkeit hatte er schon als Kind gelernt, sich irgendwie zu beschäftigen. Und so verbrachte er die Zeit mit akribischen Beobachtungen und Studien.

Er kannte alle und jeden. Im Geiste schrieb er seinen eigenen Gemeinde-Brockhaus, von A wie Aschberger Hanna bis Z wie Zippel Wolfram – alle drin. Wie sie aussahen, wie sie sich bewegten, wie sie schauten, was sie anhatten, wer mitsang und wer nur so tat, als ob, wie sie die heilige Kommunion empfingen, was sie danach machten – sogar ihre Gerüche hatte er kategorisiert.

Denn auch die waren immer gleich. Die Heuberger Erna roch immer nach Em-eukal-Hustenbonbons, die Wehrheimer Helga nach 4711 Echt Kölnisch Wasser und die Ansbacher Trude nach ihrem Sonntagsbraten, den sie schon in den frühen Morgenstunden zubereitet hatte. Viele von ihnen standen so aufrecht in der Reihe, als hätten sie einen Besenstock im Hintern, andere wiederum buckelten auf Knien so demütig vor sich hin, dass man sie hinterher am Stück aus der Bank holen musste. Interessant war auch, wer wo saß. Die einen immer weit vorne, um möglichst viel vom göttlichen Segen abzubekommen, die anderen möglichst weit hinten im Schiff, um anschließend so schnell wie möglich nach draußen zu gelangen. Hasel hingegen saß jedes Mal woanders.

Pfarrer Wiesel nahm seine Sonntagspredigt immer sehr ernst. Er hatte etwas zu sagen, und es galt, die Dinge in fein dosierten und sehr klar formulierten Häppchen an die Gemeinde weiterzugeben. Das war ein Prozess, an dem er die ganze Woche über arbeitete. Auf der Kanzel sprach er dann betont langsam und nahm gerne Blickkontakt mit seiner Gemeinde auf. So spürte er, ob sie noch zuhörten oder nicht. Und das ein oder andere Kopfnicken erfüllte ihn stets mit Freude. In letzter Zeit jedoch war er kaum mehr bei der Sache. Seit er die verstohlenen Blicke und das Lächeln der Magdalena Rübenbacher wahrgenommen und zu deuten angefangen hatte, konnte er sich kaum mehr konzentrieren. Entgegen seiner sonstigen Gewohnheit nahm er mit seiner Gemeinde keinen Blickkontakt mehr auf, sondern schaute fortan abwechselnd auf sein Manuskript, dann in die linke obere Ecke des Kirchenraums, dann zur Orgel hoch und dann zu ihr, der heiligen Magdalena. Ab und an sah er bewusst auch mal in die rechte obere Ecke, damit es nicht auffiel.

Es fiel auch niemandem auf, nur einem eben, und das war Hasel. Seit nunmehr drei Wochen saß er auf dem immer selben Platz, nämlich genau hinter der Rübenbacher Magdalena. Nicht weil er sich an ihrem süßlich duftenden Parfüm ergötzte, das

zu ihm nach hinten wehte, nicht weil er ihren blonden Här-
chenflaum im Nacken so interessant fand, nicht weil er sich
wunderte, warum jemand, der so abstehende Ohren hatte, diese
auch noch mit Ohrschmuck dekorierte, das alles war nicht der
Grund. Der Grund war Pfarrer Wiesel und sein merkwürdi-
ges Verhalten bei der Predigt. Hasel studierte, ja sezierte ihn
förmlich, er nahm jede seiner Gesten und Blicke wie durch
ein Brennglas wahr. Und ja, er war sich ganz sicher, der Herr
Pfarrer da vorne hatte die Rübenbacher Magdalena in sein Herz
geschlossen.

Mittwoch, 17. September 1975

Ingrid Huber suchte nach der Türklingel und entdeckte sie neben einem selbst gemachten Türschild aus Salzteig, auf dem »Familie Brucker« stand.

»Die haben doch gar keine Kinder«, sagte sie zu Melchinger. »Ist man dann auch eine Familie?«

Melchinger zuckte mit den Schultern, da öffnete Gisela Brucker die Tür und wirkte leicht gestresst, als sie die beiden sah. Mit einem verlegenen Lächeln bat sie die Polizisten herein. Aus dem Wohnzimmer kamen sechs Frauen und trugen Plastikgeschirr in den Händen. Sie verabschiedeten sich von Gisela und nickten Melchinger und Huber freundlich zu.

»Wir haben eine Tupperparty gehabt«, erklärte Gisela Brucker leise, als müsste man sich dafür schämen. »Also, keine Party, nur so ... Das war schon sehr lange geplant.« Sie bat sie ins Wohnzimmer.

»Macht doch nichts«, sagte Ingrid und warf einen Blick auf die bunten Sachen, die noch auf dem Tisch standen. Gisela Brucker versuchte, sie schnell wegzuräumen. Sie hatte, wie immer, nicht widerstehen können. Die stapelbaren Tupperschüsseln, Dosen, Tassen und Krüge waren einfach zu praktisch, und es gab immer wieder neue Ideen zu bestaunen. Dieses Mal hatten es ihr vor allem die kleinen Plastikbehältnisse angetan, mit denen man Eis am Stiel machen und einfrieren konnte. Sie würde erst später merken, dass Rosi ja gar nicht mehr da war und Georg kein Eis am Stiel aß.

Ingrid Huber und Rudolf Melchinger nahmen am Esstisch Platz und warteten. Ingrid betrachtete die vielen Hängepflanzen in den Makramee-Ampeln und überlegte, ob das die Hauptbeschäftigung einer Frau wie Gisela Brucker war – Blumenampeln flechten und Türschilder aus Salzteig machen –, da kam die Hausherrin mit einer Flasche Wasser und Gläsern zurück.

Melchinger erklärte ihr, warum sie hier waren, und entschuldigte sich für den überraschenden Besuch. Sie und ihr Mann gehörten zu den engeren Bezugspersonen von Rosemarie Brucker. Die Ermittlungen würden sich als äußerst zäh und schwierig erweisen, weil sie noch zu wenig über Rosi wussten, um sich ein gutes Bild zu machen. Um so viel wie möglich zu erfahren, wollten sie noch einmal mit ihr sprechen. Gisela Brucker wirkte etwas unbeholfen, so als wüsste sie nicht so recht, was sie über ihre Nichte sagen sollte.

»Die Rosi? Tja, also die war … oft bei uns. Und … gern.«

Auf die Frage, wie sie Rosi beschreiben würde, kam sie erneut ins Stocken. »Die Rosi? Die war … immer gleich. Nie schlecht gelaunt … Geredet hat sie halt viel. Manchmal zu viel.«

»Sie war also ein lebhafter Mensch? Aufgeschlossen und neugierig?«, half ihr Melchinger auf die Sprünge.

»Ja. Neugierig und aufgeschlossen. Wenn man so will.« Gisela lachte unsicher.

»Und gegenüber Fremden?«

Sie überlegte angestrengt und kam wieder ins Straucheln. Über Rosi hatte sie sich eigentlich nie Gedanken gemacht. »Ich weiß gar nicht, ob ich mal bewusst dabei war, wo ein Fremder mit der … Das muss ja die Alwine besser wissen. Da sind ja immer Leut bei denen, auf dem Weingut. Da muss sie ja auch auf Fremde getroffen sein. Aber ich hab jetzt irgendwie kein Bild vor Augen, wie die dann … Und im Dorf, da kennen ja viele die Rosi und umgekehrt. Obwohl, kennen ist ja zu viel gesagt …« Wieder kam ein kurzes verschämtes Lachen.

Melchinger nahm einen Schluck Wasser. Ingrid Huber hatte dieser Tage schon einige dieser sinnentleerten Gespräche hinter sich gebracht und wurde etwas ungeduldig. »Wenn die Rosi immer so viel geredet hat«, fing sie an zu bohren, »dann hat sie ja bestimmt auch mal von jemandem erzählt. Vielleicht sogar öfters einen Namen erwähnt oder irgendetwas, was für sie besonders war. Oder nicht? Können Sie sich da an gar nichts erinnern?«

»Erinnern? Tja ... also so richtig hingehört hat man da ja nicht ... so ... oft. Es ging ja dann eher drum, dass die Rosi ihr Hähnchen und die Pommfritt essen soll, was sie immer so gerne ...«

»Und Salat dazu?« Ingrid warf Melchinger sofort einen entschuldigenden Blick zu. Sie hatte sich einfach nicht im Griff, das ärgerte sie jedes Mal.

»Salat hat sie nie gegessen«, antwortete Gisela. Draußen öffnete jemand die Haustür, Gisela Brucker sprang sofort auf und sagte ihrem Mann Bescheid. Georg Brucker kam zögerlich herein, gab den Kommissaren die Hand und fragte neugierig, ob es denn etwas Neues gebe. Melchinger verneinte. Es sei alles noch völlig unklar, im Moment.

»Für uns ist das auch alles vollkommen unverständlich«, sagte Georg und setzte sich zu seiner Frau. »Man überlegt ja andauernd, ob einem was komisch vorgekommen ist in letzter Zeit. Aber es fällt einem einfach nichts ein.«

Wenigstens macht er sich Gedanken, dachte Ingrid.

»Die Rosi war ja ständig um einen rum, und trotzdem weiß man nichts. Ich frag mich die ganze Zeit, ob man, wenn man besser hingeschaut oder hingehört hätt, ob man dann was hätte läuten hören ...«

»Was willst du denn da läuten hören?«, schnauzte ihn Gisela an.

Georg ging gar nicht darauf ein. »Es ist ja nicht so, dass die Rosi schweigsam war«, fuhr er fort. »Sie hat immer was erzählt. Von der Werkstatt oder was sie im Weingut gesehen hat. Wer da war und was sie geschenkt bekommen hat. Man musste halt nur hinhören.«

»Ja, mein Gott«, fuhr Gisela wieder dazwischen. »Aber was hat sie denn groß erzählt? Von der Tatjana immer, wenn die da war ... Der Dings, wie heißt die noch?«

»Dudek«, sagte Georg. »Die Dudek Tatjana, an der hatte die

Rosi einen Narren gefressen. Die kommt immer zur Weinlese. Der ist sie auf Schritt und Tritt hinterher, irgendwie.« Georg schaute nachdenklich vor sich hin. »Aber das bringt Sie ja auch nicht weiter, oder? Es geht doch eher um einen Mann, oder nicht?«

»Eben.« Ingrid nickte.

»Sie sagen, die Rosi hat immer erzählt, wenn sie was geschenkt bekommen hat. Hat sie denn in letzter Zeit etwas geschenkt bekommen?«, wollte Melchinger wissen.

»Ah wa!«, sagte Gisela und winkte ab. »Was soll die denn von Bedeutung geschenkt bekommen haben, außer mal ein Duplo oder ein Hanuta.«

»Einen Ring zum Beispiel«, sagte Georg.

»Genau«, sagte Ingrid, »den hat sie am Finger gehabt. Nichts Wertvolles. Er sah eher aus wie ein Kinderring, wie aus einem Kaugummiautomaten. Was hat sie erzählt, von wem sie den hat?«

Georg blies Luft durch die Lippen. »Ich hab sie gar nicht gefragt, wo sie den herhat. Das ist es ja, was ich mein. Ich hätt sie fragen müssen, aber es war ja nicht wichtig. Man hat ja dauernd Wichtigeres zu tun.«

»Wann war das mit dem Ring?«

»Ich weiß nicht mehr. Schon länger her. Vielleicht müssen Sie da noch mal mit der Alwine und meinem Bruder sprechen.«

»Mit deinem Bruder?« Gisela starrte ihn an, als ob er nicht ganz dicht wäre. »Als wenn der was über die Rosi sagen könnt.« Sie drehte sich zu den Kommissaren um. »Der Otto, der hat ja gar keinen Bezug zu der gehabt, das dürfen Sie mir glauben. Die Alwine will das immer nicht wahrhaben. Es war ja auch nicht wichtig, es war ja immer genug Familie da für die Rosi. Aber der ignorante Holzbock da drüben im Weingut, der wird wahrscheints froh sein, dass das Thema jetzt endlich erledigt ist.«

»Gisela!« Georg Brucker warf ihr einen bösen Blick zu.

»Ja, was ›Gisela‹?«, äffte sie ihn nach. »Wie oft hat der Otto hintenrum gesagt, dass er nicht glaubt, dass er der Vater von der Rosi ist, wenn er einen zu viel von seinem Wein gesoffen hatte. Als wenn das nicht jeder sehen könnt. Die Rosi, die war dem doch praktisch wie aus dem Gesicht geschnitten!«

»Gisela!«

»Wenn man sich die Backsteinbrille mal wegdenkt.«

Georg war das Gerede seiner Frau sichtlich unangenehm.

»Ja, Frau Brucker«, sprang ihm Ingrid zur Seite, »das ist vielleicht alles richtig beobachtet. Aber es hilft uns nicht, herauszufinden, wer die Rosi auf dem Gewissen hat und warum, versteh'n Sie? Für uns ist es wichtig, dass sich mal jeder auf das Wesentliche konzentriert. Auf das, was hinter den Kulissen abgelaufen ist. Und so was wie mit dem Ring, das kann schon eine Bedeutung haben.«

Gisela schenkte Wasser nach. »Das wird keine Bedeutung haben«, sagte sie schmallippig, »weil die Rosi wie besessen war von dem Kaugummiautomaten im Dorf. Wie ein kleines Kind. Die hat immer diese bunten Kugeln gekaut und drei Minuten später wieder ausgespuckt. Die wollt nur das süße Zeugs drum rum. Da waren hundertprozentig auch diese Ringe drin. Da hat sie einen gezogen und fertig. Das ist die Geschichte mit dem Ring. Es bringt nichts, wenn man in so jemanden mehr reininterpretiert, als unten rauskommt, versteh'n Sie?« Gisela hatte wieder Oberwasser.

»Ja, vielleicht haben Sie recht. Aber sehen Sie«, sagte Melchinger, »wir von der Ermittlung, wir haben das Problem, dass wir mit den Freunden von Rosi, also ihren Bezugspersonen in der Werkstatt, ja auch nicht richtig reden können. Obwohl die uns ja ganz entscheidende Hinweise geben könnten. So vermuten wir zumindest.«

Georg nickte verständnisvoll.

»Wir drehen uns da im Kreis, wenn jeder im Dorf und in der Familie sagt, die Rosi hat so viel geredet, aber was sie gesagt hat, das wissen wir nicht.«

»Sie haben die nicht gekannt!«, verteidigte Gisela sich trotzig.

»Da hätten Sie auch mal ganz schnell auf Durchzug geschaltet, das garantier ich Ihnen.«

Georg warf einen Blick auf seine Armbanduhr.

»Ich glaube, wir haben verstanden, worum es Ihnen geht. Wir werden uns noch einmal zusammensetzen und versuchen, uns zu erinnern, was die Rosi in letzter Zeit so erzählt hat. Oder, Gisela?«, sagte Georg in versöhnlichem Ton zu seiner Frau. »Vielleicht fällt uns doch noch was ein. Das ist ja manchmal so, wenn man die Dinge sortiert.«

»Sehr gut«, sagte Ingrid, warf Melchinger einen Blick zu und stand auf. »Und haben Sie dabei bitte auch im Hinterkopf, dass die Rosi, wie Sie ja zwischenzeitlich sicher auch erfahren haben, im vierten Monat schwanger war.«

Gisela Brucker verzog das Gesicht.

✳✳✳

Zur gleichen Zeit statteten Udo Wachtel und Arnold Obermann Dr. Albrecht Dürer einen erneuten Besuch ab und konfrontierten ihn mit den neuen Erkenntnissen. Der fing an rumzustottern und wusste nicht mehr, wohin mit sich, als er von der Schwangerschaft erfuhr und das Bild sah, das in ihrem Spind hing. Wachtel machte ihm unmissverständlich klar, dass nun jeder hier im Zentrum sich ein bisschen mehr als nur einen Gedanken über Rosemarie Brucker machen müsse. Sie bräuchten Informationen, und zwar richtige. Er könne sich einfach nicht vorstellen, dass keiner was wisse und niemandem hier auch nur irgendetwas aufgefallen sei, sagte er und beobachtete den schielenden Albrecht, wie er peinlich berührt einen sehr kurzen Blick auf die herausgerissene Seite des erotischen Boulevardmagazins Praline warf und dann wieder knapp an ihm vorbeischaute. Er drückte sein Rückgrat durch, ruckelte an seiner Krawatte und holte kurz Luft. »Was glauben Sie eigentlich, wo Sie hier sind, Herr, wie war noch mal Ihr werter Name?«

»Wachtel.«

»Herr Wachtel. Das ist hier eine seriöse Einrichtung, die es
Menschen mit Behinderungen ermöglicht, einen einigermaßen
geregelten Tagesablauf zu haben und einer sinnvollen Beschäfti-
gung nachzugehen. Das ist ein geschützter Raum. Im Gegensatz
zu draußen ist hier alles unter Kontrolle und hat Struktur, sonst
würde es nicht funktionieren. Mit dem ganzen Schweinkram,
den Sie mir hier servieren, haben wir nichts zu tun. Aber alle,
die hier sind, haben ja noch ein anderes Leben. Außerhalb, also
draußen halt, in der Wildnis sozusagen. Und was da passiert,
entzieht sich unserer Kenntnis. Sie können nun gerne noch einmal mit allen Betreuern und dem Personal sprechen, wenn Sie
das nicht sowieso schon getan haben. Aber viel mehr können
wir hier nicht für Sie tun.« Er gab ihnen die Hand und signalisierte das Ende des Gespräches. »Und noch etwas zum Thema
›etwas auffallen‹: Es muss sich einer hier schon sehr, sehr anders
verhalten oder benehmen, dass einem etwas *auffällt*, das sollten
Sie sich auch einmal klarmachen. Hier ist nämlich nichts normal.
Und deswegen ist auch nichts unnormal, versteh'n Sie, was ich
sage?«

❖❖❖

Nach dem Besuch bei Gisela und Georg Brucker hatte Rudolf Melchinger Ingrid gebeten, noch einmal das Gespräch mit
Alwine Brucker zu suchen. Sie solle darauf bestehen, mit ihr
allein zu sprechen, falls ihr Mann dazwischenfunken wolle. Man
müsse ihr noch viel mehr auf den Zahn fühlen, meinte er. Sie
muss ja ihre Tochter von allen am besten gekannt haben. »Die
Frau läuft emotional auf sehr dünnem Eis, da musst du sehr behutsam vorgehen, vor allem mit dem Thema Schwangerschaft,
sonst bricht sie dir gleich wieder zusammen.«
  Wem er das jetzt erzähle, wollte Ingrid wissen und schaute,
bevor sie aus dem Auto stieg, nach hinten, ob vielleicht noch
jemand auf der Rückbank saß, der keine Ahnung hatte.
  Jetzt saß sie bei Alwine am Tisch und rührte in ihrem Kaffee.

»Frau Brucker, ich kann mir ja vorstellen, wie unangenehm das für Sie sein muss, aber ich muss noch einmal mit Ihnen sprechen. Über ... die Schwangerschaft.«

Alwine schaute verschämt auf ihren Rock.

»Das eine ist ja die Tat, die Tötung. Aber das andere ist eben die ... Schwangerschaft. Das muss ja schon Monate zuvor ...«

Alwine rieb sich mit beiden Händen die Augen, als könnte sie dadurch verschwinden und in einer anderen Welt auftauchen. Als sie die Augen wieder aufmachte, saß die Kommissarin immer noch da und schaute sie fragend an.

»Haben Sie denn wirklich so gar keine Idee? Hat die Rosi nie jemanden erwähnt? War sie mal komisch, war sie anders als sonst, gibt es wirklich gar nichts, an was Sie sich erinnern?«

»Nichts«, sagte Alwine mit belegter Stimme. Sie wollte sich auch an nichts erinnern. Sie weigerte sich förmlich, über etwas nachzudenken. Es war so schon alles schlimm und beschämend genug. Und nur wenn sie über nichts nachdachte, war auch gesichert, dass ihr nichts einfiel.

»Die Rosi hat einen Ring am kleinen Finger getragen, mit einem blauen Steinchen. Das ist Ihnen ja sicher aufgefallen. Hat sie irgendwas dazu gesagt?«

»Ach was. Den wird sie irgendwo gefunden haben, oder vielleicht hat ihn ihr jemand geschenkt. Vielleicht hat ihr die Tatjana draußen eine Freude machen wollen, oder sonst wer.«

»Der Ring ist sehr wahrscheinlich aus dem Kaugummiautomaten am Dorfausgang.«

»Ah so? Ja, dann hat sie ihn selber gezogen. Die hat immer diese bunten Kugeln gegessen. Dafür hat sie extra Zehn-Pfennig-Stücke gesammelt. Da kommt halt manchmal auch Firlefanz raus.«

Ingrid nickte, das deckte sich mit dem, was ihre Schwägerin erzählt hatte. So führte auch diese kleine Hoffnungsspur in eine Sackgasse. Sie zögerte noch einen Moment, dann zeigte sie Alwine das Bild, das bei Rosi im Spind hing. Alwine riss die Augen auf und schlug entsetzt die Hand vor den Mund.

»Das stammt aus einem Magazin, einem … Sie wissen schon. Wir konnten bislang nur die Fingerabdrücke von Rosi auf dem Blatt und auf den Tesastreifen verifizieren. Versteh'n Sie, Frau Brucker, wir tappen im Dunkeln. Kein Mensch in der Behindertenwerkstatt weiß, was es damit auf sich hat. Wo hat Ihre Tochter so was her, Frau Brucker? In ihrem Zimmer oben liegen die Grimms Märchen. Das hier ist eine ganz andere Welt, da müssen Sie doch etwas mitbekommen haben.«

Alwine schossen die Tränen in die Augen. »Sie müssen mir das glauben, ich weiß nichts. Das ist alles, wie wenn das nichts mit der Rosi zu tun hätt. Nichts mit uns. Das ist ein solcher Alptraum, ich schäm mich noch in Grund und Boden …«

»Und haben Sie wirklich nichts bemerkt von der Schwangerschaft? Haben Sie nicht bemerkt, dass sie ihre Tage nicht mehr hatte? War's der Rosi vielleicht mal schlecht?«

Alwine schüttelte verzweifelt den Kopf. »Ich … hab da nicht drauf geachtet. Das ist mir nicht aufgefallen … Ich hab immer so viel im Kopf … so viel um die Ohren … Sie hat zugenommen, das hab ich schon gemerkt, aber wer denkt denn an so was?«

»Das stimmt auch wieder, da haben Sie natürlich recht.«

»Ich hab gedacht, die hat zu viel Kuchen gegessen in letzter Zeit. Die Rosi hat immer gern Süßes gegessen. Seit Kurzem wollt sie kaum mehr Hosen anziehen und ist immer in ihren drei Röcken mit dem Gummizug rumgerannt. Ich hab gedacht, das geht auch wieder vorbei. Das ist ja nicht wirklich schlimm.«

»Verstehe«, sagte Ingrid.

»Ich weiß nicht«, fing Alwine wieder an, »ob das was mit der Tatjana da draußen zu tun hat.«

»Mit der Frau Dudek, meinen Sie?«

»Ich will ja gar nichts Schlechtes über sie sagen. Die ist ja so fleißig. Aber die hat ja schon was an sich, was die Männer … und so.« Alwine knetete ihre Finger. »Und immer die engen Hosen, und die Röcke sind auch kürzer, als man gewohnt ist. So wie die Polinnen halt sind, gell?« Alwine lachte hilflos, als hätte sie einen Scherz gemacht.

»Die Rosi hat sie immer bewundert, richtig?«

»Ja, die ist ihr immer am Rockzipfel gehangen und hat ihr alles nachgemacht. Das war mir ja nicht recht. Ich hab die Rosi sogar mal erwischt, wie sie versucht hat, mit ihr eine Zigarette zu rauchen. Das ist doch nicht in Ordnung, dass die das mit ihr macht und noch dazu lacht.«

»Vielleicht hat die Tatjana ihr das mit dem Sex verklickert?« Mit dieser Frage wagte Ingrid sich auf vermintes Terrain.

Alwine lief rot an und wollte das zuvor Gesagte sofort wieder relativieren.

»Meinen Sie, dass die Rosi das Bild von ihr hat?«, fragte Ingrid weiter.

»Ich mein gar nichts.« Alwine winkte schnell ab. »Ich überleg nur. In der Werkstatt wird's ja keiner gewesen sein. Die haben ja von Tuten und Blasen kein Dings. Das muss ihr doch einer von hier gegeben haben. Und wenn's nicht die Tatjana war, vielleicht war's doch einer von den polnischen Hallodris da draußen. Was weiß man denn über die? Die kommen seit Jahren auf den Hof, und man weiß trotzdem nichts.«

Ingrid hatte den Eindruck, dass Alwine Brucker über all das, was sie sagte, auch jetzt zum ersten Mal nachdachte.

»Wir wissen ja gar nicht, seit wann das Bild in Rosis Spind hing, das kann ja schon sehr lange da hängen. Aber die Rosi, Frau Brucker, die war ja im vierten Monat schwanger. War denn schon einer von denen im Frühjahr da?«

Alwine sank in sich zusammen. »Ich red mich hier um Kopf und Kragen und verdächtige die Leut. Vergessen Sie's. Ich kann ja schon keinem mehr in die Augen gucken vor lauter Misstrauen. Wir werden's vielleicht nie erfahren, was da war. Damit muss man leben.«

Freitag, 19. September 1975

Melchinger und sein Team hatten die ganze Woche unzählige Befragungen durchgeführt. Und sie hatten auch mit jenen gesprochen, die für das Weingut Brucker arbeiteten. Allerdings waren sie sich nicht hundertprozentig sicher, ob ihnen wirklich alle genannt worden waren, so wie sich Georg Brucker bei der Personenangabe und den Adressen verhalten hatte. Nach jedem Namen stammelte er: »Aber der kann's wirklich nicht gewesen sein« oder »Also, der ist doch zu was gar nicht fähig«.

Otto Brucker sah das genau andersherum. Er konnte sich mittlerweile von keinem mehr vorstellen, dass er es nicht gewesen war. Schon allein, weil er die anderen, die es ja auch noch gab und die schwarz bei ihnen arbeiteten, nicht benennen konnte. Das wäre ja suboptimal, wie sein Bruder Georg immer sagte.

Rudolf Melchinger saß an seinem Schreibtisch und ging noch einmal die ganzen Protokolle durch. Die Gespräche mit der Familie, den Nachbarn und Dorfbewohnern, den Arbeitern im Weingut, den Angestellten des Behindertenzentrums, den Behinderten selbst. Er stöhnte und schüttelte den Kopf. Es gab nicht die Spur einer Spur.

Befragung Erna Heuberger, Heergasse 3, Allweiler
… Die Rosi war ja nicht so dumm, wie sie ausgesehen hat. Also die war schon dumm, aber so saudumm halt auch wieder nicht. Die hat sich wahrscheints dümmer gestellt, als wie sie war, mein ich. Obwohl, wenn so eine mit einem in den Wald geht, wie dumm muss man sein …

Befragung Helga Wehrheimer, Friedhelmer Straße 20, Allweiler
… ein liebes Mädchen, aber halt … Sie wissen schon. Ge-

grüßt hat sie immer, das hat ihr die Alwine von Kindes-
beinen an eingeimpft. Guten Tag, hat sie immer gesagt,
auch wenn's schon dunkel war, also ... Sie versteh'n, was
ich mein. Aber ich hab ja nix groß mit der geredet. Ich
bin ihr manchmal auf der Straße begegnet, man weiß ja
nicht, was man sagen soll, mit so einer. Und ob die einen
überhaupt versteht. Also nicht falsch verstehen, gell, es
weiß halt keiner, was denen im Kopf rumgeht, gell? Das
wissen ja nur die Psychiater. Und selbst die ...

Befragung Ilse Wolf, Hauptstraße 74, Allweiler
Die Rosi, die hat immer gelacht. Das war ein Herzl. Jetzt,
wo Sie mich fragen, ich glaub, die wär mit jedem mit, das
ist ja bei denen normal. Ich mein ja, ich hab die gesehen,
an dem Donnerstag, am Ortsausgang. Aber das kann auch
am Mittwoch gewesen sein. Oder am Dienstag. Man ist
ja so neben der Kapp, man weiß ja manchmal nicht mehr,
ob heut oder morgen ist ...

Befragung Eckart Geiger, Himmelgasse 3, Allweiler
Dem Brucker war das ja nicht recht, dass die da so geistig
behindert ist ... Aber man gewöhnt sich ja praktisch an
alles mit der Zeit. Aber so muss es ja nicht enden, das ist
ja eine Tragödie. Vielleicht war's einer, der den Brucker
nicht hat leiden können. Ob ich einen weiß? Also ... nä,
da halt ich mich raus.

**Befragung Franciszek Kowalczyk, Aushilfe Weingut
Brucker, vorübergehend wohnhaft bei Familie Erwin
Herberger, Hauptstraße 27, Allweiler**
Rosi? Immer gut. Immer lache. Aber ich nix Rosi.

**Befragung Tatjana Dudek, Aushilfe Weingut Brucker,
vorübergehend wohnhaft bei Familie Kleemann, Hoch-
gasse 3, Allweiler**

Rosi? So ein liebes Mädchen. Rosi immer hinter mich her.
Hat gern gesessen neben mich. Hat immer nachgemacht.
Ich Zigarette, Rosi auch. Also nicht echt. Aber nachge-
macht. Dajani, Dajani immer gerufen. Die arme Rosi.
Mir fehlen.

✻✻✻

Ingrid Huber kam herein und warf ihre Tasche unter den Tisch.
»Was?«, fragte sie, als sie Melchingers Gesicht sah.
»Deine Berichte von den Befragungen, was schreibst du das hirnlose Gefasel auf, und auch noch im O-Ton?«
»Ganz einfach. Damit du mal siehst, was wir den ganzen Tag machen und was wir uns da draußen gerade anhören müssen. Die Dimension, verstehst du? Und dass wir dann auch noch ›Danke für die wichtigen Hinweise‹ sagen. – *Vielen Dank, Frau Pimpelhuber. Ach ja, und wenn Ihnen noch etwas Bescheuerteres einfällt wie das, was Sie uns bisher gesagt haben, hier ist meine Karte. Bitte rufen Sie mich unbedingt an. Auch und vor allem nachts.*« Ingrid schüttelte die blonden Haare nach hinten und warf die Tür hinter sich ins Schloss.
Rudolf Melchinger rieb sich müde die Augen. Sie hatte ja recht. Es war sinnlos. Geistig Behinderte, polnische Arbeitskräfte, Dorfbewohner und Nachbarn, die gerne was von sich geben, ohne etwas zu sagen. *Beim Brucker hält man sich sowieso besser zurück.* Dann lieber hintenrum und *unter uns gesprochen.* Verdächtige? Jede Menge, wenn's drauf ankäme. Aber wenn's dann plötzlich drauf ankommt, doch lieber nicht. Und überhaupt. *Wer bringt denn eine Behinderte um. Also von uns macht das keiner. Der muss von auswärts, muss der …*
Melchinger dachte an den Mordfall Anna Hager, Heiligabend vor einem Jahr in Gödelsheim. Bestialisch. Eine Greisin, regelrecht zerfleischt aufgefunden, ein Blutbad sondergleichen. Das Schlimmste, was er in seiner bisherigen Laufbahn gesehen hatte. Mitten im Dorf, eingebettet in eine enge Gasse. Alle lebten Tor

an Tor, Mauer an Mauer, Haus an Haus. Die Ermittlungen liefen wochenlang gegen ein und dieselbe Wand. *Von uns kann's ja keiner gewesen sein.* Und dann war's der Nachbar. Eine unglaubliche Geschichte.

Melchinger spielte gedankenverloren mit seinem Kugelschreiber. Einer weiß immer was, hatte er damals immer wieder gesagt. Wir müssen ihn nur finden. Und so war es ja dann auch. Eine wusste was. Ohne sie wäre der Mörder so schnell nicht gefunden worden. Vielleicht bis heute nicht. Und jetzt? Einer weiß immer was, dachte Melchinger. Wir müssen ihn nur finden.

Ingrid Huber kam mit Arnold Obermann ins Büro zurück. Sie machten Melchinger darauf aufmerksam, dass, je mehr im Dorf befragt wurden, desto öfter sei der Name André Kutscher gefallen. Wenn auch hinter vorgehaltener Hand.

»›Also von uns hat ja keiner ein Problem mit der Rosi … oder den Behinderten oder so … aber der Ding, der Kutscher André, bei dem wär ich mir da nicht so sicher‹«, zitierte Ingrid, und Arnold grinste dazu.

André Kutscher war fünfundfünfzig Jahre alt und in Frührente. Er war im Besitz eines Waffenscheins und hatte sich vor vielen Jahren selbst mit der Aufgabe des Feldschützen betraut. Seitdem sorgte er dafür, dass auf den landwirtschaftlich bewirtschafteten Flächen und in den Weinfeldern rund um das Dorf nichts geklaut wurde und die Vögel weder Saatgut noch Weintrauben fraßen. Täglich stapfte er die Wege entlang und hielt nach potenziellen Dieben Ausschau. Da aber jeder im Dorf wusste, wann genau er wo Stellung bezog, hätte sich auch niemand getraut, nur einen halb verfaulten Apfel aufzuheben, der unter einem Baum lag. Waren Krähen auf den Feldern, fing André sofort an, mit seinem Gewehr in die Luft zu ballern. Das zeigte Wirkung, und nicht wenige im Dorf waren der Überzeugung, dass es sich auch beim Ungeziefer herumgesprochen hatte und sogar die Kartoffelkäfer davon abhielt, ihre Maden abzulegen. Viele gab es nicht, die Kontakt zu André hatten, die meisten hielten sich von ihm fern. Aber jene, die sich mit ihm im Schützenverein verbrüderten, berichteten der Polizei von seinen Phantasien, jedwedes Ungeziefer, und dazu zählten auch die »Dabbschädel«, wie er sie nannte, vom Feld zu räumen, wenn er mal Gelegenheit dazu hätte.

Melchinger und Wachtel beschlossen, sich ihn einmal näher anzuschauen. Und auf die Zwischentöne zu achten.

Als sie wenig später bei André Kutscher klingelten, dauerte es nicht lange, bis er ihnen die Tür öffnete und sie mit einem Kopfnicken ins Wohnzimmer bat. Melchinger und Wachtel gingen voraus, nahmen Platz und sahen verdutzt zu ihm hinüber. André blieb halb im Türrahmen stehen und vergrub seine linke Hand in der Hosentasche.

»Möchten Sie sich nicht zu uns setzen?«, fragte Melchinger, um ein Gespräch einzuleiten.

»Nä, ich steh größer«, erwiderte André regungslos.

Melchinger erklärte ihm kurz, warum sie hier seien und dass sie natürlich mit jedem im Umfeld sprechen würden, weil sie den Mord an Rosemarie Brucker aufklären müssten und auf jeden noch so kleinen Hinweis ... André nickte verständnisvoll und fing schon mal an.

»Ich hab die Bruckern ja nur vom Sehen ... ich hab ja nie was mit ihr gesprochen. Spricht die überhaupt? Also, hat die überhaupt was gesprochen, wo sie noch am Leben war?«

Wachtel sah sich im Zimmer um, und Melchinger überspielte die Frage. »Sie haben sie also gekannt.«

»Ich hab sie sogar gesucht am Samstag. Im Trupp sind wir los, der Brucker vorneweg. Erst über die Felder, kreuz und quer. Ich kenn da ja jedes Eck. Und dann in das Waldstück. Und da hat sie dann ja auch rumgelegen. Mausetot.«

Melchinger räusperte sich kurz. »Ja, schön. Haben Sie die Idee gehabt, in dem Wald zu suchen?«

André sah ihn misstrauisch an. »Ich? Wieso jetzt?«

»Ich meine nur. Wer ist denn auf die Idee gekommen, in das Waldstück zu gehen?«

»Das war ... rein von der Konsequenz her«, antwortete André.

»Haben Sie die Rosi vielleicht sogar noch lebend gesehen am letzten Donnerstag?«

»Ich? Wieso? Wieso soll ich die gesehen haben? Wo soll ich die gesehen haben?« André strich sich mehrmals mit der Hand durch die Haare.

»Sie bewachen doch die Felder, oder? Sie sind doch da draußen oft unterwegs, wie man sagt. Fast jeden Tag sogar, stimmt's?« Wachtel bestaunte die Pokale in der Vitrine neben ihm. Allesamt Ehrungen diverser Schützenvereine.

»Bewach ich die Felder? Ich pass halt auf, dass da keiner was ... da kann ja jeder, wie er will, wenn da keiner ...«

»Und das Luftschutzgewehr neben dem Uhrenkasten ist Ihres?« Wachtel sah sich das Gewehr genauer an.

André zuckte zusammen. »Damit schieß ich in die Luft, wenn da einer ... Aber da ist ja nie einer. Ich schieß nur in die Luft. Wegen der Vögel, wegen sonst nix«, stammelte er.

»Haben Sie die Rosemarie Brucker mal draußen gesehen? War die mal auf den Feldern oder in dem Waldstück unterwegs?«

»Wenn die da rumgegeistert wär, die hätt doch gar nicht mehr heimgefunden. Wie soll denn so eine den Weg ...? Sie sehen ja, dass die ihn nicht gefunden hat, sonst wär sie ja wahrscheints noch am Leben«, sagte André und bekam langsam das Gefühl, sich um Kopf und Kragen zu reden.

»Hätten Sie ihr denn geholfen, wenn Sie gesehen hätten, wie sie da draußen ›rumgeistert‹?«

»Ich? Ich bin für die nicht zuständig. Wer weiß, was bei der im Kopf ... Da halt ich mich lieber fern.«

Wachtel stellte das Gewehr wieder hin. »Sie haben sie also mal gesehen in der Gegend? Vielleicht sogar mit noch jemandem?«

»Mit noch jemandem?« André verlor den Überblick. »Wer soll dann mit so einer im Feld rumspazieren? Das ist doch nicht normal, mein ich.«

»Wir haben gehört, dass Sie speziell mit Behinderten ein Problem haben. Sie mögen sie nicht besonders, sagt man. Die gehören vom Feld geschafft, Ihrer Meinung nach. Ist da was dran? Wie muss man sich das vorstellen, wenn Ihnen da mal einer *von denen* vor die Flinte läuft, draußen auf dem Feld?«, wollte Wachtel wissen.

André lief rot an und versuchte, das Thema großräumig zu umfahren. »Dann schieß ich in die Luft, dann sind die alle fort.«

Melchinger klinkte sich wieder ein, das Gespräch lief gegen die Wand. »Herr Kutscher, um es kurz zu machen, es geht uns tatsächlich nur darum, herauszufinden, ob die Rosemarie Brucker schon einmal in der Gegend war, wo sie jetzt gefunden wurde. Wir haben gedacht, wenn das einer weiß, dann Sie. Weil Sie ja regelmäßig am Dorfrand sind, auch donnerstags, also vielleicht ja auch am letzten Donnerstag, versteh'n Sie?«

»Ich hab die nicht geseh'n. Basta.«

Melchinger machte sich Notizen.

»Also, wenn jemand die Bruckern erschossen hat, ich war's nicht«, sagte André, »ich schieß nur in die Luft. Da hätt sie schon da rumfliegen müssen. Kann die fliegen?«

»Die Rosemarie Brucker ist erdrosselt worden«, sagte Wachtel und schaute zu Melchinger, der sich vom Sofa erhob.

»Ah so, aha«, antwortete André und lächelte spöttisch. Dann trat er einen Schritt nach links, zog seine übergehängte Strickjacke runter und zeigte auf seinen Armstummel. »Dann kann ich's ja schon mal nicht gewesen sein.« Dann kam er noch mal in Fahrt. »Ich war am Donnerstagmittag dort draußen. Aber außer alten Krähen hab ich nix gesehen. Vielleicht hab ich sie ja mit einer Vogelscheuch verwechselt. Das kann sein. Hat die schwarze Klamotten angehabt?«

Als Melchinger und Wachtel im Auto saßen, schwiegen sie für einen Moment.

»Wieso hat das keiner gesagt, dass dem der rechte Arm fehlt? Steht das in irgendeinem Protokoll?«, schimpfte Wachtel.

»Vielleicht haben wir nicht zugehört. Oder die sind das alle so gewöhnt, dass denen das gar nicht mehr auffällt.« Melchinger startete den Motor. »Wirklich schade«, meinte er dann. »Der hätte wenigstens Potenzial gehabt.«

Montag, 22. September 1975

»Und nähme ich Flügel der Morgenröte und bliebe am äußersten Meer, so würde auch dort deine Hand mich führen und deine Rechte mich halten. Liebe Gemeinde, liebe Familie und Angehörige, liebe Freunde! Der barmherzige Gott, unser Vater, hat Rosemarie Brucker, unsere Rosi, plötzlich und unerwartet auf grausame Weise aus unserer Mitte gerissen und zu sich geholt. Wir sind heute hier zusammengekommen, um sie auf ihrem letzten Weg ins himmlische Reich zu geleiten und sie in die Obhut Christi zu führen ...« Pfarrer Wiesel war in einer Art Ausnahmezustand. Er sollte die Brucker Rosemarie würdevoll zur letzten Ruhe betten, aber angesichts einer solchen Tat und unter dem Aspekt, dass der Mörder noch immer frei herumlief, hatte er doch große Probleme, die angemessenen Worte zu finden. Tagelang hatte er an seinem Text gefeilt. Jetzt sprach er von »unschuldig« und »aus dem Leben gerissen«, von Gottes Wegen, die nicht immer verständlich waren, von Rachegefühlen, von denen man tunlichst Abstand nehmen sollte, weil am Tag des Jüngsten Gerichtes ja sowieso und überhaupt ... Die Beerdigung war ausgesprochen gut besucht, und er ärgerte sich ein wenig, dass er die große Bühne nicht besser zu nutzen wusste, waren doch heute auch jene da, die sonst keinen Schritt in die Kirche machten oder bei der protestantischen Konkurrenz praktizierten. Mittlerweile standen ihm kleine Schweißperlen auf der Stirn, denn zu allem Übel saß in der dritten Reihe, mit gefalteten Händen und durchgedrücktem Rücken, mit hochroten Wangen und dem geflochtenen Zopf um den Kopf, die Rübenbacher Magdalena und schaute ihn unverblümt an.

Es war Montag, zwei Uhr mittags, eineinhalb Wochen nach dem schrecklichen Mord, als man Rosemarie Brucker die letzte Ehre erwies und sich fast das komplette Dorf in und vor der Leichenhalle versammelt hatte. Manche hatten sich sogar einen halben Tag Urlaub genommen oder feierten Überstunden ab. Und es waren auch etliche darunter, die überhaupt nicht wussten, um wen es da genau ging.

In gebührendem Abstand zu seiner Gattin Alwine schritt der alte Brucker mit mürrischem Gesicht und feister Wampe hinter dem Sarg her und fühlte sich sichtlich unwohl in seiner Haut. Er liebte es, im Mittelpunkt zu stehen und den Ton anzugeben, aber dieser Anlass war das eindeutig falsche Programm. Er hätte sich die Show gerne erspart und Rosi im engsten Kreis der Familie einäschern lassen, aber das hätte er nicht nur Alwine nicht erklären können. Man konnte jemanden, der Brucker hieß, geistig behindert war und erwürgt im Wald aufgefunden worden war, nicht einfach so, ohne Tamtam, in den Himmel fahren lassen. Apropos »fahren lassen« – in seinem Darm ging es zu wie am Jüngsten Tag. Es rumorte in allen Rohren. Bei dem Gedanken, dass er jetzt Durchfall kriegen könnte, trat ihm der Angstschweiß auf die Stirn und lief in trägen Bahnen über sein Gesicht. Der Unterschied zwischen Tränen und Schweiß war aus der Distanz nicht auszumachen, und so wurde die Tatsache, dass er auf dem Weg zum Grab mehrmals sein kariertes Stofftaschentuch aus der Hosentasche zog, um sich über das Gesicht zu wischen, als eindeutiges Zeichen der Trauer gewertet.

Der Brucker, gell, er hat sie halt doch arg gerng'habt, die Rosi.

Am Grab selbst hatten sich einige die besten Plätze bereits gesichert. Hasel stand ausnahmsweise bei seiner Mutter, denn wo sie war, war vorne. Und vorne wollte er sein bei der Beerdigung von Rosi Brucker, die für ihn und sein Mofa gestorben war. Einer der Sargträger war Atze. Elvira Hasenbach hatte darauf bestanden und ihm gedroht, dass sie seine Zündapp mit Benzin übergießen und abfackeln würde, wenn er nicht den Anstand besäße, die Rosi zu Grabe zu tragen. Denn, so hatte sie gegeifert, wenn er schon mit seinem verkalkten und versoffenen Hirn nicht mehr wissen tut, ob die Rosi seinerzeit in seinem Bus gesessen hat oder nicht, dann solle er sie wenigstens auf ihrem letzten Weg da abliefern, wo sie hingehörte.

Atze traute seiner Mutter grundsätzlich alles zu, und es leuchtete ihm auch direkt ein, dass es ein gutes Bild abgeben würde, wenn er den Sarg von der Rosi schulterte. Denn dann konnte er ja schon mal nichts mit der Sache zu tun haben. Das wär ja dann wie der Ochs beim Gärtnern oder so, hatte er bei sich gedacht und angewidert den alten schwarzen Anzug angezogen, den sein Vater vor über fünfundzwanzig Jahren zu seiner Hochzeit getragen und den Elvira Tage zuvor aus der Mottenkiste im Speicher geholt hatte.

Seine Mutter hatte ihn mit zusammengekniffenen Augen gemustert. Dann hatte sie ihm mit einem Ruck den Gürtel enger gezogen und den Staub aus dem Jackett geklopft. »Besser als nix. Desdewegen kaufen wir jetzt keinen neuen.«

Hasel war gerade noch rechtzeitig gekommen, um den Anblick seines Bruders zu genießen, der aussah wie eine Mischung aus John Wayne und Hans Moser. Er hatte leise vor sich hingepfiffen, als er ihm die Treppe hinauffolgte. Daraufhin hatte Atze den Gürtel geöffnet, kurz die Hose runtergezogen und ihm den nackten, rot behaarten Hintern gezeigt, bevor er in seinem Zimmer verschwand. *Mäh-äh-äh.*

Hasel beobachtete Atze, wie er den Sarg trug und wie es ihn ankotzte. Dauernd änderte er die Position auf seiner Schulter. Das schwere Holz schien wenig komfortabel, und so leicht war die Brucker Rosi ja auch nicht. Seine krummen Beine schienen sich unter der Last noch mehr zu verbiegen. Im schwarzen Anzug, der ihm zu groß war, und ohne Fluppe im Gesicht sah er irgendwie armselig aus. Und dann seine Haare, Hasel grinste vor sich hin. Seine Mutter hatte am frühen Morgen Fakten geschaffen. Atze war von ihrer Attacke völlig überrumpelt gewesen. Plötzlich stand sie hinter ihm, raffte seine Zotteln zusammen und säbelte sie mit ihrer großen Schneiderschere einfach ab. Das Ergebnis sah keinesfalls besser aus, nur eben kürzer. Atze war vor Schreck die Kaffeetasse aus der Hand gefallen. Der Stuhl flog um, als er aufsprang, sich in die Haare griff und mit hochroter Visage vor seiner Mutter stand. »Du blöde Kuh, du blöde, du …« Er brachte keinen Ton mehr heraus. Seine Mutter hielt die roten Haare wie eine Siegesbeute in der Linken und richtete mit der Rechten die Schere auf ihn. »Gnade dir Gott!«, drohte sie ihm. Atze kickte vor Zorn den Stuhl durch die Küche und verließ gedemütigt das Schlachtfeld.

Hasel kannte das Spiel. Denn auch er hatte bis dato noch nie einen Friseur besucht. Seine Mutter war der festen Überzeugung, dass man sich dieses Geld sparen könne. Edmund Hasenbach waren vorbeugend schon Mitte dreißig die roten Haare ausgefallen.

»Komplett kreisrunder Haarausfall«, lautete seine Selbstdiagnose, als er damals mit dem Thema bei der alten Funzel aufschlug.

»Und schon austherapiert«, hatte sie ihm geantwortet.

Wenn Elvira Hasenbach mit Hasel fertig war, sah er aus wie Mireille Mathieu für Arme. So jedenfalls hatte ihn damals sein Erzfeind, der Oberhäuser Stefan, in der Schule genannt. Daraufhin hatte er sich mit der Zickzackschere Stufen reingeschnitten. Danach sagte dann keiner mehr etwas.

»Tse!«

Hinter Hasel stand der Maurer Ullrich neben seiner Frau und kam mit der Gesamtsituation nicht zurecht. Unlängst hatte die Polizei den Ältesten vom Hasenbach vernommen, wie man hörte, weil er wohl massiv Dreck am Stecken hatte. Jetzt trug er den Sarg von der, die wo er wahrscheints umgebracht hat, so seine Sicht der Dinge. »Wie oft will der die dann noch ins Jenseits bugsieren?« Seine Frau Margot nuschelte etwas wie »Halt doch die Gosch jetzt«, weil es ihr peinlich war und sie Angst hatte, dass jemand ihn hören könnte. Obwohl ihr just in diesem Moment genau dasselbe durch den Kopf mit der sehr hohen Stirn gegangen war.

»Aus der Erde sind wir genommen, zur Erde sollen wir wieder werden, Erde zu Erde, Asche zu Asche, Staub zu Staub.« Pfarrer Wiesel schwenkte den Weihrauchkessel über Rosi im Sarg. Dann sprengte er Weihwasser darüber, trat zurück und gab das Grab frei. Otto Brucker und seine Frau Alwine traten nach vorne. Brucker räusperte sich in einem fort, Alwine nahm die Schippe in die Hand und weinte bitterliche Tränen. Direkt hinter ihnen standen Georg Brucker und seine Frau Gisela, die die Lippen zusammenpetzte, weil sie hörte, wie ihr Mann die Nase hochzog und sich heimlich über die Augen wischte. Sie stand sehr eng neben ihm, deshalb sah auch niemand, wie sie ihm den Ellenbogen in die Seite rammte. Er solle sich zusammenreißen. Es passte ihr nicht, dass er jetzt auch noch zu heulen anfing wegen der Rosi. Das alles war tragisch, aber kein Grund, dass ein Mann wie er zu plärren anfing. Er ist ein Weichei, dachte sie, immer gewesen. Wenn es drauf ankam, dann musste sie »ihren Mann stehen«. Heute regte sie das besonders auf. Energisch drückte sie ihm die Schaufel in die Hand. Erde hatte sie schon draufgemacht.

Die Tatsache, dass wirklich jeder die Gelegenheit ergreifen wollte, der Brucker Rosi mit ein paar Schaufeln Graberde die letzte Ehre zu verabreichen, als Dank dafür, dass endlich einmal wieder etwas los war, führte nicht nur dazu, dass das Grab am Ende schon viertels zugeschaufelt war, sondern auch dazu, dass der Brucker Otto sich schweißüberströmt und mit hochrotem Kopf einen Weg durch die Menge und die mitleidigen Blicke bahnen musste, weil er nur noch wenige Minuten Zeit hatte, den Abort vom Leichenhaus ausfindig zu machen. Er konnte lediglich hoffen, dass es ihn überhaupt gab.

Margarete Funzinger, die man eigentlich in der ersten Reihe verortet hätte, war die Letzte, die an Rosis Grab trat. Sie faltete die Hände zum Gebet und senkte den Kopf. Dann zündete sie ein Stück Zedernholz an, schwenkte und räucherte vor sich hin, während sie irgendwelche Psalmen murmelte, die keiner verstand und zu deuten wusste.

Wer die Szene beobachtete, dachte sofort an die Beerdigung ihres Gatten, des Funzinger Jean, bei der ebenfalls das ganze Dorf zugegen gewesen war. Auch damals war die alte Funzel als Letzte auf der Bildfläche erschienen, und nicht nur deshalb konnte sich jeder bis heute daran erinnern. Sie hatte ein großes schwarzes Tuch über ihr Haupt gelegt, sodass man ihr Gesicht nicht sehen konnte. Hätte sie eine Sense in der Hand gehabt, dann hätte man endlich gewusst, wie Gevatter Tod aussah und dass es ihn wirklich gab.

Manch eine meinte hinterher, dass die alte Funzel sich wohl scheute, ihre Trauer offen zu zeigen, und nicht wollte, dass sie jemand heulen sah. In Wahrheit aber konnte Margarete Funzinger durch das Tuch in aller Seelenruhe genau beobachten, was geschah. Ohne dass es jemand merkte. Wann hatte man schon einmal das Glück, wirklich alle auf einem Haufen zu haben. Es war ein Fest der Scheinheiligkeiten. Jede Beileidsbekundung quittierte sie mit einem heimlichen Grinsen, und bei manchem drückte sie die Hand so fest, dass es zumindest für Irritationen sorgte. Manchmal schniefte sie dazu.

Der Sarg war damals unter anderem von Otto Brucker und seinem Bruder Georg getragen worden. Schließlich war das die ganz große Bühne, und es konnte außerdem nicht schaden, sich so würdevoll wie nur möglich in Szene zu setzen, um sich den göttlichen Segen der alten Funzel auf ewig zu sichern. Margarete Funzinger hingegen war lediglich aufgefallen, wie stattlich und gut gebaut Georg Brucker im Vergleich zu seinem Bruder doch war. Der sah neben ihm aus wie ein kleiner, fetter Gnom, wegen dem der Sarg zudem in gefährliche Schieflage geriet.

Zwei Tage nach der Beerdigung hatte Margarete sämtliche Kleider und Habseligkeiten ihres Gatten auf einen Haufen im Garten geworfen, mit Benzin übergossen und angezündet. Die

Rauchschwaden konnte man im ganzen Dorf sehen und riechen. Behalten hatte sie nur seine vier Goldkronen, die sie ihm, noch bevor der Leichenwagen anrückte, aus dem Kiefer gerissen hatte, sowie seinen goldenen Ehering. Als sie dann noch sah, dass er ihren eingravierten Namen mutwillig zerkratzt hatte, wurde der Ring zusammen mit den Zähnen innerhalb kürzester Zeit beim Gold-An- und Verkauf in Bares umgewandelt.

Nachdem Georg Brucker ein bisschen Erde auf Rosis Sarg gegeben hatte, war er noch ein paar Schritte hinter seiner Frau hergegangen. Dann aber löste er sich und lief ganz nach hinten. Er stellte sich weit abseits der Menge, ließ seinen Blick schweifen und nickte dem ein oder anderen dezent zu. Es waren viele gekommen, um der Rosi die letzte Ehre zu erweisen. Die meisten jedoch waren gar nicht wegen ihr hier, sondern wegen seinem Bruder. Wenn dem Brucker Otto so was passierte, dann durfte man nicht fehlen auf der großen Bühne. Dann kam man gerne vorbei, auch wenn man nicht eingeladen war und gar nicht wusste, welches Stück überhaupt gespielt wurde. Georg atmete schwer. Sogar der Scharfenberger Ernst war da. Seine neu errungene Auszeichnung, der Stern, stand ihm im Gesicht und strahlte. Eine Beerdigung solchen Ausmaßes schien ihm wohl die perfekte Gelegenheit, sich aufzublasen und Akquise zu betreiben. Wer die Rosemarie Brucker war, das wusste er nicht. *… also das mit der Tochter vom Brucker, eine Tragödie, gell? Aber den Wein haben wir jetzt wenigstens mit auf die Karte genommen. So viel Miteinander muss sein. Der hat ja dann automatisch auch den Stern, der Wein vom Brucker. Wenn das die Rosi noch mitbekommen hätt, gell?* Georg schnäuzte in sein Taschentuch. Dann drehte er sich um und sah seine Frau Gisela, wie sie ein Tempotaschentuch aus der Verpackung fummelte und sich die vermeintlichen Tränen von den Augen tupfte. Wie sie begierig dem Tratsch ihrer Nachbarin lauschte und abwechselnd mit dem Kopf nickte oder ihn ungläubig schüttelte. Heute Abend würde sie ihn wieder unter einem Berg von Geschichten begraben. Sie würde ihm die Luft abdrehen mit einer nicht enden wollenden Kette, deren aneinandergereihte Glieder immer dieselben waren: *Das musst du dir mal vorstellen ... das ist doch nicht normal ... und dann hat die ... und dann hat der ... ja, ist das noch normal, so was?* ... Georg seufzte leise in sich hinein.

Dann plötzlich entdeckte er Tatjana Dudek. Wie eine Erleuchtung stand sie in der Menge, mit ihren blonden Haaren und dem Gesicht mit den hohen Wangenknochen. Sie war umringt von ihren polnischen Landsleuten, den Arbeitskräften, die für die Weinlese gekommen waren und jetzt, statt im Wingert, auf dem Friedhof standen, um »die Rosi vom Cheffe« auf ihrem letzten Weg zu begleiten und der Familie Brucker Respekt und Mitgefühl zu zeigen. *Tak powinno być* – das gehört sich so. Die meisten von ihnen kamen schon seit mehreren Jahren auf das Weingut. Sie kannten Rosi und wussten sehr wohl, wer hier zu Grabe getragen wurde.

Tatjana wirkte ungewohnt zerbrechlich in ihren schwarzen Kleidern. Georg sah, wie einer der Männer auf sie einredete und sie ihm mit einer Handbewegung klarmachte, dass er still sein solle. *To nie jest właściwe* – das gehört sich nicht.

»Mein herzliches Beileid, Herr Brucker!«

Georg schreckte hoch und gab der Kleemann Bertholda die Hand, die sie ihm mitfühlend entgegenstreckte.

Udo Wachtel war auch zur Beerdigung gekommen. Nicht weil er dachte, der Mörder würde am Grab unter der Bürde seiner Schuld zusammenbrechen und gestehen. Er wollte das große Ganze auf sich wirken lassen und sich den ein oder anderen noch mal genauer anschauen. Wer so im Dunkeln tappte wie sie derzeit im Fall Rosi Brucker, musste immer wieder von vorne beginnen. Margarete Funzinger lief an ihm vorbei, dann drehte sie sich plötzlich um und kam auf ihn zu.

»Der Friedhof hier ...«, sie schwang ihren Stock, um die Dimension zu verdeutlichen, »ist voll von Verbrechern. Zu jedem Grab könnt ich Ihnen eine Geschichte erzählen. Sogar zu denen, die noch gar nicht hier liegen, Herr Wachtmeister!«

Die Kirche, in der anschließend das erste Sterbeamt stattfand, war ebenso brechend voll. Hasel hatte sich von seiner Mutter absentiert und sich direkt hinter die Rübenbacher Magdalena gesetzt. Etwas war anders heute, Hasel verspürte Adrenalin. Pfarrer Wiesel hatte seine Predigt nach acht anstatt den üblichen zehn Minuten nicht nur mit dem Wort »Amen« geschlossen, er hatte der Rübenbacher Magdalena in der ersten Reihe auch noch zugeblinzelt. Eine winzige Bewegung mit dem rechten Auge, aber deutlich genug, dass Hasel sie sehen konnte. Vorsichtig schaute er sich um. Niemand zeigte eine Reaktion, alle standen wie die Soldaten in den Reihen und blätterten in ihren Gesangbüchern nach dem Lied »So nimm denn meine Hände« auf Seite hundertdreißig.

Herr, ich bin nicht würdig, dass du eingehst unter mein Dach, aber sprich nur ein Wort, so wird meine Seele gesund. Der Gottesdienst steigerte sich langsam dem vorläufigen Höhepunkt entgegen, der heiligen Kommunion. Für Hasel war das schon immer eine der willkommeneren Abwechslungen im sonst so starren Ablauf. Wie unter einem unsichtbaren Kommando reihte sich nun jeder in die linke oder rechte Schlange ein, faltete andächtig die Hände und lief in langsamen Schritten Richtung Altar, um sich schließlich vor dem Herrn Pfarrer im Reißverschlussverfahren einzufädeln. Hasel reagierte geistesgegenwärtig, verließ seine Bank etwas hurtiger als sonst und stellte sich, statt in seine Reihe, in die gegenüberliegende. Er vibrierte leicht vor Aufregung, während er sich parallel zur Rübenbacher Magdalena Schritt für Schritt nach vorne arbeitete.

»Der Leib Christi«, flüsterte Pfarrer Wiesel in einem fort, während er die Hostie verabreichte, so, als müsste man ihnen aufgrund fortschreitender Verkalkung jede Woche aufs Neue erklären, was sie da zu sich nahmen. Hasel schniefte, der Rotz fing an zu laufen, seine Nerven waren gespannt wie Drahtseile. Und dann sah er es. Magdalena Rübenbacher, die, wie er von früheren Beobachtungen wusste, die Hostie immer mit den Händen empfing, öffnete diesmal ihren Mund für den Herrn Pfarrer und streckte die Zunge ein kleines bisschen weiter heraus als nötig. Der Pfarrer hauchte ein »Leib Christi«, legte ihr denselben behutsam auf und strich ihr dabei für einen kurzen Moment mit der rechten Ringfingerkuppe am Kinn entlang. Eine Geste, die wirklich nur jemand sehen konnte, dessen Verstand so messerscharf arbeitete wie der von Hasel Hasenbach.

»Amen.«

Magdalena ließ ihren Kopf demütig sinken und schwebte davon zur Kirchenbank. Hasel, der nun an der Reihe war, sah die kleinen Schweißperlen auf der Stirn des Priesters und war so derart aus dem Konzept, dass er ihm gleichzeitig seine zur Schale geformten Hände wie auch den offenen Mund darbot. Pfarrer Wiesel zögerte einen Moment, weil er nicht wusste, wohin mit seiner geweihten Oblate, legte sie ihm dann aber mit einem leisen Räuspern in die Hände. Hasel klappte sie zu, murmelte »Danke« statt »Amen« und trat den Rückweg an. Erst als er wieder in der Bank angekommen war, merkte er, dass er die Hostie noch in der Hand hatte. Verstohlen steckte er sie in die Hosentasche und schaute auf die aufrecht stehenden Nackenhaare der vor ihm knienden Magdalena Rübenbacher. Nur ganz allmählich beruhigte er sich wieder, knetete seine Hände und versuchte einzuordnen, was er soeben gesehen hatte.

Beim anschließenden Leichenschmaus im Gasthaus zum Ochsen war nicht nur der engste Familienkreis zusammengekommen, sondern das halbe Dorf. Der Fall Rosi war erst einmal Nebensache. Otto Brucker stand in der Ecke und sprach mit dem Bürgermeister. Mit Blick auf die Anschaffung eines Vollernters in ein paar Jahren hielt er den Ausbau des Hüttenweges, welcher direkt zu einem seiner Wingerte führte, für unabdinglich. Alwine lief umher und sorgte dafür, dass jeder versorgt war. Das lenkte sie auf eine wohltuende Weise ab. Da sie nicht in der Lage war, zur Beerdigung ihrer Tochter Kuchen zu backen, und ihre Schwägerin Gisela es auch nicht wollte, hatte sie die Bäckerei Becker damit beauftragt. Somit war es wiederum Hasel, der für Rosi die Apfelstreusel, die Plundern, die Brezeln, die Käsekuchen und die Schwarzwälder Kirschtorte gebacken hatte. Und weil er das Ganze auch abliefern sollte und sich, anstatt zu verschwinden, lieber unter die Menge mischte, war er beim Leichenschmaus ebenfalls mit dabei.

Hinten in der Ecke entdeckte er Manfred von Ottenfeld. Rosis Betreuer hatte ihn mitgenommen, schließlich war Manfred ein enger Freund von Rosi, und so war wenigstens einer ihrer Kameraden auf der Beerdigung dabei. Martin Müller war in ein Gespräch vertieft. Hasel schlich mit einem Stück Torte zu Manfred hinüber und lächelte ihn freundschaftlich an.

»Rosi doof«, meinte der und nahm Hasel den Teller mit der Schwarzwälder aus der Hand.

»Voll doof«, antwortete Hasel und stellte ihm zur Geschmacksintensivierung noch ein Glas mit Kirschwasser daneben. Manfred verschlang die Torte regelrecht und fixierte neugierig das Glas. Dann schnüffelte er daran und trank es in einem Zug leer. Hasel nickte ihm voller Anerkennung zu. Er zog die Flasche, welche er aus der Bäckerei hatte mitgehen lassen, aus seinem Parka und schenkte erneut ein. »Hau wech, die 'fütze!«, flüsterte er.

»Wechifütze!«, lachte Manfred und leerte das Glas.

Hasel klopfte Manfred immer wieder aufmunternd auf die Schulter, nahm nach der vierten Runde das nach Schnaps stinkende Glas wieder an sich und brachte es in Sicherheit. Zwanzig Minuten später sah er dann, wie sich Manfred plötzlich in Zeitlupe erhob und schwankend am Tisch festhielt. Er sieht jetzt noch behinderter aus als sonst, dachte Hasel noch, als Manfred das Gleichgewicht verlor, den gesamten Tisch umwarf und quer durch den Raum »Rosi doof!« brüllte.

Schlagartig war alles still. Die Frauen hatten vor Entsetzen die Hände vor die Münder geschlagen, die Männer irritiert die Stirn gerunzelt. Otto Brucker erwachte als Erster aus seiner Erstarrung, schob alle beiseite und bewegte sich gefährlich langsam auf Manfred zu. Der lächelte ihn an und schob seine Hornbrille die Nase hoch. Martin Müller sprang wie von der Tarantel gestochen auf, stellte sich zwischen Brucker und Manfred und redete beschwichtigend auf ihn ein. »Komm, Manfred, wir gehen jetzt.«

»Moment, Kamerad!«, plärrte Brucker und schob Martin beiseite. »Was war das? Rosi doof?«

Manfred nickte und lachte laut auf.

»Näänänä! Rosi dot, hat er 'sagt, nit doof«, hörte Hasel sich rufen.

Der Betreuer und Otto Brucker drehten sich um und sahen ihn mit großen Augen an. Hasel zog den Rotz in der Nase hoch und fing an, die Scherben aufzusammeln.

»Der soll jetzt hier verschwinden«, kommandierte Brucker, »aber augenblicklich!«

Betreuer Martin packte Manfred am Arm und schob ihn, so schnell und so gut es ging, zur Tür hinaus. Draußen angekommen roch er seine Alkoholfahne und verlor endgültig die Fassung. »Was hast du denn jetzt gesoffen, du Hornochse?«

»Wechifütze!«, schrie Manfred und strahlte über das ganze Gesicht.

Mittwoch, 24. September 1975

Die Tage verliefen ruhig. Zu ruhig. Die Weinlese war allerorts in vollem Gange. Der Geruch von Trauben und Most hing wie ein schwerer Sack in der Luft. Überall auf den Straßen bremsten die langsamen Traktoren die Autos aus und zwangen sie in die Knie. Die Kinder hängten sich wie jedes Jahr mit ihren Rollschuhen an die Anhänger mit den Traubenbergen. Das war verboten und schon allein deshalb Pflicht. Für ein paar Meter fühlte man sich, als hätte man plötzlich kleine Motoren in den Füßen. Manche von ihnen mussten an den Wochenenden und in den Herbstferien mit in den Wingert und Trauben schneiden. Dafür bekamen sie Lohn, der allerdings von den Müttern gleich wieder eingesackt und in Kleidung, Schuhe oder Sonstiges investiert wurde. Für Elvira Hasenbach, die bei einigen Winzern herbsten ging, war es früher keine Frage gewesen, dass ihr Kleiner bei der Weinlese mithalf. Atze hatte sich durch ein paar peinliche Aktionen umgehend wieder vom Dienst befreit, Hasel war da die weitaus bessere Partie. Sie stellte ihn im Alter von acht Jahren an ihre Seite und gab ihm die Schere in die Hand. »Auf geht's, und immer so ... guck?«

Hasel hatte es gehasst. Jahr für Jahr bekam er nicht nur von den Trauben Durchfall, sondern auch vom Geschwätz der Erwachsenen um ihn herum. Wenn beispielsweise der Brambacher Edwin bei der Brotzeit wieder zu viel gegen den Durst und zu wenig gegen den Hunger zu sich nahm und mitsamt der vollen Hotte kopfüber in die Bütt plotzte, war das eine Geschichte, die tagelang durch die Zeilen gereicht und wahlweise mit einem hämischen Grinsen oder einem Kopfschütteln quittiert wurde.

Dieses Jahr wäre es für Hasel das erste Mal interessant gewesen, mitten *unter ihnen* zu sein. Aber er sei ja nun in der Lehre und arbeite die ganze Woche, hatte ihm die leicht irritierte Elvira erklärt, als er fragte, bei wem er dieses Jahr helfen solle. Hasel verkniff sich jedes weitere Drängen, denn das wäre ganz sicher aufgefallen. Und auffallen, das wollte er ja weniger als je zuvor. So war er auch nicht dabei, als in den Zeilen der tragische Mord an Rosemarie Brucker besprochen wurde, rauf und runter. Man war sich im Dorf einig, dass es keiner von hier gewesen sein konnte. Eher einer aus dem Nachbardorf oder noch weiter weg. Einer, mit dem halt der Gaul durchgegangen wär oder der wo ein Problem mit Behinderten hätt. Der Sauhund, der dreckige. So was kommt vor, sagten sie. Man könnt ja gar nicht so schlecht denken, wie die Welt wär. Aber dass sich die Brucker Rosi in dem Wald rumtreibt, da wär es ja kein Wunder, dass da mal was passiert. Dann ist sie auch noch schwanger gewesen, wie man hört.

Dazu fiel allerdings nur den wenigstens etwas ein. Es überschritt die Grenzen des Vorstellbaren. Allerhand, irgendwie. Es wär ja dieses Jahr massiv Samenflug gewesen, meinte der Brambacher Edwin noch und sah erwartungsvoll in die Runde. Da das Gelächter recht überschaubar ausfiel, überlegte er kurz, ob er die Doppeldeutigkeit seines Spruches weiter ausführen sollte, entschied sich dann aber doch anders. Und so vertrocknete auch dieses Thema wie eine Regenpfütze bei vierzig Grad in der Sonne. Obwohl der Mörder von Rosi nicht gefasst war, schien es, als wären alle wieder zur Tagesordnung übergegangen.

Auch wenn Hasel nicht in den Weinbergen stand, war er fast besser informiert als die alte Funzel. Und das wollte etwas heißen. Die Bäckerei war ein Epizentrum der Spekulationen. Neuerdings hatte er angeboten, auch im Verkauf zu helfen. Das wurde von Gertrude Becker zwar erst kritisch beäugt, als sie aber sah, dass Hasel sogar das Wechselgeld richtig herausgab, war sie nur noch halb so misstrauisch.

Hinter der Theke war es am schönsten. Hasel ging Gertrude zur Hand, fegte mit Inbrunst Krümel beiseite und lauschte den Gesprächen zwischen ihr und den Kunden.

»Ein Zweipfünder Mischbrot.«

»Hajo.«

»Und? Weiß man jetzt was?«

»Also, nicht dass ich wüsst.«

»Man weiß halt nix irgendwie, gell?«

»Es muss halt immer erst was passier'n.«

»Ja, dann passiert was. Aber dann isch's halt zu spät.«

»So isch's. Eins achtzig. Bitt schön. Dank schön.«

Es war Mittwoch kurz vor zwölf, als plötzlich Alwine Brucker in der Bäckerei stand und augenblicklich alle verstummten. Hasel stockte der Atem. Er wollte sich gerade aus dem Staub machen, als Gertrude Becker ihn an die Theke schob.

»Frag mal die Frau Brucker, was sie gern hätt«, sagte sie zu ihm, als wäre er drei Jahre alt und sollte beim Kaffeekränzchen der Tante ein Stück Kuchen auf den Teller geben.

Alwine ersparte es ihm und sagte: »Ein Dreipfünder Roggenbrot bitte.« Dabei lächelte sie ihn an.

Hasel schluckte und suchte nach dem Brot. Es war ihm, als hätte ihn noch nie in seinem Leben jemand so freundlich und nett angeschaut. Ihm klopfte das Herz, als er das Brot in Papier einwickelte und es ihr über die Theke reichte. Alwine legte ein silbernes Fünf-Mark-Stück in die Schale, aber die Becker Gertrude winkte nur ab. »Des stimmt schon so, Frau Brucker«, sagte sie und wollte ihr die fünf Mark zurückgeben. Alwine schaute sie verdutzt an. Sie schüttelte den Kopf und packte das Brot ein. »Dann geben Sie es dem jungen Mann da.« Sie nickte den beiden anderen Damen im Laden freundlich zu und öffnete die Tür nach draußen.

»Schönen Tag noch, Frau Brucker!«, rief die Becker Gertrude ihr hinterher und war froh, dass das im Gescheppper der Türklingel unterging. Denn, da waren sich im Laden alle einig, einen schönen Tag würde die Brucker Alwine so schnell nicht mehr haben.

Am späten Abend lag Hasel in seinem Bett und drehte nachdenklich das Fünf-Mark-Stück zwischen den Fingern. Irgendwie war ihm elend zumute. Er dachte an Alwine Brucker, die Mutter von der toten Rosi. Wie sie ihn angelächelt und ihm fünf Mark geschenkt hatte, einfach so. Und wie die Becker Gertrude die Münze erst in ihre Kasse fallen ließ, sie dann aber wieder herausfischte, als sie merkte, dass er neben ihr stand. Wie sie ihm das Geld in die Hand gab und wieder wie zu einem Dreijährigen meinte: »Und? Wie sagt man?«

»Widdersehn«, hatte er ihr geantwortet, denn es war zwölf vorbei, und er hatte Feierabend.

Hasel wälzte sich im Bett herum, was Kater Wutz überhaupt nicht passte. Denn auch er musste heute ständig seine Position neu ausrichten. Das schlechte Gewissen lag mit im Bett und brauchte viel Platz. Hasel musste es schleunigst wieder loswerden. Das war allerdings nicht so einfach, mit dem Fünf-Mark-Stück von Alwine Brucker in der Hand.

Am nächsten Tag stand er am Zebrastreifen an der Hauptstraße. Er wollte gerade einen Fuß auf die Straße setzen, da kam der Brucker Otto mit seinem Kombi angebraust und fuhr hupend an ihm vorbei. Hasel, der sich fürchterlich erschrocken hatte, sah ihm zornig hinterher. Und da sortierte sich plötzlich wieder alles in ihm. Der Brucker war ein Vollidiot, und er, Hasel, hatte die Rosi nicht auf dem Gewissen. Im Gegenteil. Er hatte dem Brucker sogar gesagt, wo sie liegt. Und dass man sich für Informationen von einer solchen Tragweite bezahlen lässt, war mehr recht als schlecht. Und zwar von ihm und nicht von seiner freundlichen Frau. Ihr hätte er es vielleicht auch für umme gesagt.

∗∗∗

Sogar im Hause Hasenbach flaute das Thema Rosi Brucker merklich ab. In der Zeitung stand ja auch nichts Neues. Hasel bedauerte zutiefst, dass sich die Polizei nicht eingehender mit seinem Bruder befasst hatte. Er hätte ihnen gerne gesagt, dass Atze an dem Donnerstag am helllichten Tage sturzbesoffen gewesen war und dass man ihm in diesem Zustand alles, wirklich alles zutrauen konnte. Vor allem auch, weil er sich an nichts erinnern konnte. Seit seinem Zivildienst war er Weltmeister im Nachahmen all jener, die, seiner Meinung nach, einen kompletten Dachschaden hatten. Im wahrsten Sinne des Wortes, wie er immer hinzufügte. Kaum dass er auf seine Combo traf, ließ er keine Gelegenheit aus, eine Show abzuziehen. Er wusste instinktiv, dass sein Job als Zivi nichts war, mit dem man angeben konnte. Deshalb drehte er den Spieß einfach um und erklärte sich zum König der Affenmenschen, wie er sie nannte. In naher Zukunft, so verkündete er gerne, werde er die Leitung von Aktion Sorgenkind übernehmen und dafür sorgen, dass er selbst das große Los zieht und man ihm die Million Schmerzensgeld direkt überweist.

Die Befragung der Kommissare damals hatte ihn ins Schwitzen gebracht. Für einen Moment hatte er gedacht, sie würden ihn gleich einkassieren und so lange einbuchten, bis ihm einfiel, was mit der Rosi am Tag X passiert war. Am selben Abend jedoch, in der Kneipe und im Kreise seiner Kumpels, hatte er auch dieses Drehbuch neu geschrieben. »Fragt mich der Bulle, ob ich die Rosi an dem Donnerstag heimgebracht hab. Da guck ich den an, wie wenn er nicht ganz sauber wär, und sag zu ihm: ›Heimgebracht? Ich hab sie an der Tür abgesetzt und direkt bei ihrem Alten um ihre Hand angehalten. So kümmer ich mich um die, Herr Kommissar‹, hab ich gesagt. Wie der geguckt hat. Mäh-äh-äh!«

Freitag, 26. September 1975

Es war Freitagnachmittag, fünf Uhr, und von Herta Diehlmann, genannt Hupen-Herta, fehlte jede Spur. Wilma, ihre Mutter, hatte sie gegen drei Uhr zum Bäcker Becker geschickt, um Brot zu holen. Sie selbst war jedoch derart mit Putzen beschäftigt gewesen, dass es ihr gar nicht aufgefallen war, dass die Herta längst hätte wieder da sein müssen. Nach einem intensiven Austausch mit der Weingärtner Hiltrud über die Beerdigung von der Rosi und die schrecklichen Vorkommnisse der letzten Zeit hatte sie erst spät realisiert, dass ja auch Herta schon seit zwei Stunden verschwunden war. Sie war in die Küche gelaufen und hatte in den Brotkasten geschaut, da war aber kein Brot. In ihrem Zimmer war Herta auch nicht, und an der Garderobe hing kein Mantel. Auch sonst deutete nichts darauf hin, dass sie zwischenzeitlich wieder zurückgekommen war.

Wilma wischte sich schnell die Hände ab, schnappte sich den Mantel und lief los, zur Bäckerei Becker. Sie war schon mächtig geladen, in letzter Zeit konnte man sich immer weniger auf die Herta verlassen. Sie streunte zunehmend in der Gegend herum. Etwas, was sie früher nie gemacht hatte. Geschimpft hatte sie mit ihr, jedes Mal ein bisschen lauter. Dass sie sie einsperren würde, wenn sie sich weiterhin so rumtreibe, und dass sie der Teufel holen wird. Vor allem jetzt, wo er sich schon die Rosi geschnappt habe. Herta hatte nur lauthals gelacht und kurz gehupt. Es war schwer, mit ihr vernünftig zu reden.

Herta war achtundzwanzig Jahre alt, hatte kurzes braunes Haar und war von sehr plumper Statur. Es war ein Schock gewesen für Wilma und ihren Mann Hans, als sie die traurige Wahrheit erfuhren: dass ihre Tochter geistig behindert auf die Welt gekommen war. Vor lauter Zorn war Hans Diehlmann damals ins Wirtshaus gegangen und hatte sich, ganz gegen seine Gewohnheiten, so zulaufen lassen, dass ihn der Wirt einfach auf dem Stuhl sitzen ließ, bis am nächsten Morgen die Putzfrau kam. Und Wilma war seinerzeit in die Kirche gelaufen und hatte, wie bei einem überdimensionalen Geburtstagskuchen, sämtliche Opferkerzen ausgeblasen und sich gewünscht, morgen früh in einem anderen Leben aufzuwachen. Es hatte nichts geholfen, Herta wuchs heran.

Im Alter von acht Jahren hatte man sie versehentlich im Keller eingeschlossen und erst Stunden später dort entdeckt. Daraufhin entwickelte sie Angst davor, man könnte sie übersehen, und fing an, sich immer und überall bemerkbar zu machen. Statt zu schreien, schmetterte sie Sachen auf den Boden, die besonders viel Krach machten. Sobald fremde Menschen im Haus waren, schmiss sie die Zimmertüren mit solcher Wucht ins Schloss, dass, wer auch immer auf der Küchenbank saß, einen Satz machte und verstört zu Wilma schaute. Die ging aber in der Regel gar nicht darauf ein. Anstatt dass es besser wurde, nahm die Sache schon bald zwanghafte Züge an. Weder konnte man es Herta abgewöhnen, noch gewöhnte man sich selber daran. Irgendwie erschrak man immer, wenn sie in der Nähe war. Eines Tages entdeckte dann Herta eine Kinderhupe, die einen empfindlich lauten Ton abgab und die sie seit diesem Tag immer mit sich führte. Fortan gab sie, wann immer sie es für angebracht hielt, ein kurzes Signal. Im Winter hatte sie zur Sicherheit noch eine Taschenlampe dabei. Derart ausstaffiert verschaffte sich Herta überall Vortritt. Wenn sie einen Laden betrat, lief sie immer sofort nach vorne an die Theke. Hinten anstehen kam für sie nicht in Frage, man hätte sie ja nicht gesehen. Auch wollte sie morgens als Erste vom Bus abgeholt und nachmittags wieder abgesetzt werden, was dazu führte, dass Atze Hasenbach einen Umweg machen musste. Aber die Hupen-Herta war für ihn das reinste Sprengkommando, wie er sagte, mit ihr wollte er sich nicht anlegen, weil sie genug Potenzial besaß, ihm das Trommelfell zu zerfetzen. Im Bus saß sie immer direkt hinter ihm. Manfred hatte nur einmal versucht,

ihr diesen Platz streitig zu machen. Erst hatte sie ihm eine ge-
pfeffert und ihm dann noch ins Ohr gehupt. Manfred hatte das
sofort verstanden. Alle anderen im Bus auch.

Als Wilma keuchend beim Bäcker ankam, versicherte man ihr,
dass die Herta nicht da gewesen sei. Und dass man sich bestimmt
nicht irre, denn man hätte sie ja kaum übersehen, geschweige
denn überhören können. Wilma verließ den Laden, lief ein paar
Schritte in die eine Richtung und dann wieder in die andere.
So richtig wusste sie gar nicht, wohin sie jetzt gehen sollte, die
Herta konnte ja praktisch überall sein.

»Suchen S' was?«, kreischte die Limburger Hedwig, die an
ihrem Hoftor stand und nur darauf wartete, dass endlich etwas
passierte. »Die Herta«, stammelte Wilma und zuckte verzweifelt
mit den Schultern.

»Ah die«, erwiderte Hedwig und verzog abweisend das Gesicht, »die hab ich nicht gesehen.«

Wilma lief weiter nach hinten zu den Wiesen, runter zum
Bach. So richtig traute sie sich nicht, zu rufen. Sie wollte nicht
auffallen, es war ihr höchst unangenehm. Wieder einmal fühlte
sie sich einsam und verlassen, wie so oft in den letzten fünfzehn
Jahren. Damals. Es war im Frühjahr 1958 gewesen, als Hans,
ihr Mann, beim Abendbrot fehlte. Er hatte seine Drohung wahr
gemacht, heimlich seine Tasche gepackt und war über Nacht
verschwunden. Eine Vermisstenmeldung war nicht vonnöten,
sie wusste ja, wo er war. Und die Senta im zwanzig Kilometer
entfernten Heinfeld wusste es auch. Monatelang war das schon
gegangen, und irgendwann, da hatte sie es dann auch gemerkt.
Hans wollte es nicht zugeben. Er hatte es aber auch nicht ab-
gestritten, weil, dann hätte er es ja praktisch zugegeben.

Als ihm das Gezetere zu dumm geworden war, hatte er damit
gedroht, seinen Koffer zu packen. Bei der Vorstellung hatte
Wilma nur lauthals gelacht, und Herta hatte sogar dreimal auf
die Hupe gedrückt. Wenn ihre Mutter mal lachte, dann war
es das allemal wert. Als Hans dann weg war, konnte Wilma es

schier nicht glauben. Ein paar Tage fiel es nicht auf, aber als der Erste zu fragen begann, da hatte sie was von »auf Montage« gemurmelt und schnell das Thema gewechselt. Nach weiteren vier Tagen herrschte Klarheit im Dorf, dafür hatte Margarete Funzinger gesorgt. Unter dem Siegel der Verschwiegenheit hatte sie es dem Greiner Siegfried, dem Bruder von Wilma, bei einer Dampfinhalation aus der Nase gezogen und dem Ansbacher Alfred, genannt Alfi, erzählt. Nicht ohne ihn zu bitten, es, rein aus Anstand, lieber nicht weiterzusagen. Es sei ja schon schwer genug für die Wilma, wegen der Hupen-Herta und überhaupt. Der Alfi hatte andächtig genickt und es am selben Abend an der Theke vom Hellmann-Wirt zum Besten gegeben. Dabei hatte er sehr leise gesprochen, weil es ja quasi ein Geheimnis war, dann jedoch jeden Satz noch einmal laut wiederholt, weil er befürchtete, dass sonst der ganze Sachverhalt nicht richtig verstanden würde. Auf diese Weise wusste es binnen Stunden das ganze Dorf. Dass der Diehlmann Hans seinen Koffer gepackt hatte und zu seiner Hure nach Heinfeld gezogen war. »Der ist auf Montage«, hieß es seitdem immer, wenn bei irgendwem etwas beziehungstechnisch aus dem Ruder lief.

Nachdem Herta auch nach einer weiteren Stunde nicht nach Hause gekommen war und Wilma nicht mehr wusste, was sie machen sollte, da hatte sie im Telefonbuch die Nummer gesucht und auch gefunden. Mit zittrigen Fingern hatte sie die Wählscheibe traktiert und zweimal gleich wieder aufgelegt. Beim dritten Mal hatte jemand so schnell abgehoben, dass sie völlig aus dem Konzept war. Tatsächlich war am anderen Ende Hans Diehlmann, mit dem sie noch immer verheiratet war, wie ihr in genau diesem Moment auffiel. Viel sagte er nicht, als er hörte, wer dran war und dass die Herta, seine Tochter, verschwunden war. Nur, dass sie schon wieder auftauchen werde. Da würde er sich, mit Blick auf das bevorstehende Wochenende, jetzt nicht verrückt machen wollen. Wilma hatte aufgelegt und sich gehasst für diesen Anruf. Gegen sieben alarmierte sie dann aufgeregt ihren Bruder Siegfried. Jetzt saßen sie in der Küche und kofferten sich an. Die eine, weil sie vor Angst um Herta schier umkam, der andere, weil er hysterische Weiber nicht ausstehen konnte und auch nicht wusste, was sie jetzt machen sollten. Beiden schien es irgendwie noch nicht der richtige Zeitpunkt zu sein, die große Glocke zu schwingen und die Polizei zu informieren. Es war ja auch alles irgendwie peinlich. Sie wussten ja, dass man sich im Dorf auch gerne über die Hupen-Herta lustig machte, und jetzt war sie auch noch verschwunden. Gegen acht wollte Wilma dann doch die Polizei anrufen, Siegfried mahnte jedoch zur Geduld und wollte noch mal los. Weit könne sie ja nicht sein.

»Die Brucker Rosi war auch nicht weit!«, rief Wilma aufgebracht, da hörten sie, wie in der Toilette die Fensterscheibe zersprang.

***

An jenem Freitagabend begann, wie jedes Jahr um diese Zeit, die Allweilerer Kerwe. Somit verlagerte sich das komplette dörfliche Geschehen vom Wohnzimmer ins Festzelt, wo es bereits seit den frühen Abendstunden rundging. Da roch es nach gebrannten Mandeln, nach Schießpulver und nach heißem Gummi vom Autoscooter-Stand. Die Kapelle vom Festzelt und das laute Kreischen konnte man bis über die Felder hören. Hasel hingegen hörte nur seinen Herzschlag. So laut wie schon lange nicht mehr.

Siegfried und Wilma hatten keine Sekunde gezögert. Zum Glück hatten sie so viel Bargeld greifbar. Die Polizei konnte man ja hinterher, wenn die Herta wieder da war, immer noch einschalten. Oder auch nicht. Jetzt ging es um die Sache. Sie hatten in der Küche gesessen und unaufhörlich auf die Uhr geschaut. Zehn, hatte es geheißen. Obwohl mit der Zeit bei beiden der Gedanke aufkam, dass es hier nicht mit rechten Dingen zugehen konnte, sagte dennoch keiner von ihnen ein Wort. Sie konnten die Situation schlichtweg nicht einschätzen, und da war ja die Sache mit der Rosi, die es bekanntlich nicht überlebt hatte. Und sie hatten ja wenigstens Bescheid bekommen. Dreihundert Mark, drauf geschissen.

* * *

Um etwa die gleiche Zeit wurde an Ort und Stelle das Zölibat endgültig in seine Schranken verwiesen. Pfarrer Richard Wiesel hatte sich gewehrt, Tag und Nacht. Er hatte die Sturmtruppe aller Erzheiligen gerufen und im Kampf gegen die weibliche Instanz in Stellung gebracht. Er hatte kalt geduscht und heiß gebadet. Er hatte sich Brennnesseln auf den Rücken geschlagen, sich bis aufs Äußerste gepeinigt. Und er hatte gebetet, rund um die Uhr. *Maria Mutter Gottes. Gebenedeit ist die Frucht deines Leibes.*

Zuerst war sie zu ihm in den Beichtstuhl gestiegen und hatte ihm, im Rahmen des sechsten Gebotes, verklickert, dass sie unkeusche Gedanken hege. Er wiederum hatte ihr die Absolution erteilt und ihr versichert, dass das an sich noch keine Sünde wär, man aber jederzeit eine draus machen könnte. Freitagabend, auf der Allweilerer Kerwe, war dann alles zu spät. Magdalena hatte ihm im Festzelt aus der Ferne zugeblinzelt und ihm vielsagende Blicke zugeworfen, bevor sie nach draußen verschwand. Und er hatte sich mit fadenscheinigen Gründen aus dem Gespräch mit dem Bürgermeister verabschiedet und war ihr im Dunkeln, wie an einem unsichtbaren roten Faden entlang, in gebührendem Abstand gefolgt. Einem Abstand, der sich immer mehr verringerte, je länger der Weg war. Bis er in einem Heuschober endete, der dem Bauer Schreideck gehörte, welchem er vorhin an der Losbude die Hand geschüttelt hatte. Dieser sang zu diesem Zeitpunkt, stark angetrunken, mit seiner kompletten Sippschaft im Festzelt ein Ständchen, nicht ahnend, was in seiner Scheune vor sich ging. Der Pfarrer und die heilige Magdalena fielen so derart übereinander her, dass sie in diesem Leben aus dem Beichtstuhl nicht mehr herausgekommen wären. Und wenn es nicht stockfinstere Nacht gewesen wäre, dann hätte sich später im Dorf schon der ein oder andere gefragt, ob der Herr Pfarrer, den man soeben hatte heimlaufen sehen, irgendwie die Masern hatte. So rot, wie der im Gesicht gewesen war.

**

Hasel kam nicht mehr runter. Er lag auf seinem Bett und zählte zum zehnten Mal im fahlen Licht seiner Nachttischlampe die dreihundert Mark in kleinen Scheinen, die der Greiner Siegfried vorhin, pünktlich um zehn Uhr, hinter das Wegkreuz an den Gerstenäckern geworfen hatte. Der Zufall wollte es, dass Hasel am Nachmittag, just in dem Moment, als Wilma Diehlmann beim Becker Bäcker aufschlug und sichtlich aufgebracht nach Herta fragte, auch im Laden war, weil er einen Nusszopf holen sollte. Seit ihr Sohn in der Bäckerei arbeitete, hatte Elvira ihre eigenen Backambitionen stark reduziert. Nicht dass Hasel nun zu Hause gebacken hätte, aber sie bekam die Sachen jetzt zum Sonderpreis oder auch umsonst, wenn sie vom Vortag waren. Hasel hatte gleich die Fährte aufgenommen und war Wilma in großem Abstand und mit der gebotenen Vorsicht überallhin gefolgt, so lange, bis er sicher sein konnte, dass die Hupen-Herta tatsächlich wie vom Erdboden verschluckt war.

Er hatte nicht wirklich damit gerechnet, dass das Geld tatsächlich so einfach kommen würde. Nach allem, was passiert war, musste er erwarten, dass diesmal die Polizei eingeschaltet wurde. Er hatte als Abgabezeitpunkt zehn Uhr geschrieben, aber nicht, ob damit heute Nacht gemeint war oder morgen früh. Für den Fall, dass im Hause Diehlmann auf die Schnelle nicht genug Geld da war, hätte es auch am Morgen noch einmal die Chance gegeben. Je nach Interpretation. Um sicherzugehen, dass wirklich niemand sonst am Übergabeort war, hatte er das Haus überwacht und war erst dann zum Wegkreuz gefahren, als er sah, dass der Greiner Siegfried sich tatsächlich in der Dunkelheit auf den Weg gemacht hatte. Eine weitere Stunde hatte er sich in der Nähe aufgehalten, erst dann war er zum Kreuz geschlichen, hatte den Umschlag eingesackt und sich davongemacht.

An der Tür hörte Hasel Kater Wutz kratzen. Gestört in seinem Glückstaumel und wissend, dass das Tier nicht nachlassen würde, bis man ihm Einlass gewährte, drückte er die Klinke herunter. Kater Wutz lief hocherhobenen Hauptes an ihm vorbei. Er hatte einen toten Vogel im Maul, den er direkt unter den Käfig von Dr. Stephan Frank legte, damit dieser verstand, wohin die Reise ging. Hasel verzog angewidert das Gesicht, ließ die Trophäe jedoch liegen, wo sie war, und setzte sich wieder zu seinem Geld auf das Bett. Im Vergleich zur Rosi, überlegte er, hatte er nun das Problem, dass er gar nicht wusste, wo sich die Hupen-Herta derzeit aufhielt. Aber im Prinzip war das ja auch egal, denn er hatte ja nicht geschrieben, dass er es für dreihundert Mark erzählen würde. Er hatte nur geschrieben, dass sie weg sei. Und früher oder später würde die Polizei sie schon finden. Tot oder lebendig. Er machte sich die Finger nicht schmutzig, das machte ja irgendjemand anderes.

Als Siegfried von seiner Mission zurückgekehrt war, saß Wilma am Tisch und wimmerte vor sich hin. Es sollten lange Stunden werden, bis der Tag anbrach und sie einsehen mussten, dass Herta nicht so einfach zurückkehren würde.

Samstag, 27. September 1975

Es war Samstagmorgen, acht Uhr. Obwohl das Geld übergeben worden war, waren weder Herta noch eine Information über ihren derzeitigen Aufenthaltsort eingetroffen. Und so hatten die verzweifelte Wilma und ihr mittlerweile leicht aggressiver Bruder dann doch die Polizei verständigt. Aus gegebenem Anlass wurden auch Kommissar Rudolf Melchinger und Udo Wachtel informiert. Schließlich war der Mord an Rosi Brucker bald drei Wochen her und nicht im Ansatz geklärt. Jetzt fehlte bereits die Nächste.

Als sie am Hoftor schellten, öffnete ihnen Siegfried Greiner und führte sie in die Küche, wo Wilma Diehlmann vollkommen aufgelöst und mit rot verweinten Augen hockte. Auf die Frage, seit wann die Herta verschwunden sei, machte Wilma unzusammenhängende Angaben. ... *nach ihr gesucht zwar, aber nicht ungewöhnlich, kommt irgendwann heim, hat gedacht, sie sei auf der Kerwe,* log sie. *Sie selbst wär auf dem Sofa eingeschlafen. Morgens um fünf aufgewacht, Herta nicht da ... Panik ... ihren Bruder angerufen und ...*

Bevor sich Melchinger und Wachtel wundern konnten, hielt ihnen Siegfried das Entführerschreiben unter die Nase und gab seinerseits bruchstückhafte Informationen von sich. *Die Herta ... schon manchmal rumgestreunt ... stundenlang, man wüsst ja nie und überhaupt ... aber nie über Nacht ... Er dann gleich zur Wilma heute in der Früh, und dann das hier ...*

Wachtel nahm den Brief mit spitzen Fingern entgegen und steckte ihn in einen Klarsichtbeutel. Er und Melchinger betrachteten sich die geklebten Buchstaben und Zahlen.

H. weg
300,- DM

Darunter war eine Uhr gezeichnet, deren Ziffern auf zehn standen. Es folgte eine Skizze, wo das Geld deponiert werden sollte, nämlich am Wegkreuz an den Gerstenäckern. Daneben war ein Polizeiauto gezeichnet und durchgestrichen. Der Pfeil auf ein am Galgen hängendes Männchen beschrieb die Konsequenzen bei Zuwiderhandlung.

»Wann genau haben Sie das gefunden?«

»Gerade jetzt erst vorhin, Herr Kommissar«, log Siegfried. »Es hat im Klo gelegen, da ist die Wilma erst vorhin rein. Deshalb haben wir ja gleich die Polizei informiert.«

»Das heißt, Sie haben in der Sache sonst nichts unternommen, richtig?«

»Niemals. Sie sehen ja, der Zeitpunkt ist ja auch abgelaufen, das war ja gestern um zehn gewest.«

»Aha. Wo steht das?«

Mit Entsetzen erkannte Siegfried, dass da nur die Uhrzeit stand, nicht der Tag.

»Das … weil … der Stein hat ja wahrscheints schon sehr lang da in der Speiskammer gelegen. Die Herta fehlt ja seit gestern. Aber so genau weiß man's nicht, da haben Sie recht. Das kann genauso gut … kann das auch heute um zehn sein. Das kann nachher um zehn sein oder sogar heute Nacht. Das weiß ja jetzt niemand.«

»Gut. Sie machen nichts und bewegen sich nicht vom Fleck. Die Herta wird jetzt großflächig gesucht. Was hat sie denn angehabt?«, wollte Wachtel wissen und schaute Wilma Diehlmann an.

»Das ist doch jetzt scheißegal!«, ging Siegfried dazwischen. »Die erkennt man doch nicht an den Klamotten, was die anhat. Die wird mit ihrer bekloppten Hupe und den roten Clogs an den Füßen rumrennen wie immer, wird die!«

Wilma heulte auf.

»Was für eine Hupe?«, fragte Rudolf Melchinger, und Wilma klärte die Kommissare schluchzend auf.

»… und sie hat immer ihre roten Clogs an, sommers wie

winters, weil die halt auch Krach machen. So rote Clogs, mit so Löchern drin und Holzsohlen, die wo …«

»Ja, die kennen wir. Da ist sie nicht die Einzige, die mit denen rumläuft«, sagte Udo Wachtel und dachte an Frau Hilbinger, die Schreibkraft im Büro. Sie trieb ihn jedes Mal zur Weißglut, wenn sie mit ihren Holzschuhen über die Flure klapperte, damit jeder nicht nur sehen, sondern auch hören konnte, wie beschäftigt sie war. Zu Ingrid hatte er unlängst gesagt, dass er der Hilbinger eines Tages mit ihren saudummen Clogs das Hirn einschlägt, wenn er mal Zeit hat und sonst keiner da ist.

Ingrid Huber hatte nur gelacht und gemeint, dass sich das in jedem Fall nach einem perfekten Mord anhören würde.

»Haben Sie eine Idee, wo die Herta stecken könnte? Irgendwelche Lieblingsplätze? Bekannte? Verwandte?«, fragte Melchinger.

Wilma schüttelte den Kopf. Lieblingsplätze? Was für Lieblingsplätze denn, dachte sie.

Die Nachricht, dass die Hupen-Herta verschwunden war, ging rum wie ein Lauffeuer. So kurz nach dem grausamen Mord an Rosemarie Brucker war es mit einem »Die taucht schon wieder auf, wenn sie Hunger hat« oder »Die wird schon hupen, wenn sie abgeholt werden will« nicht getan. Unbehagen machte sich breit, und gerade passte es auch nicht so richtig, jetzt, wo doch Kerwe war und man mal die Sau rauslassen konnte.

Sofort tat sich der Suchtrupp zusammen, der schon Rosi Brucker erfolgreich, wenn auch tot, aufgespürt hatte, und marschierte los.

Otto Brucker war nicht dabei. Er saß auf dem Hackklotz bei seinen Schweinen und dachte nach. Es konnte ja nur von Vorteil sein, wenn jetzt noch eine fehlte. Dann kam endlich Druck auf den Kessel. Seiner Ansicht nach hatte die Polizei die Akte Rosi ja längst geschlossen. Eine Depperte weniger, was macht das schon. Brucker schnaubte. Aber jetzt lagen die Dinge anders. Augenscheinlich hatte hier einer »eine Mission«.

Sobald er gefunden war, könnte man ihn ihm übergeben, und er selbst würde dann dafür sorgen, dass er es sich nicht auf Kosten der Steuerzahler im Knast gemütlich machte, sondern in einer Holzkiste auf dem Friedhof. Kurzer Prozess.

***

Ludwig Dippel, genannt Dippe Lui, zeigte sich bass erstaunt, als die Kriminalkommissare Melchinger und Wachtel gegen fünf am Nachmittag bei ihm auf dem Schrotthof standen und um ein Gespräch baten. Er schaute die Beamten betont harmlos an. Wachtel und Melchinger klärten ihn darüber auf, dass Herta Diehlmann verschwunden war, welche sich, laut Angaben aus dem Dorf, auch hier öfters herumgetrieben haben sollte.

»Sie kennen Herta Diehlmann?«

»Ich?«

Wachtel verdrehte die Augen. Er beschloss, das Gespräch Melchinger zu überlassen und sich derweil etwas umzuschauen.

»Man erzählt sich im Dorf, dass sie ganz gerne bei Ihnen auf dem Hof gestanden hat, die Herta. Haben Sie das nicht gemerkt?«

»Wer?«

»Die Diehlmann Herta!«, schrie Wachtel von hinten ungehalten. Ludwig zuckte zusammen.

Melchinger ließ seine Blicke über die Schrotthaufen gleiten.

»Ich kenn die nit«, murmelte Ludwig in seinen Bart und steckte seine Hände tief in die Hosentaschen.

Ob er etwas dagegen hätte, wenn sie sich hier ein bisschen umschauten?, fragte ihn Melchinger und wartete die Antwort gar nicht erst ab. Es war allerdings nicht ganz einfach, in den Bergen von altem Metall etwas zu finden, was auf die verschwundene Herta hätte hindeuten können. Sie konnte durchaus und in allen Ehren unter einem großen Haufen Schrott liegen. Ohne einen Spürhund würde man hier nicht weit kommen, Melchinger forderte einen an. »Und zwar bei Fuß!«, sagte er noch, um die Dringlichkeit klarzumachen. Es würde allerdings eine Weile dauern, bis er eintreffen würde.

Wachtel organisierte einen Pullover von Herta Diehlmann, dann warteten sie vor dem Eingang zum Gelände auf den Hund. Ludwig Dippel hatte sich derweil in seinem Wärterhäuschen neben dem Hofeingang in Sicherheit gebracht. Eine Dreiviertelstunde später kam der Polizeibeamte Lutz nebst Hasso, seinem Spürhund, auf den Hof gefahren. Er machte ihn mit einem Pullover von Herta vertraut, der ebenfalls zwischenzeitlich eingetroffen war. Hasso schnüffelte los, und es dauerte nicht lange, bis er einen Bellanfall bekam. Alle sahen ihn für einen Moment erstaunt an. Es war ein seltsam anmutendes Bild, wie dieser Schäferhund an der übergroßen Figur aus alten Blechteilen, die außerhalb des Geländes stand und die Ludwig Dippel seinerzeit in einem Anfall künstlerischen Wahns zusammengeschweißt hatte, hochsprang und sich aufführte, als hätte er nach drei Wochen Hundepension aus Versehen sein Herrchen wiedergetroffen.

Melchinger und Wachtel schauten an der Blechfigur hoch. Sie hatte eine Patina aus Rost und Grünspan angesetzt. Das einzig Neue an ihr war eine rote Hupe, die sie in ihrer Blechkralle hielt. Von hinten kam Siegfried Greiner angerannt, denn auch er hatte sie entdeckt. Es war Hertas Hupe.

Dass der Dippe Lui von der Polizei abgeführt worden war, machte relativ schnell die Runde und kam nach knapp einer halben Stunde auch bei Otto Brucker an. Der holte seinen Klappspaten aus dem Kelterraum und stellte ihn demonstrativ an die Hauswand, sodass ihn jeder sehen konnte. Weil, so informierte er die umliegende Nachbarschaft, wenn der Dippe Lui aufgrund von fadenscheinigen Erklärungen wider Erwarten doch wieder freikäme, er ihn eigenhändig erledigen würde. Kurzer Prozess, sagte er und strich sich an der Kehle entlang.

Die Lage war in der Tat verfahren. Auf der Hupe waren Fingerabdrücke drauf. Die von Herta, die von Ludwig Dippel und einige andere. Nun saß er im Verhörraum, glotzte vor sich hin und schwieg. Im Dorf wurden derweil systematisch Informationen über ihn zusammengetragen. Allerdings war es nicht wirklich viel, was man über ihn wusste. Das bot umso mehr Raum für Spekulationen. Ein verschrobener Bursche wäre er ja schon immer gewesen, mit jeder Menge Leichen im Keller, wahrscheints. Eigentlich wusste man überhaupt nicht, wo er seinerzeit hergekommen war, vor zwanzig Jahren. Er redete ja so gut wie nichts. In regelmäßigen Abständen fuhr er die Dörfer ab und sammelte Schrott und Metall ein. Dafür wurde er im Grunde genommen geschätzt, denn was für ihn ein Mittel zum Geldverdienen war, war für die anderen einfach nur Abfall. Sobald seine Glocke ertönte, liefen ihm die Kinder auf der Straße hinterher und schrien: »Lumpe, Alteise, de Dippe Lui muss scheiße!« Auch daran hatte sich Ludwig Dippel längst gewöhnt. Es interessierte ihn einfach nicht.

Selbst Margarete Funzinger wusste nicht viel über ihn zu erzählen. Das fiel ihr aber erst auf, als er schon einsaß und für das Verschwinden von Hupen-Herta verantwortlich sein sollte. Es ärgerte sie ein bisschen, dass ihr nun gerade zu dieser Person keine brauchbaren Informationen vorlagen.

Eine intensive Durchsuchung des Geländes und seiner Wohnung hatte keine weiteren Spuren von Herta, geschweige denn Rosi zutage gebracht. In seinem Wächterhäuschen allerdings fand man stapelweise Sexheftchen, die sehr in Mitleidenschaft gezogen waren. Die Wände hatte er mit allerlei eindeutigen Postern plakatiert. Das war zwar in jeder anständigen Autowerkstatt nicht anders, jedoch hatte jemand den nackten Frauen mit Kugelschreiber schielende Augen gemalt, teilweise Brillen und Zahnlücken. Sie sahen alle ein wenig behindert aus. Dass es sich hier um das Werk eines kleinen Dreckskrampen handelte, des Sohnes von seinem Freund Henry, den sie mal für eine Stunde im Wärterhäuschen eingesperrt hatten, weil sie kurz wegmussten, hielt Melchinger für eine besonders schöne Geschichte. So viel Phantasie, meinte er, hätte er ihm jetzt gar nicht zugetraut. Auch die Hupe, die er vorgab, auf der Straße gefunden zu haben, war eine Sache, über die man unmöglich einfach so hinweggehen konnte. Zumal die Hupen-Herta ja noch nicht wieder aufgetaucht war und das Schlimmste befürchtet werden musste. Sie hätte, wenn man ihrer Mutter glaubte, ihre Hupe niemals freiwillig hergegeben und schon gar nicht irgendwo liegen gelassen.

Das sah auch der Staatsanwalt so und ordnete an, dass Ludwig Dippel einstweilen in Untersuchungshaft verbleiben sollte. Wachtel und Melchinger mühten sich sehr, ihm ein Geständnis oder irgendetwas in der Richtung abzuringen. Er schüttelte bis zuletzt den Kopf, wenn auch immer zaghafter.

Als es dunkel wurde, band sich Alwine Brucker ein Kopftuch über die Haare, schlich sich im Zickzack und auf Umwegen zu Wilma in den Hof und klopfte an die Tür. Sie wollte ihr ein wenig Mut zusprechen, weil sie den Ausgang der Geschichte ja schon ahnte. Sie waren zu Schwestern in der Not geworden. Allein, von Idioten umgeben und mit einem ermordeten behinderten Kind. Wilma hatte erst hinter dem Vorhang gestanden, ihr dann aber mit verheulten Augen die Tür aufgemacht.

***

Nun war es Samstagabend. Bis auf wenige Ausnahmen war das ganze Dorf im Festzelt versammelt. Die Sache mit der Hupen-Herta hatte schon mehrere Runden gedreht, und man wusste jetzt auch nicht mehr so genau, wo hinten und vorne war. Für den Fall, dass es der Dippe Lui doch nicht gewesen war, konnte man ja noch auf die Kirmestreibenden zurückgreifen, das Lumbekoores. Heute hier, morgen da, trallala. Von Herta fehlte noch immer jede Spur. Es hatte sie keiner gesehen oder gehört. Auf der Kerwe hielt man heimlich nach ihr Ausschau und beäugte aufmerksam das Personal am Kettenkarussell, am Boxauto-stand, an der Schießbude, dem Losstand und der Süßwarenbude. Der eine oder andere sah so windig aus, dass man ihm so ziemlich alles zutrauen konnte. Weil es aber die Stimmung versaute, sah man, umnebelt von Zuckerwatte und Bratwürsten, auch schnell wieder davon ab.

Hasel saß hinter dem Festzelt im Gras. Er hatte ein Lebkuchenherz mit der Aufschrift »Du bist der Größte« um den Hals und drei Bier intus. Erst hatte er an der Schießbude ganze fünf Mark verballert – aufs Geld kam es mittlerweile nicht mehr an – und bei insgesamt fünfzig Schuss lediglich zwei Rosen erlegt. Es musste am Gewehr liegen. Danach war er drei Runden Kettenkarussell gefahren und hatte sich frei wie ein Adler gefühlt. Schaute man über die rechte Schulter nach hinten, hatte man das Gefühl, man würde direkt in den Himmel fliegen. Das durfte man allerdings nicht endlos wiederholen, weil es einem dann auch schon mal schlecht werden konnte. Und wer in den Kettenflieger kotzte, konnte einpacken. Zum Abschluss hatte er eine Stunde lang in einem roten Boxauto bei Scooter-Harry gesessen und seine Umgebung malträtiert. Er war betrunken und fuhr immer übermütiger auf die anderen drauf. Irgendwann brüllte ihn Atze, dem er mit seinen Frontalattacken auf den Sack ging, derart an, dass Hasel für einen Moment dann doch die Richtung wechselte. Als er daraufhin aber mit vollem Karacho auf Rolo zufuhr, riss dieser panisch das Steuer rum, drehte sich komplett im Kreis und biss sich beim Aufprall zu allem Übel noch auf die Zunge. Hasel fuhr an den Rand, sprang aus seinem Auto.

»Du verschimmelte Hasenscharte, du verreckte! Wenn ich dich verwisch, spalt ich dir die Hackfresse!«, schrie ihm Rolo hinterher und wischte sich das Blut vom Mund.

Etwa zur gleichen Zeit hatte Pfarrer Wiesel sein Gelübde im wahrsten Sinne des Wortes abgelegt und wartete als Richard Wiesel hinter dem Scheunentor von Bauer Schreideck auf die menschgewordene Verheißung, die Schlange im Paradies, die zarteste Versuchung, seit es die Zehn Gebote gab. Seine Gedanken liefen Amok. Für einen kurzen Moment stand er neben sich und schaute sich an. Erbärmlich. Das Fleisch so schwach wie nie. Das Tor zur Hölle stand weit offen, es zog ihn magisch an. Gestern schon hatten sie sich hier getroffen und dafür gesorgt, dass der Sündenfall in der Geschichte der Menschheit neu geschrieben werden musste. Sein Name war Adam – die Messe war gelesen. Er hatte Magdalena Rübenbacher am frühen Abend in der Kirche angeschaut, als er voller Inbrunst über Nächstenliebe, die Liebe überhaupt, die Liebe im Großen und im Ganzen gepredigt hatte. Sie hatte ihm mehr als eindeutige Blicke zugeworfen und bei der heiligen Kommunion, bei der er zum ersten Mal richtig froh war, dass er einen weiten Talar trug, ein »Heut Abend« statt »Amen« gehaucht und ihm anschließend von der Bank aus zehn Finger gezeigt, was zehn Uhr heißen musste. Der Treffpunkt war ja klar gewesen. Er hatte sich sodann erneut auf der Kerwe gezeigt und mit Hinz und Kunz geplaudert. Von Magdalena Rübenbacher war nichts zu sehen gewesen. Gegen halb zehn stahl er sich dann aus dem Zelt und machte sich in der Dunkelheit auf den Weg. Jetzt stand er in der Scheune und schaute ungeduldig auf die Uhr, da hörte er es plötzlich hinter sich rascheln. Wie ein elektrisierter Blitz drehte er sich um die eigene Achse.

Hinter dem Heuballen bewegte sich etwas. Er lächelte. »Na warte«, flüsterte er verheißungsvoll und knöpfte sich das Pfarrhemd auf. Dann warf er sich bäuchlings auf den Heuballen und lugte dahinter. Vor ihm saß Herta Diehlmann, genannt Hupen-Herta, und schaute ihn komisch an. Wie von der Tarantel gestochen schnellte er hoch, fuhr sich durch die Haare und knöpfte sein Hemd wieder zu.

»Herta«, stammelte er, »was zum Teufel machst du hier?«

Herta blickte an ihm hoch, immer mit demselben Gesichtsausdruck. Sie rührte sich nicht.

»Seit wann sitzt du hier rum?« Richard Wiesel lief es siedend heiß den Rücken runter. Er wusste, dass die Hupen-Herta seit nunmehr zwei Tagen vermisst wurde. Das ganze Dorf war voller Sorge um sie, er hatte sie in sein Gebet eingeschlossen, es hatte eine Fürbitte gegeben, und es waren Suchaktionen im Gange. Jetzt saß sie hier vor ihm, und das Einzige, was ihn in diesem Moment wirklich interessierte, war: seit wann.

»Bist du da ... sitzt du da schon lange?« Die Schamesröte kroch in seinem Gesicht hoch, sein Herz klopfte. Herta schaute ihn regungslos an, dann klatschte sie in die Hände und sagte: »Bumm-Bumm.«

»Hä?« Seine Gedanken arbeiteten fieberhaft, wenn auch momentan in die völlig falsche Richtung. Ihm fiel plötzlich ein, dass er ja eigentlich mit Magdalena hier verabredet war, wenn die jetzt auch noch um die Ecke käme ... Er drehte sich panisch um, wischte sich den Schweiß von der Stirn und stopfte sein Hemd in die Hose. Dann fuhr er sich drei Mal durch die Haare und rannte nach draußen. Da war niemand. Also lief er wieder zurück in die Scheune.

»Herta!«, herrschte er sie an. »Komm her, wir gehen zur Mutter, die suchen dich doch die ganze Zeit!«

Herta zeigte keine Regung. »Bumm-Bumm.«

Richard Wiesel verlor die Nerven, kroch zu ihr hinter den Heuballen, packte sie am Arm und zerrte sie unter dem Stroh heraus. Da zerkratzte ihm Herta das Gesicht. Er wich zurück und fasste sich an die Wange. Es brannte wie Feuer. Die Situation wurde immer auswegloser.

»Luft«, keuchte er, »ich muss an die Luft.« Er richtete seine Kleidung, ging vor die Scheune und atmete tief durch. Hätte er einen Wunsch frei gehabt, dann hätte er ihn vergeudet und wäre einfach nur im Boden versunken. Von Magdalena fehlte noch immer jede Spur. Gott sei Dank, dachte er noch, als plötzlich die Hupen-Herta hinter ihm stand und ihm auf die Schulter tippte.

»Bumm-Bumm!«, meinte sie.

»Was denn?«, zischte er, da zog Herta den Rock, den sie vor zwei Tagen aus dem Schrank ihrer Mutter geholt und angezogen hatte, bis unter die Arme hoch. Richard Wiesel sah sie entgeistert an, er hatte es geahnt, sie wusste Bescheid.

»Los jetzt, wir gehen!«, fuhr er sie an und schubste sie grob in Richtung Feldweg. Herta kicherte und setzte sich langsam in Bewegung. Es war schon ein seltsames Bild, dieses Paar, wie es im Mondschein strammen Schrittes durch die Felder marschierte, die Hupen-Herta vertrauensselig an der Hand vom Herrn Pfarrer. Und selbiger in einem Zustand geistiger Umnachtung. Immer wieder schaute er sich um, die Magdalena musste ja auch irgendwo …

Je mehr er sich dem Dorf näherte, desto klarer wurde ihm, dass man ihn in gar keinem Fall mit der Hupen-Herta sehen durfte. Er hätte es nicht erklären können, und er wusste auch nicht einzuschätzen, was eine Hupen-Herta so alles von sich gab, wenn man genauer nachfragte. Er hatte noch nie zuvor mit ihr geredet, aber die zwei Wörter, die sie in regelmäßigen Abständen verlauten ließ, reichten ihm schon. Er durfte auf gar keinen Fall mit ihr in Verbindung gebracht werden. Nur dann würde ihr kryptisches Gefasel keinen Deutungsspielraum liefern.

»Bumm-Bumm«, sagte Herta und tippte ihm freundschaftlich auf den Arm.

»Ja, geh weiter, Herta, geh einfach weiter und halt 's … Also sei verdammt noch mal ruhig jetzt. Also, wenn's geht.« Es war nicht mehr viel Christliches in ihm. Richard Wiesel legte noch einen Zahn zu, Herta hielt mit.

Als sie an der Dorfgrenze angekommen waren, wurde es ernst. Sie waren jetzt auf einer asphaltierten Straße, und die Holzschuhe von Herta knallten bei jedem Schritt. Richard Wiesel hielt sie auf. Es war gegen elf, und die Kerwe war vorbei. Er hoffte, dass mittlerweile alle zu Hause waren. Und die, die es nicht waren, waren hoffentlich sturzbesoffen. Er manövrierte Herta vorsichtig, jedoch zielsicher im Schatten der Häuser bis zur Hauptstraße und stieß sie dann grob in die richtige Richtung. Sie sah ihn irritiert an.

»Na los!«, zischte er leise und fuchtelte aufgeregt mit der Hand, als würde er einen Haufen Hühner in den Stall scheuchen. »Jetzt geh nach Hause, du kennst doch den Weg. Hier immer entlang ... nicht mehr weit ... Hopp jetzt!«

Herta zuckte mit den Schultern. Dann gab sie ihm zum Abschied noch einmal die Hand, machte einen Knicks und setzte sich in Bewegung. Ohne sich noch einmal umzudrehen, schlurfte sie laut klappernd die Hauptstraße entlang, nach Hause.

Richard Wiesel stand im Dunkeln an der Ecke und beobachtete sie so lange, bis sie aus seinem Blickfeld verschwunden war. Entweder würde sie jetzt ihren Weg finden, oder jemand würde sie entdecken und heimbringen. Das wusste er. Was er nicht wusste, war, warum sie zwei Tage verschwunden war und letztendlich im Heuschober gesteckt hatte. Aber, so sagte er sich auf dem Heimweg, was wissen wir schon, was in solch einem Hirn vor sich geht. Im Pfarrhaus angekommen ließ er sich erschöpft am Küchentisch nieder und blickte auf die Suppenterrine, die ihm seine Haushälterin fürsorglich hingestellt hatte. Ein wenig davon kippte er auf einen Teller und stellte ihn in die Spüle. Den Rest versenkte er in der Toilette. Es sollte zumindest so aussehen, als hätte er ganz normal hier gesessen und zu Abend gegessen. Danach ging er ins Bad und schaute in den Spiegel. Er sah Pfarrer Wiesel und erkannte sich dennoch nicht mehr.

* * *

»Fahr mit im Kli-Kla-Klawitterbus!«, sang Atze und rannte um den Billardtisch herum. Er war in Hochform und haute Heinzer auf die Schulter. Der lag Kugeln fixierend über dem Tisch, und sein Schuss ging daneben. Atze lachte und prostete ihm zu: »Mäh-äh-äh!«

Berti hatte sich schon im Festzelt den Rest gegeben und saß komatös in der Ecke. Sein Kopf hing kraftlos herunter. Atze rempelte ihn an. Berti schrak hoch und wusste für einen Moment nicht, wo er war. Rolo klopfte ihm auf die Schulter und hielt ihm ein Bier hin. Berti ließ den Kopf wieder sinken.

»Atze!«, rief Rolo quer durch den Raum, »die Sterberate in deinem Bus ist ja derzeit größer als im Gehrsfelder Altersheim.«

»Genau!«, schrie Atze. »Ich knips denen nacheinander allesamt das Licht aus. Nacht, John-Boy! Nacht, Jim-Bob! Nacht, Elissebess!« Atze machte einen Handstand und fiel gleich wieder um. Dann hob er das Schnapsglas, spreizte den kleinen Finger weg und schielte. »Am Schluss sitz ich allein im Bus und fahr mich selber heim, mäh-äh-äh!«

Heinzer stieß mit ihm an und versenkte drei Kugeln gleichzeitig. Berti wachte kurz auf, aber es drehte sich alles. Er legte den Kopf auf seine Knie und wollte sterben.

***

Als Herta das Hoftor aufmachte und mit voller Wucht ins Schloss schmiss, riss Wilma die Haustür auf und schrie vor Erleichterung auf: »Jesusmariamuttergottes!« Dann brach sie in Tränen aus und nahm ihre Tochter so fest in die Arme, dass sie kaum mehr Luft bekam.

»Bumm-Bumm!«, sagte Herta.

»Ja, Hertale«, schluchzte Wilma und schob sie in die Küche, »Bumm-Bumm. Hast du wieder Krach gemacht?«

Dann nahm sie den Telefonhörer von der Gabel.

Sonntag, 28. September 1975

Es war Sonntagmorgen, und eine überglückliche Wilma öffnete den Kriminalhauptkommissaren die Tür. Sie führte sie in die gute Stube, wo ihr verkaterter Bruder am Fenster stand und ebenfalls strahlte.

»Sehen Sie«, begrüßte er die beiden, »diese Lösegelderpressung war der reinste Humbug. Da hat sich einer einen Scherz erlaubt. Das war vollkommen überflüssig, dass die Polizei da ...«

Wachtel setzte sich an den Tisch und nahm sich ein Stück Hefezopf, den ihm Wilma hinhielt. Sie hatte ihn nach Hertas Heimkehr in der Nacht gleich aus dem Gefrierschrank geholt und aufgetaut. Einen Sonntag ohne Kuchen sollte es nicht geben, jetzt, wo alles wieder war wie früher.

Melchinger stand mit verschränkten Armen da und versuchte, die zwei verlegenen Gesichter zu deuten, die langsam, aber dennoch sichtbar die Farbe wechselten. Er hielt Siegfried das Erpresserschreiben unter die Nase. »Sie haben nicht etwa ... oder doch?«

Siegfried stopfte sich den Kuchen in den Mund, damit er nicht gleich antworten musste. »Wir haben ja gar keine dreihundert Mark dage...«

Als er Melchingers Miene sah, fing er an rumzustammeln: »Ha, doch, Herr Kommissar, wir haben das Geld abgeliefert. Also ich halt.«

Melchingers Lippen wurden immer schmaler, er musste sich erst einmal setzen. Wachtel hörte auf zu kauen, und Siegfried fing an zu rudern.

»Was hätten wir denn machen sollen? Die Rosi, die ist doch ... Und Sie sehen ja, die Herta ist wieder da. Die wär ja sonst noch fort, wär die.« Siegfried sah sich hilflos um, seine Schwester nickte beständig. Wachtel fing sofort an, die beiden mit Fragen zu bombardieren. Die Geldübergabe, wo genau, ob reibungslos, ob etwas auffällig war oder nicht.

»Nix!«, hörte er immer nur. »Nä, nix. Alles einwandfrei«, versicherte ihm Siegfried.

Melchinger drehte sich um, denn plötzlich stand Herta an der Tür. Sie trat von einem Fuß auf den anderen und warf einen Rosenkranz gegen den Türrahmen. Das machte Lärm, aber nicht viel.

»Herta, bist du froh, dass du wieder zu Hause bist?«, fragte Melchinger etwas unbeholfen. Herta brummte leise und haute weiter den Rosenkranz an die Tür.

»Herta«, versuchte es Melchinger noch mal, »kannst du uns sagen, wo du warst?«

»Bumm-Bumm!«, sagte Herta und klatschte kurz in die Hände. Melchinger sah Wilma und ihren Bruder fragend an, die aber zuckten mit den Schultern.

»Ein Feuerwerk? Ein Schuss? Was kann sie meinen?«

»Wahrscheints ein Feuerwerk oder einen Schuss«, antwortete Siegfried.

»Gibt es einen Weg, etwas mehr aus ihr herauszubekommen? Können Sie mit ihr reden? Sollen wir verschwinden?«, unterbrach Wachtel das Trauerspiel.

»Hä, hä, hä«, lachte Siegfried ein bisschen zu laut. »Die Herta und was rausbringen. Das versuchen wir schon seit achtundzwanzig Jahren. Mit mäßigem Erfolg, Herr Kommissar, gell, Herta?«

»Bumm-Bumm.«

»Tja«, sagte Wilma und rührte in ihrem Kaffee herum, »jetzt hat sie halt ein neues Wort gelernt, das kommt jetzt drei Tage von morgens bis abends, und dann geht es auch wieder, gell, Herta?«

Herta war leicht verstimmt, warf ihrem Onkel den Rosenkranz an den Kopf und ging mit ihren klappernden Clogs die Holztreppe hoch.

Die Nachricht, dass die Hupen-Herta in der Nacht gesund und munter wieder aufgetaucht sei, war die Sensation auf dem Kirchplatz. Jeder fragte sich natürlich, wo sie wohl gewesen war. Und die Tatsache, dass man genau das vielleicht nie erfahren würde, war tatsächlich schwer zu ertragen. Immerhin sollte sie ja entführt worden sein. Und das hatte die Brucker Rosi bekanntermaßen nicht überlebt.

»Konsequenter wär's ja gewesen, wenn die Herta auch tot im Wald gelegen hätt«, sinnierte der Maurer Ullrich beim Frühschoppen.

Am Stammtisch hielt man für einen Moment inne.

»Also, nur wegen der Struktur, mein ich.« Und um zu vermeiden, dass er sich endgültig um Kopf und Kragen redete, hob er schnell sein Schoppenglas und prostete der Runde zu.

Montag, 29. September 1975

Herta saß in ihrem Zimmer und schmollte. Es war Montagmorgen, die Hupe war weg, und sie durfte seit ihrer Heimkehr das Haus nicht verlassen. Die Mutter hatte ihr jedes Mal mit dem Teppichklopfer gedroht, wenn sie nur in Richtung Hoftor ging. Zur Arbeit in die Werkstatt durfte sie auch nicht, es war alles komisch.

So saß sie an ihrem Schreibtisch, glotzte zum Fenster hinaus und erschrak, als es an der Tür klopfte. Ein Geräusch, das ihr ebenso fremd war wie die Frau, die da stand. Sie mochte sie nicht und drehte sich sofort wieder zum Fenster. Als jedoch ein ihr vertrautes Signal ertönte, schnellte sie herum, riss der Frau die rote Hupe aus der Hand und starrte sie misstrauisch an.

Ingrid Huber hatte die Hupe am Morgen mit der Begründung, dass es kein Opfer gebe und somit auch keine Indizien archiviert werden mussten, aus der Asservatenkammer geholt. Melchinger folgte ihren Überlegungen.

Sie hatte gedacht, sie könnte so eine Gesprächsbasis schaffen, dem war aber nicht so. Herta saß auf ihrer Hupe, hatte die Arme verschränkt und sagte kein Wort. Als Ingrid Huber kurze Zeit später über den Hof zum Tor ging und noch einmal hochschaute, stand sie am Fenster, hupte kurz und winkte ihr fröhlich zu.

Ingrid stieg ohne Ergebnis zu Melchinger und Wachtel ins Auto, da tauchte plötzlich Wilma Diehlmann auf und klopfte ans Fenster.

»Herr Kommissar«, setzte sie stotternd an, »es geht uns ja nicht ums Geld. Die Herta ist ja wieder da.«

Wachtel kurbelte das Fenster runter und schaute sie an.

»Also der, wo das geschrieben hat, das muss doch der sein, wo das mit der Rosi gemacht hat, oder?«

Melchinger beugte sich rüber und sah sie an. »Das war ein

Trittbrettfahrer, da hat sich jemand einen äußerst schlechten Scherz mit Ihnen erlaubt. Bei der Rosemarie Brucker hat nämlich keiner ein Schreiben verfasst, verstehen Sie?«

»Ja. Ähm …« Wilma war sichtlich nervös und knibbelte an ihrem goldenen Kreuz herum, das sie am Hals trug. »Die Frau Brucker, also die Alwine … Brucker … die hat gemeint, sie hätten ein Schreiben vorliegen … gehabt. Das soll ich aber keinem …«

∗∗∗

Während Ingrid Huber mit einem Kollegen aufs Revier zurückfuhr, nahmen Melchinger und Wachtel Kurs auf das Weingut Brucker.

»Guten Morgen allerseits!«, rief Wachtel in den Hof und steuerte auf Otto Brucker zu. Die Weinlese hatte begonnen, es war viel Umtrieb auf dem Weingut. Die nächste Fuhre Weintrauben sollte durch die Kelter gejagt werden. Brucker gab zwei Arbeitern ein Zeichen, dass sie verschwinden sollten. Die beiden zogen ab, schauten sich jedoch mehrmals um, weil sie nicht wussten, wohin sie gehen und was genau sie machen sollten.

»Geh fort jetzt!«, brüllte Otto und ging auf die Kommissare zu. »Ist der Drecksack gefasst?«

Wachtel schüttelte den Kopf.

»Noch nicht, Herr Brucker. Aber bald. Es geht um etwas anderes. Uns ist zu Ohren gekommen, dass Ihnen ein Schreiben vorlag mit Informationen zu dem Ort, an dem die Rosi zu finden war.«

Otto schnappte sich einen Besen und fing an zu kehren. »Wer verzählt so einen Dreck?«

»Das tut nichts zur Sache. Momentan geht es nur darum, ob das stimmt oder nicht«, erklärte Melchinger.

Brucker simulierte einen Niesanfall, um Zeit zu gewinnen. Er war so schnell nicht in der Lage, die Sache vom Ende her zu denken, in seinem Kopf herrschte Druckabfall.

»Herr Brucker?«

»Was?«, brüllte er zornig und schnäuzte in sein Taschentuch.

»Das Schreiben!«

Brucker stapfte missmutig davon, Melchinger und Wachtel gingen ihm nach. Im Haus angekommen hob er das Adressregister neben dem Telefon hoch und zog ein Kuvert hervor. Er holte den Brief heraus.

»Da!«, sagte er trotzig.

Wachtel nahm das Schreiben und den Briefumschlag und steckte sie in einen Klarsichtbeutel.

»Wollen Sie ihn nicht lesen?«

»Nein, Herr Brucker, der wird nach Spuren untersucht. Aber Sie können uns ja schon mal sagen, was drinsteht. Weil, Sie wissen es ja ganz genau.«

Melchinger warf einen Blick auf den Brief und das Kuvert.

»Wo und wann genau haben Sie diese Nachricht gefunden?«

»Im Briefkasten, das war an dem Samstag in der Post.«

»Sie meinen, der Briefträger hat ihn gebracht?«

»Was weiß denn ich, das war halt im Briefkasten gesteckt.«

»Haben Sie davor schon eine Nachricht bekommen?«

»Wovor?«

Melchinger zeigte ihm erneut den Briefumschlag in der Klarsichthülle. »Herr Brucker, in dem Brief steht, wo Sie Ihre Tochter finden. Es ist sehr ungewöhnlich, dass man den Eltern des Opfers nur eine Nachricht schickt, wo sie ihre Tochter finden. Ob nun tot oder lebendig, das macht so keinen Sinn, versteh'n Sie?«

Brucker schob die beiden Kommissare zur Seite und marschierte nach draußen.

»Das macht man, wenn überhaupt, nur im Zuge einer Erpressung, Herr Brucker«, rief ihm Wachtel hinterher.

»Einer was?« Brucker drehte sich um.

»Einer Erpressung. Warum sonst soll das einer machen, Herr Brucker?«

»Erpressen? Mich? Glauben Sie im Ernst, ein Brucker lässt

sich erpressen? Sie können ja nicht ganz dicht sein. Soll ich vielleicht auch noch bezahlt haben?«

»Na, eben nicht. Vielleicht wurde die Rosi deshalb tot statt lebendig aufgefunden«, folgerte Melchinger.

Brucker schnappte kurz nach Luft.

»Sie haben uns ja auch verschwiegen, dass Sie bereits wussten, wo Ihre Tochter liegt und dass sie tot ist. Und sie dann erst vermisst gemeldet, um sie ein paar Stunden später mit Ihrem Suchtrupp *zufällig* zu finden, Herr Brucker, das ist ein starkes Stück. Das muss Ihnen doch klar sein.«

»Das ist kein starkes Stück, weil ich den verschissenen Brief erst sonntagmorgens in der Post gefunden hab. Wo schon alles erledigt war. Oder denken Sie, dass ich an dem Samstag noch die Post durchgeguckt hab, bei dem ganzen Theater?«

»Herr Brucker«, sagte Wachtel, nahm Melchinger die Klarsichthülle mit dem Schreiben aus der Hand und hielt es Brucker vor die Nase. »Was macht Ihrer von uns hochgeschätzten Meinung nach diese Nachricht über den Fundort Ihrer toten Tochter sonst für einen Sinn?«

»Das fragen Sie mich?«, schrie Brucker ihn an. »Das ist doch euer Bier, das rauszufinden! Was weiß denn ich, was in so einem Hirn vor sich geht. Vielleicht wollt er, dass sie schnell gefunden wird und der Zirkus endlich losgeht. Vielleicht hat der gemeint, so langsam, wie die Polizei ist … die wer'n so lang brauchen, da kommt die Rosi ja schon wieder auf die Welt, bis sie die gefunden haben.« Otto Brucker holte Luft und zog sich mit einem Ruck die Hosen hoch.

»Auf dem Briefumschlag ist eine Briefmarke aus dem Dritten Reich drauf«, sagte Melchinger und hob die Klarsichthülle hoch.

»Na und? Das Porto war ja wahrscheints recht«, brüllte Brucker, stieg in sein Auto und brauste einfach davon.

Alle auf dem Hof starrten ihm entsetzt nach.

***

»Das ist nicht euer Ernst?« Arnold Obermann strich sich über seinen Schnurrbart und sah Melchinger und Wachtel ungläubig an.

»Ich hab's dir doch gesagt, wieso glaubst du mir das nicht«, sagte Ingrid Huber beleidigt.

Obermann schüttelte den Kopf und zog die Augenbrauen zusammen. »Der Brucker kriegt samstags die Info, wo seine Tochter ist. Dann fährt der in den Wald, findet sie, fährt zur Polizei, erstattet Anzeige, löst Ermittlung und Fahndung aus, fährt wieder heim und leitet seinen Dorfdeppen-Suchtrupp umwegig zum Ort der Leiche, was seine Tochter ist, und zieht dort die Show ab?«

»So ungefähr muss man sich das vorstellen, ja.« Wachtel nickte und prostete ihm mit seiner Colaflasche zu.

Ingrid Huber schrieb an ihrem Bericht über die Sinnlosigkeit ihres Besuches bei Herta Diehlmann, genannt Hupen-Herta.

Melchinger kratzte sich am Kopf.

»Wa-rum?«, fragte Obermann.

»Der muss erpresst worden sein. Vielleicht hat er nicht gezahlt, und das war die Quittung. Da ist er nicht stolz drauf. Dann hätte er ja seine Tochter auf dem Gewissen«, folgerte Ingrid Huber.

»Vielleicht hat er ja auch eine Aktion gestartet, die schiefgelaufen ist. Das wollte er vertuschen«, erklärte Melchinger.

»Das würde auch zu ihm passen.« Wachtel setzte sich hinter seinen Schreibtisch. »Der hat gedacht, er zahlt und kriegt die Tochter zurück. Dann ist das erledigt, und keiner kriegt was mit. Vielleicht hat er gemeint, er kann den Erpresser selber finden oder vielleicht sogar bei der Geldübergabe am Schlafittchen packen. Der wollte das alles alleine und im Geheimen regeln.«

»Oder der Erpresser hat ihm massiv gedroht und ihn eingeschüchtert, dass, wenn er die Polizei mit ins Boot … und so weiter. Der klassische Fall eben«, sagte Ingrid.

»Auch denkbar. Aber der Brucker tut so, als hätte es nur den Brief und keine Erpressung gegeben. Und dann ist er mit Vollgas aus dem Hof gefahren.«

»Und die Frau? Seine Frau?«, fragte Arnold Obermann.

»Die war nicht da. Oder hat nicht aufgemacht.«

»Schön. Und was heißt das jetzt alles?« Ingrid Huber riss das Papier aus der Schreibmaschine.

»Das heißt«, stöhnte Melchinger, »dass da draußen ein Mörder und Erpresser rumläuft. Das ist jetzt noch einmal ein anderes Kaliber.«

»Dann ist es ja genau genommen um Geld gegangen und nicht darum, eine Behinderte umzubringen«, meinte Obermann.

»Ich würde sogar noch einen Schritt weitergehen.« Wachtel leerte seine Cola. »Das geht ganz konkret gegen den Brucker. Sein Geld, seine Tochter.«

»Und was sollte dann die Aktion mit der Hupen-Herta?«, erinnerte ihn Ingrid Huber. Wachtel zuckte mit den Schultern.

»Wie viel hat der noch mal bei der erpresst?«

»Die ist für dreihundert Mark wieder aufgetaucht.«

»So wenig? Was läuft denn da ab, verflucht noch mal? Worum geht's denn da?« Arnold lief zum Fenster und zündete sich eine Zigarette an.

Melchinger rieb sich am Kinn. »Vielleicht geht es nicht um den Brucker. Überlegt doch mal. Der Typ greift sich geistig Behinderte, weil die nicht kapieren, was vor sich geht. Dann erpresst er und kriegt das Geld. Und wenn die wieder zu Hause sind, kriegt keiner aus denen was raus. Das ist perfekt. Ob der Geld vom Brucker gekriegt hat, wissen wir noch nicht. Aber ich denke, die Rosemarie hat vielleicht nicht richtig mitgespielt, da hat der die eiskalt umgebracht. Oder eben in Panik. Oder weil der Brucker nicht gezahlt hat. Dann schnappt der sich die Nächste. Die Herta. Gleiches Spiel. Man kann's ja mal versuchen. Der riskiert ja nichts. Das Geld kommt, die Herta benimmt sich anständig, er stellt sie nachts wieder vor der Tür ab.« Melchinger machte sich Notizen.

»Dann müssen wir jetzt als Nächstes mit der Frau vom Brucker sprechen«, sagte Wachtel, »die packt hundertprozentig aus, wenn der Alte nicht danebensteht.«

»Das glaub ich fast nicht«, entgegnete ihm Melchinger. »Das hätten wir sofort machen müssen. Der macht ihr jetzt die Hölle heiß und stellt sie kalt. An die kommen wir so schnell gar nicht ran, behaupte ich.«

Otto Brucker hatte aus der Distanz beobachtet, wie die Polizisten direkt nach ihm verschwanden, und war mit seinem Auto wieder auf den Hof gefahren. Er winkte seinen Arbeitern zu und signalisierte, dass sie weitermachen sollten. Er käme gleich. Sie zögerten noch einen Moment, dann legten sie wieder los. Man konnte Otto im Haus herumschreien hören, aber das war in letzter Zeit nichts Besonderes. Sie verstanden sowieso kaum ein Wort.

※※※

Auch Hasel hatte die Nachricht, dass die Hupen-Herta lebendig wiederaufgetaucht war, wohlwollend entgegengenommen. Im Gegensatz zum Fall Brucker war man hier also quitt. Und dass die Hupen-Herta noch am Leben war, war ihm auch sehr recht. Falls er sie demnächst auf der Straße treffen würde, würde er ihr die Hand drücken und einen Knicks vor ihr machen. Danach würde er an Rosis Grab schleichen und ihr, wenn absolut niemand in der Nähe war, eine geklaute Blume hinlegen, zusammen mit dem Grabschmuck, welchen er am gestrigen Tage in der Gärtnerei im Nachbardorf besorgt hatte. Ein grauer Stein mit der Aufschrift »Wir« – also er und sein Mofa – »werden dich nie vergessen«. So viel Anstand musste sein.

Als ihm Atze kurz vor dem Abendessen auf dem Hof entgegenkam, hatte er ihn wieder angegrinst. »Un'? Wieder alle konplett im Depp'nbus?«

Atze war abrupt stehen geblieben und hatte ihn brutal angerempelt. »Was wills du denn jetzt wieder, du Arschloch mit deiner Hasenscharte?«

»Inner noch besser wie die Habsburg'r Libb vom Heinzer!«,
schrie Hasel ihn an und ließ ihn stehen.

Habsburger wer? Atze kratzte sich am Kopf.

Vor Jahren hatte Hasel in einem Lexikon in der Dorfbücherei
gelesen, dass eine Hasenscharte auch »Wolfsrachen« genannt
wurde. Wolfsrachen, das gefiel ihm weitaus besser. Das hörte
sich nach etwas an, was man unbedingt haben wollte. Als er
versuchte, mit seinem Wissen bei der alten Funzel zu punkten,
hatte die ihn seinerzeit nur mitleidig angeschaut, ihm über den
Kopf gestreichelt und gemeint: »Wenigstens hat er nicht die
Habsburger Lippe. Das wär ja noch schlimmer.«

Hasel hatte sie in diesem Moment abgrundtief gehasst. Nicht
wegen der »Habsburger Lippe«, sondern dafür, dass sie ihm
wieder etwas vor die Füße kippte, womit er nichts anfangen
konnte. Ein paar Tage später hatte er auch das im Lexikon gefunden. H wie Habsburger Lippe. Nicht weit von der Hasenscharte.

Als Habsburger Unterlippe (oder Habsburger Lippe) be-
zeichnet man die stark ausgeprägte erbliche Unterlippe
der Habsburger. Sie resultiert aus einer erblichen Überent-
wicklung des Unterkiefers (»echte« Progenie) und Zahn-
fehlstellung der Klasse III infolge von Inzucht und bildet
einen Teil des charakteristischen Habsburger Gesichtes.

Nicht dass er den Text vollumfänglich verstanden hätte. Aber
Inzucht und das Bild daneben, mit der vorgeschobenen Unterlippe und dem hervorstehenden Kinn, erinnerten ihn an jemanden, dessen Name mit »H« begann und mit »einzer« aufhörte.

Dienstag, 30. September 1975

Margarete Funzinger hatte sich am frühen Morgen in den Bus nach Pirmasens gesetzt. Nun stand sie an der Anmeldung der Kriminalinspektion und wollte wissen, wer für den Fall Herta Diehlmann zuständig sei. Die Frau hinter dem Tresen deutete auf den Mann, der gerade zur Tür hereinkam. Sie stellte sich ihm in den Weg.

»Margarete Funzinger mein Name.«

Rudolf Melchinger blieb abrupt stehen, weil ihm eine alte Frau in schwarzen Klamotten, mit herunterhängenden grauen Haaren und vielen Ketten um den Hals ihren Gehstock quer vor die Beine gestellt hatte. Er hatte eine kurze Teamsitzung anberaumt und war spät dran.

»Kann ich Ihnen helfen?«

»Ah, der Herr Kommissar beliebt zu scherzen. Schön, schön, wunderbar, wirklich.«

Melchinger schaute nervös auf die Uhr.

»Sie drehen sich im Kreis, Herr Kommissar, und mit Ihnen die ganze Bagage dadrin. Da brauch ich in keine Glaskugel zu gucken. Nur in Ihr Gesicht.« Margarete Funzinger lachte laut auf. Melchinger versuchte, an ihr vorbeizugehen. Sie aber schnappte sich seinen Arm. »Und Zeit hat er auch keine? Gut, dann mach ich es kurz, Herr Kommissar. Der junge Herr Pfarrer aus Allweiler ist in der Nacht zum Sonntag Hand in Hand mit der Hupen-Herta vom Feld gekommen und hat sie an der Hauptstraße abgestellt. Dann hat er sie angerempelt und ihr gesagt, sie soll jetzt endlich abhauen und so weiter. Und dann hat er noch gewartet, bis er sie nicht mehr hat sehen können, und ist dann zum Pfarrhaus gehuscht. Was sagen Sie dazu, Herr Kommissar?«

Melchinger kniff die Augen zusammen und sah sie lange an. Margarete hielt seinem Blick stand und schmunzelte. »Rumort's im Hirn, Herr Kommissar? Wissen Sie, ich muss ja nicht bei der Polizei sein, um das zu deuten. Ich bin ein Naturtalent, das weiß in Allweiler jeder weit und breit. Das mit dem Pfarrer Wiesel und der Herta, das wissen aber jetzt nur Sie. Das hab ich für Sie aufgehoben, damit Sie nicht ganz so sehr auf der Stelle treten. Zwei Tage lang sucht das ganze Dorf die Herta, und wer hat sie schlussendlich an der Hand und bringt sie mitten in der Nacht nach Hause? Und warum so heimlich, wenn man sich doch eigentlich als Held feiern lassen könnte? An Ihrer Stelle würd ich jetzt bei dem Prediger im Pfarrhaus mal anklopfen und ihn fragen, was er denn mit der Hupen-Herta angestellt hat. Ich möchte es mir ja nicht vorstellen.« Margarete lachte höhnisch. »Zumal, und auch das ist kein Geheimnis in Allweiler, jeder weiß, dass die Hupen-Herta in den Herrn Pfarrer verliebt ist. Die wartet nach der Kirche immer mit ihrer Mutter, bis er rauskommt, und dann verabschiedet sie sich mit Handschlag und einem Knicks, sonst geht die nicht heim. Das kann Ihnen jeder im Ort bestätigen. Also die, wo in die Kirche marschieren, zumindest.«

Melchinger versuchte, ihr geistig zu folgen. »Samstagnacht soll das gewesen sein? Wieso kommen Sie erst jetzt damit? Heut ist Dienstag.«

Margarete stutzte für einen Moment. »Vielleicht hab ich gewartet, ob Sie selber drauf kommen.« Daraufhin drehte sie sich um und ließ ihn einfach stehen. »Margarete Funzinger mein Name. Nur für den Fall, dass Sie noch Fragen haben«, rief sie ihm frech zu.

Wenig später betrat Rudolf Melchinger abgehetzt das Büro, begrüßte die anderen, warf seine Jacke über den Stuhl und ging gleich wieder nach draußen. Nach einer Viertelstunde kam er zurück. Zwischenzeitlich hatte er in Erfahrung bringen können, um wen es sich bei der Informantin handelte. Eine dörfliche Instanz sei sie, eine Art Hexe, eine Wunderheilerin, eine Tratschtante vor dem Herrn, eine Außerirdische. So hatte sie ihm eine der Schreibkräfte, die aus Allweiler kam, beschrieben. Melchinger fasste nun noch einmal die Vorkommnisse des gestrigen Abends zusammen, versuchte, die Fakten zu sortieren und die nächsten Schritte festzulegen.

»Und was wollte die Alte in den schwarzen Klamotten jetzt von dir? Die hab ich schon auf der Beerdigung getroffen«, wollte Wachtel wissen. Auch er hatte Margarete Funzinger am Eingang stehen sehen.

Melchinger gab wieder, was sie ihm erzählt hatte, und schaute in ratlose Gesichter. Es bildete sich kein roter Faden, nicht bei Herta Diehlmann und noch weniger bei Rosemarie Brucker. Es war alles nur wirres Zeug. Dennoch beschlossen Melchinger und Wachtel, diesem Pfarrer auf den Zahn zu fühlen, während Arnold Obermann und Ingrid Huber versuchen sollten, Alwine Brucker allein zu Gesicht zu bekommen und sich, mit Blick auf eine mögliche Erpressung, die Arbeiter auf dem Weingut noch einmal vorzuknöpfen. Und zwar nicht nur die polnischen. In der Wüste Sahara, sagte Melchinger und zog seine Jacke an, würde man ja auch jeder Spur nachgehen. Und sei sie auch noch so mickrig und erwiese sich am Ende als Fata Morgana.

✳✳✳

»Grüß Gott, Herr Pfarrer!«

Pfarrer Wiesel war vom Besuch der Polizei merklich überrumpelt. Er gab seiner Haushälterin zu verstehen, dass er keinen Begleitschutz brauche, und setzte sich hinter seinen großen Schreibtisch. »Was kann ich für Sie tun?« Er nahm einen Faber-Castell-Bleistift in die Hand, drehte ihn durch den Spitzer und fing an, Formen auf einen Notizblock zu kritzeln.

Melchinger beugte sich etwas nach vorne und betrachtete aufmerksam sein Gesicht.

»Ja, Herr Pfarrer, entschuldigen Sie bitte den Überfall, wir haben nur ein paar Fragen an Sie. Kennen Sie Herta Diehlmann?«

»Wer?«, fragte Richard Wiesel und tat so, als denke er angestrengt nach. »Herta ... warten Sie, meinen Sie die Hupen-Herta?«

»Die meinen wir.«

»Die ist doch wieder heimgekehrt, wie ich gehört habe. Ein großes Glück, nach all dem, was passiert ist, nicht?«

»Sie kennen sie also?«

»Wieso?«

Melchinger verschränkte die Arme und sah ihn schweigend an. Und zum Glück sagte Wachtel auch erst einmal nichts.

»Die Herta, ja, die kenn ich. Also nicht wirklich. Ich weiß halt, wer es ist. Sie ist ja ein ... wie soll ich sagen ... ein Kind, dass der Herr besonders in sein Herz geschlossen hat, wenn Sie wissen, was ich meine.« Richard Wiesel kritzelte unbeirrt weiter.

»Lasset die Kindlein zu mir kommen, denn ihrer ist das Himmelreich«, murmelte Wachtel vor sich hin und betrachtete die große Muttergottesstatue, die in der Ecke stand.

»Ich mein das ja nur symbolisch, rein vom Dings her«, fügte Wiesel erklärend dazu.

»Man sagt, sie wäre ein Fan von Ihnen, Pfarrer Wiesel«, bohrte Melchinger weiter.

»Von mir?«

»Das wussten Sie nicht?«

»Tja also, ich weiß nicht genau, worauf Sie hinauswollen ... Wie kann ich Ihnen denn nun helfen?« Richard Wiesels Gedanken fuhren im Kreisverkehr. Er hörte das Tatütata, aber wo es brannte, wusste er noch nicht.

»Man hat Sie gesehen, Herr Pfarrer, in der Nacht zum Sonntag. Sie und Herta Diehlmann. Sie sollen Hand in Hand vom Feld gekommen sein. Dann haben Sie sie an der Hauptstraße genötigt, alleine nach Hause zu gehen, und jetzt fragen wir uns halt, was ...«

Richard Wiesel legte den Bleistift hin und starrte für einen Moment auf den vollgekritzelten Block. Vor seinem Auge verschwamm alles zu einem apokalyptischen Schlund. Dann fuhr er sich um seinen weißen, engen Hemdkragen, schüttelte den Kopf und fing an, leicht hysterisch zu lachen. »Also das ist ja … Wer um alles in der Welt hat Ihnen denn so was …?«

»Margarete Funzinger.« Melchinger beugte sich wieder nach vorne.

»Margarete Funzinger?« Richard Wiesel riss die Augen weit auf und brach in theatralisches Lachen aus. »Die alte Funzel?«

Melchinger wartete geduldig, bis er sich wieder beruhigt hatte.

»Ah, das sagt Ihnen also was?«

»Ja, was, und?« Wiesel hatte sich wieder unter Kontrolle. »Margarete Funzinger ist ein Geschöpf Gottes wie wir alle. Aber eventuell kommt sie auch aus der Hölle, meine Herren. Und das sag ich Ihnen jetzt als Pfarrer dieser Gemeinde, und zwar klipp und klar: Margarete Funzel … Funzinger, mein ich, ist ein wandelndes Märchenbuch. Wenn die kommt, dann können die Gebrüder Grimm nach Hause gehen. Allesamt, das sag ich Ihnen.« Dabei hackte er im Stakkato auf seinem Schreibblock herum. »Die Frau versteht ihr Handwerk und kann mit Kräutern medizinische Wunder bewirken, allein dafür wird sie hochgeschätzt. Aber glauben, glauben darf man der rein gar nichts. Die kann zwischen Traum und Wirklichkeit nicht unterscheiden. Die weiß nicht, ob sie wach ist oder gerade schläft, für die ist immer alles real. Und, unter uns Chorknaben, in der Kirche hab ich die noch nie gesehen. Das spürt die instinktiv, dass die da nichts zu suchen hat.« Zufrieden lehnte er sich zurück und schaute die Kommissare an.

»Sie kennen sie also recht gut?«

»Ich kenne sie gar nicht, ich hab Ihnen nur gesagt, was ich weiß und höre. Das können Sie im ganzen Dorf verifiz… also nachprüfen. So, meine Herren, jetzt hab ich genug aus dem Nähkästchen geplaudert. Ich darf ja eigentlich so gar nicht reden. Aber bei der Geschichte … Sie müssen mich jetzt wirklich entschuldigen, ich muss meine Sonntagspredigt schreiben.«

Richard Wiesel erhob sich, um dem Ganzen Nachdruck zu verleihen. Melchinger stand ebenfalls auf und reichte ihm die Hand.

»Was ist denn mit Ihrem Gesicht passiert?«, fragte Wachtel beim Hinausgehen.

»Beim Rasieren geschnitten.«

»Manche Sachen sind einfach zu scharf«, sagte Wachtel und drückte seine Hand besonders fest.

* * *

»Wie hat er reagiert?«, fragte Ingrid Huber neugierig, als sie später wieder zusammentrafen.

»Schwer zu sagen, er war irgendwie zappelig. Aber so ist er ja vielleicht immer. Er hat gelacht und war gleichzeitig verärgert, als er gehört hat, wer ihn gesehen haben will. Und dann hat er diese Funzinger in die Pfanne gehauen«, sagte Melchinger.

»Das ist ja auch eine komische Gestalt, die Alte«, merkte Wachtel an.

Auf die Frage, ob sie Alwine Brucker gesprochen hatten, winkten Ingrid und Arnold nur ab. Sie sei nicht auffindbar gewesen.

»Der Brucker meinte, er wüsste nicht, wo sie ist. Er ließe sie ja nicht beschatten. Und als wir gegangen sind, hat er uns noch hinterhergerufen, ob er sie schon als vermisst melden soll. Nicht dass die auch noch tot im Wald liegt«, sagte Ingrid.

Mittwoch, 1. Oktober 1975

Rosi war jetzt seit drei Wochen tot. Weg, wie Alwine das nannte. Weg war für sie nicht ganz so tot. Sie konnte sich nur schwer damit abfinden, dass ihre Tochter nicht mehr Teil ihres Lebens war, dass der Platz auf der Eckbank in der Küche jetzt für immer leer sein würde. Sie wusste nicht recht zu trauern, denn wann immer sie schwach wurde, wurde Otto aggressiv. So hatte sie angefangen, sich einzureden, dass es die Rosi ja gut hätte, da, wo sie jetzt war, und ging ihrem Mann aus dem Weg. Das Haus war groß genug. Beim Essen sprach er sowieso nichts, und großen Hunger hatten sie beide nicht mehr. Die Weinlese war in vollem Gange, er war eigentlich kaum da. Zurück zur Tagesordnung also.

Am Montag war er plötzlich vor ihr gestanden und wäre ihr fast an die Gurgel gegangen. Wilma Diehlmann hatte offensichtlich der Polizei gesteckt, dass es auch bei ihnen einen Erpresserbrief gegeben hatte. Anders konnte sie sich nicht erklären, wie die Polizei davon Wind bekommen hatte. Sie hasste sich dafür, dass sie den Mund nicht gehalten hatte. Zumal die Herta ja im Gegensatz zu ihrer Tochter lebendig wiederaufgetaucht war. Sie hatten doch auch bezahlt, wieso war die Rosi tot? Sie waren keine Schwestern in der Not. Hätte sie doch nur geschwiegen.

Otto hatte ihr wieder und wieder gedroht, dass sie ihre Koffer packen könne, wenn sie so weitermachte. Es wär ihm schon lange nichts mehr peinlich, da könnte sie ruhig aus seinem Leben verschwinden, hatte er gebrüllt. Sie hatte daraufhin ein paar Sachen zusammengepackt und war heimlich zu ihrer Mutter gegangen. Bertas Türen standen sperrangelweit offen für eine, die den Otto Brucker endlich verlassen wollte. Unaufhörlich peitschte sie Alwine ein, mit wem sie da verheiratet war. Was für ein schlechter Mensch er sei und dass er, ganz egal, wie die Geschichte war, die Rosi auch auf dem Gewissen hätte. Weil er sie schon zu Lebzeiten nicht anständig behandelt habe. Dass von so einem nur ein spinnertes Kind kommen kann, wär schon vorher klar gewesen. Alwine hatte alles stoisch ertragen und wenig geantwortet. Wie eine riesige Mülltonne schluckte sie alles in sich hinein. Die Trauer, die Verzweiflung, die Demütigungen, alles. Sie wusste nicht mehr, wo hinten und vorne war, oben oder unten. Sie konnte zwischen Richtig und Falsch nicht mehr unterscheiden, wurde immer verbitterter und trotzig zugleich.

Als sie an jenem Mittwochmorgen in der Früh auf dem Friedhof an Rosis Grab die verdorrten Kränze wegräumte, stand plötzlich ihre Schwägerin Gisela hinter ihr. Sie hatte Alwines Auto gesehen und war auf Verdacht ans Grab gegangen. Alwine erschrak zuerst, war dann aber erleichtert, dass es nur ihre Schwägerin war.

»Die Rosi«, seufzte Gisela nachdenklich und bekreuzigte sich. Alwine reagierte nicht weiter und packte die Blumen und die Kränze mit den Schleifen in den Schubkarren, um sie in das Abfallbecken zu kippen.

In liebevoller Erinnerung … Für immer unvergessen … In stillem Gedenken … Letzter Gruß …

Es stank nach verrotteten Pflanzen, besonders die vielen weißen Lilien rochen unangenehm.

»Man kann es einfach nicht begreifen.« Gisela sammelte ein paar verwelkte Tannenzweige auf.

Alwine richtete sich auf und wischte sich die Haare aus der Stirn. »Wenn es nur das wär, was man begreifen müsste«, sagte sie und deutete auf das Grab. »Ich begreif ja nicht mal, was ich sonst noch alles begreifen soll.«

Gisela sah sie fragend an und lächelte unsicher.

»Hat die Polizei noch überhaupt gar nix rausgefunden?«

»Null Komma nix.«

»Und der Otto?«

»Was?« Alwine fuhr herum, ihre Augen blitzten zornig auf. »Was soll sein mit dem Otto?«

»Nix, ich mein ja nur.«

Alwine fing hysterisch zu lachen an. Gisela duckte sich verlegen und sammelte weiter verdorrte Blumen auf.

»Der Otto«, Alwine haute den Rechen, den sie mitgebracht hatte, mit aller Gewalt in die Graberde und wühlte sie auf, »der trauert seinen tausend Mark hinterher, sonst nichts.«

»Seinen tausend Mark?«, fragte Gisela neugierig.

Alwine hackte weiter.

»Was für tausend Mark?«

»Ah, rutscht mir doch alle den Buckel runter, jetzt ist's eh zu spät. Mir ist das jetzt alles scheißegal.«

»Was ist dir scheißegal?« Gisela hatte Alwine noch nie so reden hören, jetzt durfte sie nicht lockerlassen. »Was für tausend Mark?«

»Was für tausend Mark?«, äffte Alwine ihre Schwägerin nach. »Ha, die wo der Otto dem Erpresser überbracht hat. In der Hoffnung, dass der ihm sagt, wo die Rosi ist. Hat er ja dann auch, aber da war sie halt schon dood! Verstehst du?«

»Hä?«

»Aha. Schwer von Begriff heut, gell?« Alwine kippte einen Sack schwarze Erde auf das Grab und schnaufte schwer. »Wo wir gemerkt haben, dass die Rosi nicht heimgekommen ist, da hat am Abend einer einen Stein mit einem Erpresserbrief durch das Fenster in die Speisekammer gedonnert. Die Rosi wär entführt, und jetzt hätt er gern tausend Mark dafür.«

»Was? Aber die hätt der Otto doch nie und nimmer …«

»Der? So schnell hast du nicht gucken können, wie der am nächsten Morgen zur Bank gerannt ist und das Geld geholt hat. Nur dass ja nichts rauskommt. Und er hat es auch beim Entführer abgegeben. Und hurra – der hat ihm dann auch noch mal geschrieben, wo er die Rosi findet. Gefunden hat er sie dann ja auch, aber da war sie halt schon dooooood! Capito?« Alwine lachte wieder hysterisch und schüttelte fortwährend den Kopf.

Gisela stand mit offenem Mund da und suchte nach Worten. »Weiß das die Polizei?«

»Nä. Aber weil du es jetzt weißt, wird's ja nicht mehr lange dauern.«

»Ich? Iwo! Ich sag da nix. Mich geht das alles gar nix an. Das ist ja ... Das muss ich ja erst mal selbst ... Ja, dann ...«, faselte eine sichtlich überforderte Gisela, »will ich mal wieder. Mach's gut, Alwine, mach's gut!«

Als Gisela zu Hause ankam, fand sie Georg erst nicht. Wenig später kam er auf den Hof gefahren. Sie stolperte die Treppe hinunter und riss die Autotür auf. »Komm, hopp, ich muss dir was erzählen. Das glaubst du mir nicht, was ich dir jetzt sag.«

Georg folgte ihr in die Küche und suchte etwas im Kühlschrank.

»Der Otto ist erpresst worden!«

Noch reagierte ihr Mann nicht in angemessener Weise, was sie auf die Palme brachte.

»Der hat tausend Mark gezahlt für die Information, wo die Rosi ist. Der hat gedacht, die wär entführt. Das hat jedenfalls in dem Brief gestanden. Tausend Mark, stell dir das mal vor. Und dann findet der die, aber halt tot.« Gisela stemmte ihre Hände in die Hüften und sah Georg erwartungsvoll an. Der stand nur da und verzog sein Gesicht.

»Ja was?«, zischte sie genervt.

»Ich hab das noch nicht ganz kapiert, was für tausend Mark?«

»Herrschafts!« Gisela haute zornig auf den Tisch, dann schaute sie ihn mitleidig an. »Also gut, dann noch mal von vorne.« Sie wiederholte die Geschichte genau so, wie es ihre Schwägerin gesagt hatte, und sprach dabei überdeutlich. Dass er so schwer von Begriff war, verdarb ihr ein wenig die Freude.

»Das ist ...«, stammelte Georg und kratzte sich am Hinterkopf.

»Genau«, fuhr sie ihm zwischen die Gedanken, »das ist das erste Mal, dass ich höre, dass bei dem mal was komplett aus dem Ruder läuft. Darauf wart ich seit Jahrzehnten.«

Georg schaute sie mit großen Augen an. »Ein Erpresser-schreiben, sagst du?«

Gisela haute wieder auf den Tisch. »Darum geht's doch jetzt gar nicht. Es geht darum, dass der Idiot, was dein Bruder ist, statt zur Polizei zu gehen, die tausend Mark bezahlt, weil er denkt, die Rosi käm zurück, und damit hätt sich das, verstehst du?«

Georg nickte.

»Und jetzt ist es halt noch besser, weil, jetzt hat er die tau-send Mark dafür bezahlt, dass der Erpresser ihm sagt, wo er die findet, aber halt tot, verstehst du?« Gisela lachte hysterisch auf. »Also rausgeschmissenes Geld praktisch! Und das dem großen Brucker Otto.«

»Ich kann mir das alles gar nicht vorstellen ... Wer soll denn ...«, stammelte Georg.

»Das brauchst du dir auch gar nicht vorzustellen, das reicht ja, wenn ich das mache! Jedenfalls, das weiß keiner im Dorf. Noch nicht. Also, ich kann warten. Von mir erfährt's keiner. Aber das dauert eh nicht mehr lang, dann macht das die Runde. Dann ist der Brucker Otto blamiert bis auf seine verschissenen Unterhosen. Wie einer so hohl sein kann ...«, frohlockte Gisela und ging ins Schlafzimmer, Betten aufschütteln.

Am frühen Abend fuhr Georg Brucker mit seinem VW-Kombi auf den Hof.

Hinten stand Otto Brucker und überwachte den Kelter-vorgang. Er kommandierte drei Polen herum und spritzte den Boden ab. »Wir machen Schluss für heut, den Kalbergraben-Wingert machen wir morgen, das passt. Was gibt's?«, schnauzte er Georg an.

»Nix.« Georg tat so, als würde er in seiner Jackentasche etwas suchen.

»Dann ist's ja gut«, brummte Otto und drehte das Wasser noch mehr auf.

»Die Alwine hat der Gisela was erzählt.«

»Die verzählt viel, wenn der Tag lang ist.« Otto arbeitete

unbeirrt weiter. Nach einer Weile realisierte er, dass sein Bruder noch immer dastand und ihm zusah.

»Was jetzt?«, kofferte er ihn an.

Georg zuckte zusammen.

»Die Alwine hat der Gisela erzählt, es hätt ein Erpresserschreiben gegeben, und du hättest tausend Mark bezahlt.«

Otto drehte abrupt das Wasser ab und legte den Schlauch zur Seite. Dann wurde er abwechselnd weiß und rot im Gesicht und wischte sich mit seinem Taschentuch den Stiernacken ab.

»Und?«, fragte Georg.

»Was, und?«

»War's so?«

»War's so, war's so? So war's. Und weiter?« Otto Brucker nahm den Schlauch in die Hand, drehte ihm den Rücken zu und fing wieder an zu spritzen. Da stellte ihm Georg das Wasser ab.

»Hast du eine Ahnung, wer der Erpresser war?«

»Seh ich so aus?«, schrie ihn Otto an. »Glaubst du, sonst wär der noch am Leben?«

Georg drehte das Wasser wieder auf, der Schlauch geriet einen Moment außer Kontrolle. »Aber dann muss das doch einer von unseren Leuten hier gewesen sein.«

»Warum?«

»So halt. Wir wissen ja nix über die. Und die brauchen Geld.« Georg schaute sich kurz um. »Man muss es ja einem *zutrauen* können … und wem sonst traust du denn so was zu? Die Rosi erwürgen, im Wald verscharren und dir tausend Mark rausleiern? Da kennt sich doch jemand aus, mit allem hier.«

Brucker stierte auf seinen Schlauch. »Halt bloß dein saudummes Maul und sag deiner Alten, dass, wenn ich erfahr, dass sie das noch jemandem erzählt, ich sie eigenhändig im Weihwasserkessel ersauf.« Otto schmiss den Schlauch weg, ließ Georg stehen und stampfte zornig ins Haus.

***

Er fand Alwine im Wohnzimmer, wo sie mit einem Staubtuch das Wohnzimmerbüfett abwischte und die Figuren und Vasen wieder auf die weißen Deckchen stellte. Sie war um die Mittagszeit wieder zurückgekehrt, weil sie die Stänkerei ihrer Mutter noch weniger ertrug als das Geschrei und die Drohungen ihres Mannes. Als Otto ins Wohnzimmer stürmte, erschrak sie zwar, schaute ihn aber nicht an. Da ging Brucker zur Glasvitrine, in der sie das Sammeltassen-Service für besondere Anlässe aufbewahrte, nahm den Schrank in seine zwei Pranken und schmiss ihn um. Die Scheibe knallte auf einen Beistelltisch, der Inhalt prallte laut scheppernd auf den Boden. Heute war Polterabend, und Otto Brucker war in Fahrt. Er brüllte Zeter und Mordio, fegte noch zahlreiche Vasen, Figuren und Schalen vom Tisch und hieß Alwine alles, was ihm auf die Schnelle einfiel. Als er dann heiser und erschöpft auf dem Sofa hing und schnaufte, ging Alwine auf ihn zu, strich mit den Händen die Kittelschürze glatt und sagte: »Dass du's nur weißt, die Rosi, die ist gar nicht von dir.«

Dann verließ sie das Zimmer, nahm ihren Mantel von der Garderobe und ließ die Haustür laut ins Schloss fallen.

Draußen stand Tatjana und sah sie mit großen Augen an.

Otto Brucker war zur Salzsäule erstarrt. Es brauchte eine Weile, bis er wieder Struktur hatte. Seine Gedanken bewegten sich wie auf einem roten Hüpfball durch sein Gehirn. Irgendwann fing er an zu lachen. Erst ganz leise und dann immer lauter. Es war ihm, als käme in diesem Moment alles Lachen, welches seit Jahrzehnten in seiner Kehle steckte, mit einem Schwall nach draußen.

Seit einer halben Stunde war es amtlich. Er war nicht der Vater von der dappichen Rosi. Er war es nicht. Nie gewesen. Er hatte es immer gewusst. Das Brucker'sche Erbgut war hasenrein. Es war wie ein Ritterschlag. Irgendjemand hat vor dreiunddreißig Jahren hinter seinem Rücken seine Frau Alwine gepimpert und ihm einen behinderten Dreckskrampen aufgehalst, der in einen völlig anderen Stall gehört hätte. Und er, der Brucker Otto, hatte das Kuckucksei durchgefüttert und jeden einzelnen

Tag ertragen, wie ihn alle mitleidig angeschaut haben. Er hatte es immer gewusst. Aber jetzt, Schwamm drüber. Jetzt, und dafür stand er auch vom Sofa auf, wollte er sich zurechtmachen. Jetzt würde er direkt zum Ochsenwirt gehen, einen heben und den dort Anwesenden, welche immer dieselben waren, von seiner Wiedergeburt erzählen. Wissend, dass, wenn er es dort zum Besten geben würde, es alle anderen im Dorf wussten, noch bevor im Fernsehen die Spätnachrichten kamen. Er war nicht der Erzeuger von der behinderten Rosi.

Von mir aus, dachte er, als er den Autoschlüssel und seine Jacke von der Garderobe nahm, kann sie ruhig in dem Grab liegen bleiben, sie hat ja immer im falschen Bett gelegen. Aber noch bevor ihr Name in den Marmorgrabstein graviert werden würde, würde er intervenieren und dafür sorgen, dass da post mortem Rosemarie Griesbacher stand. Eine Brucker ist sie nie gewesen. Kurzer Prozess. Er ging zu seinem Auto, stieg ein und überlegte kurz. Dann startete er den Motor und fuhr mit Vollgas aus dem Hof. Er würde zuerst noch einen Abstecher machen und den Herren auf dem Revier sagen, wie die Dinge neuerdings lagen und was sie ihn jetzt könnten.

Später dann, als er schwankend und mit hochrotem Stiernacken wieder auf dem Heimweg war, wurde ihm von Minute zu Minute klarer, dass es ihm nun auch scheißegal sein konnte, wer die Rosi auf dem Gewissen hatte. »Alles hängt mit allem zusammen«, brummelte er in einem fort vor sich hin. »Es ist gut, so wie es ist.« Denn wenn das mit der Rosi nicht passiert wäre, dann hätte er ja nie erfahren, dass sie gar nicht von ihm war. Insofern, dachte Brucker und schaute in den Nachthimmel zu den Sternen, die ihm freudig zublinzelten: »Vergelt's Gott!«

Nachdem er im Wirtshaus zwei Weizenbier und vier Kurze in sich reingeschüttet hatte – Wein war für ihn keine Option, er trank nur seinen eigenen –, hatte er sich an der Theke aufs Wesentliche beschränkt, das aber in aller Deutlichkeit. Seine Brüder im Geiste, welche sich eh gewundert hatten, als der Brucker Otto plötzlich unter der Woche an der Tränke auftauchte, nahmen die Nachricht ehrfürchtig entgegen und hoben in einem fort die Schoppengläser. Brucker genoss den Zuspruch und verklickerte ihnen, dass das eine Information aus allererster Hand sei und es nicht verboten war, sie entsprechend weiterzureichen.

Schwerfällig hatte er sich sodann vom Stuhl erhoben und seine Hose zurechtgeruckelt. Und da war ihm der Gedanke gekommen. Jetzt, wo er schon mal dabei war, wollte er die Polin Tatjana aufsuchen, die ihm seit jeher schöne Augen machte, und herausfinden, zu was sie so in der Lage war. Er war sechzig Jahre alt, und heute war ihm sprichwörtlich danach, Kinder zu zeugen.

***

Als es an der Tür klopfte, erschrak Tatjana Dudek zuerst, dann öffnete sie erwartungsvoll die Tür. Dass da Otto Brucker stand, brachte sie vollkommen aus dem Konzept.

»Cheffe?«

Sie registrierte, dass er leicht schwankte, und ließ ihn eintreten. Otto Brucker hielt sich für einen Moment an seinen Hosenträgern fest. Er wusste nicht recht, wohin mit sich, und setzte sich dann einfach auf ihr Bett. Tatjana fuhr sich verlegen durch die Haare und zählte derweil eins und eins zusammen. Dass Alwine und Otto am Abend einen fürchterlichen Streit hatten, war nicht zu überhören gewesen. Worum es gegangen war, wusste sie nicht. Jetzt saß Otto Brucker auf ihrem Bett und schaute sie merkwürdig grinsend an.

»Issich Alwina *niet* gut gelaunt, nei?«, fragte sie, um irgendetwas zu sagen.

»Wer?«, sagte Otto, um ihr die komplette Bedeutungslosigkeit der Frau zu demonstrieren, mit der er seit über dreißig Jahren verheiratet war.

»Verstääh!«, sagte Tatjana und ließ sich angespannt auf einem Stuhl nieder. Sie sah Otto Brucker an und fragte sich fieberhaft, was das jetzt werden sollte und ob sie jemals die falschen Signale gesendet hatte. Otto schaute sich im Zimmer um und wusste für den Moment auch nicht, wie es jetzt weitergehen sollte und ob er überhaupt Unterhosen anhatte beziehungsweise in welchem Zustand die waren. Er hatte ganz oft keine an. Es engte ihn ein. »Wie ich kann helfe?«, stammelte Tatjana verlegen und schaute immer wieder zur Tür, als würde sie nur auf eine Gelegenheit warten, die Flucht zu ergreifen. Otto lachte unsicher auf, dann rappelte er sich umständlich wieder hoch und versuchte, einen klaren Kopf zu bekommen. Er konnte unter gar keinen Umständen hier und jetzt, dachte er, das musste alles von langer Hand ... das ging jetzt gar nicht. Auch Tatjana erhob sich und öffnete ihm höflich die Tür.

»Also dann, morgen früh pünktlich um sieben«, sagte Otto, und Tatjana nickte, als wäre genau das die Information, auf die sie schon seit Tagen gewartet hatte.

Otto schob die schöne Polin zur Seite, tätschelte ihr noch kurz den Hintern, zog die Hose mit einem Ruck bis unter die Achseln und verließ das Zimmer, ohne einen Ton zu sagen.

Eine halbe Stunde später saß er auf dem Holzklotz bei den Schweinen und sinnierte vor sich hin. Er hatte ganz vergessen, dass er, seit der behinderte Krampen vor zweiunddreißig Jahren auf die Welt gekommen war, nicht mehr konnte, wie er wollte. Vor lauter Angst, es käme noch mal einer von der Sorte hinterher. Brucker kratzte sich am Kopf. Die Psyche war schon immer die stärkste Maschine in einem Brucker, die konnte Berge versetzen und auch impotent machen, wenn es darauf ankam. Die Nachricht, dass er ja gar nichts damit zu tun hatte, war offensichtlich noch zu frisch, als dass er diese eisernen Ketten einfach so sprengen konnte. Da musste er sich ganz langsam hinarbeiten. Und der Polin, der würde er bei Gelegenheit auch einmal sagen, dass sie einfach nicht seine Kragenweite sei. Da müssten schon andere Kaliber kommen.

Donnerstag, 2. Oktober 1975

»Die Rosi ist gar nicht vom Otto.« So ging es im Dorf rauf und runter. »Aber ... von wem ist dann die Rosi?« Darauf wusste keiner so richtig eine Antwort. Jene, die Alwine lange kannten, überlegten intensiv und stundenlang, mit welchem Hallodri sie sich vor so langer Zeit, neben dem Otto, noch herumgetrieben hatte.

Vor allem Gisela Brucker heizte die Diskussion immer wieder an. Wenn auch hinter vorgehaltener Hand und nur im engsten Kreis des katholischen Frauenbundes. Es frustrierte sie ein bisschen, dass auch sie keinen geeigneten Kandidaten parat hatte, sosehr sie auch in die Vergangenheit eintauchte. Sie hatte sogar die ganzen Fotoalben durchgeschaut, mit den Schwarz-Weiß-Bildern ihrer beider Vergangenheit. Alwine, die große Alwine Brucker. Die schöne Alwine. Auf jedem Bild stach sie hervor. Sie war ja nicht nur einen Kopf größer als sie, sondern stand auch über allem und jedem. Selbst als sie ein behindertes Kind bekam, wurde sie geachtet und bewundert. *Wie die Alwine das alles macht ... Und dann noch Kuchen backt.*

Alwine war ihr Sargnagel. Wie lange hatte sie auf genau diesen Moment gewartet. Dass sich endlich einmal alles rundum selbst zerlegt.

＊＊＊

»... dann taucht plötzlich die Frau vom Brucker auf, die Alwine, bei uns hier am Eingang.«

Udo Wachtel, Arnold Obermann und Rudolf Melchinger standen im Büro und lauschten gebannt den Schilderungen von Ingrid Huber, die am Abend zuvor noch auf dem Revier gewesen war.

»Also ich die zu mir ins Büro geschoben. Die war völlig fertig. Jedenfalls erzählt die, dass am Abend des Verschwindens von ihrer Tochter, nämlich an dem Donnerstag, ein Erpresserbrief durch die Scheibe von der Speisekammer geflogen ist. Tausend Mark sollen sie bezahlen, Abwurf am Kalbergraben-Wingert, Freitagmittag. Und das hat ihr Mann dann auch gemacht. Woraufhin dann samstagmorgens das zweite Schreiben gekommen ist, mit der Fundortangabe.«

»Ich fass es nicht. Der Brucker verschweigt uns also tatsächlich die Erpressung!« Arnold Obermann strich sich über seinen Schnurrbart.

»So ist es«, fuhr Ingrid Huber fort. »Die Brucker hat gemeint, dass ihr Mann gemeint hat, dass, wenn er zahlt, die Rosi wieder auftaucht und alles gut ist. Der wollte das regeln. Wegen der Blamage. Jetzt hat das nicht geklappt, und da wollte er wenigstens, dass das nicht rauskommt, dass er tausend Mark gezahlt hat dafür, dass man seine Tochter tot auffindet. Wegen der Blamage.«

»Ach du Scheiße, aber irgend so was haben wir uns ja gedacht«, murmelte Wachtel.

»Jedenfalls, die Brucker hat dann nur noch gemeint, dass sie das gegebenenfalls nicht überlebt. Also, dass sie uns das erzählt hat. Aber es wär ihr sowieso alles scheißegal, weil, die Rosi wär ja tot, und da könnt sie sich jederzeit danebenlegen, wenn's sein muss. Und maximal wär's gut, wenn man noch wüsste, wer das gemacht hat. Aber auch das wär ihr momentan egal, weil, es ändert ja nichts.«

Wachtel und Obermann schauten zu Rudolf Melchinger.

»Das war's aber noch nicht«, fuhr Ingrid fort. »Weil, später am Abend war plötzlich noch der Brucker Otto in der Tür gestanden und hat nach dem Rudolf gefragt. Ich sag, der hat Feierabend, ob ich ihm helfen kann. Da meint der, das wär ihm furzegal, er könnt's auch der Klofrau erzählen, wenn es hier eine gäbe.«

»Im Ernst jetzt? Was hat der gewollt?«

»Der hat einfach nur dasselbe gesagt wie seine Frau vorher. Dass sie erpresst worden sind und so weiter.«

»Und wie hat er das erklärt, dass er damit ums Verrecken nicht herausrücken wollte?«

»Der war wie ausgewechselt. Dem war alles egal, der hat nur noch gelacht. Er meinte, das hätt doch wirklich jeder so gemacht in seiner Situation – also das Geld bezahlt, in der Hoffnung, die Rosi taucht dann wieder auf. Tausend Mark seien ja auch nicht gerade viel, das kann man mal machen, hat er gesagt. Wortwörtlich. Und dann wär ja alles so weit erst mal gut gewesen und unter den Teppich damit. Er hätt dem Kameraden dann hinterher schon noch heimgeleuchtet. Kurzer Prozess, hat er gemeint. Ganz kurzer.«

Alle schauten Ingrid ungläubig an. Die nahm einen Schluck Kaffee und wischte sich über den Mund.

»Er hätt ja auch nie nur eine Sekunde geglaubt, dass die Rosi erwürgt im Wald liegt. Weil, das hätt ja keiner gedacht in dem Moment. Er ist also, wie befohlen, mit dem Traktor an dem Wingert vorbeigefahren, hat die Kiste mit dem Geld abgeworfen, aber niemanden gesehen. Er hätt auch gar nicht geschaut, sagt er, weil er wollte, dass das alles einwandfrei abläuft. Erst sollte die Rosi wieder da sein, dann würd er das regeln, sagt er.«

»Kurzer Prozess dann«, sagte Wachtel.

»Genau. Alles zu seiner Zeit, hat er gemeint.«

»Zeig mal das Erpresserschreiben!«

»Das gibt's leider nicht mehr. Er hat es nach der Geldübergabe direkt abgefackelt, damit es keiner findet und die Geschichte nicht auffliegt. Den Wortlaut hat er aber noch draufgehabt. Er hat es mir hier auf den Block geschrieben.«

Wachtel griff als Erster nach dem Block.

»Jede Menge Schreibfehler, hat der Brucker die gemacht?«

»Eben nicht. Das hätt da so gestanden. Wegen den Schreibfehlern denkt er halt, dass da einer seiner Polen dahintersteckt. Die, wo jetzt alle zur Weinlese da sind. Er ist sich zu hundert

Prozent sicher, dass das einer von denen war. Wir sollten zu seinem Bruder gehen und uns die Liste holen.«

Wachtel verstand nicht. »Die haben wir doch schon. Wie oft sollen wir die noch befragen?«

»Die komplette Liste meint er, also die, wo alle draufstehen. Also auch die, wo schwarz … sagt er, weil der Fall hätt ja damit nichts zu tun, und er geht davon aus, dass wir das nicht an die große Glocke hängen, wo es doch um eine weitaus größere Sache geht als ein bisschen Steuerhinterziehung und so … meint er.«

Arnold Obermann lachte kurz auf.

»Es würd ja auch um unseren Erfolg gehen, hat er dann noch hinzugefügt. Weil, wie wir augenblicklich dastünden, wie die Hornochsen vor dem Berg … hat er gemeint, das Arschloch.« Ingrid spuckte ihren Kaugummi in den Mülleimer. »Null Fahndungserfolg, sagt er, das säh halt einfach auch nicht gut aus. Also muss das ja alles in unserem Interesse sein. Weil, und jetzt kommt es: Ihn interessiert es ja praktisch gar nicht mehr. Weil die Rosi ja gar nicht seine Tochter ist.«

»Wie bitte?« Obermann und Wachtel sahen sie verwundert an. Melchinger ließ sich auf seinen Stuhl fallen.

»Ja genau. Das hätt er auch erst jetzt erfahren, sagt er. Das hätt ihm seine Frau zum Abendessen serviert. Und wenn wir mit dem Fall hier fertig wären, dann könnten wir ja versuchen, den Namen von dem Verbrecher zu finden, der für den Dreckskrampen, wie er seine Tochter Rosi nennt, zuständig war. Aber nur, damit er dem die Rechnung von den letzten dreißig Jahren schicken kann und weiß, was er auf den Grabstein schreiben soll.« Ingrid fischte ein Gummi aus ihrer Hose, fasste die Haare zusammen und unterdrückte ein Grinsen. So richtig zum Lachen war es ja nicht. Im Gegenteil.

»Also, so langsam verlier ich den Überblick. Der ist doch vollkommen plemplem, der Brucker«, stöhnte Udo Wachtel.

»Nä«, antwortete Ingrid, »der war noch nie so klar im Kopf. Der hat gerade sein Leben sortiert. Sein Bruder, sagt er, gibt uns die Liste der Polen und wo sie untergebracht sind. Die müssen wir uns jetzt alle nacheinander noch mal vorknöpfen. Bevor er das macht, sagt er.«

»Dann nehmen wir einen Übersetzer mit. Damit wir auch die Zwischentöne hören«, meinte Wachtel.

»Ach ja, übrigens: Der erste Brief war komplett handgeschrieben, nicht geklebt.«

»Und der hat den wirklich verbrannt? Der lügt doch die ganze Zeit schon wie gedruckt«, sagte Melchinger.

»Ja, er bedauert es jetzt auch, dass er ihn verbrannt hat. Jetzt, wo ihn das Ganze nichts mehr anginge. Den Brief gibt's nicht mehr. Aber er meint, es hat ausgesehen wie eine krakelige Kinderhandschrift und so schief wie von einem Linkshänder.«

»Also wie die auf dem Briefumschlag«, folgerte Wachtel und nickte.

Melchinger nahm den Telefonhörer in die Hand. »Das mit der Erpressung muss jetzt in die Zeitung, sonst fehlt demnächst tatsächlich die Nächste.«

✳✳✳

Margarete Funzinger traute der Polizei nicht. Bedankt hatte sich der Herr Kommissar jedenfalls nicht für ihren wertvollen Hinweis vorgestern Morgen. Sie schüttelte missmutig den Kopf, während sie zu Mittag aß. Sie hatte ja extra noch den ganzen Montag abgewartet, ob sich der Herr Pfarrer nicht doch noch im Dorf zum Helden küren ließ. Das tat er aber nicht, und so war klar, dass hier irgendetwas nicht stimmte. Diese Geschichte hatte eine kurze Zündschnur, man musste nur ein Streichholz drunterhalten. So hatte sie sich am Dienstagmorgen entschieden, den Pfarrer direkt über die Polizei in Bedrängnis zu führen. Sie selbst hatte ja keinen Kontakt zu ihm. Dieser scheinheiligen Kreatur, wie sie ihn immer bezeichnete, wenn sie wieder einmal auf jemanden traf, der große Stücke auf ihn hielt. Wenn eine im Dorf wusste, was richtig und was falsch war und wie man jemandem die Beichte abnimmt, dann war ja sie das und nicht ein dahergelaufener studierter Theologe, der an die jungfräuliche Geburt glaubt und dem sie verboten haben, mit einer ins Bett zu steigen, weil das dem Adam seinerseits auch nicht so gut bekommen ist. In Margarete Funzinger loderte noch das Feuer der Hexenverbrennungen im Mittelalter. Sie verabscheute alles, was mit Kirchen und Christentum zu tun hatte. Wer Religionen verstehen will, sagte sie immer, muss sehr weit zurückgehen, um zu begreifen, zu was sie in der Lage sind. Denn nicht nur die alte Funzel selbst, sondern auch jeder, der sie kannte, wusste instinktiv, dass, wenn sie ein paar Jahrhunderte früher geboren worden wäre, der Weg zum Scheiterhaufen nicht sehr weit gewesen wäre. Schon allein deswegen vermied man in ihrer Gegenwart tunlichst das Thema Kirche wie der Teufel das Weihwasser. Einzig Hasel war an ihren Geschichten interessiert gewesen, als Kind hatte er wie ein Verdurstender an ihren Lippen gehangen, wenn sie ihm von den abscheulichsten Dingen erzählte, die sich seinerzeit unter dem Deckmantel Gottes abgespielt hätten. Von Alpträumen gepeinigt hatte er gehofft, dass sie ihm eines Tages doch noch versichern würde, dass alles, wirklich alles, bis ins kleinste Detail erstunken und erlogen war. Dazu war es leider nicht gekommen.

So recht wusste Margarete Funzinger nicht, was sie erwartet hatte, aber mittlerweile hegte sie Zweifel, dass die Kommissare den Wiesel überhaupt verhört hatten. Und selbst wenn, dachte sie, er würde alles abstreiten, das war so sicher wie das Amen in der Kirche. Sie hatte es immer gewusst, dass so einer nicht ganz koscher sein konnte. Wie er immer durchs Dorf scharwenzelte und bei jedem einen freundlichen Satz abspulte. Leider hatte keiner bei ihr jemals ein schlechtes Wort über ihn gesagt. Margarete stellte ihren Teller in die Spüle. Ihr war der Appetit vergangen.

Drei Stunden später stand sie ungeduldig hinter dem Vorhang am Fenster und wartete auf Edmund Hasenbach. Auf ihn war

Verlass. Er hatte sich gestern angekündigt, weil er ein kräftiges Ziepen in den Leisten verspürte, das ihm nicht ganz geheuer vorkam. Margarete hatte ihm ein besonders wirksames Allerleiheilmittel zusammengemixt und dafür gesorgt, dass es beim Auftragen auch richtig brannte. Denn nur dann glaubte Edmund Hasenbach daran, dass es wirkte.

Endlich kam er, leicht nach vorne gebeugt, den Weg entlanggeschlappt. Er hielt seine linke Hand auf die Leiste gedrückt und stöhnte laut vor sich hin. Mit verächtlichem Blick und einem bösen Lächeln auf den Lippen beobachtete ihn Margarete.

Edmund Hasenbach war nicht nur ein erstklassiger Hypochonder, sondern auch eine Art Sendezentrale, ein sprechendes Schwarzes Brett. Am morgigen Abend war Gemeinderatssitzung, der vorläufige Höhepunkt in Edmunds sonst gemäßigt langweiligem Dasein. Margarete wollte ihm ein Thema mit auf den Weg geben, unter dem bewährten Siegel der Verschwiegenheit.

»Edmund, komm er herein.« Sie sprach gerne in der dritten Person mit ihren Patienten. Das schuf eine Form von Distanz, auf die sie, wenn sie behandelte, großen Wert legte.

Edmund seufzte laut auf, als er sich auf ihre Pritsche legte.

»Wo klemmt's denn?«, fragte sie, als ob sie es nicht schon wüsste. Edmund deutete auf seine linke Seite. »Blinddarm wahrscheints. Eine Katastrophe wär das.«

»Wohl, aber der sitzt ja auf seiner anderen Seite.«

Edmund schob die Hand schnell nach rechts. »Aber da tut's ja auch weh.«

Margarete legte ihre Hand beruhigend auf seine. »Wenn es rechts und links schmerzt, dann kann es der Blinddarm schon mal nicht sein. Dann wird es eine Reizung der Rectorialklataria sein.«

»Das hab ich mir auch schon überlegt«, sagte Edmund zufrieden, steckte sich zwei Kissen hinter den Kopf und faltete die Hände auf dem Bauch. Die alte Funzel drehte ihm den Rücken zu und tat so, als ob sie überlegen und etwas zusammenmixen würde. Edmund röchelte leise vor sich hin.

»Gibt's was Neues?« Das fragte er immer, darauf konnte man sich verlassen.

»Einiges«, sagte sie und schwieg.

Edmund stemmte sich auf seine Arme und sah der alten Funzel hoffnungsvoll entgegen. Dann ließ er sich wieder fallen. »Und was genau jetzt?«

Margarete drehte sich zu ihm um. »Ich muss noch überlegen, ob ich ihm das überhaupt erzählen kann«, sagte sie und rührte weiter.

Edmund stemmte sich wieder hoch. »Ha, unbedingt. Wieso dann nicht?«

»Weil es von der Konsequenz her nicht absehbare Konsequenzen haben kann«, erklärte die alte Funzel.

Edmund nickte verständnisvoll. Eine Weile schwieg er, während sie in ihrem Sud weiterrührte. Dann zündete sie ein Stückchen Zedernholz an, woraufhin sich sofort ein stechender medizinischer Geruch verbreitete. »Das reinigt die Basis hier. Nicht dass die Krankheiten von den anderen noch auf ihn übergehen.«

»Um Gottes willen«, sagte Edmund und machte ein Gesicht, als ob ihn die ein oder andere Krankheit bereits anfliegen würde.

Da trat Margarete Funzinger an das Krankenbett heran und zog ihm mit einem Ruck die zwei Kissen unter dem Kopf heraus, sodass er zwei Etagen tiefer lag und sie auf ihn herabschauen konnte.

Edmund fühlte sich gleich noch kränker und auch etwas ausgeliefert.

»Heb er das Hemd hoch«, kommandierte sie.

Edmund löste gehorsam den Gürtel, zog sein Hemd aus der Hose und legte seine Leisten frei. Erwartungsvoll schaute er sie an. Die alte Funzel ließ das rauchende Zedernholz abwechselnd über die eine, dann über die andere Leiste schweifen, es stank unerträglich. Edmund hustete zwar, spürte jedoch schon förmlich, wie es wirkte. Dann holte sie mit einem Spachtel eine Ladung des heißen Suds heraus und ließ ihn auf die rechte Leiste klatschen. Edmund zuckte zusammen, verkniff sich aber jeden Laut. Stattdessen beobachtete er die alte Funzel. Die war in ihrem Element und fing nun an, die Salbe großflächig zu verteilen.

»Ich mein«, sagte Margarete Funzinger und schaute ihm tief in die Augen, »ihm könnt ich es ja vielleicht sagen, weil, er kann ja schweigen wie ein Grab.«

»Wie ein Taubstummer im Grab.« In Edmunds Leisten pulsierte es.

»Es geht um unseren Herrn Pfarrer, den Wiesel nämlich«, fing sie an und trocknete sich sorgfältig die Hände ab.

Edmund verbarg seine Enttäuschung. Er wusste ja, dass sie den Pfarrer nicht leiden konnte und keine Gelegenheit versäumte, Geschichten über ihn zu verbreiten. So richtig interessant waren die nie. Auf seinen Leisten brannte es mittlerweile wie Feuer. Schweiß trat ihm auf die Stirn.

»Geht's?«, fragte Margarete.

»Ja, jetzt erzähl sie schon!«, drängte Edmund und war zufrieden. Was so brannte, konnte nur helfen.

Freitag, 3. Oktober 1975

Am Freitagmorgen stand Rudolf Melchinger erneut an der Tür zum Pfarrhaus und klingelte. Die Angelegenheit hatte ihm keine Ruhe gelassen. Seinem Instinkt folgend, wollte er noch einmal mit einem sprechen, der, so glaubte er, vielleicht doch noch nicht alles erzählt hatte, was er hätte erzählen können. Aus der Hupen-Herta war auch nach Tagen absolut nichts herauszubringen. Keiner wusste, wo sie die ganze Zeit gesteckt hatte. Alle hatten es versucht, auch Martin, ihr Betreuer. Sie redete zwar, sagte aber nichts. Lauter Fehlanzeigen.

»Grüß Sie, Herr Pfarrer!« Melchinger schüttelte Pfarrer Wiesel mit kräftigem Druck die Hand. Der schaute ihn verunsichert an. Er war ein wenig blass um die Nase und hatte stark an Souveränität eingebüßt. Melchinger nahm vor seinem Schreibtisch Platz.

»So, Hochwürden. Die Dinge entwickeln sich Tag für Tag, ich gehe davon aus, dass sich die Aussage der Frau Funzinger bereits durch das Gemeindegestrüpp bis zu Ihnen durchgeschlagen hat, Sie kennen sie ja besser als ich.«

Richard Wiesel strich über die Schreibunterlage, als müsste er ein paar Krümel wegwischen. Dann fing er an, an seinem Manschettenknopf zu drehen.

»Sie schauen auch mittlerweile aus, als hätten Sie doch mehr mit der Angelegenheit zu tun, als Ihnen lieb ist. Und da hab ich gedacht, Sie packen jetzt einfach mal aus.« Melchinger blickte ihn erwartungsvoll an und machte mit dem Kopf eine aufmunternde Bewegung.

Richard Wiesel nahm einen Kugelschreiber in die Hand und fing wieder an zu kritzeln. Diesmal waren es Kreuze. Mehrmals fuhr er sich mit der Zunge über die Vorderzähne, als müsste er sie noch polieren, bevor er den Mund aufmachte.

»Ich hab die Hupen-Herta gefunden, ja.«

»Wo genau?«

»Sie hat im Heuschober vom Schreideck gesessen.«

»Wo ist der?«

»Über die Wiesen hinterm Dorf, immer den Weg entlang.«

»Wie ist sie dahin gekommen?«

»Das weiß nur der liebe Gott. Ich weiß es jedenfalls nicht.«

»Weiß der liebe Gott auch, wie Sie dahin gekommen sind?«

»Zu Fuß«, antwortete Wiesel trotzig.

»Weil?«

»Wie?«

Melchinger seufzte und schlug sich gemächlich die Strickjacke vor dem Bauch übereinander. Er fror ein bisschen. Ganz im Gegensatz zu seinem Gegenüber, dem stand schon wieder der Schweiß auf der Stirn.

»Was wollten Sie in der Nacht von Samstag auf Sonntag im Heuschober draußen auf dem Feld, Herr Pfarrer?«

Pfarrer Wiesel kritzelte Kreuze und schwieg beharrlich.

»Haben Sie eine Bittprozession veranstaltet?« Melchinger genehmigte sich eine Prise Schnupftabak und kreuzte die Beine. »Sie sehen, ich kenn mich aus.« Dann musste er niesen. Pfarrer Wiesel fuhr zusammen.

»Also? Dann doch lieber mit aufs Revier?«

»Ich hab da auf jemanden gewartet.«

»Sehr schön. Auf wen genau?«

Richard Wiesel schwieg, Melchinger musste noch einmal niesen.

»Auf die Rübenbacher Dings.«

»Hoppla!«, entfuhr es Melchinger. »Die Rübenbacher«, er machte sich eine Notiz, »die kenn ich noch nicht. Hat die Dings einen Vornamen?«

»Magda. Lena. Oder so.«

»Wissen Sie's nicht genau?« Melchinger fand langsam Gefallen an dem Gespräch. Er sah, wie Pfarrer Wiesel in seiner Hose ein Taschentuch suchte, hinter dem er sich verstecken konnte. Er schnäuzte übertrieben laut und lange.

»Wieso haben Sie auf die gewartet?«

Pfarrer Wiesel steckte sein Taschentuch wieder in die Hose und sah ihn verzweifelt an. »Ich möchte dazu nichts sagen. Jedenfalls hab ich mit der Hupen-Herta nichts zu tun. Die hat da gesessen, und ich hab sie nach Hause geführt, weil, sie war ja zwei Tage lang verschwunden, da hab ich sie ja nicht da sitzen ... das war ja meine Pflicht ...«

»Und die heilige Magdalena? Ich nehme doch an, dass sie Magdalena heißt?«

»Die war nicht zugegen.«

»Wo war die denn?«

»Das weiß ich nicht. Das müssen Sie die fragen. Oder lieber doch nicht. Die müssen Sie nicht fragen. Das hat ja nichts mit der Sache zu tun. Die braucht keiner was fragen.« Richard Wiesel fing wieder an zu schwitzen und zu kritzeln.

»Also, ich würd die schon gern fragen, ob sie mit Ihnen dort verabredet war. Das würde Sie immens entlasten, Herr Pfarrer. Stichwort Alibi. Weil, so irgendwie sind Sie noch nicht aus der Sache raus. Es ist völlig unklar, was mit der Herta passiert ist, dass die zwei Tage nicht nach Hause gekommen ist. Und da gibt es ja auch noch ein Erpresserschreiben ... Es ist alles hoch kompliziert, verstehen Sie?«

Wiesel verstand nichts. »Wenn das rauskommt mit der Magdalena und mir, bin ich erledigt.«

Melchinger betrachtete sich die pulsierende blaue Ader an der Schläfe des Pfarrers.

»Die Adresse von der Rübenbacher, bitte«, sagte er und schob ihm sein Notizbuch hin.

Richard Wiesel stöhnte leise auf und schrieb den Straßennamen und die Hausnummer so unleserlich auf das Papier, dass nicht mal er es hätte lesen können.

»Sehr schön. Und jetzt bitte in Druckbuchstaben.«

∗∗∗

Ingrid Huber schüttelte ungläubig den Kopf, Wachtel schmunzelte vor sich hin. Melchinger lag in seinem Stuhl und hatte die Beine auf dem Tisch.

»Es liegt auf der Hand. Der Erpresser hat die Hupen-Herta abgefangen und sie in dieser Scheune versteckt. Der hat gewusst, dass die nicht weiß, wo sie ist. Dass die nicht abhaut und vor allem nichts erzählt, wenn sie wieder zu Hause aufkreuzt. Das bedeutet, er hat sie gekannt. Das muss einer aus dem Dorf sein«, sagte er.

»Der hat auch gewusst, dass die Diehlmann zahlt. Zumindest war es einen Versuch wert«, analysierte Wachtel weiter.

»Aber der Rosi hat er die Gurgel rumgedreht. Zudem war die auch noch schwanger, das ist doch eine völlig andere Nummer«, sagte Arnold Obermann.

»Vielleicht hat die Schwangerschaft was mit dem Mord zu tun, vielleicht aber auch nicht«, sagte Melchinger. »Die Rosi hat doch gar nicht realisiert, dass sie schwanger ist. Das hat ja niemand gewusst.« Er öffnete seinen Hemdkragen und fuhr sich mit der Hand hinter den Hals. »Ich weiß nicht, ich glaub, das hat damit alles nichts zu tun.«

»Denken wir, dass derjenige auch die Herta ums Eck gebracht hätte, wenn der Pfarrer sie nicht vorher gefunden hätte?« Arnold Obermann steckte sich eine Zigarette an.

Melchinger zog die Schultern hoch. »Vielleicht. Vielleicht ist es aber auch andersrum, und das mit der Rosi ist ziemlich schnell aus dem Ruder gelaufen. Der wollte sie vielleicht auch nur verstecken und vom Brucker das Geld erpressen. Aber die Rosi war nicht so pflegeleicht wie die Herta, und da hat er hohlgedreht. Dann hat er das mit der Erpressung trotzdem durchgezogen und dem Brucker auch noch brav gesagt, wo er seine tote Tochter findet.«

»Hochanständig«, befand Udo Wachtel.

»Er hat zumindest verstanden, dass der Plan funktioniert; der Brucker hat ja bezahlt. Und dann macht er einfach weiter, weil er ja sieht, dass wir nicht die geringste Spur haben. Wenn wir eine hätten, dann wüsste der das. Weil, in dem Dorf weiß ja innerhalb von drei Minuten jeder alles.« Ingrid Huber steckte sich gleich zwei Kaugummis in den Mund und schnippte das Stanniolpapier durch die Gegend.

»Und bevor er noch schreiben kann, wo die Herta zu finden ist, hört der, dass die schon wieder zu Hause gelandet ist. Auch gut, denkt der sich. Das war dem egal, weil, das Geld hat er ja. Fertig.« Wachtel klatschte kurz in die Hände. »So irgendwie muss es gewesen sein.«

»Dass der Dorfpfarrer dort nachts auftaucht, damit konnte jetzt wirklich keiner rechnen. Aber das hat ihm komplett egal sein können. Die Sache war ja gelaufen.« Arnold Obermann aschte in den Papierkorb und erntete einen bösen Blick von Ingrid Huber.

»So muss es gewesen sein«, sagte Melchinger und blickte in die Runde. »Nur dass wir immer noch nicht wissen, mit wem wir es zu tun haben und in welchem Heuhaufen wir stochern müssen. Das geht mir langsam auf den Zeiger!«

»Aber wenn das so war, hat der dann die Rosi auch erst im Heuschober vom Schreideck versteckt?« Ingrid Huber öffnete das Fenster. Draußen flog eine Amsel auf der Jagd nach Mücken so dicht vorbei, dass sie erschrak und zurückzuckte.

Wachtel kaute auf seinem Bleistift herum. »Die Frage ist berechtigt. Wenn das der Plan war, dann hat der die Rosi ja auch irgendwo verstecken müssen, und das kann nicht in dem Waldstück gewesen sein. Das heißt, Tatort wäre dann definitiv nicht der Fundort.«

Melchinger griff zum Telefonhörer. »Wir müssen jetzt dringend die Scheune auf den Kopf stellen und nach Spuren suchen. Und der Lutz soll mit seinem Hasso feststellen, ob die Herta Diehlmann dort war. Am besten, es kommt gleich noch ein Hund und sucht nach Spuren von der Rosi Brucker. Vielleicht ist da noch was. Das wäre ja nur logisch nach allem, was wir wissen. Und den Scheunenbesitzer, den Schreideck, müssen wir auch durchleuchten.«

»Den Schreideck durchleuchten?« Ingrid fasste sich an den Kopf. »Da braucht ihr aber Röntgengeräte. Taschenlampen reichen da nicht. Ich kenn den, der ist so hohl, der weiß, glaub ich, gar nicht, dass er eine Scheune besitzt.«

»Gut, wenn du den kennst, dann übernimmst du das jetzt mit dem Udo. Und Arnold, organisier du das mit den Hunden«, sagte Melchinger und zog seine Jacke an.

»Wieso muss ich mit dem Idioten von der Scheune reden? Was machst du denn in der Zwischenzeit?« Ingrid war sauer und ging Melchinger hinterher.

»Ich red jetzt mit der Rübenbacher Magdalena.«

»Ja toll! Das hätt ich gern gemacht!«

»Jeder das, was er am besten kann.« Melchinger winkte ihr zu und verschwand durch die Eingangstür.

✻✻✻

Als Udo Wachtel und Ingrid Huber an der Scheune ankamen, in der, laut Pfarrer Wiesel, die Hupen-Herta zwei Nächte verbracht hatte, war von Heinz Schreideck noch nichts zu sehen, obwohl sie ihn direkt dorthin bestellt hatten. Dafür war Elmar Lutz mit Hasso schon da. Der Hund hatte sich ja schon beim letzten Mal optimal auf die Hupen-Herta eingeschossen. Als er in die Scheune geführt wurde, konnte er sich kaum mehr beruhigen und bellte sich halb tot. Er badete in einem Meer von Geruchsmolekülen, allesamt identisch mit Hertas Pullover. Elmar Lutz versuchte, ihn mit einer Ladung Frolic zu bändigen. Hasso durchschaute das Spiel und drehte so lange durch, bis die ganze Tupperschüssel leer war und es absolut nichts mehr zu holen gab. Huber und Wachtel betrachteten den platt gelegenen Ort hinter den Heuballen. Zweifellos hatte hier jemand genächtigt, und dieser Jemand war Teil der Ermittlungsakte. Wenig später kam der andere Spürhund und suchte nach Spuren von Rosi Brucker, schlug jedoch nicht an.

Die Spurensicherung fand auch nichts von Bedeutung, woraufhin Ingrid gegenüber Wachtel anmerkte, dass der Entführer die Herta Diehlmann, allem Anschein nach, noch nicht einmal mit Nahrung oder etwas zum Trinken versorgt hatte, obwohl sie ganze sechsunddreißig Stunden verschwunden war. Jedenfalls gab es keinerlei Hinweise darauf.

Mit einer Stunde Verspätung tauchte dann auch Heinz Schreideck auf, er hing mit den Daumen in den Trägern seines Blaumanns, als müsste er sich irgendwo festhalten. Huber und Wachtel nahmen ihn in die Mangel. Das Gespräch war jedoch müßig. Das wär eine Scheune und kein Nachtlager für Zigeuner, sagte er. Er wär auf der Kerwe gewesen, Alibi hundertfach, jedenfalls von denen, die noch so nüchtern waren, dass sie es bezeugen konnten. Er hätt im Übrigen genug Behinderte um sich rum, da holte er sich nicht noch eine in den Stall. Und er wüsst auch nicht, was sie noch wissen wollen oder wen sie jetzt noch fragen könnten, weil er gar nicht verstehen täte, was eigentlich Sachlage wär. Wenn ihm noch was von Bedeutung einfallen würd, tät er sich melden. Aber rechnen sollten sie mal eher mit dem Gegenteil.

***

»... die zuständige Kriminalpolizei vermutet einen Zusammenhang zwischen dem Verschwinden der Herta D., welche nach zwei Tagen wieder heimkehrte, ohne dass ihr Aufenthaltsort bekannt wurde, und dem Mord an Rosemarie Brucker. Wie sich herausstellte, gab es in beiden Fällen ein Erpresserschreiben mit einer Lösegeldforderung und im Fall R. Brucker auch ein Schreiben mit einem Hinweis auf den Fundort der Leiche ...«

Edmund Hasenbach saß beim Abendessen und las aus der Zeitung vor. Hasel stocherte in seinem Essen herum und schaute abwechselnd auf seinen Teller und hinüber zu Atze.

»Was glotzt du so, du Arschloch!«

Hasel nahm sein Sprudelglas und prostete ihm zu.

»Erst murksen sie die ab, dann schreiben sie einem für Geld, wo sie rumliegt. Habt ihr das gehört? Sapperlot noch mal!« Oma Agnes kam in die Küche gestürzt und wedelte mit der Rheinpfalzzeitung.

Elvira Hasenbach stellte ihr mürrisch einen Teller hin. »Ja, jetzt reg dich ab und hock dich hin.«

Oma Agnes saß bereits und schaufelte sich unaufgefordert eine Ladung Sauerkraut und ein Rippchen auf den Teller.

»Die wissen nix, wissen die«, sagte Edmund und winkte die Schüssel mit dem Kartoffelbrei zu sich her.

»Dem, wo das gemacht hat, dem müsst man das doch ansehen. So ein Halunke, dem steht doch die Bosheit im Gesicht«, sagte Oma Agnes und fischte nach dem Senfglas.

Hasel schaute auf ihre Hände, die knochigen Finger und die großen Adern. Sie zitterten, seit er denken konnte, und mit ihnen alles, was sie in Händen hielt. Das machte ihn verrückt. Auf dem Senfglas war Onkel Dagobert und schwamm in Geld. Er sah es schon in Scherben auf dem Boden liegen und nahm es ihr vorsichtshalber aus der Hand. Sie quittierte das mit einem beleidigten Blick, fuhr mit dem Messer in das Glas, das er ihr hinhielt, rettete jedoch nur die Hälfte des Senfes auf ihren Teller. Der Rest landete auf der Tischdecke. Elvira Hasenbach stand sofort auf und wischte ihn mit dem Spüllappen weg.

»Die Zeiten«, prophezeite Oma Agnes mit vollem Mund, »die wer'n nicht so bleiben. Das guckt der sich nicht mehr lang an.« Dabei zeigte sie mit der Gabel nach oben, damit alle wussten, wen sie meinte.

»Dem Herrn Pfarrer, euerm staubigen Kameraden, dem guckt der auch nicht mehr lang zu«, sagte Edmund betont beiläufig und schob sich ein großes Stück Rippchen in den Mund.

Elvira Hasenbach und Oma Agnes ließen fast gleichzeitig die Gabel sinken und schauten ihn fragend an. Edmund schmatzte genüsslich vor sich hin und leerte sein Bierglas in drei großen Zügen. Er nickte hinüber zum Kühlschrank, damit Elvira ihm ein neues hinstellte. Sie aber saß wie angewurzelt da. »Wieso? Was hat er jetzt wieder mit unserm Pfarrer Wiesel?«

»Der scheinheilige Ganove«, sagte Edmund und zeigte mit dem Messer in die Runde, »der steckt doch in der Sach metertief mit drin.«

Jetzt vergaß auch Hasel zu schlucken.

»Wo mit drin?«, fragte Atze und rülpste laut.

»Der ist gesehen worden, wie er mit der Hupen-Herta am Samstag, mitten in der Nacht, Hand in Hand übers Feld gekommen ist und sie am Ortsrand abgestellt hat. Von dort ist sie dann nach Hause gewatschelt. Jetzt frag ich mich halt, was hat der heimlich mit der gemacht?«

»Wer … wer sagt das?« An Elviras Hals zeigten sich rote Flecken. Die bekam sie immer, wenn sie sich aufregte.

»Die Funzingern«, sagte Edmund, »und die muss es ja wissen.«

»Mäh-äh-äh-äh-äh-äh-äh«, lachte Atze. Edmund holte sich nun selbst ein Bier und aß in Ruhe weiter. Elvira und Oma Agnes waren völlig aus dem Konzept, auch Hasel fehlte für den Moment noch der Zusammenhang.

»Jedenfalls«, sagte Edmund und stieß auf, »die Information wird von mir in einer Stunde im Gemeinderat durchgereicht. Im Fall die das noch nicht wissen. Das ist ein sachdienlicher Hinweis von mir. Da kann er dann bei sich selbst beichten gehen, der Herr Hochwürden. Der sitzt ja quasi an der Quelle.« Und weil Edmund sehen konnte, wie bei seiner Frau und seiner Schwiegermutter die Kirchenglocken läuteten, fügte er noch hinzu: »Da würd ich an eurer Stell schon mal die entsprechenden Fürbitten verfassen, für die Sonntagsmess. Falls der dann noch praktiziert.«

* * *

»Heiliger Bimbam – der Herr Pfarrer Wiesel und die Maria Magdalena. Die heimliche Gefährtin von unserem Jesus«, sagte

Hanne Melchinger, während sie Eier, Mehl und Salz in eine Schüssel gab.

»Du kennst dich aus.« Melchinger ging zum Kühlschrank und holte sich ein Bier.

»Sie soll eine Prostituierte gewesen sein, hat ihm aber die Füße gesalbt und war die Erste, die entdeckt hat, dass das Grab leer war.«

»Hä?« Melchinger wischte sich den weißen Schaum vom Mund.

»Nix. Vergiss es.«

Hanne nahm einen Schluck Rotwein und rührte den Pfannkuchenteig. »Jetzt erzähl mal, was hat die denn dazu gemeint, die heilige Magdalena?«

»Die ist erst mal mit mir zu den Hühnern gegangen, weil sie Angst gehabt hat, dass ihre Mutter an der Tür mithorcht. Ich hab wahrscheinlich jetzt noch Hühnerscheiße an den Schuhen.«

»Und weiter?«

»Die Magdalena hat gesagt, dass sie das eigentlich alles gar nicht wollte. Und deswegen ist sie ja auch nicht gekommen, in der Nacht. Was der sich denken würd, meinte sie. Ein Perverser, der Herr Pfarrer Wiesel. Hat sie gesagt.«

»Hoppla!« Hanne schnitt dünne Apfelscheiben und machte etwas Zimt drauf. Sofort breitete sich ein anheimelnder Duft in der Küche aus.

»Er hätt ihr nachgestellt und ernsthaft geglaubt, dass sie was von ihm wollt. Nur weil sie sonntags in der ersten Reihe kniet. Der hätt sie sogar im Beichtstuhl mit allerlei obszönen Sachen konfrontiert.«

»Hat sie obszön gesagt?« Hanne goss einen Schöpflöffel von dem dünnen Teig in eine Pfanne und warf ein paar Apfelscheiben drauf.

»Nein. Sie hat ›schweinisch‹ gesagt. ›Bäh!‹ und ›wäh!‹ hat sie gesagt, abwechselnd.«

Hanne lachte laut, nahm einen Schluck Rotwein und wartete

auf den Moment, wo sie den Pfannkuchen wenden musste. Es zischte.

»Und dann hat sie die ganz große Keule ausgepackt und gesagt, wie abartig es doch sei, dass er dann auch noch mit der armen Hupen-Herta rumgemacht hätt. Wo doch jeder im Dorf gewusst hat, dass das arme Mädel in den verliebt war. Und dass man so einem den Schwanz abhacken müsste. Dann wär endlich Ruh. Das hat sie gesagt, wortwörtlich.«

»Oha!« Hanne kippte den fertigen Pfannkuchen auf einen Teller und goss erneut eine Kelle Teig in die Pfanne.

»Wie sieht's denn aus, das Magdalena?«, fragte sie und strich sich eine Strähne aus dem Gesicht.

Melchinger lachte und stieß mit seinem Bier an.

»Blondes, langes Walla-Walla-Haar, welches zu einem christlichen Zopf verflochten ist, welcher wiederum so um den Kopf gewickelt ist.« Melchinger kreiselte mit seinem Finger um seinen Kopf und deutet einen Heiligenschein an. »Alles unter Kontrolle, quasi.«

»Soso.« Hanne lachte. Die Geschichte gefiel ihr. »Es ist ja, glaub ich, jedem klar, dass der Hochwürden was mit der Magdalena am Laufen gehabt hat, so wie die zwei sich aufgeführt haben. Ich glaub, die ganze Geschichte von dem, die stimmt. Die ist so verfahren, dass die stimmt. Der ist erledigt, den versetzen die nach Pfaffenhausen.«

»Und wir haben noch immer keine Spur.«

»Ja, aber der Herr Pfarrer und die Magdalena, das hätt ja auch nie eine gegeben.«

※ ※ ※

Es war ein feuchtfröhlicher Abend Ende August gewesen. Drei Freundinnen saßen im Gras auf der Wiese, hatten zwei Flaschen Wein dabei und erhoben die Gläser in einem fort. Sie sprangen von einem Thema ins nächste und wieder zurück. Allem voran, wer wen bussiert hatte oder noch bussieren sollte. Während der Wein in den Köpfen summte wie ein Schwarm Hornissen, wurde das Gelächter immer lauter und die Phantasien immer zügelloser. Magdalena Rübenbacher wischte sich die Tränen aus den Augen und sorgte mit einer Handbewegung für Ruhe. Sie hatte eine Idee und brauchte Gehör. Evi und Trudi sahen sie mit erwartungsvollen Augen an. Magdalena senkte die Stimme und legte los. Sie sei der festen Überzeugung, dass sie es schaffen würde, Pfarrer Richard Wiesel an den Sündenpfuhl zu locken, um dort mit ihm abzutauchen.

Trudi schluckte. Sie war für einen Moment sprachlos und gab sich in Gedanken der Faszination dieses lasterhaften Vorhabens hin. Und noch bevor Evi diese glorreiche Idee zerreden konnte, stand sie auf, erhob feierlich ihr Schoppenglas und sagte: »Heilige Magdalena Muttergottes, ich weiß nicht, wie du das schaffen willst. Aber wenn es eine schafft, dann du. Zum Wohl!« Dann nahm sie einen großen Schluck, fing schallend zu lachen an und ließ sowohl das Glas wie auch sich selbst ins Gras fallen. Magdalena legte sich neben sie und grinste verheißungsvoll in die Dämmerung hinein.

»Was ... Wie ... willst du das anstellen?«, stammelte die entsetzte Evi und starrte Magdalena an. Die setzte sich aufrecht hin und lächelte verträumt.

»Ich setz mich in der Kirch in die erste Bank. Das langt.«

Trudi brach erneut in kreischendes Lachen aus. »Das langt!«, gackerte sie. »Die erste Bank, das langt. Hosianna, in Ewigkeit, amen.«

Samstag, 4. Oktober 1975

Margarete Funzinger riss mit einem heftigen Ruck das Schröpfglas vom Rücken. Die Stelle war purpurrot und würde spätestens morgen blau werden.

»Aua! Gewitter, leck mich am Arsch!«

Vor ihr lag Alfred Ansbacher, genannt Alfi, Mitglied des Gemeinderates, Tenor im Kirchenchor und Vorsitzender des Schützenvereins, welchen sie zu einer Schröpfkur überredet und für heute einbestellt hatte. Alfi lag hilflos auf dem Bauch und beobachtete aus den Augenwinkeln, wie die alte Funzel wild hantierte. Sie entzündete einen in Alkohol getauchten Wattebausch, damit sich die Luft im Schröpfkopf erhitzte und ein besonders schöner Unterdruck im Glas entstand. Sie wollte seiner Fettleber zu Leibe rücken und schwor auf die Wirkung der Schröpfkur. Vorausgesetzt, er würde in Zukunft weitestgehend mit dem Saufen und dem Schweinebraten aufhören. Woraufhin der Ansbacher Alfi meinte, sie solle erst mal schröpfen, er würde dann schauen, was er für sie tun kann.

Während er nun darniederlag und auf den nächsten Schmerzimpuls wartete, erzählte er in leicht gequältem Ton von seinem eigentlichen Hauptproblem, das nicht die Fettleber war, sondern seine »Alte daheim«, wie er sie nannte. Er hoffte insgeheim, dass die Funzel ihm auch für diesen doch eher schwierigen Fall ein Präparat geben würde, welches er seiner Frau Erna unbemerkt ins Essen kippen konnte. Sie würde sich nur noch beschweren, sobald er nur zur Tür hereinkam, meinte Alfi. Er musste sich mittlerweile, so sagte er, schon gleich nach dem Essen auf der Couch tot stellen, damit sie aufhörte. »Ich weiß nicht, was die will. Wir haben einen Fernseher, wir haben ein Auto, wir haben zu essen. Ich weiß nicht, was die will.«

Margarete Funzinger wusste es auch nicht. Sie interessierte vielmehr, ob nun Edmund Hasenbach in der Gemeinderatssitzung die Pfarrer-Wiesel-Bombe hatte platzen lassen und wie groß der Grad der Zerstörung war. Margarete stoppte den Redefluss ihres Patienten abrupt mit einem besonders heißen Schröpfglas und nutzte die Zeit der schmerzhaften inneren Einkehr, um Alfi Ansbacher behutsam auf eine andere Themenspur zu geleiten. Auf die Frage, was es denn eigentlich, rückblickend auf die Gemeinderatssitzung, Neues gäbe, fing Alfi mit dem zu langsamen Fortgang der Turnhallen-Grundsanierung an.

Margarete winkte gereizt ab. »Im Fall Herta Diehlmann, mein ich.«

»Ah, da«, sagte Alfi und überlegte angestrengt. Dann hob er den Kopf vom Kissen. »Das mit der Erpressung ...«

»Erpressung meint er?« Margarete Funzinger riss irritiert ein Schröpfglas vom Rücken.

»Aua! Hat sie denn nicht in die Zeitung geguckt?«

Margarete begutachtete die roten Flecken und peilte das nächste Glas an. »Freilich«, antwortete sie, und das war gelogen. Denn sie war der Auffassung, dass dank ihrer hellseherischen Fähigkeiten und der guten Kontakte das Geld für die Tageszeitung mehr als rausgeschmissen sei. Zudem war sie die letzten zwei Tage nicht unter Leuten gewesen. Sie hatte sich nicht wohlgefühlt und es vorgezogen, im Bett zu bleiben. Ein Fehler, wie sich jetzt herausstellte.

»Da steht ja so gut wie nix drin«, wiegelte sie pauschal ab. Alfi Ansbacher legte den Kopf wieder ab und schmatzte leise vor sich hin.

Bei Margarete Funzinger war der Geduldsfaden mittlerweile stark ausgeleiert. »Erpressung also, bei der Herta Diehlmann?«, half sie ihm wieder auf die Sprünge. Alfi stöhnte. »Ja. Genau wie beim Brucker Otto halt.«

»Wie beim Brucker Otto halt?« Margarete stellte beunruhigt fest, dass augenscheinlich alle informiert waren, nur sie nicht. Etwas, was ihr in all den Jahrzehnten davor nie passiert war.

»Für was ist der erpresst worden?«

»Ha, dafür, dass der erfährt, wo seine Tochter rumrennt. Weiß sie das denn gar nicht?« Alfi schaute die alte Funzel von der Seite aus merkwürdig an. Die riss das nächste Glas runter. »Aua!«

»Hat der Brucker gezahlt?«

»Hajo! Tausend Mark hat der hingeblättert.«

»Aber die war doch tot.«

»Das war ja der Witz. Aber dadurch hat der halt wenigstens erfahren, wo sie rumliegt. Das war ja auch schon was wert.« Margarete wurde es langsam schwindlig. »Und die Diehlmann Wilma, hat die auch gezahlt?«

»Des sag ich doch! Desdewegen ist die Herta ja wieder aufgetaucht. Lebendig diesmal, das ist der Unterschied. Für nur dreihundert Mark.«

Margarete ließ den Wattebausch sinken. »Aber die Herta hat doch der Pfarrer Wiesel heimgelotst. Hat jetzt der Prediger die Wilma erpresst?«

»Der Pfarrer Wiesel? Ähm. Davon weiß ich nix. Obwohl, nach allem, was man von dem neuerdings so hört, der hat ja scheint's mit der Hupen-Herta rum…«

»Noch mal von vorne jetzt«, kommandierte die alte Funzel, »da blickt ja keiner mehr durch. Und hock er sich mal aufrecht hin!«

Alfi hockte sich aufrecht hin. Sein kompletter Rücken brannte, und es roch auch komisch. »Wo die Hupen-Herta verschwunden war, hat der Greiner Siegfried im Bad bei der Wilma auf dem Boden einen Stein gefunden, wo ein Brief drumgewickelt war. Da hat draufgestanden, dass die Herta entführt ist und mit dreihundert Mark verhindert werden kann, dass sie tot nach Hause geht. Und so fort. Mit aufgepappten Zeitungsbuchstaben war das da notiert. Kurz und knapp. Genau wie beim Brucker.«

»Mit Zeitungsbuchstaben?«

»Ja, ausgeschnittenen, sagt man. Wie aus dem miniMAL-Werbeblättchen. Da hat sich einer verkünstelt, aber das hätt ja praktisch jeder machen können. Sogar du!« Alfi keuchte vor Lachen.

Margarete Funzinger drehte sich einmal um ihre Achse, dann rannte sie zu ihren Gerätschaften und räumte wild herum. Alfi schaute ihr von der Pritsche aus verwirrt zu.

»Passiert noch was?«, wollte er wissen.

Sie reichte ihm eilig sein Hemd. »Die Operation ist beendet.«

»Schon?« Alfi deutete auf sein Unterhemd, das noch über dem Stuhl hing.

»Leg er das Geld auf den Tisch«, murmelte sie geistesabwesend und hielt ihm das Unterhemd hin. Alfi zog es laut stöhnend über den Kopf und knöpfte sich anschließend umständlich das Hemd zu.

»Aber dass die Rosi im neunten Monat schwanger war, von wem wissen die Götter, das weißt du schon, oder?«

»Im vierten Monat«, korrigierte ihn Margarete, »wir wollen es mal nicht übertreiben.«

»Dann weiß sie ja auch, dass die Rosi gar nicht die Tochter vom Brucker Otto ist.«

Damit hatte Alfi der Funzinger Margarete endgültig den Stecker gezogen. Sie nahm die Scheine entgegen und komplimentierte ihn zur Tür hinaus. »Komm er mal übermorgen wieder. Die Leber ist jetzt aktiv.«

»Ah ja«, sagte Alfi, dem sein ganzer Rücken brannte. »Und wegen meiner Alten daheim? Gibt's da was?«

»Es gibt gegen alles was«, sagte Margarete und schloss schnell die Tür hinter ihm.

Sonntag, 5. Oktober 1975

Er hatte es sofort registriert. Es war etwas im Busch.
Seine Messdiener schauten ihn komisch an und hörten auf zu reden, als er die Sakristei betrat. Das »Grüß Gott, Herr Pfarrer« fiel heute spärlicher aus als sonst, sie waren mit sich und ihren Kutten beschäftigt und wichen seinem Blick aus. Sein Obermessdiener Markus kam erst kurz vor knapp hereingestürzt und war ebenfalls ungewöhnlich kurz angebunden.
»Ist was nicht in Ordnung?«, fragte er und sah ihn prüfend an. Markus, wie auch alle anderen, zuckte mit den Schultern und tat so, als wäre nichts.
»Na, dann wollen wir mal«, sagte er und warf sich den Talar über. Ein kurzer Blick in den Spiegel, alles war wie immer. Seine Messdiener öffneten die Tür, traten in Zweiergruppen nach draußen und gingen auf Position. Markus, sein Obermessdiener, nuschelte was von »Müssen nachher mal reden« und ging ebenfalls schnell nach draußen.
Richard Wiesel hatte keine Zeit mehr, sich zu wundern, schritt hinaus zum Altar, machte eine Kniebeuge und bekreuzigte sich. Die Orgel setzte ein, er drehte sich um, dann traf ihn der Schlag. Das Gotteshaus war proppenvoll. Es gab keinen einzigen Sitzplatz mehr, und hinten, im Schiff, standen sie in Gruppen bis raus auf die Straße. Richard Wiesel schluckte. In seinem Kopf zischte und ploppte es, seine Gedanken platzten wie Seifenblasen, noch bevor er sie überhaupt denken konnte.
»Der Herr sei mit euch.«
»In Ewigkeit, amen.«
Der Gottesdienst begann, er musste sich konzentrieren. Bis zur Predigt schaffte er es auch. Dann jedoch, als er auf der Kanzel stand, sah er Magdalena auf ihrem Platz sitzen, als wäre nichts gewesen. Sie hatte die Hände gefaltet, schaute andächtig vor sich hin und würdigte ihn keines Blickes. Das gab ihm den

Rest. Es war das erste Mal, dass er seine Predigt vom Blatt ablas und nicht wie sonst, mit großen Gesten, frei sprach.

Er spürte, wie sich alle Augen in ihn hineinbohrten. Das Jüngste Gericht saß vor ihm und zeigte ein unbarmherziges Gesicht. Als dann ausnahmslos alle in einer nicht enden wollenden Schlange zur heiligen Kommunion kamen, gingen ihm die Hostien aus. Die Limburger Hedwig hatte die letzte ergattert, und nun stand der Sauer Franz-Josef vor ihm und streckte ihm erwartungsvoll die belegte Zunge entgegen.

Pfarrer Wiesels Augen flackerten. »Der Leib Christi ... ist ... leer«, stammelte er.

»Jetzt geht alles den Bach runter. Amen«, ranzte Franz-Josef und schlurfte unverrichteter Dinge zu seinem Platz. Gefolgt von allen anderen, die auch zu spät gekommen waren.

Richard Wiesel ging zum Altar, leierte seine Texte herunter und beendete den Gottesdienst mit ein paar Segenssprüchen weniger als sonst. Dann floh er im Talar direkt ins Pfarrhaus, noch bevor ihm jemand einen schönen Sonntag wünschen konnte. Da saß er nun und schnaufte. Es war vorbei, es war raus. Er erschrak, als seine verstört dreinblickende Haushälterin an die Tür klopfte und den Obermessdiener Markus hereinließ.

»Ich bin auch nur ein Mensch«, schnauzte Richard Wiesel ihn trotzig an, ohne dass Markus was gesagt hatte.

»Schon«, nickte Markus und schüttelte den Kopf, »aber man muss es ja nicht übertreiben.«

»Wenn die fleischgewordene Versuchung vor dir steht und ...«

»Wie kann denn die Hupen-Herta eine fleischgewordene Versuchung sein? Geht's noch?«

Richard Wiesel drehte sich abrupt um und schaute aus dem Fenster. In seinem Kopf ging es drunter und drüber.

»Herr Pfarrer, was um alles in der Welt haben Sie denn mit der Hupen-Herta gemacht, zwei Tage und zwei Nächte? Mir können Sie es sagen ...«, bettelte sein Obermessdiener.

Wiesel rieb sich die Schläfen. Sein Hals, sein Kreislauf, sein

Blutdruck, die Hupen-Herta … Dann fing er plötzlich an zu lachen. Sein Obermessdiener dachte, er wäre nun endgültig verrückt geworden.

»Die Herta, die hab ich doch nachts auf dem Feld gefunden. Mit der hab ich doch nichts gemacht. Himmelherrgott noch mal.«

»Der Himmelherrgott kann ihnen, glaub ich, grad nicht helfen, Herr Pfarrer. Weil, Sie sind in der Nacht mit der Hupen-Herta Hand in Hand vom Feld gekommen und haben sie nicht nach Hause gebracht, sondern an der Hauptstraße abgestellt. So sagt man.«

»Sagt man das?« Wiesel fuhr herum.

»Und jetzt fragt sich das ganze Dorf, was der Herr Pfarrer mit der zwei Nächte lang angestellt hat, dass er sie nicht offiziell zu Hause abliefern kann, versteh'n Sie?«

»Wie?«

»Und dann sind ja noch die Striemen im Gesicht vom Herrn Pfarrer. Und dann noch die Erpressung. Und die Hupen-Herta, die, wenn man sie fragt, immer nur ›Bumm-Bumm‹ sagt. Zwischenzeitlich, Herr Pfarrer, weiß das ganze Dorf, was sie damit meint, versteh'n Sie?«

»Aber ich …«

»Erspar'n Sie mir das jetzt, Herr Pfarrer. Sie müssen es doch selbst am besten wissen«, sagte Markus und griff nach der Türklinke. Beinahe wäre er der Haushälterin in die Arme gefallen, die hinter der Tür gestanden hatte.

Richard Wiesel fiel erschöpft in seinen Schreibtischstuhl, welcher aus der Arretierung glitt und ihn noch tiefer sinken ließ.

Montag. 6. Oktober 1975

Es war Montag in der Früh. Melchinger und Wachtel saßen in ihrem Büro und schrieben an Berichten, obwohl es gar nichts zu berichten gab. Da stürzte die alte Funzel, ohne anzuklopfen, ins Zimmer und baute sich vor den Schreibtischen auf. Beide starrten sie entgeistert an. Ihre Haare waren vom Wind zerzaust, sie sah noch spektakulärer aus als sonst.

Die metallenen Armreife an ihren dürren Handgelenken schepperten, als sie ein paar kleine Papierfetzen auf den Tisch warf. Sie hatte sie am Morgen in den Taschen ihres schwarzen Mantels gefunden. Es war wie eine Erleuchtung gewesen.

»Können wir Ihnen helfen?«, fragte Wachtel und schaute auf die Schnipsel.

»An Impertinenz nicht zu überbieten, die Herrschaften!« Die Augen der alten Funzel blitzten zornig auf. »Vielleicht schaut er mal auf seinen Schreibtisch, was da liegt. Was sieht er?«

»Papierschnipsel«, sagte Wachtel.

»Ah so? Kein Wunder, dass hier nichts vonstattengeht. Das sind ausgeschnittene Buchstaben. Klingelt's?«

Melchinger stand auf und sah sich die Schnipsel genauer an. »Woher haben Sie die?«

»Die haben an dem Katzenviech vom Hasenbach-Haus geklebt. Im Fell und an der Pfote.«

Melchinger schaute auf die Buchstaben, dann zur alten Funzel. Margarete fing an, die Buchstaben einzusammeln. »Gibt's nicht Erpresserschreiben mit geklebten Buchstaben? Ich seh schon, es hat keinen Zweck.«

Melchinger hielt ihr die Hand hin, damit sie ihm die Schnipsel wiedergab. Sie ließ sie abfällig nebendran auf den Tisch fallen.

»Und die Katz, wo war die?«, wollte Wachtel wissen.

»Ha, vor dem Hasenbach-Haus«, antwortete Margarete Funzinger schnippisch, steckte ihre Hand noch mal in die Manteltasche und fand noch einen Buchstaben. »Da, wo sie hingehört, die wohnt nämlich dort. Sie ist um sich rumgerannt wie ein Brummkreisel, wegen der Schnipsel im Fell. Das hat die ganz verrückt gemacht. Zum Dank hat sie mir die Hand verkratzt, das Drecksvieh. Außerdem trägt der kleine Hasenbach, der mit der Hasenscharte, die miniMAL-Blätter immer aus und verdient sich was dazu. Zu seinen zwei Mark Taschengeld.«

»Wann war das mit der Katze?« Melchinger ging zu seinem Kalender auf dem Tisch.

»Was weiß ich? Irgendwann, vor ein paar Wochen.«

»Und Sie sind sicher, dass das die Katze von den Hasenbachs war?« Wachtel kaute auf seinem Bleistift herum.

»So sicher, wie ich seinerzeit den Pfarrer Wiesel mit der Hupen-Herta gesehen hab. Aber das haben Sie mir ja auch nicht geglaubt. Schlafen S' weiter, meine Herren. Hopfen und Malz verloren!« Damit verließ sie den Raum und warf die Tür hinter sich ins Schloss.

»Was war jetzt das?« Wachtel ließ sich wieder in seinen Stuhl plumpsen und sah auf die Schnipsel.

Melchinger hatte zwischenzeitlich die beiden Erpresserschreiben hervorgezaubert und verglich die Buchstaben. Es war eindeutig.

Wenig später schauten sie sich noch einmal die Notizen zur Befragung von Albert Hasenbach an, am Sonntag, den 14. September, einen Tag, nachdem die Leiche der Rosemarie Brucker gefunden wurde. Melchinger und Wachtel erinnerten sich, wie nervös und verwirrt er gewirkt hatte. Sie hatten es seiner Alkoholfahne und der durchzechten Nacht zugeschrieben, es war ja schließlich Sonntagmorgen gewesen. Dieser Blickwinkel verschob sich gerade.

Im Behindertenzentrum hatte man sich durchweg sehr abschätzig über ihn geäußert. Er war bekannt dafür, dass er sich gerne lustig machte und nicht gerade zimperlich im Umgang mit seinen Fahrgästen war. Man traute ihm einiges zu, nur richtige Arbeit halt nicht. Auch war er ins Straucheln gekommen bei der Frage, wo er die Rosi an jenem Donnerstag abgesetzt hatte. Man hätte ja eigentlich erwarten dürfen, dass eine solche Frage konkret mit Uhrzeit und Ort beantwortet wurde. Sie hatten das Gefühl gehabt, dass er sich daran nicht wirklich erinnern konnte. Stattdessen hatte er sie gebeten, mit Wilfried Höcker zu sprechen, der dann das genaue Gegenteil gesagt hatte von dem, was Albert Hasenbach meinte, von ihm gehört zu haben. Nach all diesen neuerlichen Betrachtungen stand er nun mittendrin im Kreis der Verdächtigen, und zwar allein, weil es außer ihm bislang niemanden gab.

Als Ingrid Huber gegen zwölf im Hause Hasenbach anrief, nahm Elvira Hasenbach ab, Edmund war noch nicht da. Auf die Frage, ob sie eine Katze hätten, sagte sie, eine Katze nicht, aber einen Kater. Und sie bestätigte außerdem, dass ihr Sohn Harald, ihr Jüngster, die Werbebeilagen vom Supermarkt austragen würde. Elvira hatte noch kurz überlegt, was diese seltsamen Fragen zu bedeuten hatten, ging aber dann schnell in die Küche und fluchte, weil die Mehlschwitze jetzt im Eimer war.

Dienstag, 7. Oktober 1975

Kurz vor eins schellte es am Hoftor der Familie Hasenbach. Edmund Hasenbach lag auf dem Sofa, wo er nach dem Mittagessen immer lag. Er gönnte sich ein kurzes Nickerchen, bevor er wieder ins Finanzamt fuhr, um die Aktenberge von links nach rechts zu schieben.

Wieder schellte es Sturm. Als er merkte, dass sich keiner im Haus rührte, erhob er sich schwerfällig und stützte die Hand in den Rücken. Er wusste nicht, was heute mehr schmerzte, das Knie oder das Genick.

Als er den großen Hoftorschlüssel herumdrehte und das Tor aufmachte, standen Rudolf Melchinger, Udo Wachtel, Ingrid Huber und drei Beamte davor. Sie hielten ihm ein beschriebenes Blatt Papier vor die Nase. »Durchsuchungsbeschluss«, las er und ging in Deckung.

Es war nicht gerade leicht gewesen, den Beschluss zu bekommen, weil die Sachlage mehr als dünn war, nur ein Kater und Werbebeilagen. Aber Melchinger konnte den zuständigen Richter, der ein Freund von ihm war, überzeugen. Es sei so, erklärte er ihm, dass sie im Fall Brucker nun das erste Mal überhaupt jemand verdächtigen konnten. Jedoch bräuchten sie ein paar Fakten, um den Typen in die Mangel zu nehmen. Und er wisse ja selbst aus Erfahrung, dass man jemanden, in dessen Birne nicht so viel los ist, schneller zu einem Geständnis bringt als wie einen, der was draufhat und strategisch denken kann. Wichtig wäre, denjenigen mit etwas zu konfrontieren, womit er nicht rechnet. Und das genau könnten sie, wenn überhaupt, nur im Hause Hasenbach finden.

Die Polizei stapfte an Edmund vorbei ins Haus, wo Elvira aus der Waschküche kam und sich erschrocken die nassen Hände an der Kittelschürze abtrocknete. »Jessusmaria, Edmund!«, flüsterte sie und bekreuzigte sich.

Edmund stand da, zog seine Hosen hoch und kratzte sich am Kopf. Der tat jetzt auch weh. Irgendetwas lief hier komplett aus dem Ruder.

Ingrid Huber kommandierte die beiden in die Küche und bat sie, sich hinzusetzen. Auf die Frage, ob ihnen die Buchstaben irgendwie bekannt vorkämen, erntete sie nur verständnislose Blicke. Wo ihr Sohn Albert war, wussten sie auch nicht. Der war nach dem Mittagessen gleich wieder verschwunden. Sie wussten eigentlich überhaupt nichts.

Hasel kam aus seinem Zimmer und sagte vor Schreck besonders höflich »Dag!«. Er wollte die Treppe runter, aber da war ein Polizist und verscheuchte ihn. Schnell schlich er wieder in sein Zimmer und suchte eine Ecke, wo er seine aufkeimende Panik in den Griff kriegen konnte. Er hätte jetzt sehr gern auf seinem Mofa gesessen und wäre durch die Felder gepest. Mit Helm auf dem Kopf.

Ein Beamter stand plötzlich an seiner Tür und sagte ihm, er solle nach draußen gehen. Hasel lief an ihm vorbei und setzte sich im Hof auf die Bank. Das Blut raste durch seinen Körper wie auf einer Carrera-Rennbahn. Als ein Beamter mit einem Stapel Werbebeilagen aus der Scheune kam, wurde ihm kurz schwarz vor den Augen.

Hasel hatte am Freitag keine Lust gehabt, sie alle in die Briefkästen zu stecken, und sich bereits nach der Hälfte nach Hause begeben. Es gab derzeit Wichtigeres, als Geld zu verdienen. Jetzt saß er da, zog verzweifelt sein kariertes Stofftaschentuch aus der Hosentasche, hängte es vor sein Gesicht und rotzte obligatorisch hinein.

»Aha!«, rief einer der Männer, der an die Haustür kam. »Das sieht doch schon mal gut aus. Irgendwelche Papierschnipsel im Haus gefunden?«, rief er nach oben.

»Was für Schnitzel?«, fragte Edmund, der noch immer nicht wusste, nach was hier gesucht wurde.

Da kam Ingrid Huber die Treppe herunter. »Hier eine Tube Uhu und ein altes Briefmarkenalbum.«

In seiner Phantasie rannte Hasel davon, schwang sich auf sein Mofa und fuhr nach Amerika. In Wirklichkeit aber saß er wie festzementiert auf der Bank im Hof und war unfähig, sich zu rühren. Es war vorbei, dachte er, gleich war es so weit. Gleich würden sie ihn rufen. In diesem Moment erschien Atze.

»Herr Hasenbach!«, rief ihm einer der Männer zu. »Pünktlich wie die Maurer.«

Atze glotzte die Kommissare an und suchte nach einer Zigarette. Hasel sah, wie sich zwei der Polizisten auf ihn zubewegten und seinen vollkommen überrumpelten Bruder aus dem Hof führten. Elvira Hasenbach stand an der Haustür und hielt sich vor Entsetzen die Hand vor den Mund, gescheckt von Flecken der Schamesröte.

**

Eine Stunde später saß Albert Hasenbach in einem kargen Raum, hatte Schweißausbrüche und redete sich um Kopf und Kragen. Hätte er an einem Lügendetektor gehangen, dann hätte es einen Kurzschluss gegeben. Er war bis in die Poren zugedröhnt und hatte große Probleme zu begreifen, weswegen er hier festgehalten wurde. Wachtel hatte es ihm mittlerweile schon dreimal erklärt. Er verstand nur Erpresserschreiben, miniMAL-Werbebeilagen, Uhu, Briefmarke, Katze, Herta und Rosi, doch der Gesamtzusammenhang entglitt ihm immer wieder. Irgendwann hörte er es dann doch läuten. Die Polizei verdächtigte ihn der Entführung, der Erpressung, gar der Ermordung von Rosi Brucker. Dasselbe galt für die Hupen-Herta, die aber zum Glück noch lebte.

»Ich hab die Rosi und die Herta mit dem Bus abgeholt und wieder abgeliefert. Sonst hab ich mit den Idioten nichts zu tun. Glauben Sie im Ernst, ich verbring noch meine Freizeit mit denen?«

»Immerhin äußern Sie sich gerne äußerst abfällig über sie. Dafür sind Sie bekannt, oder?« Melchinger nahm eine Prise Schnupftabak und bot ihm in einer freundschaftlichen Geste die kleine Schachtel an.

Atze schüttelte angewidert den Kopf und zündete sich stattdessen eine Fluppe an. »Deswegen bring ich die doch nicht um! Das wär ja mit Ansage. So bekloppt ist doch keiner. Und von der Erpressung hab ich doch auch nur in der Zeitung … sonst wüsst ich ja nix. Was soll das jetzt mit mir …«

»Die Buchstaben stammen von einer Supermarkt-Werbebeilage.«

»Die, wo mein Bruder austrägt, um sich drei Mark fünfzig zu verdienen, die arme Sau.«

»Sie verdienen ja auch nicht die Welt, oder?«

»Hä?« Atze war im komplett falschen Film und spielte die Hauptrolle. »Was haben Sie denn gegen mich in der Hand? Das will ich jetzt mal wissen.«

Wachtel warf Melchinger einen Blick zu.

»Im Fell Ihrer Hauskatze haben ein paar solche Buchstaben geklebt, versteh'n Sie?«

»Ich versteh gar nix, versteh ich!«

»Wir haben einen Stapel Beilagen in der Scheune neben Ihrem Motorrad gefunden. Der Klebstoff lag in Ihrem Zimmer. Sie rauchen Marlboro. Sie haben Herta und Rosi gut gekannt, sind mit ihren Gewohnheiten bestens vertraut und haben den direkten Zugriff auf die beiden. Sie kutschieren sie jeden Tag in der Gegend herum. Sie machen sich regelmäßig lustig über Behinderte, und vielleicht träumen Sie auch ein bisschen von einem neuen Motorrad. Mit Ihrer alten, frisierten Schüssel kommen Sie ja nicht mehr allzu weit. Wir finden das schlüssig. Absolut.«

Wachtel sah, dass Atze dem Bombardement nicht gewachsen war und rot anlief.

»Das Katzenvieh«, schrie er und haute auf den Tisch, »meidet mich wie die Pest. Die setzt keinen Fuß in mein Zimmer, weil die genau weiß, dass sie dann ihr letztes Faucherle gemacht hat.«

»Sie bringen Tiere um?«

Atze stampfte zornig auf. »Nein! Ich sag denen vorher noch, dass sie besser verschwinden sollen, verfluchte Scheiße noch mal. Ich bring weder Tiere noch Geisteskranke um, obwohl es da keinen so großen Unterschied gibt, das muss man auch mal sagen.«

»Herr Hasenbach?«

»Drauf geschissen. Und die Werbeblätter, die steckt doch mein Bruder, der Vollidiot, in jeden Dorfbriefkasten. Und glauben Sie, dass ich der Einzige in Allweiler und Umgebung bin, der eine Tube Uhu besitzt? Das Katzenviech, das rennt doch von Pontius zu Pilatus, wenn der Tag lang ist und es dazu noch notgeil ist.« Atze lief langsam zu Hochform auf, endlich funktionierte wieder alles. Da legte ihm Wachtel ein dunkelgrünes, abgegriffenes Kunstlederbuch vor die Nase.

»Ja, was?«, schrie Atze wieder. »Das ist die verschimmelte Briefmarkensammlung von meinem Opa Herbert. Da hab ich noch nie auch nur einen Blick ... Die zeig ich doch nur her, wenn ich eine abschlepp. ›Briefmarkensammlung zeigen‹ ... versteh'n Sie?« Atze lachte hilflos. »Also, ich schlepp ja aber gar keine ab ... ich ...«

Plötzlich riss Ingrid Huber die Tür auf und winkte Wachtel aus dem Gespräch heraus auf den Flur. Als er wieder hereinkam und Atze mit verschränkten Armen auf seinem Stuhl schaukelte, legte Wachtel ihm die Sexheftchen hin, die sie bei ihm im Schrank gefunden hatten. Dazu noch eine Brille mit einem verklebten Glas. Melchinger rieb sich die Augen und fixierte Albert Hasenbach.

»Ja. Und jetzt?«, fragte Atze und zog den Rotz hoch.

»Fünf Dioptrien. Die Brille war in Ihrem Schrank, zusammen mit den Zeitschriften hier.«

Atze verstand noch immer nicht.

»Die Brille kenn ich nicht, die gehört mir nicht. Ich seh messerscharf. Die ist nicht von mir!«

»Natürlich nicht, Herr Hasenbach. Weil, das ist die Brille von der Rosemarie Brucker, versteh'n Sie?«

Dass die Polizei mit einem Großaufgebot im Hause der Hasenbachs gewesen war, hatte im Dorf innerhalb von Minuten die Runde gemacht. Durchsuchung vom Haus, hieß es. Alles auf den Kopf gestellt ... Und dass der Hasenbach Albert abgeführt worden und bis dato auch noch nicht wieder daheim wär. Bei genauerer Überlegung schien es dem einen wie dem anderen fast schon logisch. Der Hasenbach, der Fahrer vom Behindertenbus, saß ja praktisch an der Quelle und wär somit der ideale Mörder, welcher alle Voraussetzungen zu einer solch grausamen Tat mit sich brachte. Rein schon vom logischen Dings her.

Mittwoch, 8. Oktober 1975

Es war Mittwochnachmittag, halb drei. Elvira Hasenbach hatte seit der Festnahme ihres Sohnes Albert das Haus nicht mehr verlassen und stattdessen Hasel zum Einkaufen geschickt. Der stand nun vor der Metzgerei Rutzika und durchsuchte seine Taschen nach dem Einkaufszettel. Von drinnen klopfte sein Erzfeind Stefan Oberhäuser an die Schaufensterscheibe. Er hatte seine Lehre in der Metzgerei Anfang September begonnen und heute ganz offensichtlich Thekendienst. Oberhäuser drückte seine Nase an der Scheibe platt, zog die Lippen nach innen, bis sie aussahen wie eine Hasenscharte, und zeigte Hasel den Vogel, bevor er von der Verkäuferin zurückgepfiffen wurde.

Obwohl die Schule nun hinter ihnen lag, ließ er noch immer keine Gelegenheit aus, Hasel zu provozieren. Der behandelte ihn wie Luft, wie schon all die Jahre zuvor. Als er sah, wie Stefan Oberhäuser hinter der Theke einen Anschiss kassierte, fiel ihm die Sache mit dem Poesiealbum wieder ein. An diese Geschichte hatte er lange nicht mehr gedacht. Er lächelte vor sich hin.

In Hasels Klasse waren das ganze Jahr über die Poesiealben der Mädchen über die Tische gegangen. Es war wie ein Wettbewerb, je voller die Seiten, desto beliebter war man. Hasel erschloss sich das damals nicht. Er sah keinen Sinn darin, die immer gleichen dämlichen Sprüche in ein Buch zu schreiben und das Ganze mit albernen Bildchen, Geschnörkel und Herzchen zu verzieren. So was würde er nie machen. Und das traf sich gut. Denn es fragte ihn ja auch nie eine.

Eines Tages, als er von der Pause kam, lag ein rotes Poesiealbum auf seinem Platz. Hasel war für einen kurzen Moment irritiert, weil er aber wusste, dass zumindest die Augen derer auf ihm ruhten, die es da hingelegt hatten, schob er es ignorant zur Seite und holte stattdessen das Mathebuch für die kommende Stunde aus dem Ranzen. Dann lehnte er sich zurück, kritzelte ein bisschen auf einer leeren Seite seines Schulblocks herum und wartete, bis der Lehrer den Raum betrat. Es gab ein bisschen Getuschel, mehr geschah nicht. Nachdem die Stunde vorbei war, ließ er das Album mitsamt dem Stapel an Büchern und Heften in seinen Schulranzen gleiten, verließ schnell die Schule und ging nach Hause. Als er nach dem Mittagessen auf seinem Zimmer war, setzte er sich an seinen Schreibtisch und schlug das Poesiealbum neugierig auf. Es gehörte nicht einem der Mädchen, es war für ihn.

»Für unser Hasenscharte-Hasel gewidmet«, stand da auf der ersten Seite. Hasel ahnte Schlimmes und blätterte um.

Stumm wie ein Fisch
dumm wie ein Tisch
trocken wie ein Brot
der Hasel ist ein Vollidiot.
Dein Jürgen Berger.

Hasel runzelte die Stirn, schluckte und blätterte weiter.

Wenn ein G'sicht wie ein Arsch aussieht
dann ist es der Hasendepp, piepp, piepp, piepp!
Dies schrieb dir dein Stefan Oberhäuser

Stefan hatte sich an der Illustration eines Hasen mit einem Messer im Rücken und einem abenteuerlichen Gesicht versucht. Darüber hatte er einen Pfeil gemalt und »Der gemeine Hasebach-Kanniggel« geschrieben, damit man auch verstand, was genau das sein sollte. Es kamen zwei leere Seiten, dann ging es weiter.

Jetzt wurde auch Dr. Stephan Frank neugierig und setzte sich auf Hasels Schulter.

Wer isch der gröschte Depp im Land?
Es isch der Hasel – stadtbekannt.
Dein Klassenkamerat Bernhard Schreiner

Die rechte obere Ecke war umgeklappt. Auf dem Eselsohr
stand: »Obacht!« Hasel klappte es auf und sah einen gelblichen
Fleck, auf dem das Wort »Hasenrotze« stand. Schnell klappte
Hasel das Eck wieder zu und blätterte um. Der Brummer Paul
hatte über die ganze Doppelseite ein pinkelndes Strichmänn-
chen gezeichnet, mit einer großen Pfütze. Daneben stand in
einer Schrift, die man kaum entziffern konnte:

Wer braucht ständig eine aufs Maul?
Der Hasel höchstpersöhnlich und die kriegt er vom Paul.
Dies schrieb dir dein Freund Paul Brummer

Von Paul Brummer hatten schon einige aufs Maul bekommen.
Er gehörte zu jenen, die, wenn es gerade keine Schlägerei gab,
direkt selbst eine anzettelten. Bislang hatte er Hasel nur wie Luft
behandelt, worüber der wiederum sehr froh war. Denn wenn
Paul Brummer Ärger wollte, gab es kein Zurück. Er eröffnete
immer mit ein und demselben Einstiegssatz: »Was guckst du
so saudumm? Eine aufs Maul?« Die Antwort wartete er in der
Regel nicht ab.
    Immerhin, dachte Hasel, hatte er die wenigsten Schreib-
fehler gemacht. Wohingegen die Winter Gudrun, die sich auf
der nächsten Seite verewigt hatte, eine fast krankhafte Neigung
hatte, Kommas zu setzen. Leider erwischte sie immer die falschen Stellen. Bei der Seitengestaltung allerdings hatte sie sich
regelrecht verausgabt und eine Vielzahl an bunten und silber-
glitzernden Poesiealbumbildern für ihn geopfert.

Wenn du, einst nach vielen Jahren
dieses Album, nimmst zu Hand
denk daran wie, froh wir waren

das, ein Gesichtskrüpel mit uns, sas in der Schülerbank.
Dies schrieb dir Deine Gudrun Winter

Die Seite roch nach Klebstoff. Hasel strich über die Bildchen mit den fetten Engeln. Sie hatten blaue und rosafarbene Tücher um die Hüften und Blumen in den Armen. Es war die schönste Seite von allen. Die Silberpartikel, die auf den Bildern klebten, blieben an seinen Fingern hängen und glitzerten so schön.
Danach kam nichts mehr. Erst ganz zum Schluss stand noch etwas.

Ich hab mich hinten angewurzt,
weil der Hasendepp sonst ins Album furzt.
Dies schrieb dir dein lieber Michi

Der liebe Michi hatte einen großen Totenkopf gezeichnet und zwei gekreuzte Knochen drüber.
Hasel fing wieder von vorne an. Er betrachtete sich die krakeligen Schriften, nahm einen roten Stift, korrigierte die Schreibfehler und vergab Noten. Und, als hätte Hasel sie für ihn aufgeschlagen, hüpfte sein Wellensittich plötzlich auf eine der leeren Seiten und kackte drauf. Hasel klappte das Buch begeistert zu und wieder auf. Er nahm seinen Pelikan-Füllfederhalter zur Hand und schrieb unter den grüngelblich schimmernden Fleck:

Dieses Album klappt jetzt zu,
der schönste Vogel, das bist du.
Dies schrieb dir dein Dr. Stephan Frank.

Als ein paar Tage später alle in den Pausenhof rannten, fischte Hasel das Poesiealbum von Gudrun Winter aus ihrem Ranzen. Er klappte die leere Seite nach der letzten Eintragung auf und schrieb, während er sein Pausenbrot aß, exakt in der Schrift seines Klassenkameraden Stefan Oberhäuser:

Lebe lustig, lebe froh
Du dummi Fotz im Haferstroh.
Dies schrieb dir dein Stefan Oberhäuser

Dann klappte er ein Eselsohr um und schrieb obenauf: »Nit
gugge!« Er schlug es wieder auf, rotzte drauf und schrieb neben
den Fleck: »Wichse«. Als Verzierung klebte er ein Bild mit einer
halb nackten Frau in Unterwäsche auf die Seite und ummalte
es mit einem schnörkeligen Rahmen.
Er hatte es aus dem Quellekatalog seiner Mutter ausgeschnit-
ten. Als Elvira Hasenbach das Loch an dieser Stelle entdeckte,
hatte sie den Katalog dem ahnungslosen Atze ins Zimmer ge-
schmissen und »Schäm dich vor unserm Herrgott!« gebrüllt.
Es war einer der vielen Momente, in denen Atze nicht nur
die Welt, sondern auch das ganze Drumherum nicht mehr verstand.

Hasel steckte sein Album in den Schulranzen von Stefan Oberhäuser und gab es ihm sozusagen korrigiert zurück. Das Album
von Gudrun Winter ließ er in ihre Tasche gleiten. Die Pausen-
klingel ertönte wieder. Seine Mission war beendet.
Er war nicht dabei, als Gudrun die betreffende Seite aufschlug, was er ein bisschen schade fand. Dass sie aber tags drauf
den von ihr heimlich verehrten Stefan Oberhäuser keines Blickes
mehr würdigte, das hatte er gleich bemerkt. Wie auch die Tatsache, dass der Stefan fortan bei keinem der Mädchen, weder in
seiner Klasse noch in der Parallelklasse, mehr andocken konnte.
Ohne dass er jemals erfahren hätte, was eigentlich los war.

»Mein lieber Hasenbach!« Die alte Funzel klopfte Hasel von
hinten mit ihrem Stock auf die Schulter und riss ihn aus seinen
Gedanken. Wieder fing er an, verzweifelt nach dem Einkaufs-
zettel zu suchen. Ohne den wusste er nicht, was er holen sollte.
Margarete Funzinger sah ihm zu und zeigte dann auf das Stück
Papier neben ihm, auf dem ihr Stock stand. Hasel bückte sich,

und als er wieder hochkam, stand sie dicht vor ihm und schaute ihm in die Augen.

»Wie steht's um den Herrn Bruder? Nicht so gut, wie man hört?«

Hasel zuckte mit den Schultern und kramte weiter in den Taschen seines Parkas. Jetzt fand er nämlich den Zwanzig-Mark-Schein nicht mehr, den ihm die Mutter mitgegeben hatte.

»Dem ist ja alles zuzutrauen, dem rothaarigen Zigeuner.« Margarete Funzinger schaute ihm zu und fragte sich, was er jetzt wieder suchte.

»Man sieht ja Gespenster im Dorf …«, unterbrach sie ihn, »… auf einem Mofa sitzen.« Sie bohrte ihm den Zeigefinger in die Rippen, damit er wusste, wen sie meinte.

»Ich?« Hasel schüttelte den Kopf und zeigte der alten Funzel den Vogel. »'chön wär's.«

Sie lachte hysterisch auf. »Das hab ich mir auch gedacht. Das würd dem gefallen, hab ich der alten Emsheimern gesagt. Aber wer soll ihm das bezahlt haben? Meinst du, der Becker Adalbert und der Hasenbach Edmund haben einen Fonds gegründet, hab ich die gefragt?« Die alte Funzel lachte immer lauter. Hasel kicherte vorsichtshalber mit.

»Gerade die Emsheimern!«, keuchte sie. »Die ist ja so blind. Die denkt ja, der Rex Gildo steht bei ihr im Schlafzimmer, wenn ihr Alter im Schlafanzug reinkommt.«

Hasel nickte zustimmend und schaute gequält in die Metzgerei. Dort stand noch immer die Hagemann Cornelia vor der Theke und überlegte, ob sie zweihundert oder zweihundertzehn Gramm Aufschnitt nehmen sollte.

»Was ist das jetzt mit seinem Bruder, haben die ihn am Schlafittchen?«, fragte ihn die alte Funzel erneut und hielt ihm nun auch den Zwanzig-Mark-Schein hin, der im Graben gelegen hatte. Hasel glühten mittlerweile beide Ohren, er schnappte sich das Geld und sprang die Treppe hoch. Schlimmer als die Fragerei der alten Funzel konnte die Konfrontation mit seinem Erzfeind hinter der Theke auch nicht sein.

Als er wieder auf dem Nachhauseweg war, beschloss er nicht nur, heute keine Wurst zu essen, im Fall der Oberhäuser heimlich draufgespuckt hatte, sondern auch, sich einen Helm zu leisten und der alten Funzel zeitnah einen Besuch abzustatten. Er musste die Informationsfluten in die richtigen Bahnen lenken.

***

Zur gleichen Zeit hatte Margarete Funzinger beobachtet, wie Otto Brucker zum Dorf hinausfuhr, und beschlossen, endlich den geplanten Abstecher zu Alwine zu machen. Sie hatte noch nicht den Weg zu ihr gefunden, seit die schreckliche Sache mit ihrer Tochter passiert war. Nicht nur, dass Otto Brucker der letzte Mensch gewesen wäre, dem sie hätte begegnen wollen, auch eine in Tränen aufgelöste Alwine hätte sie verunsichert und überfordert.

Gegen zu viel Gefühl war sie schon immer allergisch gewesen. Sie hätte niemals die richtigen Worte gefunden und schon allein deshalb beschlossen, ein paar Wochen zu warten, bis sich die Wogen der Trauer zumindest ein wenig geglättet hatten. Heute schien ihr der richtige Moment.

Jetzt saß sie bei Alwine im Wohnzimmer und freute sich über den Anblick der Käse-Sahne-Torte mit Mandarinen, die vor ihr stand. Margarete Funzinger sprach Alwine ihre Bewunderung darüber aus, dass sie noch immer, nach allem, was passiert sei, Torten backen konnte. Alwine hatte sie verstört angeschaut, weil ihr bewusst wurde, dass sie gar nicht mehr sagen konnte, warum und für wen sie das eigentlich machte. Ihr selbst blieb noch immer jeder Bissen im Halse stecken.

»Wo sind denn die ganzen Tassen hingekommen?«, fragte Margarete und zeigte auf die leere Vitrine, die nicht mal mehr eine Scheibe hatte.

Alwine schaute kurz hinter sich, dann gab sie ihr ein Stück Torte auf den Teller. »Der Otto sagt doch immer, ich hätt nicht mehr alle Tassen im Schrank. Da hat er doch recht, wie man sieht.«

Alwine sah der alten Funzel zu, wie sie genüsslich den Kuchen verschlang und ihre neugierigen Blicke durch das Wohnzimmer schweifen ließ. An einem Foto an der Wand blieb sie hängen. Es zeigte Alwine, erhobenen Hauptes, in der Mitte die Rosi, vor sich hin lächelnd, und rechts davon Otto Brucker, mit leicht abwesender Miene.

»Das Bild ist ja nicht richtig«, sagte Margarete Funzinger wie beiläufig und kratzte die Kuchenreste vom Teller.

Alwine tat ein neues Stück auf. »Das Bild ist richtig. Wir waren eine Familie«, antwortete sie trotzig und goss ihr noch einen Kaffee ein. Sie schüttelte den Kopf und strich die Falten aus ihrem Rock, als die alte Funzel wissen wollte, ob es denn sonst irgendetwas Neues gäbe.

»Willst du gar nicht mehr wissen, was da war mit der Rosi?«

»Es ist sowieso alles am Verrecken, egal, wer oder was da war«, sagte Alwine und sah die alte Funzel mit müden Augen an. Die blickte gedankenverloren in den dunklen Schlund ihres schwarzen Filterkaffees.

»Da brauchst du auch nicht in deinem Kaffeesatz zu lesen.« Alwine wirkte erschöpft, das Erlebte hatte tiefe Spuren in ihrem Gesicht hinterlassen.

Die alte Funzel holte eine Kräutermixtur aus ihrer Tasche hervor, die sie schon eine Weile mit sich herumtrug, in Erwartung eines günstigen Moments für den Besuch bei Alwine. Es war genau das Richtige für sie. Johanniskraut zeigte ja längst keine Wirkung mehr.

»Für dich«, sagte sie aufmunternd, »morgens und abends einen Kaffeelöffel. Das vertreibt die dunklen Gedanken.«

Alwine lächelte traurig und nahm das Geschenk entgegen. Sie wusste es ja zu schätzen. Hier kümmerte sich wenigstens jemand um sie und sah, was sie alles durchmachte. Sie drehte das Fläschchen auf und kippte sich den gesamten Inhalt in den Hals. »Wäh, Scheißdreck!« Sie schüttelte sich und wischte sich über den Mund. Die alte Funzel verfiel in eine Art Schockstarre und ließ die Kuchengabel sinken.

Alwine amüsierte sich bei ihrem Anblick. »Du hast ja deinen Alten wenigstens rechtzeitig entsorgt«, setzte sie noch einen obendrauf und nuckelte den Rest aus der Flasche. Margarete räusperte sich und schob sich schnell ein Stück Kuchen in den Mund.

»Ja, guck nicht so. Glaubst du, die Leute wissen das nicht?«

»Was?«

»Was, was, was?«, äffte Alwine sie nach und lachte hysterisch auf, als sie merkte, dass sie die alte Funzel zum ersten Mal in ihrem Leben aus dem Konzept gebracht hatte.

Da kam plötzlich Tatjana Dudek herein, sie war auf der Suche nach ihrem *Cheffe*.

»Cheffe? Nix Cheffe, Tatjana. Geplatzt! Bumm-Bumm, verstehst?« Alwine fing an zu kichern. Tatjana sah sie verunsichert an, nickte der alten Funzel zu und verließ schnell wieder das Wohnzimmer.

»Ach ja«, stöhnte Alwine und wischte sich über die Augen. »Das Zeug scheint ja schon zu wirken. Unsere Tatjana, fleißig ist sie ja.«

»Ein Hurenweib, sonst nichts«, sagte Margarete Funzinger und berief sich auf ihre gute Menschenkenntnis. Sie war zudem froh, dass man das Thema gewechselt hatte.

»Ah wa! Hurenweib? Das junge Ding. Die Rosi, die war ganz arg auf die. Und wenn einer Menschenkenntnis gehabt hat, dann doch die Rosi. Wie hat sie immer gesagt? ›Dajani! Dajani!‹, hat sie immer gerufen. Und dann hat sie gelacht.« Alwine schossen die Tränen in die Augen.

»Dajani?«

»Ja. Für Tatjana hat es nicht gereicht. ›Dajani Bumm-Bumm‹, hat sie noch am Donnerstagmorgen andauernd gesagt.«

Die alte Funzel legte den Kaffeelöffel hin. »Dajani Bumm-Bumm? Was hat das zu bedeuten?«

»Bedeuten? Ha, nix. Glaubst, ich hab da immer nach Bedeutung gesucht, bei der Rosi? Da hätt ich viel zum Tun gehabt. Sehr viel « Alwine fing plötzlich wieder an zu kichern.

»Und die Rosi ...«, Margarete tat so, als würde sie etwas in ihrer Tasche suchen, »die war wirklich schwanger? Das kann doch gar nicht sein. Ich meine, wie soll denn ... ich mein, von wem soll das denn sein?«

Alwine winkte nur ab und bekreuzigte sich. »Vom Vater, vom Sohn, vom Heiligen Geist.« Sie brach in lautes Lachen aus.

Margarete schluckte und aß weiter ihren Kuchen.

»Und ... wer ist denn der Vater von der Rosi? Also, von wem ist denn die Rosi jetzt eigentlich?«, fragte sie so nebenbei wie nur möglich.

»Die Rosi?« Alwine liefen mittlerweile vor Lachen die Tränen über das Gesicht. »Ha, vom Georg!«

»Ah so?« Die alte Funzel erstarrte und stellte langsam ihre Kaffeetasse ab. Dann nahm sie ihre schwarze Strickjacke, fand die Armlöcher erst nicht und fing dann vorsichtshalber an, mit Alwine mitzulachen. Langsam stand sie auf und machte Anstalten zu gehen. Mit ein paar wohlwollenden Worten verabschiedete sie sich und suchte hurtig das Weite. Bevor einer kam und merkte, dass Alwine außer Rand und Band war, infolge einer Kräutertinktur aus ihrem Labor.

***

Es war Mittwochnacht. Atze Hasenbach saß in einer Zelle und verstand die Welt nicht mehr. Sie hatten ihn stundenlang verhört und so große Geschütze aufgefahren, dass ihm noch immer schwindelig war. Werbeblätter vom Supermarkt, Uhu, Briefmarken und obendrein noch die Brille von Rosi. Sie hatten was von Erpresserschreiben gefaselt und ihm klargemacht, dass er Linkshänder sei. Als wenn er das nicht selbst wüsste. Danach hatte ihn Ingrid Huber, die er, wenn sie nicht auch ein Kommissar gewesen wär, direkt gefragt hätte, ob sie ihr bei Gelegenheit mal die Briefmarkensammlung von seinem Opa Herbert zeigen soll, gebeten, eine Schriftprobe abzugeben. Was er denn genau schreiben soll, hatte er verzweifelt gefragt.

»Rosi entführt«, solle er schreiben. Das mache er nicht, weil, dann würden sie ja automatisch sagen, er wär das gewesen. Egal, meinte sie, er solle jetzt einfach mal einen Satz schreiben. Zu diesem Zeitpunkt war ihm der Geduldsfaden gerissen, und er hatte geschrieben: »leggt mich allsammt am Asch«.

Die beiden anderen Kommissare hatten sich daraufhin den Satz angeschaut und so vielsagend genickt, dass er für einen Moment dachte, er hätte soeben sein Geständnis unterschrieben. Danach wurde die Befragung abgebrochen, und nun saß er in der Zelle und grübelte vor sich hin. Mit der Erpressung konnte er nichts anfangen. Und was ihn schier um den Verstand brachte, war die Tatsache, dass er in Sachen Donnerstagnachmittag, dem Tag, an dem die dappich Rosi abgemurkst worden war, noch immer einen derartigen Filmriss hatte, dass er nicht einmal mehr wusste, ob er überhaupt jemanden mit dem Bus abgeholt und irgendwo hingebracht hatte.

Atze Hasenbach starrte in ein Loch, für das die Farbe Schwarz immer noch zu hell schien.

Gegen elf fuhr er aus seinem Traum hoch und schaute sich um. Alles war dunkel, er lag nicht in seinem Bett, wo war er? Als er das Fenster mit dem Gitter sah, fiel es ihm wieder ein. Er war verzweifelt. Wieder und wieder versuchte er, sich an jenen Donnerstagnachmittag zu erinnern, aber alles endete im Schrebergarten vom Heinzer und dem Besäufnis. Er konnte, so viel wusste er, auch mit LSD in der Birne und einem Sack über dem Kopf den Weg finden und seine Tour einwandfrei machen. Insofern war davon auszugehen, dass alles ordnungsgemäß abgelaufen war. Aber war es das auch?

Er dachte an Rosi und fing an zu schwitzen. Sie war ihm von allen am meisten auf den Zeiger gegangen. Noch schlimmer als die Hupen-Herta. Und die war schon schlimm. Die Brucker Rosi mit ihrer anhänglichen und aufdringlichen Art. Redete

wie ein Wasserfall. Ohne Punkt und Komma. Immer wollte sie
vorne sitzen, neben ihm. Manchmal duldete er es, weil er sich
mit einer Brucker grundsätzlich nicht anlegen wollte. Dann saß
sie neben ihm und hatte ihn die ganze Zeit während der Fahrt
zugeschwallt und angestarrt. Er hätte sie umbringen können,
ja. Wie oft hatte er sie angebrüllt, sie solle ihren fetten Arsch
nach hinten bewegen. Ob das jemals jemand außerhalb des Be-
hindertenuniversums gehört hatte? Er hatte keinen Schimmer.
Rosi jedenfalls hatte daraufhin immer gelacht, ihm die Zunge
rausgestreckt und war nach hinten gegangen. Ruhe im Bunker,
schrie er dann immer, und alle parierten.

Was zum Teufel war an dem Donnerstag passiert? War er
ihr doch an die Gurgel gegangen? Er hatte sich doch immer
im Griff. Wenn, dann musste es Notwehr gewesen sein. Atze
schluckte, er hatte einen trockenen Hals und verspürte den
großen Drang nach einem ganzen Fass Bier. Er musste hier raus.

Hilflos starrte er durch das kleine Fenster oberhalb seines
Kopfes, hinaus in die Nacht. Er war im Knast. Bislang hatte er
noch nicht einmal in einer Ausnüchterungszelle gesessen. Was
mehr mit Glück zu tun hatte als mit Verstand. Er legte sich
wieder auf die Pritsche. Die Brille, wie war die Brille in seinen
Schrank gekommen, zu dem doch nur er einen Schlüssel besaß?
Er hatte ja noch nicht einmal geschnallt, dass das ihre Brille war.
Wahrscheinlich hatte sie irgendwo im Bus herumgelegen, und
er hatte sie im Suff eingesteckt. So muss es gewesen sein, dachte
er. Scheiße nur, dass das die Brille von der ermordeten Brucker
war. So einfach würde es also nicht werden.

Donnerstag, 9. Oktober 1975

Alwine hatte Margarete Funzinger mit der Information, wer der Vater von Rosi war, in Wallung gebracht. Da war er, der Meteorit in der Brucker'schen Galaxie – Zeit, dass er einschlug. Am Morgen war ihr wie zufällig die Kleemann Bertholda über den Weg gelaufen, und Margarete spürte, dass das der perfekte Moment für die Initialzündung war. Als die Bertholda wie üblich mit dem Wetter und ihrem Ischias anfing, ließ sie so beiläufig wie möglich und so, als ob das schon längst alle wüssten, die Information fallen, dass der Brucker Georg der Vater von der Rosi war. Damit hatte sie die Kleemann Bertholda für einen Moment vollkommen aus der Bahn geworfen.

»Hast du das gar nicht gewusst?«, hörte Bertholda die alte Funzel frotzeln.

Sie reagierte nicht, stattdessen fing sie an, in den Tiefen ihrer Erinnerungen zu baggern. »Die Alwine«, sagte sie irgendwann und rieb sich die Falte über der Nasenwurzel, »die hat ja damals, während der Schwangerschaft, so dermaßen lang speien müssen, das war schon nicht mehr normal. Das weiß ich noch wie heut. So ist das eben, wenn das schlechte Gewissen mitkotzt.«

Margarete Funzinger war von einem derart durchdrungenen Gedankengang schwer beeindruckt und nickte vielsagend.

»Apropos«, fand die Bertholda in die Spur zurück, »die Tatjana, die Dudek, die wo dem Brucker immer beim Herbsten hilft und bei mir im Nebenhaus ein Zimmer hat, die hat auch die letzten Tage morgens im Bad brechen müssen, bevor sie dann am Frühstückstisch sitzt, wie wenn nix gewesen wär. Mit welchem Hottenträger die in die Bütt geplotzt ist, frag ich mich halt.«

»Aha. Sag ihr, sie soll heut Abend zu mir kommen, ich kann ihr helfen«, sagte Margarete und zog zufrieden von dannen.

Die Brucker-Bombe würde jetzt wie ein Mückenfurz im

Dorf herumhüpfen und in kleinen Etappen vor sich hin explodieren.

***

Im Hause Hasenbach herrschte Funkstille. Seit Atze einsaß, wurde nicht mehr geredet. Elvira Hasenbach funktionierte noch einigermaßen, so gab es immerhin etwas zu essen. Edmund fehlten sowieso die Worte, und Oma Agnes fiel gar nichts mehr ein. Sie blieb sogar ganz weg und war bemüht, dieser Tage nicht allzu sehr mit den Hasenbachs in Verbindung gebracht zu werden. »Wenn der Atze das war, der Hund«, sagte sie zu ihrer Schwester, die ein paar Dörfer weiter wohnte, »dann muss der ganze Stammbaum neu geschrieben werden. Der Hasenbach-Ast wird abgesägt, und die Elvira muss gucken, in welchen Stall sie gehört. Sapperlot noch mal.«

Elvira Hasenbach schämte sich in Grund und Boden, blieb der Singstunde des Kirchenchors fern und wollte auch keinen Gottesdienst mehr besuchen, bis die Dinge sich … Sie weigerte sich, das Haus zu verlassen, bei der Weinlese war sie einfach nicht erschienen. Eine Erklärung war nicht nötig. Stattdessen betete sie den Rosenkranz rauf und runter. Ihr konnte niemand mehr helfen, das musste jetzt von ganz oben geregelt werden.

Jetzt sei sie mal dran, hatte sie der Muttergottes klargemacht, sie würde geduldig auf die Erlösung warten. Einzig die Ausstrahlung ihrer Lieblingssendung »Ehen vor Gericht«, wo Ruprecht Essberger die gerichtliche Aufarbeitung nachgestellter Ehestreitigkeiten moderierte und man sehen konnte, wie es in anderen Familien so zuging, hatte eine stabilisierende Wirkung auf sie. Das war ja auch nicht erfunden, was man da zu sehen bekam. Das war alles echt.

Nur Hasel genoss die neue Stille im Haus. Alles war wie in Watte gepackt. Überall herrschte innere Einkehr. Der Einzige, der noch rumschrie, war Kater Wutz, wenn er Hunger hatte oder rauswollte. Hasel hörte sich beim Essen plötzlich selber kauen. Keiner haute ihm auf den Hinterkopf. Im Duell mit seinem Bruder hatte er schneller geschossen. Es war sein Momentum gewesen. Schade nur, dass Atze es nicht wusste. Und dass Hasel ihn nicht sehen konnte, wie er in der Zelle hockte und grübelte. Wie er sich ums Verrecken nicht erinnern konnte. Wie er nicht verstand, wie die Brille von der Brucker Rosi in seinen Schrank gekommen war.

»Amnesie« war Hasels neues Lieblingswort. Es hörte sich an wie der Name eines wunderschönen Mädchens. Amnesie – er hatte es in der Bücherei nachgeschlagen. Er wollte wissen, ob man wirklich sein Gedächtnis verlieren konnte und wieso beziehungsweise wann es denn dann wiederkam. Unter »Amnesie« stand da: »... die völlige oder partielle Unfähigkeit, sich an Ereignisse zu erinnern, die einige Sekunden, wenige Tage oder weiter zurückliegen ... Auslöser ... traumatische Erlebnisse und Stresszustände ... weitere mögliche Ursache ... Vergiftungen. Neben Medikamenten und Drogen kann auch Alkohol für eine Amnesie verantwortlich sein ...«

※※※

Gegen halb fünf sah Margarete Funzinger Tatjana Dudek tatsächlich kommen. Sie war etwas erstaunt. Entweder war es die Neugier, oder der Polin ging es wirklich dreckig. Sie öffnete ihr einladend die Tür, schenkte ihr einen Tee ein und saß ihr wenig später gegenüber. Während sie mit Tatjana sprach und ihr Fragen stellte, schaute sie ihr tief in die Augen. Tatjana gab ihr Auskunft, so gut es ging. Sie erzählte, dass es ihr schlecht sei die Tage, ab und zu. »Magenverdorbung«, sagte sie. Und dass sie sich das nicht leisten konnte, denn die Weinlese war in vollem Gange, und deswegen sei sie ja extra hier. Schon vor Wochen gekommen ...

»Cheffe hat näxste Termin verschobe, weil will noch mehr Sonne auf die Beere. Aber morgen los. Kannst helfe du?«, fragte Tatjana und blickte die alte Funzel hoffnungsvoll an.

»Möglich«, sagte sie. »Was hat sie denn gegessen?«

»Dampfennuddel. Sossenwein. Vielleicht zu viel? Immer gutt, Dampfennuddel.«

Die alte Funzel lächelte sie an. »*Czym zajmuje sie miłość?*«

Tatjana horchte auf. Die alte Frau, die aussah wie eine Hexe, hatte sie auf Polnisch gefragt, was die Liebe machte. Sie fühlte sich auf Anhieb verstanden und antwortete ihr: »*Nic.*«

»Ah. Nichts also. Das ist nicht viel.«

»*Nic* viel«, wiederholte Tatjana und nickte.

»Aber die Männer«, bohrte die alte Funzel weiter, »was machen die Männer, Tatjana?«

»Männer? *Nic.* Ich verheirat.«

»Soso? Ehe gut?«

Tatjana zuckte mit den Schultern, presste die Lippen zusammen und schaute frustriert auf die Tasse vor ihr.

»Und hier im Dorf, fort von daheim, kein Techtelmechtel?«

»Techtel?«

Die alte Funzel nahm Tatjanas Kinn und richtete ihren Kopf auf, sodass sie ihr in die Augen sehen musste.

»Eine Liebschaft. Eine Liaison. Du verstehst mich schon.«

Tatjanas Augen blitzten kurz auf, dann senkte sie den Blick.

Die alte Funzel vor ihr nickte. »Ich seh in deinen Augen, dass da einer ist. Ich seh nur nicht, wer es ist.«

Tatjana sank wieder in sich zusammen. »Kann du helfen mir, wege Magenverdorbung?«

»Ich kann dir helfen wegen Herzverdorbung.«

Tatjana schaute sie fragend an.

»Liebeskummer, *chory z miłości* – du versteh'n? Also, wer hat dir dein Herzlein gebrochen? Ist es einer von hier?«

»Herzlein erbrochen?«

Die alte Funzel nahm ihre Hand. »Gell? Es hat schon schöne Männer hier.«

Tatjana seufzte.

»Schön und mit Geld. Tatütataa, du verstehst?« Sie rieb Zeigefinger und Daumen aneinander.

Tatjana wurde die Alte langsam unheimlich, sie wollte gehen. Die alte Funzel hob die Hand. »Ist's der Brucker?« Tatjanas Augen flackerten kurz auf. »Bruckäär?« »Der Brucker Otto, ist's der Brucker Otto? Bussiert der dich?« Tatjana schaute sie mit großen Augen an, dann lachte sie kurz. »Brückäär? Cheffe? Gäht doch nix.«

»Wieso? Was soll denn bei dem nicht gehen? Der holt doch zumindest gedanklich alles, was nicht beizeiten auf dem Baum ...«

»Gäht schon, aber gäht nix! Du verstähn?«

»Wie meinen?«

»Brückäär kommt zu mir. Sitz da. Aber kann nix. Dann gäht.«

Margarete Funzinger stand auf und holte einen Kräuterlikör. Tatjana kippte ihn hinunter und rieb sich mit dem Handrücken über den Mund. Sie schmatzte ein wenig, es schmeckte ihr offensichtlich. Die alte Funzel schenkte ihr nach.

»Beim Brucker geht nichts?«, hakte sie noch mal nach.

»Otto, *nic*«, sagte Tatjana und seufzte verzweifelt vor sich hin.

»Ach so?« Die alte Funzel zog die Augenbrauen hoch und nickte. Dann starrte sie in ihre Teetasse und fuhr mit dem Mittelfinger auf dem Rand entlang. Tatjana stierte wie gebannt auf die sich bewegende Hand. »Seit wann bist du hier in Allweiler, wann bist du gekommen?«

»Mitte vom August.«

Die alte Funzel runzelte die Stirn und nahm sie ins Visier. »Du bist schwanger«, sagte sie und machte eine ausholende Bewegung vor ihrem Bauch, im Fall, dass Tatjana Dudek ihre Diagnose nicht verstand.

Tatjana fuhr zusammen. »Schwang-ger?«, wiederholte sie ungläubig.

Die alte Funzel nickte. »Von deinem Ehemann in Polen oder deinem Abenteuer am Weingut Brucker? Das wirst du ja besser wissen als ich«, sagte sie und stand auf. Die Sitzung war beendet. Sie brachte Tatjana zur Tür und wünschte ihr noch einen schönen Abend.

Draußen kotzte Tatjana in die Hecke.

***

Als Georg Brucker an diesem Abend nach Hause kam, fand er seinen kompletten Kleiderstaat auf dem Hof liegen. Seine Frau Gisela stand oben am Schlafzimmerfenster und kippte seine Socken obendrauf, dann haute sie das Fenster zu. Georg rannte nach rechts und nach links, er verstand nicht, was vor sich ging. In seiner Aufregung fing er an, seine Klamotten zusammenzusammeln, und als er mit einem Armvoll die Haustür öffnete, kam Gisela wie eine Furie die Treppe heruntergerannt und schob ihn direkt wieder zur Tür hinaus. Er konnte sich gerade noch am Geländer abfangen, als er hörte, wie sie die Tür von innen abschloss und ihm empfahl, in Zukunft woanders zu Abend zu essen, weil, bei ihr wäre die Küche bis auf Weiteres geschlossen.

Georg stand regungslos da und verstummte. Er hörte die Krähen lästern und fühlte, wie ihm der Regen auf den Kopf plätscherte. Diese Geräusche überdeckten alles. Nach einer Weile rührte er sich, ließ seine Kleider fallen und ging ums Haus. Er versuchte es durch die Scheuer, dann durch den Keller, alle Türen waren verrammelt. Drinnen gingen sogar die Lichter aus. Georg sackte in sich zusammen. Es gingen ihm tausend Gedanken durch den Kopf, und doch war es nur der eine: Jetzt ist es raus.

Er sammelte seine Kleider wieder ein und trug sie zum Auto. Dann saß er eine Stunde lang hinter dem Steuer und war nicht einmal in der Lage zu starten. Er wusste ja gar nicht, wohin er fahren sollte. Als jemand an die Fensterscheibe donnerte, zuckte er zusammen. Es war Otto, sein Bruder. Georg kurbelte die Scheibe herunter und sah in sein speckig grinsendes Gesicht.

»Suchst du einen Schlafplatz, oder was hockst du da rum?«
Georg sagte nichts.
»Hat sie dich vor die Tür gesetzt?«, keuchte Otto und sah ihn aufmerksam an.
»Ich weiß überhaupt nicht, was hier los ist«, murmelte er mit belegter Stimme.
»Nicht?« Otto strich sich zufrieden über seinen Wanst. »Es fängt mit ›Ro‹ an und hört mit ›si‹ auf.«
Georg kniff die Augen zusammen und sah seinen Bruder erstaunt an. »Wieso? Was soll mit der Rosi sein?«
»Mit der Rosi ist bekanntermaßen nichts mehr. Nur dass sie halt deine Tochter ist und nicht meine. Also war. Und dass das jetzt jeder hier weiß. Seit Neuestem.«

Nachdem die Nachricht den ganzen Tag über die Runde gemacht hatte, war sie am Nachmittag auch bei Otto Brucker angekommen. Bertwin Reinemuth, der ihm zufällig über den Weg gelaufen war, hatte die Handgranate noch in Geschenkpapier gewickelt, aber als er das Gesicht vom Otto sah, wusste er, dass sie schon hier und jetzt explodieren würde. Es sei, so sagte er leise, jetzt nicht Teil seiner eigenen Ermittlungsarbeit gewesen. Vielmehr habe es die alte Funzel der Kleemann Bertholda erzählt, die es wiederum seiner Frau gesagt habe, und die hätt das dann praktisch ihm … und so weiter. Und jetzt wüssten es wahrscheints alle, meinte er.

Otto hatte sich erst einmal von der Öffentlichkeit zurückgezogen und sich auf den Hackklotz bei den Schweinen gesetzt, um die Sache angemessen zu durchdringen. Und jetzt stand er hier und sah in die großen, staunenden Augen seines Bruders.
»Jaha, mein Lieber. So schnell wird man Vater und hat doch kein Kind, gell?«
Er stützte sich am Fensterrahmen ab und zog Georg brutal am Ohr. Der zuckte erschrocken zurück und schaute ihn verstört an.
»Nicht nur, dass du vor über dreißig Jahren mit meiner Alten

im Bett gelegen bist. Ein Mal? Zwei Mal? Zehn Mal? Interessiert mich nicht. Dass du mir, seit du auf der Welt bist, am Rockzipfel hängst – drauf geschissen. Aber dass du mir dann auch noch einen behinderten Bastard ins Nest legst, den ich drei Jahrzehnte lang versorgt hab, dafür werd ich dem Schützenverein den Schießbefehl erteilen.«

»Ich … hab das nicht …«

»… g'wollt?«

»… gewusst!«

Otto Brucker riss die Autotür auf und beugte sich zu ihm hinunter. »Macht doch nix. Ich ja auch nicht.« Er lachte höhnisch. »Aber jetzt weiß ich's halt. Ich hab's ja praktisch immer gewusst. Aber jetzt weiß ich's halt ganz präzise. Und die ganze Dorfbagage ebenso. Mitsamt deiner Alten dadrin. Die wissen alle Bescheid, dass der behinderte Bangert von dir ist, weil du nichts anderes im Repertoire hast. So wie mit allem – immer nur halbe Sachen. Schad nur, dass ich dir den Krampen nicht wenigstens jetzt überlassen kann. Oder man kann auch sagen: Glück gehabt. Weil, ob deine Alte, die Tante Gisela, der Rosi noch ihren Lieblingskuchen gebacken hätt, wenn die bei euch im Gräbele gelegen wär, das frag ich mich halt. Und jetzt schlaf gut, du Hornochs!« Otto Brucker haute die Autotür zu.

Freitag, 10. Oktober 1975

Sie lauerte ihm am frühen Morgen auf dem Friedhof auf. Schon von Weitem sah sie ihn am Grab von Rosi stehen. Er sammelte welke Blätter auf, sie kam langsam näher und versteckte sich hinter einer großen Eiche.

Außer der Kaufmann Erika war noch niemand da. Es war klar, dass, wenn die Erika ihn entdeckte, sie ihm ein Gespräch aufdrücken würde. Und so war es auch.

»Die Rosi, das arme Wurm, gell? Es ist eine Schand, so was. Und die Polizei hat noch keinen?«, heuchelte sie.

»Nein, keinen. Wir müssen wahrscheints damit leben, dass wir nie wissen werden, was da war.«

»Das weiß nur die Rosi, was da war«, seufzte die Kaufmann Erika und verschwand zwischen den Gräbern.

Er ging an die Wasserstelle und befüllte die blecherne Gießkanne. Schwer gebeugt, als trüge er eine tonnenschwere Last, ging er zurück zum Grab. Sie verließ ihr Versteck hinterm Baum und näherte sich, so leise es nur ging. Dann schob sie ihm ihren Stock in den Rücken, er schoss herum.

»Und jetzt liegt da plötzlich die eigene Tochter.«

Georg schlug den Stock zur Seite und sah die alte Funzel an. Sie lächelte spöttisch. »Er wird doch jetzt nicht anfangen zu trauern?«

Georg machte Anstalten zu gehen, da packte sie ihn am Arm. »Komm er heut Abend zu mir. Es weiß nicht nur die Rosi, was da war. ›Dajani. Bumm-Bumm‹ – kann sein, dass es tatsächlich bald knallt.«

***

Als Wachtel gegen zwölf auf der Dienststelle ankam, traf er Ingrid Huber auf dem Flur. Sie grinste ihn an und sagte ihm, dass er sich beeilen solle, es gebe Neuigkeiten. Sie schob ihn vor sich in sein Büro. Der Vater von der Rosemarie Brucker wär der Bruder von Otto Brucker, verkündete sie. Melchinger und Wachtel staunten nicht schlecht. »Der Hammer, oder?«

»Woher weißt du das?«

»Bin ich eigentlich die Einzige hier, die noch aktiv ermittelt?« Ingrid zog an ihrem Pferdeschwanz und grinste. »Das kannst du nicht erfinden, so was. Jetzt hat praktisch der Georg Brucker seine Tochter verloren. Und die Tante Gisela dreht am Rad, weil sie nicht mehr die Tante ist, sondern die Stiefmutter. Der ist doch erledigt, der Typ. Der muss doch auswandern.«

»Hat der das gar nicht gewusst?«

»Nä, der hat das so erfahren wie alle anderen in dem Dorf auch.«

»Man verliert ab und zu mal den Überblick«, sagte Melchinger und freute sich schon insgeheim auf das Gesicht seiner Frau Hanne, wenn er ihr das heute Abend erzählte. Sie sollten wirklich langsam anfangen, alles aufzuschreiben, es würde vielleicht ein Bestseller werden.

»In dem Fall Rosi Brucker hilft uns das aber jetzt auch nicht viel weiter«, sagte Wachtel.

»Im Fall Brucker haben wir ja noch einen einsitzen, der ebenfalls noch nicht alles erzählt hat.«

***

Mit einem bösen Lächeln auf den Lippen stand Margarete Funzinger am Abend hinter der Gardine und beobachtete die dunkle Gestalt, die sich auf ihr Haus zubewegte. Sie hatte sich ein wenig zurechtgemacht, der Anlass war es allemal wert. Im Radio sang Alexandra »Mein Freund, der Baum, ist tot«.

Der Raum war vollkommen überheizt. Sie wollte, dass er sich fühlte wie in der Hölle. Und so roch es ja auch.

»Setz er sich hin.«

Er nahm schwerfällig Platz und schaute die alte Funzel an.

Sie hatte sich zur Feier des Tages die Haare hochgesteckt, ihr Geschmeide angelegt und ein dunkelblaues Samtkleid mit Spitzenkragen herausgeholt.

Nach langem Suchen hatte sie sogar einen alten Lippenstift gefunden. Er war eingetrocknet, aber mit ein bisschen Fettschmotze hatte sie ihn wieder zum Leben erweckt und sich die Lippen rot angemalt. Nun saß sie ihm gegenüber, faltete ihre knochigen Hände und schaute ihn aufmerksam an.

»Dajani. Bumm-Bumm«, sagte sie dann und lehnte sich zurück. Seine Augen flackerten kurz auf, er wich ihrem Blick aus und schaute vor sich auf den Tisch.

»Sie ist schwanger.«

»Wer?« Seine Stimme klang heiser.

»Die Dajani.«

Er sackte in sich zusammen.

»Tatjana schwanger. Rosi schwanger. Man blickt ja nicht mehr durch. Fruchtbare Zeiten sind das. Die Planetenkonstellationen haben es ja vorausgesagt, aber dass es dann doch mit einer solchen Wucht kommt ...«

Georg Bruckers Stirnfalte wurde von Minute zu Minute tiefer, er stand auf und wollte gehen. Sie stellte sich ihm in den Weg.

»Das Eis ist jetzt sehr dünn, mein Lieber, aber ich kann dich retten.« Margarete Funzinger sah ihn aufmunternd an und legte ihre warme Hand auf die seine. Er zog sie ruckartig weg.

»Die Rosi hat euch erwischt, hab ich recht?«

Georg versuchte erneut, zu gehen, sie bohrte ihren spitzen Zeigefinger in seine Brust. »Ich hab recht. Ich hab immer recht.«

Er ging einen Schritt zur Seite und sah zum Fenster hinaus.

»Was spielt das jetzt noch für eine Rolle?«

»Es spielt eine Rolle. Für die Polizei spielt es eine Rolle. Georg, hörst du mich?«

Er drehte sich um. Margarete fuhr sich gedankenverloren mit dem Handrücken über den Mund, den Lippenstift hatte sie vergessen, und so zog sich eine rote Spur vom Mundwinkel bis zum Ohr. »Er fährt mit mir nach Italien. Drei Tage Lago Maggiore. Er und ich. Das ist der Preis. Er ist nicht hoch.«

Georg stand regungslos da und machte keinen Mucks.

Margarete öffnete die Tür und winkte ihn hinaus. »Hol er mich morgen früh um acht ab. Entweder ich pack den Koffer, oder ich pack halt wieder aus.«

Georg verließ fluchtartig das Haus. Sie sah ihm abschätzig hinterher und lachte laut auf. Er würde tun, was sie von ihm wollte. Der Schwächling.

Samstag, 11. Oktober 1975

Alles im Leben ist relativ. Betrachtete man sich Otto Brucker, so war Georg der Attraktivere. Er hatte noch immer volles Haar, war groß gewachsen und muskulös. Während sein Bruder immer mit der Tür ins Haus fiel, war er stets zurückhaltend, hatte die feinere Art, konnte aber zupacken, wenn es darauf ankam. Gisela hatte ihn wegen seiner schönen Arme geheiratet, das hatte sie ihm vor ein paar Jahren einmal verraten.

Warum er sie geheiratet hatte, das wusste er nicht mehr. Nur dass es ein Fehler gewesen war, das konnte er mit Sicherheit sagen. Deshalb war er auch seinerzeit mit seiner Schwägerin ins Bett gestiegen. Alwine war einmal eine attraktive Frau gewesen, die von ihrem Mann sträflich vernachlässigt wurde. Als sie dann irgendwann schwanger war, beendete sie das Tête-à-Tête. Dass Rosi von ihm sein könnte, war ihm trotzdem niemals in den Sinn gekommen. Zeitlich hatte er nie nachgerechnet, denn Rosi war eine Frühgeburt und behindert dazu. Viele Möglichkeiten, seinem Ehealltag zu entfliehen, gab es nicht für ihn. Die Gebrüder Brucker waren weit über die Dorfgrenzen bekannt, es hätte im Fiasko geendet. Deshalb hatte er sich zeit seines Lebens zusammengerissen und sich auf die Arbeit im Brucker-&-Brucker-Imperium konzentriert. Während Otto Brucker ein Händchen für herausragend guten Wein hatte, sorgte er dafür, dass dieser Wein nicht nur unters Volk kam, sondern in den sehr guten Restaurants der Region auf der Karte ganz oben stand. Er wusste, wie man Kunden gewann, Märkte entdeckte, Gastronomie begeisterte und Geschäfte mit Handschlag machte. Dass sein Bruder trotzdem der Meinung war, er selbst sei die Triebfeder des Geschehens, damit konnte er leben. Manchmal, wenn er sehr weit weg reiste, gönnte er sich eine Nutte. Aber da musste er schon sehr weit weg sein.

Als dann vor drei Jahren die schöne, blutjunge Polin Tatjana zur Weinlese kam, brannten bei Georg sämtliche Sicherungen durch. Er suchte ihre Nähe, wo immer er konnte. So unverfänglich, wie es nur ging. Um sie herum waren immer eine Reihe Landsmänner, die sich zwar mächtig ins Zeug legten, von ihr aber nur mit einem schelmischen Lachen abserviert wurden. Er selbst hatte sich immens viel Zeit gelassen, im ersten Jahr war nichts passiert. Im zweiten allerdings, als er merkte, dass sie seine Blicke erwiderte und über seine Scherze am lautesten lachte, da blies er zum Angriff, und das mit Erfolg. Tatjana ließ ihn heimlich in ihr Zimmer und machte sich zu seiner Verbündeten. Georg konnte vor Glück kaum mehr geradeaus laufen, aber er ließ sich nichts anmerken. Auch Tatjana wusste, was auf dem Spiel stand, und hielt sich dezent im Hintergrund.

Tatsächlich merkte niemand, was gespielt wurde. Bis auf Rosi.

Sie war gleichermaßen angetan von Tatjana. Sie hatte sie immer im Visier, beobachtete sie genau. Wenn Tatjana an ihrer Bluse einen Knopf zu viel offen hatte, dann machte Rosi es ihr nach. Zwar nur in der Behindertenwerkstatt, aber da fiel es wenigstens ordentlich ins Gewicht. Wenn Tatjana mit ihrem kurzen Rock in der Herbstsonne im Hof eine Zigarette rauchte, dann trug Rosi am nächsten Tag einen ihrer knielangen Röcke, den sie, sobald sie die Behindertenwerkstatt betreten hatte, hoch bis kurz unter die Achsel zog. Vor allem Manfred quittierte das mit zunehmender Begeisterung, wohingegen die Hupen-Herta zu Hause enttäuscht feststellte, dass sie gar keinen Rock besaß, und Wilma nicht begriff, was sie wollte.

Tatjana mochte Rosi auch. Sie sah ihre ehrlichen Augen und spürte, dass sie von ihr bewundert wurde. Sie machte gerne Späßchen mit ihr, fragte sie, was sie heute gemacht habe, hörte ihr gespannt zu und ließ sie sogar einmal an ihrer Zigarette ziehen. Das allerdings hätte sie besser gelassen, denn Alwine erwischte sie dabei und rastete völlig aus. Rosi hatte damals nur gelacht und war, wie eine Kuh auf der Weide, einfach davongetrabt. Ihr war alles so herrlich egal gewesen, weil nichts in ihrem Leben wirklich Konsequenzen hatte. Nur eine Sache, die hatte Konsequenzen.

Es war Mittwoch, der 10. September. Otto war in einen entlegenen Wingert gefahren, um die Trauben zu begutachten und den Zeitpunkt für die Lese festzulegen. Alwine räumte den Speicher auf, und Georg war im Weinkeller zugange. Da stand plötzlich Tatjana hinter ihm.

Sie hatte im Keller eigentlich nach Otto Brucker gesucht. Dass jetzt Georg da stand und nach Luft schnappte, war eine völlig andere Situation. Sie lief die Treppe hoch und zog die Kellertür zu. Dann rannte sie leise lachend zurück zu Georg und zog ihn weiter in den Weinkeller hinein, hinter die Barriquefässer. Georg war außerstande, sich zu rühren. Sie knöpfte sich die Bluse auf und löste seinen Gürtel. Georgs Verstand setzte aus. Erst als etwas zu Boden fiel und jemand flüchtete, kamen die beiden zur Besinnung. Georg stieg das Blut in den Kopf, der Schweiß trat ihm auf die Stirn, und auch Tatjanas Herz pochte laut.

»Oh Gott«, hauchte sie, »jetzt geliefert.«

Georg zog sich panisch die Hose hoch und fädelte mit zitternden Händen den Gürtel ins Loch. Tatjana knöpfte ihre Bluse zu und brachte die Haare in Ordnung. Sie wussten beide nicht, was sie nun machen sollten. Wer war im Keller gewesen?

»Geh nach Hause, aber warte noch ein bisschen. Ich gehe zuerst hoch«, war alles, was Georg sagte. Dann schlich er geduckt die Treppe nach oben und verschwand.

Als Tatjana gehen wollte, stand plötzlich Otto Brucker an der Tür.

»Cheffe!«, entfuhr es ihr, und das Herz klopfte ihr bis zum Hals.

»Was machst du da unten?«, fragte Otto und zog an seinen Hosenträgern.

»*Nic*, wollte nur fragen, was morgen ich mache.«

»Aha!« Otto ließ sie einfach stehen. Tatjana schluckte. Er konnte es nicht gewesen sein. Draußen lief Alwine über den

Hof und winkte ihr zu. Sie konnte es also auch nicht gewesen sein. Georg war nicht zu sehen, und da auch sonst keiner Notiz von ihr nahm, trollte sie sich.

Seit einer Stunde saß Georg Brucker Melchinger gegenüber. Die Verzweiflung zeichnete immer mehr Falten in sein Gesicht. Er stand vor dem Tor zur Hölle, und Melchinger bat ihn, einzutreten.

»Was ist dann passiert?«, fragte er ihn.

»Ich bin nach Hause gegangen. Und hab halt überlegt, wer vielleicht noch?«

»Und?«

»Ich hab denjenigen finden und mundtot machen müssen. Also, dass der nix sagt, mein ich. Es hat ja für mich plötzlich alles auf dem Spiel gestanden, mein ganzes Leben ... einmal Rolle rückwärts ... Die Gisela, mein Bruder, das Weingut ... alles. Und im Dorf dann ... wegen einer Polin ... Ich ...«

»Und was ist dann passiert?« Melchinger hatte sein Gesicht auf die Hand gestützt und schaute sich sein Gegenüber genau an. Wachtel stellte ihm ein Glas Wasser hin.

Margarete Funzinger war am Morgen auf dem Revier aufgetaucht. Wider Erwarten war Georg Brucker nicht erschienen, um mit ihr ein paar launige Tage am Lago Maggiore zu verleben. Margarete, bis auf die Knochen gedemütigt, schnaubte und machte sich auf den Weg. Diesmal war sie nicht mit dem Bus gefahren, sondern hatte sich ein Taxi bestellt, um nach Pirmasens zu fahren, direkt zur Polizeidirektion. Weil Melchinger sich gerade noch auf die Toilette retten konnte, musste Udo Wachtel dran glauben.

Diesmal, und das nicht nur, weil sie den Taxifahrer gebeten hatte zu warten, kam sie ohne theatralisches Tamtam auf den Punkt und empfahl ihm eindringlich, sich Georg Brucker vorzuknöpfen, solange er noch im Land wär. Er hätte die Polin Tatjana Dudek geschwängert. Die Brucker Rosi hätt die beiden in flagranti erwischt, und sie, Margarete Funzinger, hätte genau an jenem Donnerstag, als Rosi ermordet worden war, Georg Brucker mit seinem Auto am Ortsausgang stehen sehen. Es wäre ihr entfallen, log sie, aber jetzt hätte sie es wieder deutlich vor Augen. Und viel mehr müsste sie ja nicht sagen, das würde der ja dann schon selbst machen, meinte sie.

Wachtel hatte ihr noch vorgerechnet, dass das jetzt schon der dritte Verdächtige sei und ob sie nicht langsam mal an ihre Grenzen … Sie hatte daraufhin mit ihrem Stock auf seinen Tisch gehauen und ihn angeschrien, dass sie jetzt den verfluchten Brucker einkassieren sollten. Ihnen würde ja ohne ihr Zutun nicht einmal *ein* Verdächtiger vor die Flinte laufen, so desolat, wie hier gearbeitet werde. Dann war sie aus der Tür gerannt. Zurück blieb ein Geruch von altem Lavendel und Thymian.

»Was ist dann passiert?«, fragte Melchinger noch mal.

»Dann hab ich am nächsten Tag die Rosi abgepasst. Sie hat am Ortsrand gestanden. Ich wollt nur wissen, ob die das vielleicht war … ob die was weiß.«

»Steht die da öfters rum?«

»Was weiß ich, die stand halt da.«

»Hätt die denn was erzählt, daheim?«

»Die Rosi? Die hätt so lange was von sich gegeben, bis sich jemand gefragt hätte, was die andauernd will. Da können Sie sich drauf verlassen. Wenn der am nächsten Tag die Tatjana über den Weg gelaufen wär, die hätt sofort losgelegt mit irgendeiner idiotischen Aktion. So lange, bis jemand nachhakt. Die konnten Sie nicht zu Ihrer Verbündeten machen, die Rosi. Das funktionierte nicht, versteh'n Sie?«

Melchinger zuckte mit den Schultern und zog eine Linie Schnupftabak.

»Ich hab versucht, sie ins Auto zu locken. Sie ist rübergekommen und dann stehen geblieben. ›Dajani Bumm-Bumm.‹«

Georg sah den Kommissar zerknirscht an. Der musste niesen.

»Hat sie das gesagt?«

»Leider ja. Und dann hat sie ihren Rock nach oben gezogen und gelacht. Mir ist die Sicherung durchgebrannt. Bei mir ging's um alles in dem Moment.«

»Sie haben Ihre eigene Tochter erwürgt, ist Ihnen das klar?«

»Ich hab niemanden erwürgt!« Georg riss die Augen auf und fing an zu zittern. »Ich hab das zu dem Zeitpunkt ja sowieso überhaupt nicht gewusst!«

»Es ändert ja auch nichts. Mord ist Mord.« Melchinger lehnte sich zurück und verschränkte die Arme.

»Doch, das ändert alles. Weil, hätt ich das vorher gewusst, dass die meine Tochter ist, und wär das vorher im Dorf rum gewesen, dann hätt ich auch gewusst, dass meine Ehe sowieso beendet ist wie auch die Beziehung zu meinem Bruder. Und dann wär das Techtelmechtel mit der Tatjana auch egal gewesen. Alles wär im Arsch gewesen. Sowieso.« Georg rieb sich verzweifelt die Stirn. »Alles hängt mit allem zusammen. Das ist eine Frage der Reihenfolge.«

»Und diese hier war falsch rum.« Melchinger beugte sich nach vorne. »Herr Brucker, Sie haben die Rosemarie erwürgt, das liegt doch auf der Hand. Sie haben ein spitzenmäßiges Motiv. Mehr geht doch nicht. Nicht nur, dass die Rosi gewusst hat, dass Sie und die Polin … jetzt ist die auch noch schwanger, wie uns die Frau Funzinger gesagt hat. Wer da nicht durchdreht, der …«

»Das hab ich doch gar nicht gewusst. Warum kapiert das denn keiner? Ich bin durchgedreht, aber ich hab die Rosi nicht erwürgt.« Georgs Stimme überschlug sich.

»Was haben Sie denn dann gemacht?«

Georg klopfte nervös mit der Handfläche auf den Tisch. »Ich hätt sie gern erwürgt in dem Moment, aber ich bin doch zu so was überhaupt nicht fähig.«

»Die Hände wären jedenfalls groß genug, und man hat ja Ihr Auto am Ortsrand gesehen, das wissen Sie doch. Deshalb sitzen Sie ja hier.«

»Ja, verdammt. Das hab ich ja jetzt selbst erzählt! Aber die

Rosi, die hat mich doch nur ausgelacht und ist dann einfach davongelaufen.«

»Ach so?«

»Ja, das war das letzte Mal, dass ich die gesehen hab.«
Wachtel hatte die ganze Zeit ruhig an der Wand gelehnt und eine nach der anderen geraucht. Jetzt brannte ihm die Sicherung durch.

»Herr Brucker, für wie bescheuert halten Sie uns? Sie lassen sich heute Morgen ohne Wenn und Aber mitnehmen und sagen uns, Sie wollen eine Aussage machen. Weil Sie denken, wenn Sie uns eine besonders schöne Geschichte auftischen, dann sind Sie da raus. Vielleicht ist die Rosemarie *davon*gelaufen und hat dabei gelacht, aber Sie sind ihr hinterher. Und dann hat sie irgendwann nicht mehr gelacht. Oder vielleicht ist sie ja dann doch ins Auto eingestiegen. Können wir uns vielleicht darauf einigen? Sie kippen ja vor lauter Nervosität fast vom Stuhl. Sie vibrieren uns ja förmlich ein Geständnis. Diese Geheimsprache können wir lesen, glauben Sie uns. Und jetzt packen Sie mal endlich aus! Sie kommen aus der Scheiße sowieso nicht mehr raus.«

Georg Brucker sackte in sich zusammen. »Ich war das nicht, ich hab sie nur die Straße runterlaufen sehen. Ich wollt kein Theater machen, nicht dass noch jemandem was auffällt. Sie kennen die Rosi nicht, die … Ich bin dann weggefahren. Ich hab kapiert, dass es so nicht geht.«

»Gut.« Melchinger winkte ab. Sie waren so nah dran, Wachtel durfte es jetzt nicht kaputtmachen. »Dann erklären Sie uns, warum Sie das die ganze Zeit über verschwiegen haben. Das ist doch nicht normal. Sie wollen der Letzte gewesen sein, der die Rosi am Tag ihres Verschwindens noch getroffen hat, und Sie stehen im Wohnzimmer von Ihrem Bruder und Ihrer Schwägerin, schenken uns Sprudel ein und erwähnen es mit keinem Wort?«

»Eben drum!«, schrie Georg. »Weil, dann hätt ich doch erklären müssen, wieso ich die nicht nach Hause gefahren hab.

Ob mir das nicht komisch vorgekommen wär, dass die da in der Gegend rumläuft und noch nicht mal in Richtung ihrer Oma. Wieso ich da überhaupt gestanden hab, was ich da gemacht hab, und wenn ich die doch gesehen hab, wieso hab ich dann nicht ... Weil, jetzt wär sie ja tot, und ich bin schuld, weil, ich hätt die ja nach Hause fahren können, und immer so fort.« Georg war kurz davor, die Beherrschung zu verlieren, seine Stimme bebte. »Ich hab das doch gar nicht sagen können, versteh'n Sie das nicht? Ich weiß doch auch nicht, wer der Rosi an die Gurgel ist, verdammt. Ich hab niemanden gesehen. Ich bin noch eine Stunde lang durch die Gegend gefahren und hab mir das Hirn zermartert, wie ich die Rosi in den Griff kriege, damit die ihre Klappe hält. Ich bin am nächsten Tag hin und hab ihr Kuchen gebracht, damit ich an sie rankomm, aber der Otto hat ihn mir im Hof einfach abgenommen und mich abgewimmelt. Jetzt weiß ich ja auch, warum. Die war ja verschwunden. *Dajani, Bumm-Bumm* ... und das Nächste war, dass die tot aufgefunden wird.«

Georg wippte unaufhörlich mit einem Bein, er hatte eigentlich kaum mehr etwas an seinem Körper unter Kontrolle. »Ich geb ja zu, dass ich in dem Moment, wo ich gehört hab, die Rosi ist tot, kurz, also ganz kurz, mal heilfroh war, bevor mir klar geworden ist, was da eigentlich passiert ist. Ich bin ja kein schlechter Mensch, aber halt nur ein Mensch ...«

»Schöne Vorstellung, insgesamt«, sagte Wachtel, »wirklich, gefällt mir. Der Film ist aber ganz anders gelaufen. Sie haben die Rosi ums Eck gebracht. Und als Ihnen klar wurde, was Sie gemacht haben, da haben Sie sich die Sache mit dieser lächerlichen Erpressung ausgedacht. Zwecks Ablenkung. Und um all das zu vertuschen, sind Sie am nächsten Tag hin und haben auch noch einen Kuchen für die Rosi abgegeben, wie wir jetzt erfahren haben. Vielleicht haben Sie ihn vor lauter Verzweiflung sogar selbst gebacken? Wissen Sie, was, Herr Brucker? Das hätt ich alles ganz genauso gemacht. Das ist rund. Wirklich. Das ist perfekt.« Wachtel klatschte in die Hände.

Melchinger warf einen Blick auf seine Uhr. Es war schon ein Uhr, und er hatte Hunger. Ein Geständnis hätte die Schweinelende mit Kroketten beim Goldenen Hirschen in greifbare Nähe gerückt. Wachtel hatte sich mittlerweile in Rage geredet.

»Wie ich vorhin beobachten konnte, sind Sie Linkshänder. Es passt alles, und Sie sind intelligent genug, so etwas auszuzirkeln, in voller Konsequenz. Mitsamt der Erpressung in Sachen Hupen-Herta, von deren Verschwinden Sie zwar gehört haben, aber wussten, dass die nicht wirklich weit sein kann. Denn sonst hätten Sie die ja auch umgebracht. Also legt man gleich die nächste Fährte, damit auch wirklich gar keiner mehr auf Sie kommen kann. Respekt. Ich muss schon sagen. Da muss man erst mal drauf kommen.«

Georg Brucker spürte einen Strick um den Hals und sah sich auf dem Stuhl stehen. Er zögerte, dann senkte er den Kopf.

»Ich bin an dem Tag nicht in der Gegend herumgefahren. Ich bin zu Tatjana Dudek.«

Melchinger schenkte ihm Wasser nach.

»Ich … sie war in ihrem Zimmer. Ich habe ihr gesagt, was Sache ist. Dass es die Rosi war im Keller. Dass die Bescheid weiß. Und dass ich versucht hab, mit ihr zu reden, und dass sie weggelaufen ist.«

»Wie hat Frau Dudek reagiert?«

»Sie war schockiert und verzweifelt, sie ist dann auch panisch geworden.«

»Was hat sie gemacht?«

»Sie ist wie eine Furie im Zimmer auf und ab. ›Rosi nix gut, nix gut.‹ Hat sie immer wieder gesagt. ›Ich Arbeit verliere. Und daheim … was sage Mann?‹ Sie ist verheiratet. Wie ich ja auch. Sie hat, wie ich ja auch, sofort verstanden, dass wir die Rosi nicht stoppen können. Die hat ja auch gewusst, wie die ist. Wo sie jetzt sei, wollte sie noch wissen. Ich hab ihr gesagt, dass sie die Straße am Ortsausgang entlanggelaufen ist. Und dass ich es nicht weiß. Dass wir bis morgen warten müssen und sie sich dann die Rosi schnappen soll und gucken, wie die so …«

»Und was ist dann passiert?«

»Dann bin ich nach Hause gefahren und hab mich mit meiner Frau gestritten.«

»Wegen was?«

»Weiß ich nicht mehr. Ich war neben der Spur. Da brauchte die nur Piep zu sagen, das langte.«

»Was wollen Sie uns jetzt eigentlich genau erzählen, Herr Brucker?«

Georg tat sich sichtlich schwer. Er trank das ganze Wasserglas leer und rieb sich die Stirn. »Ich weiß halt nicht ... ich ... es ist vielleicht denkbar, dass die Tatjana ... also nicht dass ich denke, dass die die Rosi umgebracht hat ...«

»Ja?«

»Aber ... vielleicht hat ... sie einen von den Polen geschickt. Dass der sich drum kümmert ... irgendwie.«

»Was meinen Sie mit ›drum kümmert‹?«

»Einer, der der Rosi einen Schrecken einjagt.«

»Sie meinen, einen, der ihr das Maul stopft oder so?« Melchinger warf Wachtel einen Blick zu. Er sollte sich zusammenreißen. »Herr Brucker, denken Sie das, oder wissen Sie das?«

»Ich weiß es nicht. Ich hab die Tatjana nicht mehr gesprochen, seit die Rosi tot aufgefunden wurde. Sie geht mir aus dem Weg, und ich wollt auch gar nicht mit ihr ... Ich krieg halt seitdem den Gedanken nicht aus dem Kopf, dass es so vielleicht war ...«

»Sie geht Ihnen aus dem Weg, sagen Sie?«

»Ja. Die meidet mich, wo sie nur kann. Wir haben seitdem keinen Kontakt mehr gehabt.«

»Vielleicht denkt sie, Sie haben die Rosi getötet. Das wäre doch die viel bessere Erklärung.«

Georg schüttelte den Kopf. »Nein, drehen Sie mir die Geschichte jetzt nicht so, wie Sie sie brauchen.«

Melchinger lehnte sich nach vorne. »Welchen Polen, Herr Brucker, hätte sich die Frau Dudek denn für eine solche Tat ausgesucht? Wer hätte denn so was für sie gemacht?«

Georg wurde immer verzweifelter und erkannte, dass er diese Strecke zu Ende gehen musste und nicht auf halbem Wege umkehren konnte.

»Der ... Franciszek.«

»Der Franciszek also? Wieso gerade der?«

»Der ... würde alles für die machen.«

»Was, denken Sie, hat sie ihm gesagt, weshalb er die Rosi ums Eck bringen soll?«

Darauf wusste Georg keine Antwort. »Der ist so scharf auf die Tatjana, dem muss die nicht viel sagen. Da genügt ein Blick von der. Wenn so einer sich plötzlich Hoffnungen macht, dann ist der zu allem ... Der hat außerdem schon einiges auf dem Kerbholz, hat sie mir mal erzählt. Kein unbeschriebenes Blatt, der Typ.«

»Und so was holen Sie sich auf den Hof zum Arbeiten?«

»Ich hab das ja nicht gewusst. Sie hat ihn ja selbst mitgebracht. Ich kenn den nicht so. Aber der arbeitet zuverlässig. Der kann richtig ranklotzen. Solche Typen brauchen Sie beim Herbsten. Damit was geht.«

»Was hat der denn auf dem Kerbholz, der Franciszek?«

»Schwere Körperverletzung und so. Alles Mögliche halt. In Polen fahren Sie da ja nicht so schnell ein, glaub ich.«

»Soso.« Melchinger nahm eine Prise Schnupftabak.

»Und außerdem war der freitags, also nach dem Donnerstag mit der Rosi, direkt krank. Darmgrippe, hat er damals am Telefon gesagt. Der war erst wieder montags da.«

»Tatsächlich?« Wachtel und Melchinger wechselten einen kurzen Blick.

»Tatsächlich. Die alte Funzingern denkt, die Tatjana wär schwanger, weil sie neuerdings kotzt. Aber ich sage Ihnen, die kotzt vor lauter schlechtem Gewissen. Die kommt damit nicht klar.«

»Herr Brucker, sind Sie sicher, dass das die Geschichte ist, die Sie erzählen wollen und die wir verfolgen sollen?«

Georg lehnte sich zurück und sah aus, als wäre eine große

Last von seinen Schultern gefallen, obwohl nichts dergleichen passiert war. »Bei mir ist alles am Arsch. Mein Ruf ist ruiniert. Ich hab nix mehr zu verlieren. Ich hab Scheiße gebaut, und jetzt bezahl ich dafür. Hier und jetzt. Aber ich gehe nicht ins Gefängnis für einen Mord an meiner Nichte, die mittlerweile meine Tochter ist. Ich war das nicht. Ich habe Ihnen erzählt, wie es war an dem Tag. Und ich habe Ihnen gesagt, was ich denke, wie es war. Ich hab das die ganze Zeit gedacht, aber wem bitte hätt ich das sagen sollen? Da wäre ja die Affäre mit Tatjana aufgeflogen. Das hätt keiner an meiner Stelle gemacht. Aber jetzt ist es egal. Das wird mir immer klarer. Sie haben nichts gegen mich in der Hand. Und ich werde nichts zugeben, was ich nicht gemacht habe.«

Montag, 13. Oktober 1975

Am Montagmorgen brachten Melchinger und Wachtel Ingrid Huber und Arnold Obermann auf den aktuellen Stand der Dinge und baten sie, die Protokolle und Notizen von Tatjana Dudek und Franciszek Kowalczyk einmal genau zu analysieren. Wenig später saßen sie wieder zusammen.

Ingrid hatte die Befragung Tatjana Dudek vor sich, die sie selbst durchgeführt hatte. »Da steht nicht viel«, sagte sie. »Sie hat nur gesagt, dass sie die Rosi sehr lieb gehabt hat und dass sie immer bei ihr war, wenn sie auf dem Hof war. Dass sie denkt, dass die Rosi sie heimlich bewundert hat, weil sie ihr ja immer alles nachgemacht hat. Sie hätte zum Beispiel an ihren Röhrchen gezogen und so getan, als rauche sie, und so weiter. Sie sagt aus, dass sie am Mittwochnachmittag kurz auf dem Weingut war, um zu erfahren, was morgen anstünde. Rosi hätte sie dort nicht gesehen, nur Otto Brucker. Auch donnerstags war sie auf dem Weingut, aber da sei Rosi ja in der *Schule* gewesen. Zu der Zeit, wo Rosi heimkommt, wäre sie schon weg gewesen. Deswegen kann sie nicht sagen, ob Rosi da war oder nicht. Aber am Freitagmorgen wäre sie nicht da gewesen, obwohl sie da immer da ist. Und sie hat sie auch den ganzen Tag über nicht gesehen. Aber sie hat sich nichts dabei gedacht, es war ja sonst alles normal. Mehr wüsste sie nicht zu sagen.«

»Aha«, sagte Wachtel, »die Aussage macht schon mal Sinn. Sie war dort, trifft aber im Keller auf Georg statt auf Otto Brucker. Da hat sie schon gelogen. Dort kommt es zum Äußersten. Rosi ist ihr hinterhergeschlichen, das hat sie nicht gemerkt, und ist dann abgehauen, als es im Keller rundging. Weder sie noch Georg wissen zu dem Zeitpunkt, wer im Keller war. Die sitzen auf glühenden Kohlen. Wenn es Otto Brucker gewesen wäre oder seine Frau, wäre ihnen ja sofort alles um die Ohren geflogen. Wenn es ein Pole gewesen wär, hätt sie das auch sofort gemerkt. Also hat keiner gewusst, wer es war. Die zwei haben in der Nacht wahrscheinlich kein Auge zugemacht.«

»Jetzt weiter mit der Befragung von diesem Franciszek«, sagte Melchinger.

Die hatte Arnold gemacht. »Der hat noch weniger gesagt wie die Dudek. Er wär montags angekommen. Er ist übrigens ein paar Häuser weiter untergebracht. Fünf Minuten von der Dudek entfernt. Er war ein paar Mal auf dem Weingut, aber es wäre noch nicht viel zu tun gewesen. An dem Donnerstag wäre er am Morgen kurz auf dem Weingut gewesen, aber sie hätten ihn noch nicht gebraucht. Rosi? Nix gesehen. Nur einmal, Montag oder Dienstag. Kennt Rosi nicht gut. Nicht oft gesehen. Er wäre erst das zweite Mal bei Brucker. An dem Donnerstag hat er sie nicht gesehen. Er hätt sich ein gegrilltes Hähnchen besorgt, mit Brot und Salat, und in seiner Unterkunft gegessen. Dann hätte er *biegunka* gekriegt, das ist Polnisch und heißt Durchfall, und hätte drei Tage nicht arbeiten können. Grosse Katastroff.«

»Gut. Das deckt sich mit dem, was der Brucker sagt.«

»Ja, aber kann das sein? Dass die Dudek dem am Donnerstag sagt, er soll die Rosi am Bus abpassen und sie zum Schweigen bringen? Das ist doch hirnverbrannter Blödsinn, das macht doch kein Pole und wenn er noch so notgeil ist«, sagte Wachtel.

»Die hat ihm irgendeine fadenscheinige Geschichte erzählt, was weiß ich. Und sie muss ihm ja nicht gesagt haben, dass er sie umbringen soll, das hat sie bestimmt nicht gesagt, aber vielleicht, dass sie einschüchtern soll«, meinte Ingrid.

Melchinger nickte. »Wenn die auch dabei war, als Rosi aus dem Bus gestiegen ist, dann hätten wir zumindest die Person im Spiel, mit der Rosi mitgegangen wäre, und zwar überallhin.«

»Stimmt auch wieder«, sagte Arnold.

»Die gehen mit der spazieren, verschwinden im Wald, das Ganze eskaliert, die Rosi tickt aus, geht auf den los oder will abhauen. Alles geht ganz schnell, der Pole macht, was er immer macht in der Situation, er stößt sie nieder, die schreit wie am Spieß, da drückt er ihr die Kehle zu. Die Dudek steht dabei und verliert die Kontrolle. Aus die Maus.«

»Ich weiß nicht«, zweifelte Wachtel. »Das ist so konstruiert. Wie passt da eigentlich die Erpressung rein?«

»Die passt gut rein. Die beiden denken sich die Aktion aus, um abzulenken. Jetzt geht es ja nicht mehr nur um die Affäre von der Dudek, jetzt geht es um Mord. Und da stecken die beide drin.«

»Da musst du dir schon was einfallen lassen«, sagte Melchinger.

»Die Schreibfehler passen auch, wenn's der Pole geschrieben hat«, fügte Arnold Obermann dazu.

»Und der Brief mit den Klebebuchstaben?«

»Warum nicht? So blöd kannst du nicht denken. Die Beilage fliegt ja in jedem Haushalt rum. Und Uhu gibt es auch überall, und die Briefmarke hat er vielleicht aus einem Briefmarkenalbum geklaut, was er irgendwo gefunden hat. Da kommt eins zum anderen. Und vergesst mal nicht, das waren nicht viele Wörter, sondern hauptsächlich eine Skizze.«

»Und warum sagen die dem Brucker, wo die Leiche ist?«

»Vielleicht Gewissensbisse?«, schlussfolgerte Ingrid. »Zumindest die Dudek ist ja keine Kriminelle. So abgebrüht war die nie im Leben. Das ist ja bei der plötzlich alles aus dem Ruder gelaufen. Die muss ja innerlich schier durchgedreht sein. Die wollte schon, dass die Rosi gefunden wird und nicht im Wald liegen bleibt.«

»Ich werd verrückt«, sagte Arnold Obermann. »Das kriegt langsam wirklich Kontur. Alles aus dem Affekt, aber irgendwie trotzdem möglich.«

Wachtel stand auf. »Wir müssen jetzt schnellstens mit der Dudek sprechen und dann mit dem Kowalczyk, und zwar hier und nicht auf dem Weingut.«

»Halt mal«, sagte Melchinger, »lasst uns das noch mal alles durchgehen und uns sortieren. Wir brauchen Struktur, wenn wir mit denen reden. Sonst verstolpern wir uns. Und wir brauchen einen Dolmetscher. Es kommt jetzt auf jedes Wort an.«

Als zwei Polizisten im Wingert auftauchten und Otto Brucker sagten, dass sie Tatjana Dudek und Franciszek Kowalczyk mit aufs Revier nehmen müssten, weil es ein paar Fragen gäbe, drehte der erst durch, weil sie mitten in der Weinlese wären, dann verstummte er plötzlich, als er realisierte, um was es gehen könnte.

»Hat der und die Dudek … haben die was mit der Rosi …?«

Die beiden Polizisten gaben keine Auskunft und nahmen zwei sichtlich nervöse Personen mit, die so überrumpelt waren, dass sie kein Wort sprachen, als sie ins Auto stiegen.

Schweigend schnitt man in den Zeilen weiter Trauben. So richtig verstand hier keiner, was eigentlich los war.

***

Atze stand auf der Straße. Für einen Moment wusste er weder, welcher Tag heute war, noch, wohin er jetzt gehen sollte. Es war um die Mittagszeit. Bis eben hatte er noch in seiner Zelle gesessen und mit allem abgeschlossen gehabt. Dann hieß es plötzlich, er werde in einer Stunde entlassen. Daraufhin hatte er sich noch mal auf seine Pritsche gelegt und davon geträumt, dass die Blonde von ABBA draußen auf ihn wartete. Es wartete ja immer irgendeine Braut auf einen, wenn man aus dem Knast entlassen wurde.

Aber leider war niemand da. Von den Münzen, die man ihm mitsamt seinen Sachen in die Hand gedrückt hatte, zog er sich am Zigarettenautomaten erst einmal eine Schachtel Marlboro. Der erste Zug in Freiheit war immer der beste. Danach stellte er sich an die Straße und trampte zu seinem Kumpel Heinzer. Das allein nahm zwei Stunden in Anspruch, weil sich so schnell keiner fand, der ihn mitnehmen wollte.

Heinzer saß in der Schrebergartenhütte seines Onkels. Er

hatte das elektronische Heizluftgerät angestellt und mit jedem gerechnet, aber nicht mit Atze. Erfreut stellte er ihm ein Bier und ein Glas Weinbrand hin und wollte nun alles ganz genau wissen. Im Fall er auch einmal einfuhr. Viel konnte ihm Atze nicht erzählen, weil ja alle, so sagte er, weit unter seinem geistigen Niveau waren und er schon allein deswegen nicht viel Kontakt zu seinem Umfeld aufgenommen hatte. Und der Rest war so wie im Fernsehen, meinte Atze. Und Heinzer nickte.

Als er sich zwei Stunden später dann auf den Heimweg begab, war es mittlerweile fünf Uhr. Er lief durchs Dorf und holte sich im Krämerladen ein Milky Way. Atze fühlte sich wie nach einer Entziehungskur, alles schmeckte so wunderbar vertraut nach seinem alten Leben.

Draußen an der Ecke saß Manfred und schlotzte an einem Eis. Brauner Bär war eine seiner Lieblingssorten. Wie immer lief ihm die Soße rechts und links herunter. Als er Atze sah, strahlte er über das ganze Gesicht und schrie: »Wechifütze!«

Atze blieb vor ihm stehen und schaute ihn von oben herab an. »Was ich dir schon immer mal sagen wollt, Sportsfreund: Halt endlich dein saudummes Maul, sonst stopf ich's dir mal bei Gelegenheit. Also, wenn ich Zeit hab.«

Manfred schlotzte unbeirrt weiter und sah ihn ausdruckslos an. Atze schlenderte davon.

»Saudoof, Fotzendreck!«, brüllte Manfred ihm hinterher.

»Nacht, John-Boy!«, rief Atze und hielt sich symbolisch eine Knarre an die Schläfe. *Mäh-äh-äh*.

Als er dann endlich zu Hause ankam, würdigte ihn seine Mutter Elvira keines Blickes. Sie würde ihm später einmal in aller Ruhe klarmachen, dass er aus der Sache nur herausgekommen war, weil sie sich für ihn wund gebetet hatte. Und wenn er noch einmal lachte, wenn sie ein Tischgebet hören wollte, würde sie ihm die Koffer packen und ihn in den Zug nach nirgendwo setzen oder auf den Mond schießen lassen. Und zwar ohne Rückfahrkarte.

Für den Moment war nur eine große Last von ihr abgefallen, sie konnte wieder atmen und war in den Alltag zurückgekehrt. Der hatte sich schon lange nicht mehr so gut angefühlt. Jetzt stand sie in der Küche und backte einen Schokino-Kuchen von Dr. Oetker. Adalbert Becker hatte sich unlängst mehr als abschätzig über die Erfindung von Fertigbackmischungen geäußert. Das sei für absolute Vollidioten, die auch mal einen Kuchen fabrizieren wollten. Sofern sie in der Lage seien, zwei Eier aufzuschlagen und zweihundert Milliliter Milch abzumessen. Und daran würde es doch bei den allermeisten schon scheitern. Hasel hatte ihm ausnahmsweise mal recht gegeben. Aber nur gedanklich.

Als Atze sich rittlings an den Küchentisch setzte, in Erwartung von etwas zum Essen, fragte ihn seine Mutter, ob sichergestellt sei, dass nicht nur sie, sondern das ganze Dorf und Umgebung nun wussten, dass er absolut nichts mit der Brucker-Sache zu tun hatte. Da müsse sie, so meinte Edmund Hasenbach, der gerade zur Tür hereinkam, die alte Agnes losschicken, dann wüsste es gleich die ganze Welt. Oma Agnes, die ebenfalls noch rechtzeitig kam, war in heller Aufregung, als sie Atze sah. »Wenn jetz du das nicht warst, wer war's denn dann?«, fragte sie.

Atze hatte den Überblick verloren und brachte sich in seinem Zimmer in Sicherheit. Dort hörte er »Am Tag, als Connie Kramer starb« und träumte davon, am Sonntag mit Juliane Werding einen Abstecher in die Kirche zu machen, um dort die ganz große Runde zu drehen und seine Auferstehung zu feiern. Gottes Sohn, die Zweite. Im Gegensatz zu ihm waren alle anderen ja im Vorteil. Sie wussten jetzt nämlich, dass er nichts mit dem Fall Rosi Brucker zu tun hatte, während er es lediglich vermutete.

***

Seit Stunden saß Margarete Funzinger in ihrem Schaukelstuhl, wippte vor sich hin und ließ alles noch einmal Revue passieren. Es war seit Langem das erste Mal, dass der Film nicht nach ihrem Drehbuch lief. Georg Brucker war offensichtlich nicht in der Stimmung gewesen, mit ihr an den Lago Maggiore zu fahren, er hatte sie nicht ernst genommen. Todsünde. Sie hatte ihn Samstagmorgen der Polizei auf dem Tablett serviert. Aug um Aug, Zahn um Zahn. Er hätte es besser haben können, jetzt war er verloren.

Sie war kurz eingenickt und schreckte hoch, als sich die Tür öffnete. Hasel kam herein und setzte sich mit einem Grinsen im Gesicht an den Tisch, als würde er und nicht sie hier wohnen. Er hatte, als plötzlich sein Bruder wieder zu Hause auftauchte, augenblicklich das Weite gesucht. Daran musste er sich erst wieder gewöhnen.

»Ah, mein lieber Hasenbach. Was führt ihn zu mir?« Margarete quälte sich aus ihrem Stuhl und schlurfte schlecht gelaunt zur Küche, um einen Kräutertee anzusetzen. In letzter Zeit tauchte er wieder öfters bei ihr auf. Nicht dass sie etwas dagegen hatte, aber er schien ihr zunehmend selbstbewusst zu sein, und sie hatte noch keinen blassen Schimmer, woher das rührte.

Hasel stand auf und stellte sich neben sie. Irritiert drehte sie sich zu ihm um und klopfte mit einem Silberlöffel ungeduldig auf der Küchenanrichte herum. Das Wasser wollte nicht kochen. Hasel schnüffelte an einem Strauß getrockneter Pfefferminze und zerbröselte sie zwischen seinen Fingern.

»Wass is' die s'önste Art zu sterbe?«, näselte Hasel und schaute die alte Funzel erwartungsvoll an.

»Wie meinen?« Margarete war völlig überfordert.

»Dotlache!«, sagte Hasel und lachte sich tot.

Margarete verzog das Gesicht und lachte für einen Moment gekünstelt mit, während sie überlegte, welcher Film hier eigentlich lief. Dann goss sie heißes Wasser über den Tee und drehte sich zu ihm um.

»Is' dein staubiger Bruder wieder aus dem Knast?«

»Jo«, antwortete Hasel und sah sich betont geistesabwesend im Zimmer um.

»Aha.« Margarete hatte eigentlich gehofft, dass er von sich aus fragen würde, was da gelaufen sei. War sie es doch, die das Ganze in die richtigen Bahnen gelenkt hatte. Hasel aber fragte nichts.

»Weiß er denn, warum?«, hakte sie nach.

»Wer?«

»Er.«

»Der Atze?«

»Nein, du! Dich mein ich.«

»Ich? Wieso?«

Margarete gab auf, es war zwecklos. Sie schlurfte mit den zwei Tassen zum Tisch und überlegte, wie sie den kleinen Hasenbach wieder loswerden könnte. Der lief ihr hinterher, setzte sich hin und nahm ihr die Tasse aus der Hand. Margarete rührte in ihrem Tee herum und mühte sich erneut, das Thema zu wechseln. »Dass die Brucker Rosi schwanger war, will mir nicht in den Kopf. Man weiß halt nicht recht, von wem und wie, oder weiß man das zwischenzeitlich?«

»Nä«, antwortete Hasel und kippte drei Löffel Zucker in den Tee.

»Bedauerlich, fürwahr. Zig Schwangerschaften derzeit und genauso viele Rätsel«, fügte sie noch hinzu.

Hasel beobachtete die alte Funzel, wie sie ein paar beschwörende Bewegungen über dem Teesud machte. »Also, ich weiß es, aber son halt kein'r«, meinte er dann und studierte aufmerksam, was neben ihm so alles an der Wand hing. Aus dem Augenwinkel sah er, wie die alte Funzel den Silberlöffel im Teeglas klimpern ließ und förmlich vibrierte.

»Mein lieber Hasenbach, jetzt mach er aber mal das Fass auf!« Sie wurde vor Aufregung rot im Gesicht. Ihre Augen bekamen wieder diesen seltsamen Glanz.

Hasel rieb sich unter der Nase. Wie Wickie, der Wikinger, bevor er wieder eine seiner herausragenden Ideen hatte. Es waren herrliche Zeiten. Die Menschen wollten was von ihm, und er wollte was von ihnen. Und immer hin und her, hü und hott. Er durfte sich nur nicht vergaloppieren.

»Mampfred. Bumm-Bumm«, sagte er dann und grinste wieder.

»Mampfred, Bumm-Bumm?« Die alte Funzel zog die Augenbrauen nach oben und hatte ein sehr großes Fragezeichen auf der Stirn. »Soll ich in meine Glaskugel gucken, oder kommt noch was vom Hasenbach?«

Hasel machte ein paar beschwörende Bewegungen über seinem Tee und zuckte mit den Schultern. Schon wollte er sie wieder ihrer Glaskugel überlassen, da kamen ihm Bedenken. Nicht selten hatte sie ihn mit Wissen verblüfft, das sie gar nicht haben konnte, und es war nicht vollends auszuschließen, dass es aus der Kugel stammte. Insofern war nicht ratsam, dass sie da reinglotzte und vielleicht noch mehr sah, als von wem die Rosi geschwängert worden war. Außerdem wollte er ja, dass sie es erfuhr.

»Der Mampfred hat die Rosi … Pungtum.«

»Punktum was?«

»Das hat halt kein'r merkt. Da nuss man mit dem 'prechen.«

Die alte Funzel erhob sich vom Tisch, beugte sich umständlich zu ihm herüber und sah ihm tief in die Augen. »Der Adlige? Der Ottendings soll die Brucker Rosi?«

»Jupp.«

»Hat er ihm das erzählt?«

»Jupp.«

»Wie hat er sich artikuliert?«

»Artikull?«

»Gesprochen, wie hat er gesprochen?«

»Rosi Bumm-Bumm. Rosi doof. Rosi dod. Sons' sagt der nix.«

Hasel sah förmlich, wie es bei der alten Funzel im Kopf rumorte. Sie bekam Falten zwischen ihren Falten.

»Bumm-Bumm, was meint der? Wurde geschossen?«, stellte sich Margarete blöd.

Hasel wischte sich den Rotz von der Nase. Es regte ihn auf, dass die alte Funzel so schwer von Begriff war und er jetzt noch deutlicher werden musste. Mittlerweile wusste doch das ganze Dorf, was das bedeutete. Er haute sich, wie die Jungs aus Atzes Clique, mit der flachen Hand auf seine Faust und sagte: »Bumm-Bumm halt.«

Die alte Funzel riss wieder die Augen auf. »Barmherziger, das hört sich ja an, als hätt der die …«

Hasel fing an zu kichern und erntete einen tödlichen Blick.

»Und das weiß nur er?«

»Wer?«

»Na du, Hasenbach, verflucht!«

»Ah so. Ja, nur ich.«

Dienstag, 14. Oktober 1975

Wachtel wollte schnell etwas erledigen, stieg in sein Auto und fuhr aus dem Hof der Polizeidienststelle raus auf die Straße, da sah er eine schwarze Gestalt stehen, die mit ihrem Stock in der Luft herumfuchtelte. Er stöhnte laut auf und überlegte noch, ob er, wie im Film, den Wagen herumreißen sollte, aber er kannte ja den Wendekreis und wusste, dass es im Desaster enden würde. Margarete Funzinger kam auf ihn zu, riss zu seinem Entsetzen die Beifahrertür auf und ließ sich umständlich auf dem Sitz nieder.

»Ah, der Herr Wachtmeister, gut, dass Sie zu mir kommen, da kann ich mir die Treppensteigerei bei euch ja sparen!«

Wachtel überging die Beleidigung, sah stur auf sein Lenkrad und klopfte genervt mit seinem Finger darauf herum.

»Und? Wieder am Stochern im Nebel?« Die alte Funzel strich sich keck eine graue Haarsträhne aus dem Gesicht. »Ich weiß wirklich nicht, was ihr den ganzen Tag macht. Was macht ihr eigentlich den ganzen Tag?«

»Wenn Sie nicht etwas von Bedeutung in petto haben, würde ich Sie nun höflich bitten wollen, den Wagen zu verlassen. Oder haben Sie noch einen weiteren Mörder für uns?«

»Hat er gestanden, der Brucker Georg, oder sitzt er schon?« Sie brach in Lachen aus ob ihrer grandios doppeldeutigen Formulierung. Wachtel versuchte, ruhig zu bleiben, und sah die alte Funzel nicht an. »Geh'n Sie jetzt, oder soll ich Sie verhaften?«

Margarete fing wieder an, hysterisch zu lachen, und machte Anstalten, sich aus dem Sitz herauszuschälen. »Gut«, sagte sie höhnisch, »wenn es ihn nicht interessiert, wer die Rosemarie Brucker geschwängert hat, dann zieh ich von dannen und erzähl's wem anders. Ich kenn ja genug.«

Wachtel legte genervt seinen Kopf aufs Lenkrad und knurrte:

»Und? Wer hat die Rosi geschwängert? War's der Brucker Georg?«

Die alte Funzel ließ sich genüsslich wieder in den Sitz zurückplumpsen und holte tief Luft. »Er ist ja gar nicht angeschnallt. Ist das erlaubt? Ach so, er ist ja bei der Polizei.«

»Wer hat die Rosemarie Brucker geschwängert?«, setzte Wachtel nochmals an.

»Ach so, ja«, sagte die alte Funzel, als hätte sie es vergessen. »Genau. Also, dann nehmen Sie mal Haltung an, mein Lieber. Das war nämlich Seine Königliche Hoheit, Prinz Manfred von Ottenfeld. Schloss Ottenfeld. Alter Dorfadel. Falls Sie den überhaupt kennen.«

Wachtel richtete sich auf und sah sie an.

»Wer sagt das, und warum sagt derjenige das?«

»Das sind ja gleich zwei Fragen in einer, Herr Wachtmeister!« Sie klimperte ein bisschen mit ihren Armreifen. »Ich werde ja leider nicht dafür bezahlt, aber ich sag's ihm trotzdem, weil, von allein kommt er ja nicht drauf.«

Wachtel riss sich zusammen, so gut es nur ging, und kurbelte sein Fenster herunter. Der Geruch nach alten Kräutern und Klosterfrau Melissengeist brachte ihn an den Rand.

»Also!«, holte ihn die alte Funzel wieder zurück. »Erstens: Wer sagt das? Das sagt der kleine Hasenbach. Der Kleine. Nicht der Stoffel mit den roten Haaren, der jetzt wieder frei rumrennt. Den hätten Sie übrigens drinlassen können, der hat auch so genug Dreck am Stecken. Zweitens: Warum sagt der das? Weil das der Einzige ist, der einen direkten Draht zu dem debilen Kameraden hat. Der weiß halt, wie man mit einem von Ottenfeld redet. Drittens: Warum weiß ich das? Weil ich einen Draht zum kleinen Hasenbach habe und weiß, wie ich mit dem reden muss. Gehabt Euch wohl, Herr Wachtmeister«, sagte sie und kroch unter einigem Ächzen und Stöhnen aus dem Wagen.

Als Wachtel Melchinger erzählte, was die alte Funzel ihm vorhin berichtet hatte, rastete der völlig aus. Wachtel hatte sich eigentlich mit Melchinger einen Scherz draus machen wollen, aber irgendwie funktionierte das gerade nicht. »Was mischt sich die alte Schachtel andauernd in unsere Ermittlungen ein? Das geht mir langsam auf den Sack!«

»Es geht ja jetzt nicht um den Mord an der Brucker, sondern mehr so um die Schwangerschaft«, versuchte Wachtel, ihn zu beruhigen. »Es interessiert uns doch schon die ganze Zeit, wie es dazu gekommen ist, oder? Wo wir uns doch einig sind, dass der Heilige Geist nicht in Frage kommt.«

Melchinger schnaufte.

»Und wenn's nur für die Hanne ist, Rudolf, oder?« Wachtel musste lachen, da lachte Melchinger endlich mit.

»Schick doch die Ingrid und den Arnold mal hin, auf das Schloss. Das ist doch genau das Richtige für die.«

**

Manfred war der Sohn von Theodora und Godehard von Ottenfeld. Sie waren die Eigentümer von Schloss Ottenfeld, das am Dorfrand lag und, obwohl es von einem kleinen Park und einer Mauer umgeben war, nur noch wenig aristokratischen Charme versprühte. Der Lack war längst ab. Seit der Geburt von Sohn Manfred, vor genau dreißig Jahren, verzichtete man in der Außendarstellung auf das von und zu, da der Adelstitel, welcher einem über die Jahrhunderte immer Achtung und Respekt verschafft hatte, durch den geistig behinderten Sohn seinen Glanz stark eingebüßt hatte. Da danach kein weiterer Nachkomme mehr angesetzt wurde, fand der Stammbaum derer von Ottenfeld mit Manfred ein jähes Ende.

»Beim Manfred«, so sagte man gerne hinter vorgehaltener Hand und nicht ohne ein hämisches Grinsen im Gesicht, »beim Manfred von Ottenfeld fließt halt blaues Blut in den Adern.« »Blaues Blut« war seitdem der Begriff für jeden, der entweder besoffen war oder nicht alle Tassen im Schrank hatte.

An diesem trüben Herbsttag sah Godehard von Ottenfeld von seinem Fenster aus, wie ein Polizeiwagen die Hofeinfahrt hochfuhr. Über seiner Nase bildete sich eine tiefe Furche, an der entlang ein Schweißtropfen rann. Er zog die Gardine vor, zündete sich eine Zigarre an und stieg die breite Treppe hinunter. Ingrid Huber nickte ihm freundlich zu, als er ihnen die große Tür öffnete.

»Kommissarin Huber, mein Kollege Obermann. Herr Ottenfeld?«

Godehard paffte wie wild und nebelte sich ein. »Godehard von Ottenfeld, sehr erfreut«, antwortete er. Aus gegebenem Anlass hielt er es für angebracht, das Adelsfragment in seinem Namen wieder aus der Kiste zu holen. Zumal es ja die Kommissarin nicht getan hatte.

»Es geht um Ihren Sohn Manfred.«

Godehard von Ottenfeld glotzte die beiden an und schwieg.

»Können wir kurz reinkommen?«

»Saudoof! Fotzendreck. Drecksau. Verreck doch!«

Der Schrei kam von rechts, alle drehten sich um. Hinten im Garten stand Manfred am Fischteich. Er hatte eine Steinschleuder in der Hand und schoss mit schweren Geschützen aufs Wasser. Dabei schaute er immer für einen kurzen Moment zu Huber und Obermann, fummelte dann den nächsten Kieselstein aus der Hosentasche und legte wieder an.

Godehard von Ottenfeld fuchtelte hektisch in der Luft herum und bat die beiden hereinzukommen. Wenig später nahmen sie auf dem großen Sofa im Wohnzimmer Platz und staunten nicht schlecht, als plötzlich Theodora von Ottenfeld das Zimmer betrat und ihnen ein Holzbrett mit Hausmacherwürsten, Brot und Senf hinstellte.

»Mahlzeit!«, lächelte sie unsicher, nahm den großen Aschenbecher in die Hand und stellte sich neben ihren Gatten. Godehard klopfte seine Asche knapp daneben, woraufhin sie auf den Hebel drückte und sich die Scheibe im Aschenbecher leise scheppernd drehte. Da die Asche ja aber auf dem Teppich gelandet war, fuhr sie kurzerhand mit dem Fuß darüber und wischte sich die Hand an ihrer Strickweste ab. Angesichts der Anzahl an Übersprungshandlungen überlegte Ingrid, wie sie am besten in das Thema einsteigen konnte, ohne die beiden noch weiter zu verschrecken.

»Der Manfred«, fing Godehard von Ottenfeld an, »ist ein Ass auf der Steinschleuder. Der schießt eine Bettwanze aus drei Kilometer Entfernung ins Jenseits.«

Theodora nickte und lächelte verlegen, Huber und Obermann zeigten sich beeindruckt.

»Seit fünf Uhr in der Früh ist der kampfbereit. Um die Frösche ist es ja nicht schad, da braucht man sich ja nicht groß drum ...«

»So hat jeder sein Talent«, sagte Arnold Obermann und schaute auf die Wurstplatte. »Weshalb wir hier sind, es geht um die Rosemarie Brucker, die ja ...«

»Wer?« Theodora von Ottenfeld tat so, als ob sie angestrengt überlegen würde, aus welcher Adelsdynastie die fragliche Person stammen könnte.

»Rosemarie, Rosi Brucker, sie wurde vor ein paar Wochen Opfer eines Verbrechens. Sie wissen das ja sicherlich.«

Theodora riss die Augen auf. Godehard stand daneben und zog an seiner Zigarre.

»Ihr Sohn, der Manfred, war ja dick mit der Rosemarie Brucker, wie man hört«, sagte Ingrid Huber und sah die beiden an.

»Dick mit der Brucker Rosemarie?« Godehard ruckelte an seiner Krawatte. »Die war doch geistig ... vollkommen plemplem. Wie soll denn der Manfred da dick ...?«

»Ah, ist Ihnen jetzt doch eingefallen, wer das ist?«, fragte Obermann und nahm sich einen Landjäger vom Brett.

Theodora von Ottenfeld zog ihre Strickjacke trotzig vor der Brust zusammen. »Entfernt«, räumte sie ein. »Dick war sie ja, daran erinnere ich mich.«

»Jedenfalls«, setzte Ingrid Huber erneut an, »wollten wir mit

Manfred sprechen, weil wir glauben, er könnte uns wichtige Infos zur Rosemarie geben.«

»Infos zur Brucker? Was soll denn der für Infos ...?«

Ingrid räusperte sich, das Gespräch war ihr sichtlich unangenehm, und sie fragte sich wieder einmal, wieso sie es eigentlich führten. Obermann übernahm.

»Wir haben bislang in der Werkstatt, also im Behindertenzentrum, nichts aus ihm herausgebracht, deshalb haben wir gedacht, wir reden mal mit Ihnen, und Sie könnten dann ...«

»Was wollen Sie denn aus dem rausbringen?«, unterbrach ihn Godehard. »Aus dem hat doch sein Lebtag noch keiner was rausgebracht, das ist doch ... der Manfred.« Godehard aschte in den Philodendron. »Der Manfred«, sagte er dann, »der ist viel zu intelligent, verstehen Sie? Haushoch ist der ...«

Obermann nickte und kaute auf dem zähen Stück Wurst herum.

»Der merkt sofort, stante pede merkt der, wenn einer nicht ganz hasenrein ... Dann sagt der sowieso nix. Weil der da durchblickt.«

»Wie meinen Sie das?«, fragte Ingrid, die mittlerweile nach dem roten Faden suchte.

Theodora von Ottenfeld suchte ihn ebenfalls und schenkte den beiden zur Überbrückung einen Riesling ein.

»Sehen Sie«, fing Ingrid wieder an, »wie uns der Betreuer, der Herr Martin Müller, erzählt hat, waren die Rosemarie Brucker und Ihr Sohn ... befreundet und haben ... Zeit miteinander verbracht ... In der Werkstatt ... in der Gärtnerei, aber eben auch ... mal so ... halt. Denkt er jedenfalls.«

»So halt?« Theodora von Ottenfeld richtete sich kerzengerade auf und wechselte verstörte Blicke mit ihrem Gatten. »Könnten Sie uns genauer sagen, von was jetzt gerade die Rede ist?«

Godehard versuchte verzweifelt, seine Zigarre wieder in Brand zu setzen.

»Gut«, sagte Arnold Obermann und fischte sich mit der

Zunge eine Landjägerfaser aus dem seitlichen Kiefer. »Also, man hat die Rosemarie Brucker und Ihren Sohn schon gesehen, wie die sich ...«

Theodora riss erneut die Augen auf und vergrub ihre Fingernägel in den Strickjackenärmeln.

»... wie die geknutscht haben und sich ... angefasst ... und so.«

»Also, jetzt ...« Godehard wurde rot ihm Gesicht und keuchte. »Schießen Sie mal nicht mit Spatzen auf Kanonen!«

»Wer soll das bitte beobachtet haben?«, ging Theodora dazwischen.

»Der Betreuer hat sie mal erwischt. Im Ankleide... also Umkleide ...raum«, log Arnold.

»Blödsinn!«, zischte Theodora und verschränkte wieder die Arme vor der Brust.

»Rosi doof!«, schrie Manfred, der plötzlich an der Tür stand.

»Da sehen Sie es, meine Herren.«

Ingrid war für einen Moment sprachlos.

»Der hat die Ding da überhaupt nicht leiden können. Wahrscheinlich hat er die noch nicht mal richtig gekannt. Das ist alles erstunken und erlogen!« Er ging auf seinen Sohn zu. »Manfred, geh sofort raus, Frösche schießen, aber stante pede!«, brüllte er ihn an und haute ihm die Tür vor der Nase zu.

»Saudoof!«, schrie Manfred und trat mit voller Wucht von außen dagegen. Danach war alles still.

※ ※ ※

Als sie wieder auf der Dienststelle eintrafen, saßen Melchinger und Wachtel in ihrem Büro und waren schlecht drauf.

»Wir kommen da nicht weiter. Aus der Dudek und dem Franciszek, also diesem Kowalczyk, bringen wir nichts Brauchbares raus. Die sind völlig von der Rolle. Wenn das gespielt ist, dann sind die beiden richtig gut. Wir lassen sie jetzt eine Runde schmoren. Den Brucker Georg ebenfalls. Die lassen wir jetzt alle sitzen, wo sie sind. Einer muss irgendwann mal zusammenbrechen. Das geht nicht mehr lange.«

»Was ist das für ein Typ, dieser Manfred?«, wollte Melchinger wissen.

»Verarmter Adel mit Dachschaden. Er knallt mit der Steinschleuder Frösche ab.«

Ingrid Huber öffnete das Fenster im Büro.

»Also zumindest Gewaltpotenzial vorhanden?«, fragte Wachtel.

»Die Eltern von dem mauern wie bekloppt. Die tun so, als wüssten noch nicht einmal sie genau, wer die Rosi Brucker ist, geschweige denn ihr Sohn.«

Arnold Obermann winkte ab. »Was wollen wir denn jetzt eigentlich von dem?«

Wachtel zuckte mit den Schultern.

»Also mich interessiert das mittlerweile irgendwie, das mit der schwangeren Rosi und dem Ottenfeld.« Melchinger legte die Beine auf den Tisch. »Warum sprechen wir nicht mal mit dem kleinen Hasenbach? Also spaßeshalber.« Er sah Wachtel an. »Wir sind doch nachher sowieso in der Gegend, da können wir doch einen Abstecher machen. Das hätten wir meines Erachtens sowieso besser gemacht, bevor wir bei den Ottenfelds aufschlagen.«

»Ja, toll!«, zischte Ingrid Huber.

»Jetzt reg dich ab«, beschwichtigte sie Udo Wachtel. »Wir machen das mit dem kleinen Hasenbach. Dann hätten wir mal wenigstens die Sache mit der Schwangerschaft aus den Akten. Wenn die da untereinander und so ... das ist ja per se nicht strafbar.«

***

Als Atze gegen fünf am Nachmittag sah, dass der Wagen der beiden Kommissare wieder vorfuhr, lief ihm der Schweiß senkrecht zum Hintern hinunter. Er hatte drei Bier intus und war außerstande, auch nur einen vernünftigen Satz hervorzubringen. Höchstens, wenn er die Frage schon wüsste und einen Tag Zeit hätte, sie zu beantworten. Es war ihm außerdem vollkommen schleierhaft, was nun schon wieder gegen ihn vorliegen konnte. Sein Gedächtnis hatte, was den Tag X betraf, bislang noch immer nicht Kontakt zu ihm aufgenommen. Erst rannte er auf den Dachboden, holte die Leiter hoch und ließ die Klapptür leise runter. Dann überlegte er es sich doch anders und stieg, um sich nicht noch mehr in Erklärungsnot zu bringen, wieder hinunter, um kurz danach in seinem Zimmer zu verschwinden. Dort legte er sich auf sein Bett, nahm »Asterix und der Kupferkessel« zur Hand, setzte einen arglosen Blick auf und lauschte. Nichts geschah.

Derweil traf Hasel der Schlag. Gerade hatte er das Hoftor aufgemacht, da sah er die beiden Kommissare vor der Haustür stehen und mit seiner Mutter reden.

***

Hasel hatte, wie an fast jedem Tag, nach dem Mittagessen eine Spritztour mit seinem Hercules-Mofa gemacht. Er fuhr in alle Richtungen, nur immer weit genug weg von zu Hause. Auf keinen Fall durfte ihn jemand erkennen. Je nachdem, wer es wäre, würde es wohl keine zwei Minuten dauern, und sein Vater Edmund wüsste Bescheid. Er wüsste, dass sein Sohn mit einem Mofa in der Gegend herumfuhr, obwohl das gar nicht sein konnte, denn wenn, dann hätte ja er es ihm gekauft. Und das wüsste er.

An diesem Tag war Hasel auf dem Weg in die zwanzig Kilometer weit entfernte Stadt Landau gewesen. Er hatte sich mittlerweile einen Helm gegönnt und genoss die Fahrt auf den Nebenstraßen durch die Pfälzer Weinberge, die teilweise noch vollhingen mit Trauben und deren Laub statt sattem Grün bereits warme Rot-, Gelb- und Brauntöne zeigte. Die Herbstsonne war mit ihm und spendete vergängliche, aber dennoch spürbare Wärme. Die Weinlese war in vollem Gange.

Ab und an fuhr er hinter einem Traktor mit Anhänger her, weil sein Mofa zwar schnell, aber nicht schnell genug war, um zu überholen. Das war auch gar nicht nötig, denn Hasel hatte ja Zeit. Auch wenn er heute einiges vorhatte.

Als Erstes peilte er Ehrbach an und fuhr durch die Straßen des Dorfes, auf der Suche nach dem Friseursalon Huth, welchen er im Telefonbuch gefunden hatte. Es war schwierig, denn selbst im kleinsten Dorf gab es zu viele Straßen, und so war er doch gezwungen, einen Passanten nach dem Weg zu fragen. Er fühlte sich wohl unter seinem Helm, die Vermummung gab ihm Schutz und Anonymität. Er fand den kleinen Salon, und als er die Tür öffnete, kam ihm direkt eine Welle fremder Gerüche entgegen. Haarspray, Shampoo und allerlei chemische Mittel bildeten einen feinen Nebel, der sich über alles legte, was sich in den Räumen befand. Wahrscheinlich, dachte Hasel noch, dufteten auch die Geldscheine danach, da kam eine Frau auf ihn zu und schaute ihn erwartungsvoll an.

»Haar neide!«, sagte Hasel und nahm zu ihrer Beruhigung endlich den Helm ab. Sie wollte seinen Parka aufhängen, aber Hasel schüttelte den Kopf, er wollte ihn anbehalten. Sie zuckte daraufhin gleichmütig die Schultern und gab einem älteren Herrn Bescheid, der mit einem Rasierapparat am Nacken eines Mannes hochfuhr und Hasel per Kopfnicken einen Stuhl zuwies. Der nahm vor dem großen Spiegel Platz und betrachtete sich. Er hatte schon vor vielen Monaten jedwede Mireille-Mathieu-Schneideattacke vonseiten seiner Mutter erfolgreich abgewehrt, weil er sich die Haare wachsen lassen wollte. Jetzt war er froh darüber, denn es gab genügend Substanz für die Frisur, die er wollte. Geduldig wartete er, bis der Mann mit den korrekt frisierten silbergrauen Haaren zu ihm kam und ihn im Spiegel freundlich musterte. Er hatte einen schwarzen Umhang mitgebracht, den er mit einem theatralischen Schwung um Hasels Hals legte, als wäre er Graf Dracula und hätte Hasel heute zum

Essen eingeladen. Dann bat er ihn zum Waschbecken, wo Hasel, mangels Friseurerfahrung, mit den Knien auf den Drehsessel stieg und seine Haare kopfüber in das Waschbecken hängte. Der Friseur schaute ihn verdutzt an, dann fuchtelte er mit den Armen herum und bedeutete ihm, er solle sich in den Stuhl setzen und den Kopf nach hinten in das Waschbecken legen. Hasel war seinerseits irritiert, tat aber wie ihm geheißen. Dass die Frau, die nebenan einer anderen ebenfalls die Haare wusch, lauthals lachte, versuchte er zu ignorieren. Er war es ja gewohnt, überall zum Gespött zu werden. Und vielleicht lachte sie ja auch gar nicht wegen ihm, dachte er. Das war allerdings ein Irrtum.

Hasel spürte plötzlich, wie angenehm warmes Wasser über seinen Kopf floss, und fing an, sich zu entspannen. Er genoss es, dass ihm jemand den Kopf mit kreisenden Bewegungen massierte und ein Shampoo benutzte, dessen Geruch er nicht kannte und das allein schon deswegen so wunderbar roch. Zu Hause gab es seit vielen Wochen nur noch Respond-Grüner-Apfel-Shampoo, welches seine Mutter in Mengen gekauft hatte, weil es so schön nach Äpfeln riecht, wie sie sagte. Hasel wurde mittlerweile schon schlecht von dem Zeug, aus reiner Verzweiflung war er zwischenzeitlich auf Palmolive-Spülmittel umgestiegen. Das war auch grün, aber es roch nicht so.

Als er nun wieder, mit dem Handtuch auf den Schultern, vor dem Spiegel saß und merkte, dass der Herr Friseur gar nicht vorhatte, ihn zu fragen, wie er denn nun seine Haare schneiden und frisieren sollte, hob Hasel die Hand, fuhr unter den Umhang und öffnete den Reißverschluss seines Parkas. Dann zog er das RAF-Plakat hervor, faltete es auf und deutete auf das Foto des Terroristen Bernhard Braun. »So«, sagte er und schaute den Mann im Spiegel an. Der wiederum schaute abwechselnd auf das Plakat und zu Hasel im Spiegel. Dann fing er an zu husten. Hasel sah ihn für einen Moment mitleidig an. Er musste ein starker Raucher sein, denn es hörte sich an, als würden sich ganze Schleimbrocken in seiner Lunge auf den Weg ins Tal machen.

Mit einem zwanghaften Lächeln im Gesicht stammelte der Friseur: »Hajo, ganz klassisch halt.« Dann nahm er seinen Kamm und die silberne Schere und legte los. Die Frau, die der anderen nun die Haare auf kleine Lockenwickel drehte, hatte ebenfalls aufgehört zu reden und tauschte über den Spiegel merkwürdige Blicke mit ihrer Kundin.

Als Hasel dann eine halbe Stunde später an der Kasse bezahlte, fragte ihn der Friseur noch, wo er denn wohne und wie er denn eigentlich heißen würde, also »wem seiner er wär«. Dabei tat er so, als hätte er ihn schon einmal gesehen, und es fiele ihm gerade nicht ein.

»Bernhard Braun«, sagte Hasel. »Aus Heuchelbach.«

Das war das Nachbarkaff. Danach verließ er zufrieden den Salon, schnüffelte kurz an den Wechselgeldscheinen und erfreute sich an der Vorstellung, wie der Huthe Karl nun wochenlang versuchen würde herauszufinden, ob jemand einen kennt, der Bernhard Braun heißt, eine Hasenscharte hat und im Nachbarort wohnt. Weil, der würd, wie's aussieht, mit Terroristen sympathisieren. In einem Dorf in der Pfalz hieß jeder Fünfte mit Nachnamen Braun, es würde also genug Potenzial für ihn geben.

Hasel stieg wieder auf sein Mofa. Ein bisschen bedauerte er es, dass er den Helm über seine neue Frisur stülpen musste, aber vielleicht, so hoffte er, sah sie hinterher noch besser aus. Vor allem aber, und das war das Gute, roch der Helm nun nach Haarspray, und das war es allemal wert. Er fuhr weiter nach Landau.

Als er in der Nähe der Fußgängerzone sein Mofa abstellte, schaute er sich erst einmal um. Er wollte sichergehen, dass ihn wirklich niemand erkannte. Es waren viele Menschen unterwegs, die alle ein Ziel hatten. Hasel hatte auch eines, seines war das Kaufhaus Hertie. Er öffnete seinen Parka und zog das schwarze Hemd glatt, das er trug. Es gehörte Atze und war ihm viel zu groß. Zielstrebig betrat er das Kaufhaus und studierte die Etagenübersicht. Mit der Rolltreppe fuhr er ins zweite Obergeschoss, wo er die Männerabteilung verortete. Eine Zeit lang schlich er durch die Reihen und beobachtete heimlich das Verkaufspersonal. Nach einer Weile wusste er, an wen er sich wenden musste. Hinten in der Ecke standen zwei Verkäuferinnen, die sich lebhaft unterhielten. Er ging zu ihnen und räusperte sich leise. Sie unterbrachen ihr Gespräch und schauten ihn an. »'warze Hemd'n?«, näselte Hasel und zeigte auf sein Hemd. Die Ältere wies in eine Richtung, bequemte sich dann aber doch, vorauszugehen und zwischen all den Größen auf der Stange ein schwarzes Hemd in Hasels Größe auszusuchen.

»Anprobe dort drüben«, sagte sie und ging direkt wieder zu ihrer Kollegin.

Hasel trug das Hemd vor sich her und verschwand in der Kabine. Er probierte es an, es gefiel ihm ausgesprochen gut. Ein bisschen poste er noch vor dem Spiegel herum, strich sich die Haare zur Seite wie auf dem Foto des RAF-Plakates, dann studierte er das Preisschild und überlegte kurz. Er hätte das Hemd kaufen können, Geld war genug da, aber dann dachte er wieder an Andreas Baader und seine Kumpels und entschied, bei seinem Plan zu bleiben. Er riss das Preisschild ab und zog seinen Parka über das Hemd. Atzes Hemd wiederum hängte er ordentlich auf den Kleiderbügel, knöpfte den oberen Knopf zu und steckte das Preisschild in die Brusttasche. Dann verließ er die Kabine, hielt das Hemd so, dass es jeder sehen konnte, winkte der Verkäuferin von Weitem zu und nuschelte was von »Überleg noch!«. Sie nickte und schaute ihm nach, wie er das Hemd genau dorthin zurückbrachte, wo das, welches er jetzt trug, gehangen hatte, und zur Rolltreppe ging.

»Gibt's des, Helga? Des is' mal einer, der wo was selber wieder wegräumt. Des hat man auch selten«, meinte die Verkäuferin zu ihrer Kollegin.

Nachdem Hasel das Kaufhaus verlassen hatte und ein paar Straßen weiter gerannt war, musste er sich erst einmal beruhigen.

So richtig hatte er sich noch nicht daran gewöhnt, kriminelle Aktionen zu fahren. Aber es fühlte sich in jedem Falle gut an.

Nun wollte er sein letztes Vorhaben für heute in Angriff nehmen. Es war schon spät, er musste sich beeilen, wenn er zum Abendessen zu Hause sein wollte.

Auf der Suche nach dem Fotogeschäft Lorch, das er ebenfalls aus dem Telefonbuch hatte, musste er wieder Menschen fragen, was ihn Überwindung kostete. Zum Glück war das Geschäft gar nicht arg weit entfernt. Die Ladentür klingelte so laut, dass sich Hasel erschrak. Ein Mann kam auf ihn zu und fragte, was er für ihn tun könne. Hasel war angetan von der Formulierung, denn das hatte ihn bislang noch nie jemand gefragt.

»Bassbilder«, hatte Hasel geantwortet. Woraufhin ihm der Mann routiniert den Weg wies, ihn bat, den Parka abzulegen und auf dem Drehhocker Platz zu nehmen. Hasel zog umständlich den Parka aus und warf zuerst einen Kontrollblick in den Spiegel. Er fuhr sich ein paarmal durch die Haare und schob sie lässig zur Seite, bis sie so aussahen wie beim Friseur, dann setzte er sich auf den Hocker.

Es ging wieder alles sehr schnell. Als der Fotograf hinter seiner Kamera verschwinden und loslegen wollte, hob Hasel die Hand und faltete das RAF-Plakat auseinander. »So!«, sagte er und zeigte auf das Bild von Bernhard Braun.

Der Fotograf kam hinter seiner Kamera hervor und warf einen kurzen ungläubigen Blick auf das Plakat. Ob er ein Fahndungsfoto oder ein Passbild machen solle, wollte er von Hasel wissen. Der faltete das Plakat wieder zusammen, richtete sein schwarzes Hemd aus und blickte stur in das Objektiv. Der Fotograf ging wieder hinter seine Kamera und schaute durch. Er könne ruhig ein bisschen lächeln, sagte er, weil er das immer sagte, wenn er ein Passbild schoss. Als er aber durch die Linse in Hasels Gesicht sah, lachte er nur noch verschämt und drückte ein paarmal auf den Auslöser. Die Fotos, so sagte er ihm an der Kasse, könne er dann in vier Tagen abholen.

Jetzt stand Hasel zu Hause am Hoftor und sah seine Mutter an, die verärgert auf ihn einredete. Ob er jetzt auch eine Leiche im Keller hätt. Man müsse sich ja langsam in Grund und Boden schämen, dass nirgendwo einer verhört wird, aber in dem Haus hier am laufenden Band. »Als wenn unsereiner der Brucker den Grutzen rumgedreht hätt!«, fluchte sie in Richtung der Kommissare. »Jetzt fehlt bald nur noch der Edmund. Aber der hat's ja ständig mit dem Kreuz, der kann's ja nicht gewesen sein.«

Hasels Hirn brannte lichterloh. Er schluckte, zog panisch den Reißverschluss seines Parkas hoch, damit man sein schwarzes Hemd nicht sehen konnte, und vergewisserte sich, dass das RAF-Plakat sicher vorne in seiner Hose steckte und nicht plötzlich nach unten fiel. Noch wusste er nicht, ob es um Hemdendiebstahl, sein Mofa oder um die Erpressungen ging. Es war so weit. Der Weg zum Schafott führte über den Hof. Die zwei Männer kamen auf ihn zu.

»Ah, da ist er ja!«, sagte der eine, nahm eine Prise aus seiner Schnupftabakdose und musste direkt dreimal niesen. Der andere musterte ihn von oben nach unten, als würde er ihn zum ersten Mal in seinem Leben sehen. Dann nickte er ihm zu.

Hasel hatte Fieber. Fünfundvierzig Grad. Elvira Hasenbach bezog hinter dem Vorhang Position und kippte leise das Fenster. Zu ihrem Ärger konnte sie kein Wort verstehen.

»Herr Hasenbach, Harald, oder?«

Hasel nickte und stand kerzengerade vor ihnen. Die zitternden Hände hatte er in seinen Parkataschen versenkt.

»Ist Ihnen nicht gut?«, fragte Wachtel vorsichtshalber nach.

»Wieso etzt?«, näselte Hasel.

Wachtel zuckte mit den Schultern. »Ja. Also, Herr Hasenbach, Harald, es geht um den Manfred von Ottenfeld.« Hasel kniff die Augen zusammen.

»Wieso etzt?«, näselte er erneut.

Wachtel überging die Frage. »Wir möchten wissen, wie gut Sie den kennen.«

»Gut hald.«

»Man sagt, Sie hätten einen Draht zu ihm, stimmt das?«

»Wieso etzt?« Hasel hatte Schwierigkeiten, das große Ganze zu überblicken.

Wachtel seufzte vor sich hin, Melchinger steckte seine Hände in die Hosentaschen. »Dann kommen wir mal zum Punkt. Uns ist zu Ohren gekommen, dass der Herr von Ottenfeld Ihnen gesagt hat, dass das Kind von der Rosemarie Brucker von ihm wär.«

»Vom Herrn von Odd'nfel?« Hasels Gedanken fuhren gegen die Fahrtrichtung.

»Nein. Vom Manfred. Vom Manfred von Ottenfeld«, zischte Wachtel, der schon wieder die Geduld verlor. »Stimmt das jetzt, oder stimmt das nicht?«

Hasel nickte und machte Anstalten zu gehen.

»Das war's noch nicht, Herr Hasenbach. Vielleicht sind Sie ja auf dem Revier gesprächiger, dann würden wir Sie gerne zum Gespräch einladen und …«

Hasel fing wieder an zu vibrieren. »Der Mampfred sagt, dass das Kin von der Bruggl von ihm wär. So.«

»Schön. Sehr gut, Harald. Und wie genau hat er Ihnen das erzählt?«

»Rosi doof. Rosi dot. Rosi Bumm-Bumm. So hat der das 'sagt.«

Melchinger und Wachtel wechselten einen kurzen, wenn auch verzweifelten Blick.

»Bumm-Bumm, was genau meint er damit?«

Hasel haute sich zweimal mit der flachen Hand auf die Faust. »So hald.«

Hinter dem Vorhang bekreuzigte sich Elvira Hasenbach.

»Herr Hasenbach, haben die Rosemarie Brucker und der Herr von Ottenfeld was miteinander gehabt?«

Hasel konnte sich nur schwer daran gewöhnen, dass mit »Herrn von Ottenfeld« der Manfred gemeint war und mit »Herrn Hasenbach« nicht sein Vater Edmund.

»Wissen Sie da jetzt was oder nicht?«

»Der Mampfred un' die Rosi, da ist es schon 'anz schön rundgangen … nämmlich.«

»Vermuten Sie das, oder wissen Sie das?«

Hasel scharrte verlegen mit seinem Fuß im Sand.

»Wo haben die sich denn … getroffen?«

Hasel zuckte mit den Schultern. Dann kratzte er sich am Kopf, als würde er überlegen. »Im Wald hald. Auf dem Hoch'itz hald.« Elvira Hasenbach hatte kein Wort verstanden. Sie sah nur, wie ihr Jüngster in das Auto der Polizisten stieg. Sie konnte sich vor Entsetzen kaum mehr bewegen.

***

Eine halbe Stunde später standen Melchinger, Wachtel und Hasel im Wald vor einem Hochsitz, der offensichtlich kurz davor war, in sich zusammenzubrechen, sobald einer auch nur husten würde. Hasel blieb beharrlich bei seiner Aussage. Das sei der Hochsitz, wo der Mampfred … und so halt, wiederholte er trotzig.

»Sind Sie da sicher? Das Holz ist doch total morsch. Da traut sich doch kein normaler Mensch hoch.«

»Die sin auch nit normal«, schrie Hasel zornig und kickte eine Eichel durch die Gegend.

Melchinger hob beruhigend die Hand. »Und Sie haben die beiden da oben mal zufällig gesehen, ja? Wann genau war das?«

Hasel runzelte die Stirn und versuchte sich zu erinnern. »Frühling.«

»Frühling war das also. Und was genau haben die da oben gemacht, im Frühjahr?«

Hasel zuckte mit den Schultern. »I hab nix g'sehn. Man kann nix seh'n.«

»Aber warum wissen Sie dann, wer da oben war?«

»Weil, der Mampfred hat 'lacht, un' die Ding hat 'quietscht.«

Wachtel verdrehte die Augen. »Das kann doch sonst wer gewesen sein.«

»Eb'n nit!«, schrie Hasel ihn an und kickte wieder eine Eichel durch die Gegend. »Der Mampfred lacht wie de Ernie.«

Melchinger hatte ein Fragezeichen im Gesicht.

»Der Ernie von d'esamstraße! Der vom Bert! Chr, chr, chr, chr«, machte Hasel und sah die beiden an. »Der lacht so, der Mampfred.«

»Und woher wissen Sie, dass die Dame, die gequietscht hat, die Rosemarie Brucker war?«

Hasel seufzte und schluckte. »Weil der Mampfred mir das an dem Tag noch 'steckt hat.«

»Er hat Ihnen das erzählt? Was hat er denn genau erzählt?«

»Der verzählt nix. Ich hab den 'fragt, was und wie, und da lacht der – chr, chr, chr, chr – un' sagt: Rosi Bumm-Bumm. Un' da weiß ich B'scheid.«

»Waren die beiden da öfters?«

»Wahrscheins«, antwortete Hasel.

Wachtel ging zum Hochsitz, studierte die moosbewachsenen Leitersprossen und arbeitete sich ganz langsam nach oben. Das Holz war stabiler als gedacht. Melchinger und Hasel schauten ihm hinterher, bis er oben verschwand.

»Und?«, rief Melchinger. »Ist da was?«

Nach kurzer Zeit erschien Wachtel wieder und stieg vorsichtig nach unten. Er zog drei Klarsichttüten aus seiner Manteltasche. In einer war eine Unterhose mit verblassten Blumen drauf. In der zweiten waren ein paar angekokelte Plastikröhrchen, und in der dritten war ein Zigarrenstummel.

Mittwoch, 15. Oktober 1975

Hans Mayer von der Spurensicherung stand an der Tür und hatte einen Stapel Papier in der Hand. Alle sahen ihm gespannt entgegen.

»Also. Wir haben Fingerabdrücke von Rosemarie Brucker gefunden und andere. Ob die Unterhose ihr gehört, müsst ihr die Mutter fragen. Aber die Antwort kennen wir ja, da das Opfer keine angehabt hat. Auf dem Zigarrenstummel sind Fingerabdrücke. Wir sollten die schnellstmöglich mit denen von diesem Ottenfeld abgleichen. Dann haben wir ja die Röhrchen, die augenscheinlich vom Opfer stammen. Jemand hat versucht, die anzuzünden. Fragt mich nicht, warum. Also, ich bin mir ziemlich sicher, dass die beiden wirklich da waren, da gibt es kaum Zweifel.«

»Die Rosi hat doch immer die Röhrchen gesammelt. Die waren in ihrem Zimmer und im Spind«, sagte Ingrid Huber.

»Stimmt, ihre Mutter und der Betreuer haben erzählt, dass sie immer so getan hat, als würde sie rauchen. Das hätte sie sich von der Polin auf dem Hof abgeschaut«, erinnerte Melchinger sich.

Wachtel wedelte in der Luft herum, um die Berichterstattung zu beschleunigen.

»Immer mit der Ruhe.« Hans Mayer nahm einen Schluck Kaffee und verzog den Mund. »Wäh! Da wird man ja zum Teetrinker. Also, der Ottenfeld wohnt ja nicht wirklich weit weg von der Stelle. Das wird schon so gewesen sein. Das kann ein Platz sein, wo die sich gerne rumgetrieben haben.«

»Man kann ihn ja nichts fragen, den Ottenfeld-Sohn«, sagte Arnold Obermann und runzelte die Stirn.

»Bis zum Schloss sind es vielleicht eineinhalb Kilometer. Mehr ist das nicht.«

»Haben die Eltern nichts gesagt? Ist der Typ manchmal

unterwegs, oder steht der nur am Goldfischteich herum?«, fragte Melchinger Ingrid.

»Das haben wir die Eltern gar nicht gefragt. Wir haben doch jetzt erst erfahren, dass der im Wald war.«

»Ach so, ja, stimmt.«

Hans Mayer meldete sich wieder zu Wort. »Ich bin auch noch nicht fertig. Jetzt wird's nämlich interessant. Udo, es ist dir wahrscheinlich nicht aufgefallen beim Raufklettern, aber eine Sprosse war gebrochen.«

Wachtel überlegte.

»Du hast dich wahrscheinlich so drauf konzentriert, dass die nicht brechen, dass du das nicht gesehen hast. Hier ist das Foto. Und hier, da seht ihr Schleifspuren, da ist das Moos weggeschrammt.«

»Du denkst, die Brucker ist da runtergeflogen?«

»Könnte doch sein. Bei der war doch der eine Knöchel angebrochen und die Sehne gerissen. Und blaue Flecke, Schürfungen und Prellungen hat sie doch auch jede Menge gehabt, oder nicht?«

Alle nickten.

»Jedenfalls, wir haben eine Schleifspur auf dem Waldboden entdeckt, sie beginnt ein paar Meter weiter, ist etwa zehn Meter lang und endet an der Straße. Es hat Herbstlaub draufgelegen.«

»Aber auf der anderen Seite, wo das Opfer gelegen hat, da war doch keine Spur, oder?«

»Nein.«

»Wie zum Teufel ist die …«

Melchinger kaute auf seinem Bleistift herum. »Lass uns noch mal zum Tatort fahren.«

»Und wer kümmert sich um die Fingerabdrücke von diesem Manfred?«, wollte Ingrid wissen.

»Immer die, wo fragt.«

※※※

Ingrid Huber klingelte an der Auffahrt zum Schloss. Theodora von Ottenfeld wollte sie offensichtlich nicht hereinlassen und kam den langen Weg heruntergeeilt.

»Sie wünschen?«, fragte sie unfreundlich und tat so, als hätte sie sie noch nie gesehen.

»Ingrid Huber, Kommissarin, Sie erinnern sich sicherlich?« Theodora wischte sich nervös eine Haarsträhne aus der Stirn.

»Und weiter?«

Ingrid suchte nach dem richtigen Einstieg. »Wir ... bräuchten die Fingerabdrücke Ihres Sohnes.«

»Wie bitte?« Theodora schaute sich immer wieder um. »Im Leben nicht. Wozu das denn? Sind Sie noch bei Trost?«

»Frau Ottenfeld ...«

»... von Ottenfeld!«

»Ja, von Ottenfeld ... es ist wirklich ernst. Ich brauch die Fingerabdrücke. Wir ... wollen den Manfred einfach ... ausschließen, versteh'n Sie?«

»Ausschließen? Von was denn?«

»Vom ... Kreis der Verd...«

»Was ist da los?« Von hinten kam Godehard von Ottenfeld angerannt. Ingrid Huber ärgerte sich und begriff wieder, warum man ihr diese Aufgabe übertragen hatte.

»Sie wollen den Manfred ausschließen«, keifte Theodora.

Godehard schob seine Gattin beiseite. »Der Manfred wird hier von gar nichts ausgeschlossen. Haben Sie einen Durchsuchungsbefehl?«

»Den brauch ich nicht«, beschwichtigte ihn Ingrid Huber und trat von einem Bein aufs andere. »Ich will nur seine Fingerabdrücke. Das geht ganz schnell, da müsste er nur ...«

»Über meine Leiche. Verlassen Sie das Grundstück. Stante pede!« Godehard lief knallrot an und schnaufte laut.

»Ich steh ja noch gar nicht drauf.« Ingrid Huber reichte es mittlerweile. Sie wollte sich gerade umdrehen, da knallte mit voller Wucht ein kleiner Kieselstein an ihren Kopf.

»Saudoof! Fotzendreck! Wechifütze!« Manfred kam ans Tor

gestiefelt, mit der Steinschleuder in der Hand. Ingrid Huber schnappte nach Luft, sie presste ihre Hand an den Kopf und schaute abwechselnd auf das Blut an ihren Fingern und zu Manfred. Dann streckte sie ihm plötzlich die Hand hin.

»Spitzengerät, kann ich das mal sehen?«

Manfred war so perplex, dass er ihr die Schleuder gab. Ingrid zog einen Beutel aus der Seitentasche ihrer Jacke und steckte sie vor aller Augen rein.

»Das war's dann schon, herzlichen Dank auch«, sagte sie und lief zum Auto. Dann drehte sie sich noch einmal um und schrie: »Ob wir den wegen gefährlicher Körperverletzung einbuchten oder wegen Vergewaltigung oder wegen Totschlag, eins davon wird's in jedem Fall!«

Als die Autotür ins Schloss fiel, stöhnte sie laut auf. Ihr war ein bisschen schwindelig.

***

»Dieses Von-und-zu-Rindvieh hat auf mich geschossen!« Ingrid riss die Bürotür auf und ließ sich auf ihren Stuhl fallen. »Hört bloß auf, mich blöd anzumachen, sonst melde ich mich direkt krank.«

Melchinger und Wachtel schwiegen instinktiv. Sie hatten wenige Minuten zuvor einen Anruf von Godehard von Ottenfeld erhalten, der ihnen mit allem drohte, was das Adelsgeschlecht für solche Fälle bereithielt. Er bestand darauf, dass die Kollegin Huber vom Dienst suspendiert würde. Beziehungsweise solle man ihr wenigstens die Waffe abnehmen, denn sie wäre eindeutig nicht zurechnungsfähig, und das wäre noch weit untertrieben. Melchinger wollte gerade etwas sagen, da warf ihm Ingrid Huber die Klarsichthülle mit der Steinschleuder über den Tisch.

»Willst du Anzeige erstatten?«

»Nein, ihr Vollidioten. Da sind seine Fingerabdrücke drauf.«

Donnerstag, 16. Oktober 1975

Als Manfred von Ottenfeld von der Polizei abgeholt wurde, stand Hasel in sicherer Entfernung und fühlte sich abwechselnd größenwahnsinnig und unter aller Sau. Es dämmerte ihm mittlerweile, dass Manfred in den Fall Rosemarie Brucker mehr verwickelt war, als er dachte. Rosi war schwanger. Aber sie war eben auch tot. Und er hatte seinen einzigen wahren Freund hingehängt.

***

Auf dem Revier versuchten Melchinger und Wachtel abwechselnd, im Beisein von Godehard von Ottenfeld etwas aus Manfred herauszuholen. Es war ein Ding der Unmöglichkeit, wie sie später Ingrid Huber und Arnold Obermann bescheinigten. Manfred saß da, schnaufte vor sich hin und sagte: nichts. Er fixierte jede Bewegung der beiden, ab und zu lachte er – wie Ernie –, jedoch ohne Zusammenhang.

Sein Vater, erst ein wenig angespannt, lehnte sich irgendwann zurück, genehmigte sich, ohne zu fragen, genüsslich eine Zigarre und paffte gelangweilt vor sich hin.

Melchinger und Wachtel stocherten sprichwörtlich im Nebel und verließen nach einer Stunde entnervt den Raum.

»Fotzendreck, saudoof!«, brüllte ihnen Manfred hinterher. Und Godehard von Ottenfeld hörten sie daraufhin lachen.

Nach zehn Minuten kamen sie wieder zurück.

»Herr von Ottenfeld, wir kommen so nicht weiter. Sie tun Ihrem Sohn keinen Gefallen, glauben Sie uns. Er hat etwas mit dem Fall Rosi Brucker zu tun, davon sind wir überzeugt, und wir finden einen Weg, verlassen Sie sich drauf.«

Godehard von Ottenfeld drückte sorgfältig seine Zigarre aus und zog am Ärmel seines Sohnes. Manfred stand sofort auf und nahm die Hand seines Vaters. Dann gingen die beiden ohne ein Wort aus dem Raum und ließen die Tür laut ins Schloss fallen.

»Rosi doof. Fotzendreck!«, brüllte es draußen.

***

»Den Ottenfeld haben sie heute abgeholt.« Edmund zog seine Jacke aus und hängte sie knapp neben den Haken. Elvira hob sie auf. Hasel hielt sein Gesicht in den Kühlschrank und tat so, als suchte er etwas. Die Kühle kam ihm entgegen, sein Gesicht brannte lichterloh.

»Das ist ein Kühlschrank, kein Guckloch!« Elvira Hasenbach haute die Tür zu, Hasel ging in Deckung.

»Der Ottenfeld wird jeden Tag abgeholt, und zwar von deinem Sohn«, folgerte sie gereizt und stellte Edmund eine Flasche Bier auf den Tisch.

»Wohl. Aber heut hat ihn die Polizei abgeholt.« Edmund wartete, bis sie ihm den Flaschenöffner brachte, und strich sich über den Bauch.

»Wieso das jetzt?«, fragte sie, ohne eine Antwort zu erwarten.

Edmund zuckte mit den Schultern. Hasel sah von Erklärungen vorerst ab. Es hätte ihn in Teufels Küche gebracht, und da saß er ja praktisch schon. Atze kam hereingepoltert und setzte sich rittlings auf den Stuhl.

»Der Ottenfeld hat eine Sitzung bei den Bullen gehabt. Mäh-äh-äh. Das hätt ich denen auch sagen können, dass der die Brucker gepimpert …«

Elvira schüttelte erschrocken den Kopf, während sie das Essen auf den Tisch brachte. Wie auf Kommando kam Oma Agnes zur Tür herein und setzte sich dazu.

»Ich hab gar nicht gewusst, dass der Simpel vom Schloss in der Lage ist, einen Erpresserbrief zu schreiben. Sapperlot!«

Samstag, 18. Oktober 1975

Es war Samstagnachmittag, am Hochsitz im Wald ging es zur Sache. Melchinger und Wachtel standen beisammen und warteten. Ingrid Huber war oben auf dem Hochsitz und sprach mit einer Frau, die von Weitem aussah wie Rosemarie Brucker. Sie hatte ihre Haarfarbe und Frisur, war leicht untersetzt, trug eine Brille und war ähnlich angezogen wie Rosi am Tag ihres Ablebens. Als das Auto mit Manfred von Ottenfeld vorfuhr, ging Melchinger hin und erklärte seinem Vater, dass er hier im Auto sitzen bleiben musste. Der sprach eine Drohung nach der anderen aus, merkte aber, dass sie ins Leere liefen.

Manfred kam in Begleitung einer Psychologin, die leise auf ihn einsprach und augenscheinlich einen Draht zu ihm fand. Er lachte mehrmals auf und freute sich. *Chrr, chrr, chrr.*

Als sie am Hochsitz ankamen, gab sie Melchinger ein Zeichen. Manfred wollte direkt die Leiter hoch, die Psychologin hielt ihn zurück und deutete nach oben. Alle hielten die Luft an, als dort Rosemarie Bruckers Double erschien. Manfred blinzelte, dann lachte er auf und wollte erneut die Leiter hoch. Behutsam stoppte sie ihn, da stieß er sie weg und ging ein paar Schritte zurück. Melchinger, Wachtel und Huber standen weit abseits und sahen angespannt auf das Szenario. Das Double Rosi Brucker nahm vorsichtig die ersten paar Sprossen der Leiter, rutschte ab, ließ sich mit einem Aufschrei entlang der Leiter gleiten und fiel theatralisch auf den Boden. Manfred starrte auf sie nieder und bewegte sich nicht. Sein Gesicht veränderte sich, er wurde blass. Rosi Brucker fing an zu wimmern, immer lauter, bis sie schrie. Manfred wurde zunehmend hektisch und schnaufte, die Psychologin schob ihn behutsam zu ihr hin. Manfred hielt sich die Ohren zu und greinte, dann griff er plötzlich ihre Arme und schleifte sie in Richtung Straße. Rosi Bruckers Double war auf das mögliche Szenario vorbereitet und hatte genügend Polsterung im Rücken, sodass sie die ganze Strecke mitmachen konnte. An der Straße ließ Manfred die Arme los. Er keuchte, und der Speichel lief ihm herunter.

»Und jetzt, Manfred? Was ist jetzt passiert?«, flüsterte die Psychologin behutsam. Manfred hörte ihr nicht zu und starrte auf Rosi Brucker. Diese fing wieder an zu jammern und versuchte sich hochzurappeln. Er schnaufte und stand regungslos da. Dann begann sie, über die Straße zu robben, fiel aber immer wieder hin und schrie. Manfred zuckte jedes Mal zusammen und knurrte.

Langsam ging er ihr hinterher und gab ihr ein paarmal einen groben Stoß. Als Rosi auf der anderen Straßenseite versuchte aufzustehen, stürzte sich Manfred auf sie und riss sie nieder. Sie schrie lauter. Manfred brüllte, ließ sich auf Rosi fallen und drückte ihr die Kehle zu. Drei Polizisten rissen ihn gewaltsam los und legten ihm Handschellen an.

»Fotzendreck!«, schrie er.

Montag, 20. Oktober 1975

Pfarrer Richard Wiesel saß hinter seinem Schreibtisch und las aufmerksam in der Zeitung.

»Mörder von Rosemarie Brucker gefasst«, stand da. Es war ein verhältnismäßig kleiner Artikel auf Seite drei/Regionales. So richtig erfuhr man nicht, wie sich das Ganze zugetragen hatte. Man berief sich weniger auf ein Geständnis des Täters als auf das Ergebnis einer merkwürdigen Untersuchung mit entsprechenden Konstellationen und psychologischer Betreuung, die ein wohl eindeutiges Ergebnis hervorgebracht hatte. Wie Richard Wiesel bereits von seiner Haushälterin erfahren hatte, sollte der geistig behinderte Manfred von Irgendwas der Rosemarie Brucker an die Gurgel gegangen sein. Außerdem, meinte sie und lief rosafarben an, soll er sie auch geschwängert haben. Aber das, so stammelte sie, könne man sich nun beim besten Willen nicht ... da hätt man dann doch wahrscheints was durcheinander ... und so.

Gedankenversunken legte Richard Wiesel die Zeitung zur Seite. Der Satan hat viele Gesichter, dachte er und schaute zum Fenster hinaus. Er war schon seit Längerem in einer Phase der inneren Einkehr. Im Zuge eiserner Verdrängungsarbeiten bis hin zu wahren Verleugnungsexzessen fand er nicht nur zu sich selbst, sondern auch in die geistliche Umlaufbahn zurück, aus der es ihn seinerzeit herauskatapultiert hatte. Was passiert war, schien ihm von Woche zu Woche immer unwirklicher. Seit die Rübenbacher Magdalena nicht mehr in der ersten Reihe saß und er dem Teufel nicht mehr ins Gesicht blicken musste, ging es mit der Aufarbeitung stetig voran.

Die Sache mit der Hupen-Herta und ihm war ja, da sie im Ergebnis zu nichts führte und sowieso aus dem unerschöpflichen Repertoire der alten Funzel stammte, so schnell aus den Gemeindeköpfen wieder raus, wie sie reingekommen war. Der

Kommissar wie auch die Hure Rübenbacher, wie er sie mittlerweile nannte, hatten ganz offensichtlich dichtgehalten, und so war auch in dieser doch wahrhaft brenzligen Angelegenheit nichts an die Öffentlichkeit gelangt. Es mehrten sich bei ihm nun die Momente, in denen er glaubte, dass das alles sowieso gar nicht wirklich stattgefunden hatte und es sich hier lediglich um ein paar feuchte Träume handelte, für die er nichts konnte, weil er sie gar nicht bestellt hatte.

Die Albrecht Maria lag im Sterben. Er packte seine Utensilien für die letzte Ölung zusammen, als seine Haushälterin den Raum betrat, dicht gefolgt von einer Frau, die er nicht kannte, ihn aber dennoch an jemanden erinnerte. Etwas ungehalten schaute er auf und schluckte, als sie ihm erklärte, wer sie war und um was genau es ging.

Dass jemand aus dem Dorf das Aufgebot bestellt hatte und man mit ihm den Termin für die kirchliche Trauung vereinbaren wollte, war nicht das Thema. Dass nun aber die Mutter von Magdalena Rübenbacher vor ihm stand und mit Nachdruck um seinen göttlichen Segen für Samstag, den 22. November bat, gab ihm den Rest.

»Wieso das denn jetzt?«, hatte er gefragt und damit Henriette Rübenbacher wie auch seine Haushälterin für einen kurzen Moment aus der Spur gebracht.

»Wie meinen, Herr Pfarrer?«

Wiesel komplimentierte seine Haushälterin zur Tür hinaus und versuchte mit fahrigen Bewegungen, seinen Kugelschreiber in die Seitentasche des Jacketts zu stecken, fand aber das Loch nicht.

»Ich meine, wen denn? Wen tut sie denn … ehelichen, mein ich.«

»Ah so. Den kennen Sie nicht, das ist der Ritter Franz aus Hauenfels«, erklärte ihm Henriette, setzte sich auf den Stuhl vor seinen Schreibtisch und strich ihren Rock glatt. »Die zwei sind ein Herz und eine Seele, seit einem Jahr oder einem halben oder so. So genau weiß man das ja nicht. Aber da brauchen Sie sich keine Gedanken zu machen. Ein sauberer Kerl. Da passt kein Blatt Papier dazwischen. Die heiraten jetzt, und gut ist.« Richard Wiesel ließ sich hinter seinem Schreibtisch nieder und fing an, einen Stapel Papiere hin und her zuschieben, als suchte er etwas.

Henriette schaute ihm konzentriert auf die Finger. »Wissen Sie, Herr Pfarrer, ich möcht nicht mehr so lang warten. Die … also, das fällt jetzt unter das Beichtgeheimnis, oder? Oder muss man dafür im Beichtstuhl hocken?«

»Was?« Wiesel spürte, wie ihm der Schweiß am Rücken herunterlief. »Ach so. Nein. Das können wir auch hier im Sitzen … das können Sie auch so beichten, das ist mir vollkommen …«

Da flüsterte ihm Henriette hinter vorgehaltener Hand zu, dass sie der Überzeugung sei, dass ihre Tochter in anderen Umständen wär.

»Seit wann denn?«, schoss es aus ihm heraus.

Henriette runzelte die Stirn. »Seit wann? Was weiß denn ich? Die muss halt morgens immer brechen. Seit Neuestem.« Sie kicherte ein wenig unbeholfen.

»Vielleicht hat sie sich ja auch nur den Magen verdorben.«

»Ah wa, Magen verdorben!« Henriette lehnte sich zurück und schaute ihn aufmerksam an. »Ist es Ihnen nicht recht, Herr Pfarrer? Wegen vor der Ehe und so? Ist das ein Problem? Das muss ja keiner … deswegen bin ich doch da.«

»Nä, nix. Alles noch im Rahmen«, wedelte Wiesel die Bedenken beiseite, stand auf und gab ihr unbeholfen die Hand. »Ganz wunderbar. Herzlichen Glückwunsch schon mal. Und … und Gottes Segen.«

»Schön, dass Sie sich mit dem auch noch einig sind!« Henriette drückte fest zu und warf zufrieden die Tür hinter sich ins Schloss.

Richard Wiesel riss das Fenster auf.

✳✳✳

Hasel saß in der Küche und aß ein Nutellabrot. Seine Mutter bügelte die Unterhosen von Edmund, und Oma Agnes blätterte in der Hörzu. Dabei schüttelte sie durchweg mit dem Kopf. »Sodom und Gomorrha, wo man hinguckt. Am besten, man bleibt ganz weg vom Fernseh.« Im Radio lief Dalida.

Er war gerade achtzehn Jahr
Für mich der schönste Grund, zu unterliegen
Von Liebe sagte er kein Wort
Ich glaub, er nahm es mehr als Sport, mich zu besiegen
Er sagte: »*Ich hab Lust auf dich*«

»Pfui Teufel!« Oma Agnes bekreuzigte sich.

Elvira Hasenbach wechselte hastig den Sender, Hasel grinste vor sich hin. Da schaute Oma Agnes plötzlich auf, drehte sich zu Elvira um und krächzte heiser: »Ich möcht mal wissen, wo der Dings da das Geld für ein Moped herhat.«

Hasel ließ vor Schreck sein Messer fallen.

»Welcher Dings?«, fragte seine Mutter.

Hasel ging auf Tauchstation.

»Ha, der unterm Tisch da unten«, antwortete Oma Agnes.

In Ermangelung einer einleuchtenden Erklärung hatte Hasel gleich darauf die Küche verlassen und sich in Sicherheit gebracht. Am Abend, als auch Edmund in Kenntnis gesetzt worden war, erklärte er vor versammelter Mannschaft, dass er praktisch schon seit Jahren beim Willie an der Tankstelle arbeite und der ihm, anstatt Geld, vor langer Zeit das Mofa versprochen habe. Edmund wusste für den Moment nicht, was er dazu sagen sollte. Atze wusste es auch nicht, fuhr sich durch die Haare und meinte, er könne sich ja schon mal von der Oma einen Fuchsschwanz häkeln lassen, wenn er selbst schon keinen richtigen hätte. Und seine Mutter wollte wissen, ob an dem Mofa ein Fahrradkorb wäre, dass man ihn zum Einkaufen schicken könne. Aber da war Hasel schon zur Tür hinaus.

Wenige Tage später stattete Edmund Hasenbach Willie Boos einen Besuch ab. Er tankte einen Liter Benzin, um einen Grund für ein beiläufiges Gespräch zu haben. Richtig tanken würde er acht Kilometer weiter, da war der Sprit zwei Pfennige billiger.

»Das mit dem Mofa von unserem Harald ...«

Willie schob seine Mütze tiefer in die Stirn und wischte sich die öligen Hände an einem öligen Lappen ab. »Jawoll. Das hat der alles g'macht. Astrein hat der das.«

»Mit was?«, wollte Edmund wissen.

»Mit allem halt«, antwortete Willie und fragte sich, was Edmund genau meinte.

»Und seit wann?«

»Seit schon lang halt«, sagte Willie und hielt ihm die dreckige Hand hin, damit Edmund die siebzig Pfennig reinlegen konnte.

Hasel hatte noch am selben Tag, als er mit seinem Mofa aufgeflogen war, Willie Boos aufgesucht und ihm klargemacht, was er sagen muss, wenn jemand fragt. Willie war erst schwer von Begriff, darum hatte es ihm Hasel noch einmal sauber erklärt. Wenn ihn einer, also vor allem die Polizei oder sein Vater, fragen würde, ob er das Mofa bei ihm abgearbeitet hätte, dann solle er das mit einem »Jawohl« bestätigen und ansonsten die Gosch halten. Weil sonst der Edmund und die Polizei sofort wüssten, dass er das Geld eingesteckt hat, also schwarz. Und das wär nicht so gut, hätte er einmal gehört. Das hatte Willie Boos auch schon einmal gehört und verständnisvoll genickt.

* * *

Als sich die Wogen geglättet hatten und Hasel sicher sein konnte, dass nicht nur der Mord an Rosemarie Brucker geklärt war, sondern sich auch keiner mehr um die Sache mit der Erpressung kümmerte, legte er nach einem Abendessen seinem Vater die Passfotos hin und machte ihm klar, dass er sich zeitnah um seinen Personalausweis kümmern solle. Edmund hatte ihn nur verständnislos angeglotzt und gemeint, dass das ja nun wirklich noch Zeit hätte. Den bräuchte er ja nur, wenn sie mal die Landesgrenzen verlassen würden, und danach sähe es in den nächsten zwanzig Jahren seiner Meinung nach nicht aus. Seine Mutter Elvira warf ebenfalls neugierig einen Blick auf die Passfotos. »Die sind aber schön geworden«, meinte sie und dass er gut getroffen wär.

Hasel war noch dabei, die Reaktion seines Vaters zu verdauen, als Elvira anfing, er könne die Fotos doch gut gebrauchen, wenn er demnächst einen Tanzkurs bei der Tanzschule Wienholt machen würde. So wie sein Bruder. Die würden ihm nämlich einen schönen Ausweis machen und ein Bild reinkleben, so erinnerte sie sich.

Hasel sah sie fassungslos an. Atze hatte vor Jahren und nur aus Versehen die Tanzschule besucht, war aber dort nur einmal hingegangen, obwohl sie ihm den kompletten Anfängerkurs bezahlt hatten. Sein Kumpel Heinzer hatte auch so getan, als wollte er endlich den Wiener Walzer lernen, und so verbrachten die beiden die Zeit in den Kneipen der Stadt, bis sie wieder abgeholt wurden. Edmund wie auch Heinzers Vater Gustav hatten sich damals noch gewundert, dass die beim Wienholt an Sechzehnjährige schon Bier verteilten. Aber keiner von beiden war der Sache auf den Grund gegangen. Elvira Hasenbach hatte die Vorstellung noch nicht vollends begraben, einmal dabei zu sein, wenn einer ihrer Söhne – und da kam ja jetzt nur noch Hasel in Frage – mit einem netten, sauberen Mädchen das Tanzkränzchen absolvierte und eine Rumba aufs Parkett legte.

Hasel war daraufhin völlig ausgetickt. Er wolle einen Personalausweis, und zwar sofort, hatte er seinen Vater angeschrien. Und wenn er ihm keinen besorgen würde, würde er was anstellen, damit ihn die Polizei verhafte. Dann wäre er nämlich gleich doppelt dran, wenn er keinen hätte.

Edmund zog die Augenbrauen hoch und seine Lesebrille ab. Das wollte er auf keinen Fall und versprach seinem Sohn, sich bei Gelegenheit drum zu kümmern. Danach setzte er seine Brille wieder auf und tat so, als ob er weiter Zeitung lese. Aus den Augenwinkeln jedoch betrachtete er Hasel, wie er zornig seinen Toast Hawaii in Stücke hackte und in den Mund stopfte. Neuerdings hielt er ihn irgendwie für zu allem fähig. Vielleicht kam er ja doch mehr nach seinem Bruder, als einem lieb war.

Zwei Wochen später

Zwei Wochen nach Aufklärung des Mordes an Rosemarie Brucker war plötzlich die alte Funzel wieder auf der Dienststelle in Pirmasens aufgekreuzt und hatte sich in das Büro von Melchinger und Wachtel bringen lassen. Da stand sie nun in dem völlig überheizten Raum und fächelte sich Luft zu.

»Ich war gerade in der Gegend«, das war gelogen, »und ich mach's ja nur ungern, aber einer muss es euch ja sagen. Der kleine Hasenbach, also nicht der Ganove mit den roten Zotteln, sondern der Kleine, der fährt neuerdings mit einem grünen Moped durch die Gegend. Erst hab ich's ja selber nicht geglaubt, aber ...«

»Und?«, unterbrach sie Udo Wachtel, schrieb aber unbeirrt an seinem Bericht weiter, um ihr sein Desinteresse zu signalisieren.

»Und was? Sein Alter hat's ihm jedenfalls nicht gekauft. Der Edmund ist so geizig, der legt sich noch nackig in den Sarg, um das Totenhemd zu sparen.«

»Und?«, wiederholte Wachtel.

»Und was?« Die alte Funzel schaute abwechselnd zu Wachtel und zu Melchinger.

»Darf ich die Herren daran erinnern, dass zwar der Totschläger und der Begatter von der Brucker gefunden ist, aber der Erpresser meines Wissens nicht? Oder ist der von Ottenfeld nur aus Versehen in der Behindertenwerkstatt gelandet? Hätt der eigentlich aufs Gymnasium gesollt? Hab ich da was nicht mitbekommen?«

Wachtel tippte, und Melchinger nahm zur Überbrückung eine Prise Schnupftabak.

»Ich würd jedenfalls einen suchen, der plötzlich Geld hat, was er gar nicht haben kann!« Die alte Funzel ließ die Tür ins Schloss fallen, nur um sie direkt wieder aufzureißen.

»Ach so, oder ihr sucht einen, der Mopeds verschenkt.«
Melchinger nieste laut und schaute Wachtel fragend an. »Ich
steh auf dem Schlauch, was will die Alte jetzt schon wieder?«
Wachtel lehnte sich zurück.

»Die will dir sagen, dass der sechzehnjährige Harald Hasenbach, der mit der Hasenscharte, gewusst hat, dass die Rosi im
Wald tot unter einem Holzstapel liegt, und den Brucker erpresst
hat, um sich davon ein Mofa zu kaufen. Und weil's so schön
war, hat er danach die Herta entführt und dasselbe noch mal
gemacht. Vielleicht, weil er Benzin und einen Helm gebraucht
hat. Das denk ich, dass die denkt.« Wachtel kratzte sich mit
einer Büroklammer den Dreck unter den Fingernägeln heraus
und lachte heiser vor sich hin.

»Ich halt das alles nicht mehr aus«, stöhnte Melchinger und
ließ seinen Kopf auf den Schreibtisch fallen.

∗∗∗

Einen Tag später stürmte Gertrude, die Frau von Adalbert Becker, in die Backstube, winkte Hasel zu und meinte, er solle sofort rauskommen, die Polizei wolle ihn sprechen. Hasel stutzte
kurz und wischte sich die mehligen Hände am Kittel ab. Von
Neugier gepackt, fragte der alte Adalbert, ob er vielleicht mit-
kommen solle, da warf ihm seine Frau einen missbilligenden
Blick zu, und Hasel zeigte ihm direkt den Vogel.

»Ich blas dir eine Ladung Backpulver in den Arsch, wenn du
wieder reinkommst!«, brüllte Adalbert und schob seine Mütze
zurecht. Hasel zeigte ihm den Daumen-hoch, ging durch den
Laden nach draußen und zog die Ladentür hinter sich zu. Die
Türglocke schepperte, die »Becker-Brunstulp«, wie er sie neuerdings nannte, stand dahinter und schnappte nach Luft. Daraufhin öffnete er nochmals die Tür, deutete auf den Bereich
hinter ihr und sagte: »Kunschaft!«

Hasel hatte in den letzten Wochen eine Art Transformation
durchlaufen. Er sagte, was er dachte, und machte, was er sagte.

Im Ergebnis stellte er fest, dass rein gar nichts passierte, weil sein Gegenüber jedes Mal so verblüfft war, dass es, außer müden Drohungen, zu keinerlei Konsequenzen führte. Der alte Adalbert Becker konnte mittlerweile nur noch schlecht auf seinen gut eingearbeiteten Lehrling verzichten, und sein Bruder Atze kreiste, wie der Wellensittich Dr. Stephan Frank, mit blöden Sprüchen und hohlen Gesten um ihn herum und fand einfach keinen Landeplatz mehr.

Nun standen die beiden Polizisten da und nickten ihm wie immer freundlich zu. Hasel war tiefenentspannt und kratzte sich am Kopf. Da zog der eine ein miniMAL-Werbeblatt aus seiner Innentasche, entfaltete es und schob es Hasel unter die Nase.

Melchinger war die alte Funzel nicht aus dem Kopf gegangen. Er hatte schlecht geschlafen und sich am Morgen noch einmal die Akte vorgenommen. In der Vernehmung des Albert Hasenbach fand er den Vermerk, dass sein Bruder Harald der Austräger jener Werbeblätter war. Es war zwischenzeitlich erwiesen, dass die Buchstaben des Erpresserschreibens aus einer dieser Beilagen stammten. Wachtel und Obermann sollten ihm noch mal auf den Zahn fühlen.

Hasel fing innerlich zu vibrieren an und zog zur Ablenkung den Rotz durch die Nase.

»Dieses Blatt hier, speziell das da – wissen Sie noch, wann Sie das ausgetragen haben?«, wollte Udo Wachtel wissen.

Hasel runzelte die Stirn, tat so, als überlegte er, und zuckte mit den Schultern. »Die seh'n alle leich aus«, murmelte er.

»Das kann man so sagen«, meinte der andere, »aber auch wieder nicht. Mal ist das Schweineschnitzel im Angebot, ein anderes Mal das Rinderhack. R wie Rosi«, sagte Arnold Obermann und deutete auf die Beilage.

Hasel hob erneut die Schultern. In ihm drin tobte ein Hurrikan, außen war absolute Windstille.

»Das ist das Blatt, was an dem Wochenende verteilt worden

ist, an dem die Rosemarie Brucker gefunden wurde«, erklärte ihm Wachtel und zeigte es ihm noch einmal.

Hasel hätte jetzt sehr gern Brezeln gedreht und Salz draufgestreut, stattdessen glotzte er auf das Werbeblatt, um nicht in die Augen der Polizisten gucken zu müssen.

»Wann wird diese Beilage geliefert?«

»Donnersdags. Inner donnersdags«, stammelte er.

»Wann genau haben Sie das verteilt?«

»Freidags, inner freidags«, log er.

Wachtel warf Obermann einen Blick zu.

»Und bleiben da welche übrig?«

Hasel glotzte ihn an. »Nä. Die steck ich alle fort.«

»Und wo stecken Sie die rein? Wie verteilen Sie das?«, wollte er dann wissen.

Hasel sah ihn irritiert an. »Überall im Dorf.«

»Und wenn einer das nicht will?«, fragte Obermann und merkte direkt, wie sinnlos das war.

»Dann sowieso«, antwortete Hasel hilflos.

Mit einem frustrierten »Danke« ließen sie ihn stehen. Hasel atmete aus.

»Was haben wir jetzt eigentlich gedacht?« Udo Wachtel startete wütend den Motor und zündete sich eine Zigarette an. Arnold Obermann schwieg. Über Funk kam die Meldung von Ingrid, dass laut Aussage des Tankstellenbesitzers der Hasenbach das Mofa abgearbeitet habe.

»Da haben wir es. Was haben wir uns gedacht? Dass der kleine Hasenbach uns erzählt, dass er für sein Leben gern aus Werbebeilagen Erpresserbriefe bastelt? Das erste Erpresserschreiben war handgeschrieben, hat der Brucker gesagt. Die zweite Nachricht, die samstags kam, war die mit den Buchstaben. Ab Freitag hat das Ding jeder im Briefkasten gehabt. Und im nächsten Dorf ja auch und überall. Das bringt uns keinen Schritt weiter.« Wachtel kurbelte das Fenster herunter und blies den Rauch hinaus.

»Vielleicht war's ja doch der Hasenbach. Der Albert«, meinte Obermann. »Vielleicht hat der die zwei damals gesehen, wie die in den Wald marschiert sind. Der hat die doch im Bus gehabt. Der hat die doch abgesetzt, die zwei. So souverän war seine Aussage ja nicht. Der hat ja gestrauchelt ohne Ende. Vielleicht ist der gar nicht so hohl, wie wir denken.«

»Der ist noch hohler, glaub mir. Außerdem säuft der wie ein Loch.«

»Trotzdem, es muss doch einer gewesen sein, der gewusst hat, dass die Rosi tot ist, und vor allem, wo die liegt. Das ist doch abartig. Das muss derjenige doch beobachtet haben. Und wer soll das denn sonst gewesen sein?«

Wachtel dachte nach. »Sollen wir uns den noch mal vorknöpfen?«

»Aufgrund welcher neuen Erkenntnis denn? Wir haben doch nix.«

Wachtel rieb sich die Nasenwurzel, er hatte Kopfschmerzen. »Dann lassen wir es halt. Mir ist das mittlerweile auch scheißegal. Es interessiert ja keinen mehr. Den Brucker nicht und auch die Diehlmann nicht. Der Brucker hat den Mörder von seiner Tochter, deren Vater er zum Schluss ja gar nicht war. Und die Dings hat ja seinerzeit ihre Hupen-Herta für das Geld wiederbekommen. Wir sagen dem Rudolf Bescheid und schließen die verfluchte Akte endgültig. Basta!«

»Ja, Feierabend. Jetzt fahr endlich.«

Abgesang

Manfred von Ottenfeld war schuldunfähig. Er wurde »aus dem Verkehr gezogen«, wie man es im Dorf gerne umschrieb. In der Anstalt fehlte ihm nur seine Steinschleuder. Vom ersten Tag an lauerte er auf ein Einmachgummi aus der Küche. Irgendwann, so wusste er, würde er heimlich eines in seinen Besitz nehmen. Und dann würde er nicht nur auf Vögel schießen. So der Plan. »Fotzendreck« war das einzige Wort, das er in den ersten Wochen von sich gab. Er hatte es von seinem Großvater, der sehr gerne fluchte, aber nur, wenn er draußen war auf weiter Flur. Mit ihm durfte Manfred schon als Kind mit auf die Jagd. Auf dem Hochsitz hatten sie gesessen, stundenlang, das Fernrohr vor Augen, die Beute im Blick. Er schoss oft daneben, der Großvater, dann zischte er zornig: »Fotzendreck!«, und Manfred klatschte Beifall. Für den Großvater hatte seine Tochter Theodora den weit größeren Schaden. Weil sie Godehard geheiratet hatte, um eine »von« zu sein. Dass sein Enkel daraufhin mit einem Dachschaden zur Welt kam, war für ihn nur die Konsequenz daraus.

Als Manfred zehn war, gab er ihm einmal das Gewehr in die Hand, und der drückte sofort ab. So schnell hatte der Großvater gar nicht schauen können. Noch Wochen danach kriegte er Herzrasen bei der Vorstellung, was hätte passieren können. Weil aber Manfred nicht mehr lockerließ, schenkte er ihm stattdessen eine Steinschleuder. Zwei Tage später starb er.

Im Dorf schüttelte man nach Aufklärung des sonderbaren Falles Rosi Brucker noch wochenlang den Kopf und wusste nichts Rechtes zu sagen. Außer dass die Großkopferten vom Schloss ja sowieso nicht normal seien, wie man jetzt sehe. Das läge ihnen halt im Blut, im blauen.

Rudolf Melchinger, Udo Wachtel, Ingrid Huber und Arnold Obermann waren froh, den Fall so professionell gelöst zu haben. Immerhin hatten sie einen Täter überführt, mit dem man definitiv nicht in Dialog treten konnte. Was nun aber die Erpressung von Otto Brucker und Wilma Diehlmann anbelangte, tappten sie im Stockdunkeln. Sie hatten nicht die Spur einer Spur, aber weil weder Wilma Diehlmann noch Otto Brucker je wieder danach gefragt hatten, wurde diese Akte bis auf Weiteres geschlossen.

Die alte Funzel, die die Auflösung des Falles Rosemarie Brucker gänzlich für sich beanspruchte, hatte über Wochen jedem im Dorf, der Rang und Namen hatte, einen Grund serviert, sich bei ihr in Behandlung zu begeben. Vor lauter Aufregung hatte sie eine Hitzewallung nach der anderen und konnte, nur rein durch Handauflegen, nie da gewesene energetische Heilungsprozesse in Gang setzen.

Otto Brucker irrlichterte die meiste Zeit in seinem Haus herum, wenn er nicht gerade auf dem Hackklotz bei den Schweinen saß und vor sich hin sinnierte. Der 75er Jahrgang würde kein guter werden, er hatte zu viel Säure. In seinem Kopf war nur dieser eine Gedanke: Er würde eine gigantische Summe Geld in einen Wingert werfen, wenn er dafür sein altes Leben wiederbekäme. Notfalls eben mit Rosi – wirklich gestört hatte sie ja nicht – und mit Alwine, die schlussendlich dann doch ihre Koffer gepackt hatte und lieber bei ihrer Mutter wohnte, als noch eine einzige Nacht neben ihm im Bett zu liegen. Und mit Georg, dem Rindvieh, was sein Bruder war, der nicht nur das Haus, sondern gleich das Dorf verlassen hatte und von dem man hörte, dass er mit der Polin Tatjana verschwunden wäre. Seine Schwägerin Gisela hatte, im Sinne einer vollständigen Auslöschung der Beziehung, nicht nur die Scheidung in die Wege geleitet, sondern wollte auch schnellstmöglich ihren Mädchennamen wieder annehmen.

Otto hatte zu seinem Leidwesen schneller, als ihm lieb war, erkannt, was die Qualitäten seines Bruders waren und welchen Anteil er am Erfolg des Weingutes Brucker & Brucker gehabt hatte. In der Gastronomie, insbesondere der gehobenen, hatte man bis auf Weiteres Abstand genommen. Ein edles Tröpfchen aus dem Hause Brucker, an dem quasi Blut klebte, wollte momentan keiner auf der Weinkarte haben. Wenn es darauf ankam, war die Welt ein Dorf. Es müsse, so sagten sie ihm, erst mal Gras drüber und so …

Die Hupen-Herta hatte schon vorher die Welt nicht verstanden. Seit einiger Zeit aber blickte sie überhaupt nicht mehr durch. Erst seit Kurzem durfte sie wieder das Haus verlassen. Davor war ihr jedes Mal die Mutter hinterhergerannt und hatte sie direkt wieder zurückgeführt oder persönlich in den Bus gesetzt. Dabei hatte sie eigentlich gar nichts angestellt damals, sondern nur die Rosi gesucht.

Herta war nicht auf der Beerdigung gewesen, sondern mit ihrer Mutter ein paarmal an einem Grab gestanden. Wilma hatte ihr immer wieder gesagt, dass die Rosi jetzt »da unten« beziehungsweise »da oben« wäre. Woraufhin Herta sie jedes Mal verwundert anschaute, denn von Rosi war weder unten noch oben etwas zu sehen.

An jenem Freitag wollte sie ihr einen Besuch abstatten und gucken, wo genau sie denn nun steckte. Im Bus war sie ja auch nicht mehr. Allerdings, und das war das Problem gewesen, hatte sie sich verlaufen und irrte durch die Gegend. Irgendwann war sie auf ein paar Jungs getroffen, die sie hänselten. Sie entrissen ihr die Hupe und warfen sie wenig später auf den Hof von Ludwig Dippel. Der fand sie und hängte sie zum Spaß an seine Blechfigur.

Herta hatte zu diesem Zeitpunkt bereits komplett die Orientierung verloren und sich irgendwann am Ortsrand auf eine Bank gesetzt. Keine Menschenseele war vorbeigekommen, und da es immer dunkler wurde, hatte sie sich nicht mehr getraut, auch nur irgendwohin zu laufen. Als sie eine blonde Frau des Weges kommen sah, versteckte sie sich hinter dem großen Wegkreuz. Wenig später dann entdeckte sie den Pfarrer Wiesel, ihre heimliche Liebe, und freute sich. Er lief geradewegs den kleinen Feldweg hinein, der ein paar Meter weiter nach rechts abbog. Herta war entzückt und folgte ihm in sicherem Abstand. Ganz gegen ihre sonstigen Gewohnheiten gab sie keinen Laut von sich, eine Hupe hatte sie ja auch nicht mehr. Sie sah, wie er in der alten Scheune verschwand, und blickte wenig später durch den Türspalt. Drinnen rumpelte es, und als sie dann sah, wie es dort zur Sache ging, war sie derart verstört, dass sie sich, nachdem die blonde Frau und der Herr Pfarrer verschwunden waren, in der Scheune hinter den Heuballen setzte und dort einschlief.

Eine Nacht und einen ganzen Tag lang rührte sie sich nicht vom Fleck, bis dann, als es wieder dunkel war, der Herr Pfarrer erneut in der Scheune auftauchte und sie rettete. Wie eine Prinzessin hatte sie sich gefühlt, wie sie da Hand in Hand mit ihrem Helden durch die Dunkelheit über die Felder in Richtung Heimat lief.

Pfarrer Richard Wiesel hatte im November die Trauung von Franz Ritter und Magdalena Ritter, geborene Rübenbacher, vollzogen. Es war die schlimmste Messe seines Lebens. Ihr Maiglöckchenparfüm wehte ihm um die Ohren, sie selbst würdigte ihn keines Blickes und legte mit einer bedeutungsschwangeren Geste die ganze Zeit über die Hand auf ihren Bauch. Neben ihr kniete der Zukünftige und himmelte sie von der Seite aus an, als wäre sie die Bernadette von Lourdes und er hätte eine Erscheinung.

Richard Wiesel stand mit hochroter Birne und einer leichten Alkoholfahne vor dem Paar, faselte seinen Text herunter und versprach sich insgesamt sieben Mal.

In guten und vor allem in schlechten Zeiten ... Ja, ich will.
Er hätte auch noch einmal gewollt, aber diesen Gedanken

ließ er sich noch nicht einmal denken. Als Magdalena dann auch noch den Finger ihres Angetrauten verfehlte und der Ring unter seinen Talar rollte, hätte er sich beinahe hinuntergebückt. Stattdessen hob er seine Kutte hoch, und Magdalena kicherte kurz, als sie den Ring aufhob und ein Raunen durch die Kirche ging. Irgendwann war auch das vorbei. Der Herr sei mit euch. Und mit deinem Geiste. Amen.

Die Einladung zur anschließenden Hochzeitsfeier hatte er abwehren können, stattdessen verfasste er mit höchst fadenscheinigen Gründen einen Dringlichkeitsantrag auf Versetzung und schickte ihn an das Bistum mit der Bitte um baldige Bearbeitung. Danach rannte er jeden Tag an den Briefkasten, in der Hoffnung, dass dem Antrag stattgegeben wurde. Die Vorstellung, dass es nicht rechtzeitig klappen würde und er auch noch den Bankert taufen musste, brachte ihn schier um den Verstand.

Oma Agnes hatte bei etlichen Mittagessen, auf welche, in Ermangelung eines Grundes, nach Hause zu gehen, noch das Abendessen folgte, lauthals verkündet, dass die Behinderten nicht gemeint waren, als der Herrgott seinerzeit gesagt hatte: »Lasset die Kinderlein zu mir kommen.« Es wüsste ja keiner, was denen im Kopf herumgeistert. Beziehungsweise wüsste man es ja jetzt. Sodom und Gomorrha, meinte sie. Und dass er sich das nicht mehr lange anschauen tät. Dabei zeigte sie mit ihrer Gabel nach oben, falls jemandem am Tisch nicht klar war, wen genau sie meinte. Sapperlot noch mal.

Atze Hasenbach überlegte wochenlang, ob er nicht doch wenigstens der Erpresser gewesen sein konnte. Er hatte noch immer seinen Kompass nicht gefunden und konnte sich an nichts erinnern. Daher rechnete er eigentlich jeden Tag damit, dass er aus Versehen das Versteck finden würde, wo er seinerzeit im Delirium das Lösegeld vergraben hatte.

An jenem Donnerstag hatte es in Atzes Bus Randale gegeben. Rosi hatte ihm signalisiert, dass er sie am Kaugummiautomaten rauslassen solle. Das war für Atze kein Thema, er wusste dann, dass sie zu ihrer Oma wollte. Als sie jedoch ausstieg, lief Manfred wie selbstverständlich hinter ihr her. Und das wiederum ging auf keinen Fall. Atze war verpflichtet, seine Schutzbefohlenen genau da abzuliefern, wo sie wohnten beziehungsweise wo es abgesprochen war. Er durfte sie nicht einfach irgendwo aussteigen lassen.

Also ging er um den Bus herum, schob Manfred mit Gewalt zurück und brüllte ihn dabei an. Der wehrte sich massiv, und auch Rosi hieb auf Atze ein. Sie zerrte an seinen Kleidern, bis er schier ausflippte. Er hatte durch das Stelldichein am Mittag, im Schrebergarten von Heinzer, noch immer so viel Alkohol im Blut, dass er keinen Spaß verstand. Als er für einen Moment das Gleichgewicht verlor und vor den Bus fiel, nutzten Rosi und Manfred die Gelegenheit und flüchteten. Atze strauchelte und kam nicht schnell genug hoch.

Im Bus saßen noch Wilfried Höcker und Herta Diehlmann, die das Spektakel interessiert verfolgten. Herta hatte mehrmals gehupt, und Wilfried schrie: »Foul! Eindeutig Foul, Elfmeter jetzt!« Dabei klopfte er begeistert ans Fenster. Als Atze dann endlich wieder senkrecht stand, waren Rosi und Manfred wie vom Erdboden verschluckt. Und es war auch sonst niemand auf der Straße. Atze drohte Herta und Wilfried mit der Faust, bevor er die Schiebetür ins Schloss haute, seinen Autoschlüssel abzog und loslief, um die beiden zu suchen. Ohne Erfolg.

Nach einer kurzen Weile schon kam er wieder zurück. »Leckt mich allesamt mal am Arsch!«, fluchte er, als er sich wieder hinters Steuer setzte. Dann brachte er Wilfried und Herta nach Hause. Er überlegte noch, ob er jetzt zu den Ottenfelds ins Schloss fahren sollte, um ihnen zu sagen, dass der Hornochse, was ihr Sohn war, heute lieber eine Rundfahrt mit der Pferdekutsche machen wollte, bevor er sich zum Abendbankett im großen Saal einfand. Aber da er nicht genau wusste, wie er ihnen das erklären sollte, und auch keinen blassen Schimmer hatte, wo Manfred steckte, entschied er, erst noch einmal seinen Kumpel Heinzer im Schrebergarten aufzusuchen, um die Angelegenheit bei ein paar weiteren Bieren sacken zu lassen.

Am nächsten Morgen hatte Atze einen Filmriss. Sein Gedächtnis reichte nur bis Mittwoch. Wenn überhaupt. Der Donnerstag war ein schwarzes Loch. Als hätte es ihn nie gegeben.

Wilfried Höcker, genannt Kicker, hätte Atzes Gedächtnis durchaus auf die Sprünge helfen können. Er war ja dabei gewesen, damals im Bus. Leider konnte er den Hasenbach-Fahrer nicht sonderlich gut leiden. Als der auf dem Fußballplatz plötzlich neben ihm stand, war ihm schon aufgefallen, wie nervös er war. So kannte er ihn gar nicht. Auch hatte er ihn nie zuvor so freundlich erlebt. Als er ihm dann noch ein Bier schenkte, beschloss Wilfried, einfach das zu sagen, was Atze ihm schon vorgab und was er offensichtlich hören wollte. Es war alles gelogen.

Dann stand einen Tag später plötzlich eine Polizistin ohne Uniform bei ihnen vor der Tür. Die hatte dieselben Fragen gestellt, aber sie war blond, und Wilfried hatte Lust, ihr mal sauber zu erklären, wie es im Bus rundgegangen war an dem Tag. Sie hatte ihn die ganze Zeit nur komisch angeschaut und die Stirn gerunzelt. Dann mischte sich auch noch seine Mutter ein. Das hatte der Polizistin alles nicht gefallen, und Wilfried hatte sich hinterher gefragt, ob jetzt alle um ihn herum spinnen, nur er nicht?

Rosi und Manfred hatten in ihrem Versteck gewartet, bis Atze wegfuhr. Danach ging Manfred in den Krämerladen, um ein Eis zu kaufen, und Rosi stand in der Gegend herum. Unter dem Kaugummiautomaten entdeckte sie einen Ring mit einem blauen Steinchen. Den hob sie auf und steckte ihn sich an den kleinen Finger. Dann kam ihr Onkel angefahren, auf den hatte sie aus mehreren Gründen gerade gar keine Lust. Deshalb ließ sie ihn einfach stehen, denn nach Hause, das wollte sie auf gar keinen Fall. Zum Glück war auch er schnell wieder weggefahren, und zwischenzeitlich war auch Manfred wieder da, mit zwei Dolomiti-Eis in der Hand. Zufrieden liefen sie zum Dorf hinaus, zu ihrem Lieblingsplätzchen in den Wald. Keiner hatte die beiden gesehen.

Das Bild in Rosis Spind war von Manfred. Er hatte es aus einem Heftchen herausgerissen, das er im Hobbykeller unter den vielen Jagdzeitschriften seines Vaters gefunden und quasi beschlagnahmt hatte. Rosi war gleichermaßen begeistert. Sie wusste sofort, dass das etwas war, was ihre Mutter auf die Palme bringen würde. Etwas Verbotenes wie Zigaretten rauchen. Sie hatte in der Werkstatt den Tesa-Abroller vom Tisch geholt und das Bild in ihren Spind geklebt. Manfred hatte außerdem angefangen, Rosi Oleanderblüten zu schenken. Sie hatte sie jedes Mal ehrfürchtig angenommen und zu Hause in Grimms Märchenbuch versteckt.

Rosi und Manfred waren ein Paar. Eines, das niemand bemerkte. Weil nicht sein kann, was nicht sein darf.

Godehard und Theodora von Ottenfeld bildeten zusammen ein Häufchen Elend. Sie sprachen wochenlang kein Wort miteinander, gingen dann aber wieder zum Alltag über, als wäre nichts gewesen und als hätten sie keinen Sohn. Nie gehabt.

Beide hatten den Donnerstagnachmittag Anfang September noch sehr lebendig in Erinnerung, als Manfred mit zerrissenen Hosen und vollkommen verdrecktem Hemd das große Eisentor zugeknallt hatte und schreiend den Weg hochgerannt kam. Sie hatten ihn noch nie so erlebt und versucht, ihn irgendwie zu besänftigen.

»Rosidot, rosidot«, brüllte er und schlug um sich. Godehard hatte ihn am Kragen gepackt und ins Haus manövriert. Manfred aber riss sich los und rannte über den Schlosshof wieder davon. Theodora riss die Augen auf und starrte mit offenem

Mund ihrem Mann hinterher, der ebenfalls einen Satz machte und aus dem Haus stürzte. Was ein »Rosidot« war, entzog sich ihrer Kenntnis.

Manfred lief zielstrebig in das nahe gelegene Waldstück. Sein Vater folgte ihm in sicherem Abstand, bis Manfred an einem alten Hochsitz plötzlich zum Stehen kam. Nach Luft japsend versteckte sich Godehard hinter einem Baum. Manfred brüllte und greinte abwechselnd, dann lief er weiter zur kleinen Straße, überquerte sie und blieb wieder stehen. Godehard kam hinter dem Baum hervor und ging langsam auf Manfred zu. Aufgeregt schaute er sich um, es war keine Menschenseele da. Als Manfred seinen Vater entdeckte, brüllte er wieder los und rannte um etwas herum. Godehard stockte der Atem, als er sah, dass da jemand am Boden lag, und als er erkannte, wer es war.

Rosemarie Brucker, die Tochter des Weingutes Brucker & Brucker, lamentierte leise und rang nach Luft. An ihrem Hals waren heftige Würgemale.

Godehard verstand und drehte durch. Er stürzte sich auf Rosi und hielt ihr Mund und Nase zu. Sie schaute ihn mit großen Augen an und wehrte sich kaum. Als sie erschlaffte, kam er zur Besinnung, fuhr hoch und schaute sich panisch um, wieder und wieder. Der Schweiß stand ihm auf der Stirn, und sein Herz hämmerte. Manfred blickte auf Rosi hinunter, dann zu seinem Vater hinauf. Er war ganz still und wusste für einen Moment nicht, wohin mit sich.

Godehard fuhr seinen Sohn an und bedeutete ihm, wo er anpacken musste. Manfred machte gleich mit. Sie schleppten Rosi ein paar Meter zu einem Haufen Holz. Godehard schnaufte schwer und war wie von Sinnen, als er anfing, sie unter einem Berg von Ästen zu begraben.

Manfred stand daneben und sah ihm gebannt zu. »So, dod, fertich«, sagte er zum Schluss.

Da packte ihn sein Vater am Arm und führte ihn auf Umwegen aus dem Wald heraus, nach Hause ins Schloss. In die heile Welt.

Theodora öffnete ihnen die Tür und stellte keine Fragen. Die Hosen von Manfred steckte sie gleich in die Altkleidersammlung, das Hemd behandelte sie mit Gallseife und wusch es bei neunzig Grad. Am Tag darauf war alles wie immer und roch aprilfrisch. Schwamm drüber.

Godehard war tagelang im inneren Ausnahmezustand, dann beruhigte er sich langsam. Als er dann aber in der Zeitung von der Erpressung las, schloss er sich in seinem Arbeitszimmer ein. Die Tatsache, dass jemand Bescheid wusste, dass es einen Mitwisser gab, der ihn und seinen Sohn gesehen haben musste, versetzte ihn in eine Art Schockstarre. Seine Frau stellte keinerlei Fragen, weil sie gar nichts wissen wollte. Godehard jedoch konnte vor Angst und Aufregung nicht mehr essen, schlafen, sprechen. Seine Gedanken waren wie Eintagsfliegen, die, kaum dass sie auf der Welt waren, eine Klatsche bekamen. Keine überlebte.

Die Tatsache, dass auch dann rein gar nichts passierte, machte ihn zuerst verrückt, dann beruhigte er sich langsam.

Bis eines Tages die Kommissare im Haus standen. Er zündete sich seine vermeintlich letzte Zigarre in Freiheit an und ging gefasst seinem Schicksal entgegen, die Treppe hinunter.

Als die Beamten im Wohnzimmer saßen, auf der Brotzeit herumkauten und eine Art Liebesbeziehung zwischen Manfred und Rosemarie Brucker andeuteten, wurde Theodora etwas schwindelig. Zumal sie gehört, wenn auch nicht geglaubt hatte, dass die ermordete Tochter vom Weingut Brucker in anderen Umständen gewesen sei. Von der Situation überfordert, die Contenance jedoch wahrend, zeigte sie sich schwer von Begriff, sie wusste ja tatsächlich nichts. Und sie war erleichtert, als sie merkte, wie ihr Gatte Godehard zu seiner Form zurückfand.

Als die Kommissare wegfuhren, hatten sie sich für einen Moment in die Augen geschaut, danach war jeder in ein anderes Zimmer verschwunden.

Hasel hörte fortan nur noch auf den Namen Harald. Er wusste, dass er Geschichte geschrieben hatte, und bedauerte zutiefst, dass er damit nicht hausieren gehen konnte. Wohlig erinnerte er sich an den Tag im September, als er am frühen Abend mit seinem Bonanzarad einen Abstecher ins nahe gelegene Waldstück gemacht hatte, um wieder einmal zu versuchen, auf Lunge zu rauchen. Und wie er es nicht konnte und laut hustend da gestanden hatte, neben dem Haufen mit den Ästen. Wie er dann plötzlich die Hand entdeckte, die aus dem Holzstapel herausragte, wie er erkannte, wer da lag – wie alles seinen Anfang nahm.

Es kostete ihn immense Kraft, nichts zu sagen, wenn man sich zu Hause oder sonst wo im Dorf wieder einmal fragte, wer denn nun dieser Halunke gewesen war, der hinter der Erpressung steckte. Kaltblütig müsse er sein, ein gerissener Hund. Wahrscheints nicht von hier, denn sonst wüsste man ja, wer es war. Das würde man ja riechen. Gegen den Wind sogar.

Rudolf Melchinger wollte die Sache eigentlich auf sich beruhen lassen, aber irgendwie konnte er es nicht. Auch seine Frau Hanne hatte ihn immer wieder daran erinnert. »Also, dass dich das nicht interessiert, wer das mit der Erpressung war …«, bohrte sie noch wochenlang.

Und als er die Akte im Frühjahr noch einmal zur Hand nahm, fiel es ihm wie Schuppen von den Augen.

Warum waren sie nicht darauf gekommen?

Der kleine Hasenbach.

Er, der einen besonderen Draht zum behinderten Manfred hatte. Der wusste, wie man mit ihm *spricht*. »Man muss ihn halt ausreden lassen, den Mampfred«, hatte er damals dauernd gesagt.

Er, der die beiden im Frühling heimlich beobachtet hatte, wie sie sich auf dem Hochsitz vergnügten. Er musste sie im Visier gehabt haben. Das hätte jeder gemacht, in dem Alter. So was Verbotenes, verrucht und ein bisschen Bäh! Besser als jedes BRAVO-Heftchen.

Wieso war er nicht früher darauf gekommen?

Der kleine Hasenbach.

Hatte er vielleicht im Gebüsch gesessen, als die Tragödie ihren Lauf nahm, an diesem Tag im September? Hatte er Manfred geholfen, die Rosi wegzuschaffen und unter einem Berg von Ästen zu begraben? Oder hatte er es sogar selbst gemacht?

Welch ein genialer Gedanke, den alten Brucker zu erpressen. Einen Versuch war es wert, Manfred war ja außen vor. Dann wirft Otto Brucker das Geld auch noch ab. Und er, den niemand auf dem Zettel hat, sagt ihm brav, wo er seine Tochter findet, denn dafür hat der ja bezahlt.

Die Bastelei mit den Werbebeilagen, wo er an der Quelle saß. Die er ja schon hatte, bevor sie bei allen anderen im Briefkasten steckten. Die Hasenbach-Katze mit den Schnipseln im Fell. Hatte sie sich in seinem Zimmer herumgetrieben, als er Buchstaben ausschnitt und sie auf das Papier klebte? Sind es nicht Katzen, die sich mit Vorliebe quer über das legen, woran man gerade arbeitet? Und dann sein Bruder Albert, Fahrer des Behindertenbusses und wahrscheinlich nicht die hellste Laterne beim Martinsumzug. Das Briefmarkenalbum aus dessen Zimmer, die Brille von Rosi in dessen Zimmer … Nicht schlecht, Harald Hasenbach!

Und die Herta – wusste nicht binnen weniger Stunden das ganze Dorf, dass sie fehlte? Oder hatte er sie gar selbst in der Scheune versteckt? Mit ihm wäre sie bestimmt mitgegangen. Mit ihm, dem Behindertenversteher. Die rote Hupe als Fährte an die Blechfigur von Ludwig Dippel gehängt – großartig. Noch so ein schlichter Geist, der direkt ins Visier der Verdächtigen schlittern und dort untergehen würde. Ein weiterer Erpressungsversuch, mit der heißen Nadel gestrickt – und auch der glückte. Nicht er, sondern der Pfarrer bringt Herta zurück und rückt ins Scheinwerferlicht, während der kleine Hasenbach im Dunkeln sein Geld zählt. Was für ein Drehbuch.

Harald Hasenbach, der Kleine mit der Hasenscharte. Wurde er nicht Hasel gerufen? Für einen Hasel gab es ja leider immer nur die Nebenrolle. Dabei spielte er hier die heimliche Hauptrolle.

War es ihm langweilig geworden? Hatte er Angst, dass nichts mehr kommt? Warum sonst hatte er Margarete Funzinger – gerade ihr – erzählt, das der Manfred und die Rosi ... Ohne diesen Hinweis wäre der Mörder von Rosi nie gefunden worden.

Melchinger starrte auf die Akten und schüttelte immer wieder den Kopf.

Der kleine Hasenbach.
Der plötzlich ein grünes Hercules-Mofa besaß, das ihm, glaubte man der alten Funzel, die immer recht hatte, sein Vater niemals gekauft hätte, und bei dem ein Tankstellenbesitzer, laut Ingrid Huber, doch ein bisschen ins Stottern geriet, als er ihr damals versicherte, dass das Ding eigentlich schrottreif gewesen sei und der Hasenbach es auf eigene Faust und in jahrelanger Arbeit wieder auf Vordermann gebracht hätte, weswegen er es ihm geschenkt habe. Aus Mitleid, wie er sagte, weil er ein Einzelgänger ist, ein Sonderling, eine arme Sau halt.

Der kleine Hasenbach, dachte Melchinger.
Ein Hinterbänkler. Unscheinbar. Unsichtbar. Ein stilles Wasser. Unendlich tief. Melchinger nahm seine Autoschlüssel.
»Wo willst du hin?«, rief ihm Udo Wachtel hinterher.
»Was essen«, antwortete Melchinger und verließ das Büro.

Tina Seel
DER TOD DER DRECKIGEN ANNA
Broschur, 352 Seiten
ISBN 978-3-7408-1403-8

1974, ein kleiner Ort in der Provinz: Die geistig verwirrte Anna
Hager wird in ihrem Haus brutal ermordet aufgefunden. Wer ist
zu so einer grausamen Tat fähig? Die Dorfbewohner sind sicher,
dass es keiner von ihnen war. Man kennt sich, man vertraut sich.
Doch nach und nach setzt sich ein Bild zusammen, das jede Vor-
stellungskraft sprengt – denn der Mörder lebt mitten unter ihnen.

www.emons-verlag.de